U0026683

東坡七集

四部備要

集部

中華書局據匋齋校刊本校刊

桐鄉陸費逵總勘

杭縣高時顯
吳汝霖輯校

杭縣丁輔之監造

重刊蘇文忠公全集序

古今文章作者非一人其以之名天下者惟唐昌黎韓氏河東柳氏宋廬陵歐陽氏眉山二蘇氏及南豐曾氏臨川王氏七大家而已然韓柳曾王之全集自李漢劉禹錫趙汝礪危素之所編次皆已傳刻至今盛行于世歐陽文惟歐所自選居士集大蘇文惟呂東萊所編文選與前數家並行然僅十中之一二求其全集則宋時刻本雖存而藏于

內閣

仁廟亦嘗命工翻刻而歐集止以賜二三大臣蘇集以工未畢而

上升遐矣故二集之傳于世也獨少學者雖欲求之蓋已不可易而得者矣海虞程侯自刑部郎來守吉謂歐吉人吉學古文者以歐爲之宗師也嘗求

歐公大全集刻之郡黌以幸教吉之人矣既以文忠蘇公學于歐者又其全集世所未有復徧求之得宋時曹訓所刻舊本及
仁廟所刻未完新本重加校閱仍依舊本卷帙舊本無而新本有者則爲續集并刻之以與歐集並傳于世既成教授王君克脩請予序公爲人英傑奇偉䇿議論有氣節其爲文章才落筆四海已皆傳誦下至閭巷田里外及夷狄莫不知名其盛蓋當時所未有其文名蓋與韓柳歐曾王氏齊驅而並稱信如天之星斗地之山嶽人所快覩而欽仰者奚庸序爲獨惟程侯今日所以傳刻之意則不可不序以見之也蓋公文全集初有杭蜀吉本及建安麻沙諸本行于世以歲既久木朽紙弊至于今已不復全矣茲幸程侯慕仰昔賢思其箸述亟爲

尋訪俾散亂亡逸者悉收拾之彙爲一集傳刻於世使吾郡九邑之士得而觀之皆知學古之作而無浮靡之習四方郡邑之廣以至遐裔之地亦必因以流布而皆有以沾其賸馥後之君子將轉相摹刻以傳又可及於久遠則侯之幸教學者之意非獨止於一郡而達之天下垂之後世無窮焉是其有功於蘇文豈不亦大矣乎予故樂而爲之序

成化四年春二月朔通議大夫禮部右侍郎

國史副總裁前翰林學士兼

經筵官郡人李紹序

宋孝宗御製文忠蘇軾文集贊幷序

成一代之文章必能立天下之大節立天下之大節非其氣足以高天下者未之能焉孔子曰臨大節而不可奪君子人歟孟子曰我善養吾浩然之氣以直養而無害則塞乎天地之間蓋存之於身謂之氣見之於事謂之節節也氣也合而言之道也以是成文剛而無餒故能參天地之化開盛衰之運不然則雕蟲篆刻童子之事耳烏足與論一代之文章哉故贈太師諡文忠蘇軾忠言讜論立朝大節一時廷臣無出其右負其豪氣志在行其所學放浪嶺海文不少衰力斡造化元氣淋漓窮理盡性貫通天人山川風雲草木華實千彙萬狀可喜可愕有感於中一寓之於文雄視百代自作一家渾涵光芒至是而大成矣朕萬幾餘暇紬繹詩書他人之文或得或失多所取

舍至於軾所箸讀之終日亹亹忘倦常寘左右以爲
矜式信可謂一代文章之宗也歟乃作贊曰
維古文章　言必己出　綴詞緝句　文之蝨賊
手扶雲漢　斡造化機　氣高天下　乃克爲之
猗嗟若人　冠冕百代　忠言讜論　不顧身害
凜凜大節　見於立朝　放浪嶺海　侶於漁樵
歲晚歸來　其文益偉　波瀾老成　無所附麗
昭晰無疑　優游有餘　跨唐越漢　自我師模
賈馬豪奇　韓柳雅健　前哲典刑　未足多羨
敬想高風　恨不同時　掩卷三歎　播以聲詩
乾道九年閏正月望
選德殿書賜蘇嶠

宋贈蘇文忠公太師制

勑朕承絕學於百聖之後探微言於六籍之中將興起於斯文爰緬懷於故老雖儀刑之莫覿尚簡策之可求揭爲儒者之宗用錫帝師之寵故禮部尚書端明殿學士贈資政殿學士謚文忠蘇軾養其氣以剛大尊所聞而高明博觀載籍之傳幾海涵而地負遠追正始之作殆玉振而金聲知言自况於孟軻論事肯卑於陸贄方嘉祐全盛嘗膺特起之招至熙寧紛更迺陳長治之策歎異人之間出驚讒口之中傷放浪嶺海而如在朝廷斟酌古今而若斡造化不可奪者嶢然之節莫之致者自然之名經綸不究於生前議論常公於身後人傳元祐之學家有眉山之書朕三復遺編久欽高躅王佐之才可大用恨不同時君子之道闇而彰是以論世讜九原之可作庶千載以

闡風惟而英爽之靈服我衮衣之命可特贈太師餘如故

宋史本傳

蘇軾字子瞻眉州眉山人生十年父洵游學四方母程氏親授以書聞古今成敗輒能語其要程氏讀東漢范滂傳慨然太息軾請曰軾若爲滂母許之否乎程氏曰汝能爲滂吾顧不能爲滂母邪比冠博通經史屬文日數千言好賈誼陸贄書旣而讀莊子歎曰吾昔有見口未能言今見是書得吾心矣嘉祐二年試禮部方時文磔裂詭異之弊勝主司歐陽脩思有以救之得軾刑賞忠厚論驚喜欲擢冠多士猶疑其客曾鞏所爲但寘第二復以春秋對義居第一殿試中乙科後以書見脩脩語梅聖俞曰吾當避此人出一頭地聞者始譁不厭久乃信服丁母憂五年調福昌主簿歐陽脩以才識兼茂薦之祕閣試六論舊不起草以故文多不工軾始具草文義粲然復對制策入三等自宋初以來制策入三等惟吳育與軾而已除大理評事簽書鳳翔府判官關中自元昊叛民貧役重岐下歲輸南山木栰自渭入河經砥柱之險衙吏踵破家軾訪其利害爲脩衙規使自擇水工以時進止自是害減半治平二年入判登聞鼓院英宗自藩邸聞其名欲以唐故事召入翰林知制誥宰相韓

琦曰軾之才遠大器也他日自當爲天下用要在朝廷培養之使天下之士莫不畏慕降伏皆欲朝廷進用然後取而用之則人人無復異詞矣今驟用之則天下之士未必以爲然適足以累之也英宗曰且與脩注如何琦曰記注與制誥爲隣未可遽授不若於館閣中近上貼職與之且請召試英宗曰試之未知其能否如軾有不能邪琦猶不可及試二論復入三等得直史館軾聞琦語曰公可謂愛人以德矣會洵卒賻以金帛辭之求贈一官於是贈光祿丞洵將終以兄太白早亡子孫未立妹嫁杜氏卒未葬屬軾軾旣除喪卽葬姑後官可蔭推與太白曾孫彭熙寧二年還朝王安石執政素惡其議論異己以判官告院四年安石欲變科舉興學校詔兩制三館議軾上議曰得人之道在於知人知人之法在於責實使君相有知人之明朝廷有責實之政則胥吏皁隸未嘗無人而況於學校貢舉乎雖因今之法臣以爲有餘使君相不知人朝廷不責實則公卿侍從常患無人而況學校貢舉乎雖復古之制臣以爲不足夫時有可否物有廢興方其所安雖暴君不能廢及其旣厭雖聖人不能復故風俗之變法制隨之譬如江河之徙

移疆而復之則難爲力慶曆固嘗立學矣至于今日惟有空名僅存今將變今之禮易今之俗又當發民力以治宮室斂民財以食游士百里之內置官立師獄訟聽于是軍旅謀于是又簡不率教者屏之遠方則無乃徒爲紛亂以患苦天下邪若乃無大更革而望有益於時則與慶曆之際何異故臣謂今之學校特可因仍舊制使先王之舊物不廢於吾世足矣至於貢舉之法行之百年治亂盛衰初不由此陛下視祖宗之世貢舉之法與今爲孰精言語文章與今爲孰優所得人才與今爲孰多天下之事與今爲孰辦較此四者之長短其議決矣今所欲變改不過數端或曰鄉舉德行而略文詞或曰專取策論而罷詩賦或欲兼采譽望而罷封彌或欲經生不貼墨而考大義此皆知其一不知其二者也願陛下留意於遠者大者區區之法何預焉臣又切有私憂過計者夫性命之說自子貢不得聞而今之學者恥不言性命讀其文浩然無當而不可窮觀其貌超然無著而不可挹此豈真能然哉蓋中人之性安於放而樂於誕耳陛下亦安用之議上神宗悟曰吾固疑此得軾議意釋然矣即日召見問方今政令得失安在雖朕過失

指陳可也對曰陛下生知之性天縱文武不患不明不患不勤不患不斷但患求治太急聽言太廣進人太銳願鎮以安靜待物之來然後應之神宗悚然曰卿三言朕當熟思之凡在館閣皆當爲朕深思治亂無有所隱軾退言於同列安石不悅命權開封府推官將困之以事軾決斷精敏聲聞益遠會上元敕府市浙燈且令損價軾疏言陛下豈以燈爲悅此不過以奉二宮之歡耳然百姓不言戶曉皆謂以耳目不急之翫奪其口體必用之資此事至小體則甚大願追還前命卽詔罷之時安石創行新法軾上書論其不便曰臣之所欲言者三言而已願陛下結人心厚風俗存紀綱人主之所恃者人心而已如木之有根燈之有膏魚之有水農夫之有田商賈之有財失之則亡此理之必然也自古及今未有和易同衆而不安剛果自用而不危者陛下亦知人心之不悅矣祖宗以來治財用者不過三司今陛下不以財用付三司無故又創制置三司條例一司使六七少年日夜講求於內使者四十餘輩分行營幹於外夫制置三司條例司求利之名也六七少年與使者四十餘輩求利之器也造端宏大民實驚疑創法新奇吏皆惶

惑以萬乘之主而言利以天子之宰而治財論說百端喧傳萬口然而莫之顧者徒曰我無其事何恤於人言操罔罟而入江湖語人曰我非漁也不如捐網罟而人自信驅鷹犬而赴林藪語人曰我非獵也不如放鷹犬而獸自馴故臣以爲消讒慝而召和氣則莫若罷條例司今君臣宵旰幾一年矣而富國之功茫如捕風徒聞內帑出數百萬緡祠部度五千餘人耳以此爲術其誰不能而所行之事道路皆知其難汴水濁流自生民以來不以種稻今欲陂而淸之萬頃之稻必用千頃之陂一歲一淤三歲而滿矣陛下遂信其說卽使相視地形所在鑿空訪尋水利妄庸輕剽率意爭言官司雖知其疎不敢便行抑退追集老少相視可否若非灼然難行必須且爲興役官吏苟且順從眞謂陛下有意興作上糜帑廩下奪農時隄防一開水失故道雖食議者之肉何補於民臣不知朝廷何苦而爲此哉自古役人必用鄉戶今者徒聞江浙之間數郡顧役而欲措之天下單丁女戶蓋天民之窮者也而陛下首欲役之富有四海忍不加恤自楊炎爲兩稅租調與庸旣兼之矣奈何復欲取庸萬一後世不幸有聚斂之臣庸錢不除差役仍舊

推所從來則必有任其咎者矣青苗放錢自昔有禁今陛下始立成法每歲常行雖云不許抑配而數世之後暴君汙吏陛下能保之與計願請之戶必皆孤貧不濟之人鞭撻已急則繼之逃亡不還則均及鄰保勢有必至異日天下恨之國史記之曰青苗錢自陛下始豈不惜哉且常平之法可謂至矣今欲變為青苗壞彼成此所喪逾多虧官害民雖悔何及昔漢武帝以財力匱竭用賈人桑羊之說買賤賣貴謂之均輸于時商賈不行盜賊滋熾幾至於亂孝昭既立霍光順民所欲而予之天下歸心遂以無事不意今日此論復與立法之初其費已厚縱使薄有所獲而征商之額所損必多譬之有人為其主畜牧以一牛易五羊一牛之失則隱而不言五羊之獲則指為勞績今壞常平而言青苗之功虧商稅而取均輸之利何以異此臣竊以為過矣議者必謂民可與樂成難與慮始故陛下堅執不顧期於必行此乃戰國貪功之人行險僥倖之說未及樂成而怨已起矣臣之所願陛下結人心者此也國家之所以存亡者在道德之淺深不在乎强與弱曆數之所以長短者在風俗之薄厚不在乎富與貧人主知此則知所輕重矣故

臣願陛下務崇道德而厚風俗不願陛下急於有功而貪富强愛惜風俗如護元氣聖人非不知深刻之法可以齊衆勇悍之夫可以集事忠厚近於迂闊老成初若遲鈍然後不肯以彼易此者知其所得小而所喪大也仁祖持法至寬用人有敘專務掩覆過失未嘗輕改舊章考其成功則曰未至以言乎用兵則十出而九敗以言乎府庫則僅足而無餘徒以德澤在人風俗知義故升遐之日天下歸仁焉議者見其末年吏多因循事不振舉乃欲矯之以苛察齊之以智能招來新進勇銳之人以圖一切速成之效未享其利澆風已成多開驟進之門使有意外之得公卿侍從跬步可圖俾常調之人舉生非望欲望風俗之厚豈可得哉近歲樸拙之人愈少巧進之士益多惟陛下哀之救之以簡易爲法以清淨爲心而民德歸厚臣之所願陛下厚風俗者此也祖宗委任臺諫未嘗罪一言者縱有薄責旋卽超升許以風聞而無官長言及乘輿則天子改容事關廊廟則宰相待罪臺諫固未必皆賢所言亦未必皆是然須養其銳氣而借之重權者豈徒然哉將以折奸臣之萌也今法令嚴密朝廷清明所謂奸臣萬無此理然養猫以去鼠

不可以無鼠而養不捕之猫畜狗以防盜不可以無盜而畜不吠之狗陛下得不上念祖宗設此官之意下爲子孫萬世之防臣聞長老之談皆謂臺諫所言常隨天下公議公議所與臺諫亦與之公議所擊臺諫亦擊之今者物論沸騰怨讟交至公議所在亦知之矣臣恐自茲以往習慣成風盡爲執政私人以致人主孤立紀綱一廢何事不生臣之所願陛下存紀綱者此也軾見安石贊神宗以獨斷專任因試進士發策以晉武平吳以獨斷而克苻堅伐晉以獨斷而亡齊桓專任管仲而霸燕噲專任子之而敗事同而功異爲問安石滋怒使御史謝景溫論奏其過窮治無所得軾遂請外通判杭州高麗入貢使者發幣於官吏書稱甲子軾卻之曰高麗於本朝稱臣而不稟正朔吾安敢受使者易書稱熙寧然後受之時新政日下軾於其間每因法以便民民賴以安徙知密州司農行手實法不時施行者以違制論軾謂提舉官曰違制之坐若自朝廷誰敢不從今出於司農是擅造律也提舉官驚曰公姑徐之未幾朝廷知法害民罷之有盜竊發安撫司遣三班使臣領悍卒來捕卒凶暴恣行至以禁物誣民入其家爭鬬殺人且畏罪

驚潰將爲亂民奔訴軾軾投其書不視曰必不至此散卒聞之少安徐使人招出戮之徙知徐州河決曹村泛于梁山泊溢于南清河匯于城下漲不時洩城將敗富民爭出避水軾曰富民出民皆動搖吾誰與守吾在是水決不能敗城驅使復入軾詣武衞營呼卒長曰河將害城事急矣雖禁軍且爲我盡力卒長曰太守猶不避塗潦吾儕小人當效命率其徒持畚鍤以出築東南長堤首起戲馬臺尾屬于城雨日夜不止城不沈者三版軾廬於其上過家不入使官吏分堵以守卒全其城復請調來歲夫增築故城爲木岸以虞水之再至朝廷從之徙知湖州上表以謝又以事不便民者不敢言以詩託諷庶有補於國御史李定舒亶何正臣摭其表語並媒蘖所爲詩以爲訕謗逮赴臺獄欲寘之死鍛鍊久之不決神宗獨憐之以黃州團練副使安置軾與田父野老相從溪山間築室於東坡自號東坡居士三年神宗數有意復用輒爲當路者沮之神宗嘗語宰相王珪蔡確曰國史至重可命蘇軾成之珪有難色神宗曰軾不可姑用曾鞏鞏進太祖總論神宗意不允遂手扎移軾汝州有曰蘇軾黜居思咎閱歲滋深人材實難不忍終棄

軾未至汝上書自言飢寒有田在常願得居之朝奏夕報可道過金陵見王安石曰大兵大獄漢唐滅亡之兆祖宗以仁厚治天下正欲革此今西方用兵連年不解東南數起大獄公獨無一言以救之乎安石曰二事皆惠卿啓之安石在外安敢言軾曰在朝則言在外則不言事君之常禮耳上所以待公者非常禮公所以待上者豈可以常禮乎安石厲聲曰安石須說又曰出在安石口入在子瞻耳又曰人須是知行一不義殺一不辜得天下弗爲乃可軾戲曰今之君子爭減半年磨勘雖殺人亦爲之安石笑而不言至常神宗崩哲宗立復朝奉郎知登州召爲禮部郎中軾舊善司馬光章惇時光爲門下侍郎惇知樞密院二人不相合惇每以謔侮困光光苦之軾謂惇曰司馬君實時望甚重昔許靖以虛名無實見鄙於蜀先主法正曰靖之浮譽播流四海若不加禮必以賤賢爲累先主納之乃以靖爲司徒許靖且不可慢況君實乎惇以爲然光賴以少安遷起居舍人軾起於憂患不欲驟履要地辭於宰相蔡確確曰公徊翔久矣朝中無出公右者軾曰昔林希同在館中年且長確曰希固當先公邪卒不許元祐元年軾以七品服

入侍延和即賜銀緋遷中書舍人初祖宗時差役行久生弊編戶充役者不習其役又虐使之多致破產狹鄉民至有終歲不得息者王安石相神宗改爲免役使戶差高下出錢顧役行法者過取以爲民病司馬光爲相知免役之害不知其利欲復差役差官置局軾與其選軾曰差役免役各有利害免役之害掊斂民財十室九空斂聚於上而下有錢荒之患差役之害民常在官不得專力於農而貪吏猾胥得緣爲奸此二害輕重蓋略等矣光曰於君何如軾曰法相因則事易成事有漸則民不驚三代之法兵農爲一至秦始分爲二及唐中葉盡變府兵爲長征之卒自爾以來民不知兵兵不知農農出穀帛以養兵兵出性命以衞農天下便之雖聖人復起不能易也今免役之法實大類此公欲驟罷免役而行差役正如罷長征而復民兵蓋未易也光不以爲然軾又陳於政事堂光忿然軾曰昔韓魏公刺陝西義勇公爲諫官爭之甚力韓公不樂公亦不顧軾昔聞公道其詳豈今日作相不許軾盡言耶光笑之尋除翰林學士二年兼侍讀每進讀至治亂興衰邪正得失之際未嘗不反覆開導覬其所啓悟哲宗雖恭默不言輒首肯

之嘗讀祖宗寶訓因及時事軾歷言今賞罰不明善惡無所勸沮又黃河勢方北流而彊之使東夏人入鎮戎殺掠數萬人帥臣不以聞每事如此恐寖成衰亂之漸軾嘗鎖宿禁中召入對便殿宣仁后問曰卿前年爲何官曰臣爲常州團練副使曰今爲何官曰臣今待罪翰林學士曰何以遽至此曰遭遇太皇太后皇帝陛下曰非也曰豈大臣論薦乎曰亦非也軾驚曰臣雖無狀不敢自他途以進曰此先帝意也先帝每誦卿文章必嘆曰奇才奇才但未及進用卿耳軾不覺哭失聲宣仁后與哲宗亦泣左右皆感涕已而命坐賜茶徹御前金蓮燭送歸院三年權知禮部貢舉會大雪苦寒士坐庭中噤未能言軾寬其禁約使得盡技巡捕內侍每摧辱舉子且持曖昧單詞誣以爲罪軾盡奏逐之四年積以論事爲當軸者所恨軾恐不見容請外拜龍圖閣學士知杭州未行諫官言前相蔡確知安州作詩借郝處俊事以譏太皇太后大臣議遷之嶺南軾密疏朝廷若薄確之罪則於皇帝孝治爲不足若深罪確則於太皇太后仁政爲小累謂宜皇帝敕置獄逮治太皇太后出手詔赦之則於仁孝兩得矣宣仁后心善軾言而不能用軾出

郊用前執政恩例遣內侍賜龍茶銀合慰勞甚厚既至杭大旱饑疫並作軾請於朝免本路上供米三之一復得賜度僧牒易米以救飢者明年春又減價糶常平米多作饘粥藥劑遣使挾醫分坊治病活者甚衆軾曰杭水陸之會疫死比他處常多乃裒羨緡得二千復發橐中黃金五十兩以作病坊稍畜錢糧待之杭本近海地泉鹹苦居民稀少唐刺史李泌始引西湖水作六井民足於水白居易又浚西湖水入漕河自河入田所溉至千頃民以殷富湖水多葑自唐及錢氏歲輒浚治宋興廢之葑積爲田水無幾矣漕河失利取給江潮舟行市中潮又多淤三年一淘爲民大患六井亦幾於廢軾見茅山一河專受江潮鹽橋一河專受湖水遂浚二河以通漕復造堰牐以爲湖水蓄洩之限江潮不復入市以餘力復完六井又取葑田積湖中南北徑三十里爲長堤以通行者吳人種菱春輒芟除不遺寸草且募人種菱湖中葑不復生收其利以備修湖取救荒餘錢萬緡糧萬石及請得百僧度牒以募役者堤成植芙蓉楊柳其上望之如畫圖杭人名爲蘇公堤杭僧淨源舊居海濱與舶客交通舶至高麗交譽之元豐末其王子義天來

朝因往拜焉至是淨源死其徒竊持其像附舶往告
義天亦使其徒來祭因持其國母二金塔云祝兩宮
壽軾不納奏之曰高麗久不入貢失賜予厚利意欲
求朝未測吾所以待之厚薄故因祭亡僧而行祝壽
之禮若受而不荅將生怨心受而厚賜之正墮其計
今宜勿與知從州郡自以理却之彼庸僧猾商爲國
生事漸不可長宜痛加懲創朝廷皆從之未幾貢使
果至舊例使所至吳越七州費二萬四千餘緡軾乃
令諸州量事裁損民獲交易之利無復侵撓之害矣
浙江潮自海門東來勢如雷霆而浮山峙於江中與
漁浦諸山犬牙相錯洄洑激射歲敗公私船不可勝
計軾議自浙江上流地名石門並山而東鑿爲漕河
引浙江及谿谷諸水二十餘里以達于江又並山爲
岸不能十里以達龍山大慈浦自浦北折抵小嶺鑿
嶺六十五丈以達嶺東古河浚古河數里達于龍山
漕河以避浮山之險人以爲便奏聞有惡軾者力沮
之功以故不成軾復言三吳之水瀦爲太湖太湖之
水溢爲松江以入海海日兩潮潮濁而江清潮水常
欲淤塞江路而江水清駛隨輒滌去海口常通則吳
中少水患昔蘇州以東公私船皆以篙行無待挽者

珍倣宋版印

自慶曆以來松江大築挽路建長橋以扼塞江路故今三吳多水欲鑿挽路爲十橋以迅江勢亦不果用人皆以爲恨軾二十年間再涖杭有德於民家有畫像飲食必祝又生作祠以報六年召爲吏部尚書未至以弟轍除右丞改翰林承旨轍辭右丞欲與兄同備從官不聽軾在翰林數月復以讒請外乃以龍圖閣學士出知潁州先是開封諸縣多水患吏不究本末決其陂澤注之惠民河河不能勝致陳亦多水又將鑿鄧艾溝與潁河並且鑿黃堆欲注之於淮軾始至潁遣吏以水平準之淮之漲水高於新溝幾一丈若鑿黃堆淮水顧流潁地爲患軾言於朝從之郡有宿賊尹遇等數劫殺人又殺捕盜吏兵朝廷以名捕不獲被殺家復懼其害匿不敢言軾召汝陰尉李直方曰君能擒此當力言于朝乞行優賞不獲亦以不職奏免君矣直方有母且老與母訣而後行乃緝知盜所分捕其黨與手戟刺遇獲之朝廷以小不應格推賞不及軾請以己之年勞當改朝散郎階爲直方賞不從其後吏部爲軾當遷以符會其考軾謂已許直方又不報七年徙揚州舊發運司主東南漕法聽操舟者私載物貨征商不得留難故操舟者輒富厚

以官舟爲家補其弊漏且周船夫之乏故所載率皆速達無虞近歲一切禁而不許故舟弊人困多盜所載以濟飢寒公私皆病軾請復舊從之未閱歲以兵部尚書召兼侍讀是歲哲宗親祀南郊軾爲鹵簿使導駕入太廟有赭繖犢車幷青蓋犢車十餘爭道不避儀仗軾使御營巡檢使問之乃皇后及大長公主時御史中丞李之純爲儀仗使軾曰中丞職當肅政不可不以聞之純不敢言軾於車中奏之哲宗遣使齎疏馳白太皇太后明日詔整肅儀衛自皇后而下皆毋得迎謁尋遷禮部兼端明殿翰林侍讀兩學士爲禮部尚書高麗遣使請書朝廷以故事盡許之軾曰漢東平王請諸子及太史公書猶不肯予高麗所請有甚於此其可予乎不聽八年宣仁后崩哲宗親政軾乞補外以兩學士出知定州時國是將變軾不得入辭既行上書言天下治亂出於下情之通塞至治之極小民皆能自通迨於大亂雖近臣不能自達陛下臨御九年除執政臺諫外未嘗與羣臣接今聽政之初當以通下情除壅蔽爲急務臣日侍帷幄方當戍邊顧不得一見而行況疏遠小臣欲求自通難矣然臣不敢以不得對之故不效愚忠古之聖人將

有爲也必先處晦而觀明處靜而觀動則萬物之情畢陳于前陛下聖智絕人春秋鼎盛臣願虛心循理一切未有所爲默觀庶事之利害與羣臣之邪正以三年爲期俟得其實然後應物而作使既作之後天下無恨陛下亦無悔由此觀之陛下之有爲惟憂太蚤不患稍遲亦已明矣臣恐急進好利之臣輒勸陛下輕有改變故進此說敢望陛下留神社稷宗廟之福天下幸甚定州軍政壞弛諸衛卒驕惰不教軍校蠶食其稟賜前守不敢誰何軾取貪汙者配隸遠惡繕修營房禁止飲博軍中衣食稍足乃部勒戰法衆皆畏伏然諸校業業不安有卒史以贓訴其長軾曰此事吾自治則可聽汝告軍中亂矣立決配之衆乃定會春大閱將吏久廢上下之分軾命舉舊典帥常服出帳中將吏戎服執事副總管王光祖自謂老將恥之稱疾不至軾召書吏使爲奏光祖懼而出訖事無一慢者定人言自韓琦去後不見此禮至今矣契丹久和邊兵不可用惟沿邊弓箭社與寇爲鄰以戰射自衞猶號精銳故相龐籍守邊因俗立法歲久法弛又爲保甲所撓軾奏免保甲及兩稅折變科配不報紹聖初御史論軾掌內外制日所作詞命以爲譏

斥先朝遂以本官知英州尋降一官未至貶寧遠軍節度副使惠州安置居三年泊然無所蔕芥人無賢愚皆得其歡心又貶瓊州別駕居昌化昌化故儋耳地非人所居藥餌皆無有初僦官屋以居有司猶謂不可軾遂買地築室儋人運甓畚土以助之獨與幼子過處著書以爲樂時時從其父老游若將終身徽宗立移廉州改舒州團練副使徙永州更三大赦遂提舉玉局觀復朝奉郎軾自元祐以來未嘗以歲課乞遷故官止於此建中靖國元年卒于常州年六十六軾與弟轍師父洵爲文既而得之於天嘗自謂作文如行雲流水初無定質但常行於所當行止於所不可不止雖嬉笑怒罵之詞皆可書而誦之其體渾涵光芒雄視百代有文章以來蓋亦鮮矣洵晚讀易作易傳未究命軾述其志軾成易傳復作論語說後居海南作書傳又有東坡集四十卷後集二十卷奏議十五卷内制十卷外制三卷和陶詩四卷一時文人如黄庭堅晁補之秦觀張耒陳師道舉世未之識軾待之如朋儔未嘗以師資自予也自爲舉子至出入侍從必以愛君爲本忠規讜論挺挺大節羣臣無出其右但爲小人忌惡擠排不使安於朝廷之上高

宗即位贈資政殿學士以其孫符爲禮部尚書又以其文寘左右讀之終日忘倦謂爲文章之宗親製集贊賜其曾孫嶠遂崇贈太師謚文忠軾三子邁迨過俱善爲文邁駕部員外郎迨承務郎

過字叔黨軾知杭州過年十九以詩賦解兩浙路禮部試下及軾爲兵部尚書任右承務郎軾帥定武謫知英州貶惠州遷儋耳漸徙廉永獨過侍之凡生理晝夜寒暑所須者一身百爲不知其難初至海上爲文曰志隱軾覽之曰吾可以安於島夷矣因命作孔子弟子別傳軾卒於常州過葬軾汝州郟城小峨眉山遂家潁昌營湖陰水竹數畝名曰小斜川自號斜川居士卒年五十二初監太原府稅次知潁昌府郾城縣皆以法令罷晚權通判中山府有斜川集二十卷其思子臺賦颶風賦早行於世時稱爲小坡蓋以軾爲大坡也其叔轍每稱過孝以訓宗族且言吾兄遠居海上惟成就此兒能文也七子籥籍節笈篳篴箾

論曰蘇軾自爲童子時士有傳石介慶曆聖德詩至蜀中者軾歷舉詩中所言韓富杜范諸賢以問其師師怪而語之則曰正欲識是諸人耳蓋已有頡頏當

世賢哲之意弱冠父子兄弟至京師一日而聲名赫然動於四方既而登上第擢詞科入掌書命出典方州器識之閎偉議論之卓犖文章之雄雋政事之精明四者皆能以特立之志爲之主而以邁往之氣輔之故意之所向言足以達其有猷行足以遂其有爲至於禍患之來節義足以固其有守皆志與氣所爲也仁宗初讀軾轍制策退而喜曰朕今日爲子孫得兩宰相矣神宗尤愛其文宮中讀之膳進忘食稱爲天下奇才二君皆有以知軾而軾卒不得大用一歐陽脩先識之其名遂與之齊豈非軾之所長不可掩抑者天下之至公也相不相有命焉嗚呼軾不得相又豈非幸歟或謂軾稍自韜戢雖不獲柄用亦當免禍雖然假令軾以是而易其所爲尚得爲軾哉

東坡先生年譜

五羊王宗稷編

仁宗皇帝景祐三年丙子

先生生於是年十二月十九日乙卯時按先生送沈逵詩云嗟我與君皆丙子又有贈長蘆長老詩云與公同丙子三萬六千日又按玉局文云十二月十九日東坡生日置酒赤壁磯上又按志林云退之以磨蝎爲身宮而僕以磨蝎爲命若以磨蝎爲命推之則爲卯時生議者以先生十二月爲辛丑十九日爲癸亥日丙子癸亥水向東流故才汗漫而澄清子卯相刑晚年多難

四年丁丑

寶元元年戊寅

二年己卯

康定元年庚辰

慶曆元年辛巳

二年壬午

是年先生七歲已知讀書按先生上韓魏公梅直講書云自七八歲知讀書又按先生長短句

集洞仙歌自序云僕七歲時見眉州老尼姓朱
年九十餘能知孟昶宫中事又考冷齋夜話載
先生云某七八歲時嘗夢游陝右

三年癸未

是年先生八歲入小學按志林云吾八歲入小
學以道士張易簡爲師師獨稱吾與陳太初者
又按先生作范文正公文集序云慶曆三年某
始入鄉校士有自京師來以魯人石守道慶曆
聖德詩示鄉先生某從旁竊觀問先生十一人
何人也先生曰童子何用知之某曰此天人也
耶則不敢知若亦人耳何爲其不可

四年甲申

五年乙酉

按子由作先生墓誌云公生十年而先君宦學
四方太夫人親授以書問古今成敗輒能語其
要太夫人讀東漢史至范滂傳慨然太息公侍
側曰某若爲滂夫人亦許之否乎夫人曰汝能
爲滂吾顧不能爲滂母耶公亦奮厲有當世志
太夫人喜曰吾有子矣又按大全集載東坡少
時語云秦少章言東坡十來歲蘇曾令作夏侯

太初論有人能碎千金之璧不能無失聲於破釜能搏猛虎不能無變色於蜂蠆之語老蘇愛此論年少所作故不傳又按趙德麟所編侯鯖錄云東坡年十歲在鄉里見老蘇誦歐公謝宣召赴學士院仍謝賜對衣金帶及馬表老蘇令坡擬之其間有匪伊垂之帶有餘非敢後也馬不進老蘇喜曰此子他日當自用之

六年丙戌

七年丁亥

先生年十二按先生所作天石硯銘曰某年十二時於所居紗縠行宅隙地中與羣兒鑿地爲戲得異石鏗然扣之有聲又按先生作鍾子翼哀詞云某年十二先君宮師歸自江南又按先生與曾子固書云祖父之沒某年十二矣

八年戊子

皇祐元年己丑

二年庚寅

三年辛卯

四年壬辰

先生年十七按長短句滿庭芳序云余年十七

始與劉仲達往來於眉山

五年癸巳

至和元年甲午

先生年十九始娶眉州青神王方女按先生作王氏墓誌云生有十九歲而歸于某至治平二年王氏卒年二十有七以王氏年數考之則甲午年歸于先生明矣

二年乙未

是歲先生年二十游成都謁張安道按先生作樂全先生文集序云某年二十以諸生見公成都一見待以國士有晁美叔是年求交於先生按送美叔詩云我生二十無朋儔當時四海一子由君來扣門若有求

嘉祐元年丙申

先生年二十一舉進士按鳳鳴驛記云始余丙申歲舉進士過扶風求舍於館人不可而出次於逆旅又有寫老蘇送石舍人序

二年丁酉

先生年二十二赴試禮部館于興國寺浴室院按先生作興國六祖書贊云余嘉祐初舉進士

館于興國浴室院時歐陽文忠公考試得先生
刑賞忠厚之至論以爲異人欲冠多士疑曾子
固所爲子固文忠門下士也乃寘先生第二復
以春秋對義居第一及殿試章衡牓中進士乙
科始見知于歐陽公及韓魏公富鄭公皆待以
國士又按先生作太息一篇送秦少章歸京云
昔吾舉進士試名於禮部歐陽文忠公見吾文
且曰此我輩人也吾當避之是時士以剽裂爲
文訕公者成市又有上韓太尉書云某年二十
有二矣及有上梅直講書是年先生登第之後
四月丁太夫人武陽君程氏憂按司馬温公作
程夫人墓誌云夫人以嘉祐二年四月癸丑終
於鄉里又按老蘇寄文忠公書云二子不免丁
憂今已到家

三年戊戌

四年己亥

是歲先生年二十四服除十二月侍老蘇舟行
適楚按先生南行前集序云己亥之歲侍行適
楚舟中無事雜然有觸於中而發於詠嘆蓋家
君之作與弟轍之文皆在焉謂之南行集

五年庚子

是歲先生年二十五授河南府福昌縣主簿有新渠詩其序云庚子正月予過唐州太守趙侯始復之陂疏召渠爲新渠詩五章以告于道路致侯之意

六年辛丑

是年先生二十六應中制科入第三等有應制科上兩制書及上富丞相書又有謝應中制科啓授大理評事鳳翔府簽判按先生有感舊詩序云嘉祐中予與子由奉 制策寓居懷遠驛時年二十六子由年二十三耳是年十二月赴鳳翔任與子由別馬上賦詩到任有石鼓詩云冬十二月歲辛丑我初從政見魯叟及有鳳翔八觀及鳳鳴驛記

七年壬寅

先生年二十七官于鳳翔二月有 詔郡吏分往屬外決囚作詩五百言寄子由又有壬寅重九不預會遊普門寺僧閣有懷子由詩及按志林有論太白山舊封公爵爲文記之是歲嘉祐七年也又有記歲暮鄉俗三首以子由和守歲

詩考之云顧兎追龍蛇子由注云是歲壬寅乃
知記歲暮鄉俗三詩作於壬寅歲矣
八年癸卯
先生年二十八官于鳳翔作思治論
英宗皇帝治平元年甲辰
先生年二十九官于鳳翔
二年乙巳
先生年三十自鳳翔罷任按子由作先生墓誌
云治平二年罷還判登聞鼓院　英宗皇帝在
藩邸聞先生名欲以唐故事召入翰林宰相限
以近例召試祕閣皆入三等得直史館是年通
義郡君王氏卒於京師
三年丙午
先生年三十一在京師直史館丁老蘇憂扶護
歸蜀按歐陽文忠公作老蘇墓誌云明允太常
因革禮書一百卷書成方奏未報君以疾卒實
治平三年四月戊申也又按張安道作老蘇文
安先生墓表云太常禮書成未報以疾卒實治
平三年四月也　英宗皇帝聞而傷之命有司
具舟載其喪歸葬于蜀

四年丁未

先生年三十二居服制中以八月壬辰葬老蘇于眉州

神宗皇帝熙寧元年戊申

先生年三十三免喪按四菩薩閣記云載四菩薩版以歸旣免喪嘗與往來浮屠人勸某爲先君捨施爲大閣以藏之作記乃熙寧元年十月

二年己酉

先生年三十四還　朝監官告院按烏臺詩話云熙寧二年某在京授差遣與王詵寫詩賦及蓮華經

三年庚戌

先生年三十五監官告院有送章子平詩其序云熙寧三年子平自右司諫直集賢院出牧鄭州賦詩餞之又有送錢藻知婺州詩分韻得英字送曾子固倅越詩分韻得燕字烏臺詩話云舊例館閣補外同舍餞送必分韻又有寄劉貢甫詩是年范景仁嘗舉先生充諫官

四年辛亥

先生年三十六任監官告院兼判尚書祠部王

荆公欲變科舉　上疑焉使兩制三館議之先生獻三言荆公之黨不悅命攝開封府推官有奏罷買燈疏御史以雜事誣奏先生過失未嘗一言以自辯乞外任避之除通判杭州有赴任過揚州與劉貢甫孫巨源劉莘老相聚數月用逐人字作詩十一月到任有初到杭州寄子由兩絕除夕先生以通判職事直都廳日暮返舍題一詩于壁

五年壬子

先生年三十七在杭州通判任是歲有牡丹記其序云熙寧五年三月二十三日余從太守沈公觀花於吉祥寺是年科場先生監試有呈試官詩及試院煎茶詩催試官考較試作八月十七日登望湖樓是日榜出與試官兩人復留有五絕句又有送杭州進士詩序云熙寧五年錢塘之士貢於禮部者九人十月乙酉宴于中和堂作是詩以勉之十二日運司差先生往湖州相度堤埒利害與湖州太守孫莘老相見有贈莘老七絕及作山村五絕是歲又作送杜子方詩及臘月遊孤山訪惠勤惠思二僧有詩

六年癸丑

先生年三十八在杭州通判任有八月十五觀湖詩寫于安濟亭上及作　仁宗皇帝飛白記其略云熙寧六年冬以事至姑蘇安簡王公子誨出所賜公端敏二字又有作錢塘六井記其略云熙寧五年太守陳公述古至問民之利病明年春六井畢脩故詳其語以告後人運司又差先生往潤州道出秀州錢安道送茶和詩是歲有次韻章傳道詩和劉貢甫秦字韻詩寄劉道原詩及和陳述古冬日牡丹詩四絶又有題贈法惠師小童思聰

七年甲寅

先生年三十九在杭州通判任正月遊風水洞推官李泌先行三日留風水洞相待有詩題壁是年納侍妾朝雲墓誌云朝雲姓王氏錢塘人事先生二十有三年紹聖三年卒于惠州年三十四以歲月考之熙寧之甲寅至紹聖之丙子恰二十三年乃知納朝雲在是年明矣朝雲年三十四是爲癸卯生來事先生方十二云先生以子由在濟南求爲東州守按子由超然臺賦

序云子瞻通守餘杭三年不得代以轍之在濟
南也求爲東州守既得請高密五月乃有移知
密州之命按先生作勤上人詩集序云熙寧七
年余自錢塘赴高密又按先生辛未別天竺觀
音詩序云余昔通守錢塘移莅膠西以九月二
十日來別南北山道友乃知先生以秋末去杭
按先生記游松江說云吾昔自杭移高密與楊
元素同舟而陳令舉張子野皆從余過李公擇
於湖遂與劉孝叔俱至松江夜半月出置酒垂
虹亭上子野年八十五以歌詞聞於天下作定
風波令及道過常州爲錢公轉作哀辭及有與
段屯田詩云龍鍾三十九勞生已强半歲暮日
斜時還爲昔人嘆是年又作烏晁繹先生文集序
又有師子屏風贊云潤州甘露寺有唐李衞公
所留陸探微畫師子版余自錢塘移守膠西過
而觀焉是年先生在潤州道上過除夜則師子
贊必在是年矣又有潤州道上過除夜詩兩絕

八年乙卯

先生年四十到密州任有上韓丞相論災傷書
其到郡二十餘日矣又論密州鹽稅又作後杞

菊賦其序云予仕宦十有九年家日益貧移守
膠西而齋厨索然按先生丁酉年登第至是恰
十九年矣是年有送劉孝叔吏部詩及和李公
擇來字韻詩及常山祈雨感應立雩泉

九年丙辰

先生年四十一在密州任作刻秦篆記云熙寧
九年丙辰蜀人蘇某來守高密是年中秋歡飲
達旦作水調歌頭懷子由及作薄薄酒二章又
寫超然臺記寄李清臣又祭常山神文書膠西
蓋公堂照壁畫贊及作山堂銘作表忠觀碑

十年丁巳

先生年四十二在密州任就差知河中府已而
改知徐州四月赴徐州任有留别釋迦院牡丹
呈趙倅詩按子由作先生墓誌云自密徙徐是
歲河決曹村乃知是丁巳自密改東徐又與子
由相會於澶濮之間相約赴彭城留百餘日宿
於逍遙堂子由有兩絶先生和之徐州水患大
作七月十七日河決澶州曹村掃八月二十一
日及徐州城下先生治水有功至十月五日水
漸退城以全　朝廷降詔奬諭作河復詩韓幹

畫馬歌司馬君實獨樂園詩及送范蜀公往西京詩又有和子由水調歌頭詞及有與王定國顏長道泛舟詩有回頭四十二年非之句

元豐元年戊午

先生年四十三在徐州任適值春旱徐州城東二十里有石潭置虎頭其中可致雷雨作起伏龍行是年三月始識王迥子高聞與仙人周瑤英遊作芙蓉城詩二月有　旨賜錢二千四百一十萬起夫四千二十三人及發常平錢米改築徐州外小城創木岸四以獎諭　敕記併刻諸石爲熙寧防河錄云迺卽徐州城之東門爲大樓堊以黃土名之曰黃樓以土實勝水故也子由作黃樓賦先生跋云元豐元年八月癸丑樓成九月庚辰大合樂以落之又有中秋月三首云六年逢此月五年照離別先生注云中秋有月凡六年矣惟去歲與子由會於此去歲之會乃逍遙堂和詩之時也又有九日黃樓作古詩一首云去年重陽不可說南城夜半千漚發之句以去年九月大水未退故有是語又作放鶴亭記滕縣公堂記鹿鳴燕詩序和魯直古風

二首及次韻潛師放魚和舒堯文祈雪詩祭文

與可及作石炭詩又作日喻一篇

二年己未

先生年四十四在徐州任正月己亥同畢仲孫

舒煥八人游泗之上登石室使道士戴日祥鼓

雷氏琴先生有記按玉局文云僕在徐州王子

立子敏皆館於官舍而蜀人張師厚來過二王

方年少吹洞簫飲酒杏花下三月自徐州移知

湖州按先生作張氏園亭記云余自彭城移守

吳興由宋登舟三宿而至其記乃三月二十七

日所作乃知三月移湖州明矣是年以四月二

十九日到湖州任作送通教大師還杭州序及

爲章質夫作思堂記王定國作三槐堂記跋歐

陽文忠公家書後在湖州王子立子敏皆從先

生作子立墓誌云子立子敏皆從余學於吳興

學道日進東南之士稱之有與王郎昆仲及兒

子邁遶城觀荷花登峴山亭晚入飛英寺分韻

得月明星稀四首又有泛舟城西會者五人分

韻得人皆苦炎字四首又作文與可畫篔簹谷

偃竹記其末云元豐二年七月七日予在湖州

曝書見畫廢卷而哭失聲是歲言事者以先生湖州到任謝表以爲謗七月二十八日中使皇甫遵到湖追攝按子立墓誌云予得罪於吳興親戚故人皆驚散獨兩王子不去送予出郊曰死生禍福天也公其如天何返取予家致之南都又按先生上文潞公書云某始就逮赴獄有一子稍長徒步相隨其餘守舍皆婦女幼稚至宿州御史符下就家取書州郡望風遣吏發卒圍船搜取長幼幾怖死既去婦女恚罵曰是好箸書書成何所得而怖我如此悉取焚之八月十八日赴臺獄中有寄子由詩二首及賦榆槐竹柏四詩又有十二月二十日恭聞 太皇太后升遐吏以某罪人不許成服欲哭則不可欲泣則不敢作挽詩二首已而獄具十二月二十九日責授黃州團練副使本州安置是年子由聞先生下獄上書乞以見任官職贖先生罪責筠州酒官出獄再次寄子由二詩韻有百日歸期恰及春之句先生自八月坐獄至是踰百日矣

三年庚申

先生年四十五責黃州自京師道出陳州子由自南郡來陳相見三日而別先生有古詩有便爲齊安民之句又與文逸民飲別攜手河堤上作詩與子由別乃正月十有四日也至十八日蔡州道上遇雪有次子由韻古詩二首過新息縣有示鄉人任師中一首任伋字師中眉州人嘗倅黃州卜居新息先生以詩示之又有過淮詩游淨居寺詩至岐亭訪故人陳慥季常爲留五日賦詩一首而去乃以二月一日至黃州寓居定惠院有初到黃州詩按先生別王文甫子辯云僕以元豐三年二月一日到黃州家在南都獨與兒子邁來是年五月子由來齊安先生有詩迎之又有曉至巴河迎子由詩乃與子由同遊武昌西山寒溪寺有古詩一首定惠顒師爲先生竹下開嘯軒作詩記其事又作五禽言又有定惠寺寓居月夜偶出詩云去年花落在徐州對月酣歌美清夜今年黃州見花發小院閉門風露下蓋懷在徐州與張師厚王子立子敏飲酒杏花下時也定惠有海棠一株土人不知其貴先生作詩有也知造物有深意故遣佳

人在幽谷之句按近日黃州東坡圖云先生寓居定惠未久以是春遷臨皐亭乃舊日之回車院也又有遷居臨皐亭詩先生就臨皐亭立南堂有詩五絶又有讀戰國策及作石芝詩先生是歲又有答秦太虛書借得本州天慶觀道士堂冬至後坐四十九日先生乳母王氏八月卒于臨皐亭按先生上文潞公書云到黃州無所用心覃思易論語若有所得由是言之先生到黃定居之後卽作易傳九卷論語五卷必始於是歲矣

四年辛酉

先生年四十六在黃州寓居臨皐亭正月往岐亭訪陳季常以岐亭五首考之云元豐三年正月岐亭爲留五日明年正月復往見之過古黃州獲一鑑周尺有二寸有鑑銘云元豐四年正月余自齊安往岐亭泛舟而還過古黃州獲一鑑周尺有二寸是年先生請故營地之東名之以東坡考東坡八首序云余至黃二年日以困匱故人馬正卿哀予乏食於郡請故營地使躬耕其中蓋先生庚申來黃至辛酉爲二年矣以

東坡圖考之辛酉方營東坡次年始築雪堂以贈孔毅甫詩觀之去年東坡拾瓦礫今年刈草蓋雪堂則雪堂作於壬戌歲明矣又有中秋日飲酒江亭上有贈鄭君求字及記游松江說聞捷說按大全集雜說云元豐辛酉冬至僕在黃州姪安節遠來飲酒樂甚以識一時盛事又有冬至贈安節詩云平生幾冬至少小如昨日又有與安節夜坐賦繫字韻詩三首及正月過岐亭作應夢羅漢記

五年壬戌

先生年四十七在黃州寓居臨皋亭就東坡築雪堂自號東坡居士以東坡圖考之自黃州門南至雪堂四百三十步雪堂問云蘇子得廢圃於東坡之脅號其正曰雪堂以大雪中爲之因繪雪於四壁之間無容隙其名蓋起於此先生自書東坡雪堂四字以榜之試以東坡圖考雪堂之景堂之前則有細柳前有浚井西有微泉堂之下則有大冶長老桃花茶巢元脩菜何氏叢橘種秔稌蒔棗栗有松期爲可斲種麥以爲奇事作陂塘植黃桑皆足以供先生之歲用而

爲雪堂之勝景云耳以長短句擬斜川觀之元豐壬戌之春予躬耕東坡築雪堂以居之南挹四望亭之後西控北山之微泉慨然而歎此亦斜川之遊也作江城子詞是年三月先生以事至蘄水觀悼徐德占詩序云元豐五年三月余以事至蘄水德占惠然見訪又有春夜行蘄水過酒家飲酒乘月至一橋上曲肱少休作西江月詞又遊蘄水清泉寺作浣溪沙詞又作寒食詩二首云自我來黃州已見三寒食先生庚申二月來黃至是三寒食矣太守徐君猷分新火先生有詩謝之有臨皋亭中一危坐三見清明改新火之句七月遊赤壁有赤壁賦云壬戌之秋七月既望蘇子與客泛舟遊于赤壁之下十月又遊之有後赤壁賦以東坡圖考之後赤壁賦云十月既望蘇子步自雪堂將歸于臨皋則壬戌之冬未還而先生以甲子六月過汝則居雪堂止年餘由是推之先生自臨皋遷雪堂必在壬戌十月之後明矣又有和孔毅甫久旱已其雨三首云去年太歲空在酉乃知指去年辛酉而言之也又按長短句有飲王文甫家集古

句作墨竹定風波及夢扁舟望棲霞作鼓笛慢及記單驤孫兆事迹作怪石供及重九作醉蓬萊示黃守徐君猷有羈旅三年之句先生庚申來黃至是恰三年矣

六年癸亥

先生年四十八在黃州爲通判孟亨之跋子由君子泉銘及有題唐林父筆文閏八月有詩與武昌主簿吳亮工又有記承天夜遊云十月十二夜至承天寺尋張懷民相與步於中庭庭中如積水空明水中藻荇蓋竹柏影也及作一絶送曹煥往筠州序云明年余過圓通始得其詳先生甲子歲自黃之江遊廬山則送曹煥詩必在是年矣又夢中作祭春牛文云元豐六年十二月二十七日天欲明夢數吏人持紙請祭春牛文予取筆疾書其上

七年甲子

先生年四十九在黃州二月與徐得之參寥子步自雪堂至乾明寺有師中庵題名又有記定惠寺海棠說四月乃有量移汝州之命按先生長短句滿庭芳序云四月一日予將自黃移汝

留別雪堂鄰里二三君子李仲覽來書以遺之詞中有坐見黃州再閏之句按東坡圖云郡人潘邠老及弟大觀俱以詩知名多從先生游先生去以雪堂付之邠老因以居焉四月六日又作安國寺記有別黃州詩有過江夜行武昌山上聞黃州鼓角詩黃州送先生者皆至於慈湖陳季常獨至九江既到江州和李太白潯陽宮詩其序云今予亦四十九感之次其韻因游廬山有記遊廬山說云僕初入廬山山谷奇秀平生所欲見應接不暇不欲作詩已而山中僧俗皆曰蘇子瞻來矣不覺作一絕入開元寺主僧求詩作瀑布一絕往來十餘日作漱玉亭三峽橋詩與摠老同遊西林有贈摠老及題西林壁皆絕句也又有寫寶蓋頌與僊長老其序云圓通禪院先君舊遊也四月二十四日晚至宿焉明日先君忌日寫寶蓋頌以贈長老僊公蓋先生端午已在筠州計程必作宮師忌日之後即爲高安之行矣途中又有題李公擇山房及過建昌李野夫公擇故居有古詩一首按跋李志中文云元豐七年某舟行赴汝乃自富川陸走

高安別家弟子由以冷齋夜話考之子由在筠州雲庵居洞山聰禪師亦蜀人居壽聖寺一夕三人同夢迎五祖戒和尚拊手大笑曰世間果有同夢者異哉久之東坡書至曰已至奉新旦夕相見三人同出二十里建山寺而東坡至各追繹所夢坡曰某年七八歲時嘗夢某身是僧往來陝右雲庵驚曰戒陝右人也暮年棄五祖來遊高安終於大愚逆數蓋五十年而坡時年四十九矣又以先生古詩考之有自興國往筠宿石田驛詩及將至筠州先寄遲适遠三猶子詩端午遊真如寺及別子由三首在筠州爲留十日又有初別子由至奉新作皆先生筠州之作也七月過金陵有與葉致遠唱和詩途中又有送沈逵赴廣南詩云嗟我與君皆丙子四十九年窮不死又云我方北渡脫重江君復南行輕萬里逼歲到泗州十二月十八日浴雍熙塔下作如夢令兩闋又作滿庭芳與劉元達序云余年十七與仲達往來於眉山四十九相逢於泗上晦日同遊南山話舊感嘆又有跋李志中文天石硯銘又作水龍吟及有謝黃師是除夜

送酥酒詩先生上表乞於常州居住其略云今雖已至泗州而貲用罄竭見一面前去南京聽候　朝旨又考騾馱驛試筆云正月四日離泗州則是除夜在泗州明矣

八年乙丑

先生年五十按大全集雜說騾馱驛試筆云今日離泗州然吾方上書求居常州乃正月四日書及到南京有放歸陽羨之命遂居常州五月內復朝奉郎知登州再過密州有贈太守霍翔詩云十年不赴竹馬約蓋先生丁巳歲去密至是以成數爲十年矣過海州嘆高麗館壯麗作一絕到郡五日以禮部郎官召到省半月除起居舍人在登州有海市詩又有別登州舉人詩有休嫌五日怱怱守之句又有贈杜介詩及題楞伽跋多寶院文又有題登州蓬萊閣及跋起居錢公文後

哲宗皇帝元祐元年丙寅

先生年五十一以七品服入侍延和改賜銀緋尋除中書舍人按志林云元祐元年余爲中書舍人復遷翰林學士知制誥是年有法雲寺鍾

銘又作真相院釋迦舍利塔銘及作元祐元年

九月六日明堂赦文又有內中告遷　神御於

新添脩殿奉安祝文及奉告天地社稷宗廟宮

觀寺院祈雪祝文五嶽四瀆祈雪祝文及任中

書舍人日舉江寧府司理周穜充學官及除內

翰又有舉魯直自代狀

二年丁卯

先生年五十二爲翰林學士復除侍讀有書石

舍人北使序後及有與喬仝寄賀君詩其序云

元祐二年仝來京師十數日予留之不可又有

二月八日朝退起居院感申公故事作一絕又

有書子由日本扇後及作祭王宜甫文又作興

國寺六祖畫贊至嘉祐初舉進士館於興國浴

室院予去三十一年而中書舍人彭器資亦館

於是余往見之按先生嘉祐丁酉舉進士至元

祐丁卯恰三十一年矣是年又作西京應天院

脩神御畢告遷諸神祝文及奉安　神宗皇帝

神御祝文及景靈宮宣光殿奉安　神宗皇帝

御容祝文五嶽四瀆祈雨祝文天地宗廟社稷

祈雨祝文景靈宮天興殿開淘井眼祭告里域

真官祝文

三年戊辰

先生年五十三任翰林學士有和子由元日省宿致齋有白髮蒼顏五十三之句是年省試先生知貢舉開院日有與李方叔詩序云僕與李廌方叔相知久矣僕領貢舉事李不得第愧甚作詩謝之又和錢穆父雪中見及有行避門生時小飲之句又充館伴北使按先生與陳傳道書云某頃伴虜使頗能誦某文乃知先生高文大冊傳播夷夏又豈止及於雞林行賈而已哉是年作呂大防范純仁左右相制端午帖子詞元祐三年六月德音赦文及作西路闕雨祈雨祝文按趙德麟侯鯖錄云東坡云元祐三年二月二十一日與魯直蔡天啓會于伯時舍錄鬼仙詩文有議論作詩付過又有論樂等說及與王晉卿論雪堂義墨及爲文驥作字說又十二月二十一日立延和殿中論盛度誥詞

四年己巳

先生年五十四任翰林學士有東太一宮脩殿告十神太一真君祝文三月內累章請郡除龍

圖閣學士知杭州按子由作先生墓誌云宣
仁心善先生辯蔡持正之謗出郊遣內侍賜龍
茶銀合用前執政恩例先生以七月三日到杭
州任謝表云江山故國所至如歸父老遺民與
臣相問以先生去杭州十六年故有是語爾到
任有謁文宣王廟祝文云昔自太史通守是邦
今由禁林出使浙右又有謁諸廟祝文先生之
帥杭也替林子中先生有和子中詩有江邊遺
愛啼斑白之句是年過吳興又作定風波爲六
客詞作范文正公文集序及跋邢惇夫賦書米
元章又有己巳重九和蘇伯固點絳脣是歲子
由使契丹先生有詩送之有單于若問君家世
莫道中朝第一人之句先生出牧餘杭子由代
先生爲學士

五年庚午

先生年五十五在杭州任有論西湖狀及論高
麗公案有謝元祐五年曆日表有與劉景文蘇
伯固遊七寶寺題竹上絕句又有庚午重九點
絳脣十月二十六日與晦老全翁元之敦夫遊
南屏寺記點茶試墨說十二月遊小靈隱聽林

道人彈琴及有乞僧子珪師號狀除夜有和熙寧中題都廳詩序云熙寧中某通守此邦除夜題一詩于壁今二十年矣蓋熙寧辛亥至元祐庚午恰二十年是年又有書朱象先畫後及問淵明說

六年辛未

先生年五十六在杭州任被召按先生作別天竺觀音三絕序云以三月九日被 旨赴闕又按先生作參寥泉銘云予以寒食去郡又上元作會有獻翦綵花者作浣溪沙寄袁公濟先生之去杭也林子中復來替先生是以先生與子中啓有適相先後之說過潤州作臨江仙別張秉道既到京師除翰林承旨復侍邇英按子由所作潁濱遺老傳云先生召還本除吏部尚書復以臣故改翰林承旨臣之私意元不遑安乞寢臣新命與兄同備從官不報六月作上清儲祥官碑其略云元祐六年六月丙午 制詔臣某上清儲祥宮成當書之石臣待罪北門記事之成職也按趙德麟侯鯖錄云先生元祐中再召入院作承旨乃益舊擬作衣帶馬表云枯羸

之質匪伊垂之帶有餘歛退之心非敢後也馬
不進數月以弟嫌請郡復以舊職知潁州按先
生懷舊別子由詩云元祐六年予自杭州召還
寓居子由東府數月復出領汝陰時予年五十
六矣到任有謁文宣王及諸廟文有祭歐陽文
忠文及有到潁未幾公帑已竭齋廚索然戲作
數句按趙德麟侯鯖錄云元祐六年冬汝陰久
雪人飢一日天未明東坡先生簡召議事曰某
一夕不寐念潁人之饑欲出百餘千造炊餅救
之老妻謂某曰子昨過陳見傅欽之言簽判在
陳賑濟有功不問其賑濟之法某遂相招令時
面議曰已備之矣今細民之困不過食與火耳
義倉之積穀數千石便可支散以救下民作院
有炭數萬秤酒務有柴數十萬秤依元價賣之
可濟中民先生曰吾事濟矣遂草放積欠賑濟
奏陳履常有詩先生次韻有可憐擾擾雪中人
之句爲是故也由此觀之先生善政救民之飢
真得循吏之體矣又有聚星堂雪詩祭辯才文
跋張乖崖文後及志林載夢中論左傳說及論
子厚瓶賦又有十二月二日與歐陽叔弼季默

夜坐記道人問真說是年潁州災傷先生奏乞罷黃河夫萬人開本州溝瀆從之

七年壬申

先生年五十七在潁州任按趙德麟侯鯖錄云元祐七年正月東坡在汝陰州堂前梅花大開月色鮮霽先生王夫人曰春月色勝如秋月色秋月令人慘悽春月令人和悅何如召趙德麟輩來飲此花下先生大喜曰吾不知子亦能詩耶此真詩家語耳遂召與二歐飲先生用是語作減字木蘭花有不似秋光只與離人照斷腸之句已而改知揚州先生之在潁也與趙德麟同治西湖未幾有維揚之命三月十六日湖成德麟有詩見懷先生次韻又再和之及作雙石詩示僚友按冷齋夜話云東坡鎮維揚幕下皆奇豪一日石塔長老求解院歸西湖坡將僚佐袖中出疏使晁無咎讀之其詞有爲東坡而少留之句已而以兵部尚書召有召還至都門先寄子由詩有一味豐年說淮潁之句復兼侍讀是年南郊先生爲鹵簿使尋遷禮部尚書遷端明侍讀學士有讀朱暉傳題文潛語後及作醉

八年癸酉

先生年五十八任端明侍讀二學士是年先生繼室同安郡君王氏卒於京師按先生作西方阿彌陀贊序云蘇某之妻王氏元祐八年八月一日卒于京師謹按先生初娶通義郡君王氏乃同安之堂姊也先生祭王君錫文人云某始婚姻公之猶子允有令德夭閼莫遂惟公幼女嗣執罍篚由是推之通義爲同安之堂姊明矣但未能究先生再娶之歲月耳又有八月二十七日建隆章淨館成一絕有坐待宮人畫詔回之句復以二學士出知定州九月十四日東府雨中作示子由云去年秋雨時我在廣陵歸今年中山去白首歸無期蓋定州之除必在九月內矣到定州任有祭韓魏公文書定州學士硯蓋作中山松醪賦是年又作杜輿子師字說及論子方蟲有夢南軒語

紹聖元年甲戌

先生年五十九知定州就任落兩職追一官知英州有辭宣聖文行至滑州有乞舟行赴英州

狀云帶家屬數人前去汴泗之間乘舟泛江倍道而行至南康軍出陸赴任未到任間再貶寧遠軍節度副使惠州安置過虔州有記真君籤說云八月二十一日過虔州與王巖翁同謁祥符宮又有鬱孤臺游字韻詩與霍守李倅更和數首又有初入贛作又有題天竺樂天石刻余年幼時先君自虔州歸言天竺有樂天詩今四十七年矣蓋先生年十二老蘇歸自江南至是恰四十七年矣是年以十月二日到惠州寓居嘉祐寺有初到惠州詩當月十二日與幼子過同遊白水佛迹浴於湯池有古詩又按長短句浣溪沙序云紹聖元年十月十三日與程鄉令侯晉叔歸善簿譚汲游大雲寺野飲松下設松黃湯作此闋余家近釀酒名曰萬家春時有虔州鶴田處士王原子直不遠千里來訪先生留七十日而去至十一月有戲贈朝雲詩朝雲先生侍妾也又錄三十九歲潤州道上過除夜兩絕付過及有跋朱表臣藏文忠公帖又有與吳秀才書吳乃子野之子其書云過廣州買得檀香數斤定居之後杜門燒香深念五十九年之

非矣是年九月過廣州訪道士何德順又有記
仙帖又作雪浪石盆銘又就嘉祐寺所居立思
無邪齋有贊乃紹聖元年十月二十日所作也

二年乙亥

先生年六十在惠州有惠州上元夜詩詩云去
年中山府老病亦宵興今年江海上雲房寄山
僧以歲月考之去年甲戌上元先生知定州今
年乙亥寓嘉祐僧舍故有雲房寄山僧之句是
年遷居于合江亭以先生別王子直語觀之紹
聖二年十月三日始至惠州寓於嘉祐寺明年
遷於合江之行館得江樓豁徹之觀忘幽谷窈
窕之趣乃知乙亥歲遷居合江樓明矣仍有松
江亭上賦梅花詩三首及有先生行年六十化
之句三月四日同太守詹範器之柯常林祚王
原賴仙芝同遊白水山又有與陳季常書云到
惠州將半年矣先生以去年十月二日到惠州
三月恰半年矣又有九月二十七日惠州星華
館思無邪齋書記外祖程公逸事又有朝斗記
讀管幼安傳書魯直跋遠景圖北齋校書圖後
又有爲幼子過書金光明經後及付僧惠誠遊

吳中代書及祭妹德化縣君文有葬枯骨銘時詹守議葬暴骨先生詩有江干白骨已銜恩之句

三年丙子

先生年六十一在惠州有和陶淵明移居詩云余去歲三月自水東嘉祐寺遷去合江樓迨今一年得歸善後隙地數畝父老云古白鶴觀也意欣然居之營白鶴新居始於是矣詩中乃有葺思無邪齋之句先生甲戌寓居嘉祐寺已有思無邪齋贊矣乙亥遷合江樓先有書程公逸事于星華館思無無邪齋今丙子欲營新居又曰葺爲無邪齋雖三年之間遷居不常意其思無邪齋之名亦隨寓而安矣當年惠州脩東西新橋先生助以犀帶而子由亦以史夫人頃入內所賜金錢數千爲助及橋成日先生有詩落之乃有嘆我捐腰犀及有探囊賴故侯寶錢出金閨之句又有曇秀道人來訪先生而先生題其詩卷云子在廣陵曇秀作詩予和之後五年曇秀來惠州見予且先生以壬申知揚州至是恰五年矣時吳遠遊陸道士客於先生歲暮以無

酒爲嘆先生和淵明和張常侍詩云我年六十一頽景薄西山是年又有丙子重九詩一首及書東皐子傳後祭寶月大師文七月朝雲卒先生有詩悼之及作墓誌又於惠州栖禪寺大聖塔葬處作亭覆之名之六如亭又除夜前兩日與吳遠遊有記食芋說按先生和淵明時運詩丁丑二月十四日白鶴峯新居成計其營新居之棟宇必在丙子秋冬之交有白鶴峯上梁文

四年丁丑

先生年六十二在惠州正月六日有題劉景文詩後按先生和淵明時運詩云丁丑二月十四日白鶴峯新居成又按先生與林天和長官書云賤累閏月初可到又云承問賤累正月末已到贛上矣閏月上旬到此也又按先生丙子年與毛澤民書云長子授韶州仁化令中冬當挈家至此某已買得數畝地在白鶴峯上古白鶴觀基也已令斫木陶瓦作屋二十間以此考之先生長子自冬挈家至閏二月方到惠州按和時運詩序長子邁與予別三年矣般挈諸孫萬里遠來不能無欣然先生長子挈家必於丁丑

閏二月上旬到惠州明矣所謂二月十四日新居成必閏二月也三月先生作三馬圖及作陸道士墓誌五月先生責授瓊州別駕昌化軍安置按志林云余在惠州忽被命責儋耳太守方子容自攜告身來弔余曰此固前定吾妻沈事僧伽甚誠一夕夢和尚來辭云當與蘇子瞻同行後七十二日有命今適七十二日矣豈非前定乎遂寄家于惠州獨與幼子過渡海按子由作先生追和淵明詩序云東坡先生謫居儋耳寘家羅浮之下獨與幼子過負擔過海又至梧州寄子由詩序云吾謫雷被命即行了不相知至梧乃聞其尚在藤也旦夕當追及至五月間果遇子由於藤州有藤州城下夜起望月寄邵道士詩自藤出陸六月與子由相別按先生和淵明移居詩序云丁丑歲余謫海南子由亦謫雷州五月十一相遇於藤同行至雷六月十一日相別渡海有雷州詩八首有行瓊州儋耳肩輿坐睡中得句而遇清風急雨故作是詩有古詩一首以七月十三日到儋州有儋州謝表按先生夜夢詩序云七月十三日至儋州十餘日

矣按子由作先生墓誌云紹聖四年先生安置昌化初僦官屋以庇風雨有司猶謂不可則買地築室昌化士人畚土運甓以助之爲屋三間又按先生與程全父推官書云初至僦官屋數椽近復遭迫逐不免買地結茆又按先生與程儒書云近與兒子結茆數椽居之勞費不貲矣賴十數學者助作躬泥水之役又云新居在軍城南極湫隘以意測之先生居在軍城南鄰於天慶觀以先生天慶觀乳泉賦考之吾索居儋耳卜築城南鄰於司命之宮先生又有桄榔庵銘云東坡居士謫居儋耳無地可居偃息於桄榔林中摘葉書銘以記其處是歲又過海得子由書律詩一首

元符元年戊寅

先生年六十三在儋州有過子上元夜赴郡會守舍作違字韻詩及有讀晉書隱逸傳嶺南氣候說錄溫嶠問郭文語又於九月四日遊天慶觀有信道法智說是年吳子野來訪先生而先生以詩贈之其序云去歲與子野遊逍遙堂因往西山叩羅浮道院宿于西堂今歲索居儋耳

子野復來相見作詩贈之又有記筮卦云戊寅十月五日以久不得子由書憂不去心以周易筮之得渙六三又有記藷說云海南以藷爲粮幾米之十六今歲藷菜不熟以客船方至市有米也乃戊寅十月二十一日書又有戊寅十一月一日記海漆說

二年己卯

先生年六十四在儋州有己卯正月十三日錄盧仝杜子美詩遣懣是時久旱無雨陰翳未快至上元夜老書生數人相過曰良月佳夜先生能一出乎先生欣然從之步城西入僧舍歷小巷民夷雜糅屠沽紛然歸舍已三鼓矣歸錄其事爲己卯夜書又有二月望日書蒼耳說又有儋州詩二首有萬戶不禁酒三年夷識翁之句先生丁丑來儋至是將三年矣是歲閏九月有瓊州進士姜君弼唐佐自瓊州來儋耳從先生學又有作墨說及題程全父詩卷後及有辟穀說又有與姜唐佐簡云已取天慶觀乳泉潑建茶之精者念非君莫與共之又有十月十五日與姜君簡

二年庚辰

先生年六十五歲在儋州人日聞黃河復作詩二首至上元又和戊寅違字韻詩題後云戊寅上元余在儋耳過子夜出守舍作違字韻詩今庚辰上元已再期矣家在惠州白鶴峯下過子并婦從余來此又有五穀耗地說記唐村老人言及養黃中說姜君弼去年閏九月自瓊州來從先生學三月還瓊州有跋姜君弼課策及有書柳子厚飲酒讀書二說以贈姜君之行按子由欒城集有贈姜君詩序云子瞻嘗贈姜君弼兩句詩云滄海何曾斷地脉白袍端爲破天荒它日登科當爲子足之必是行以遺之也五月大赦量移廉州安置且先生之在儋也食芋飲水著書以爲樂作書傳以推明上古之絕學又且謙沖下士情及踈賤日與諸黎遊無間也嘗與軍使張中同訪黎子雲欲醵錢作屋名之曰載酒堂矣又嘗上巳日尋諸生皆出獨與老符秀才飲矣又嘗用過韻與諸生冬至飲酒有愁顏解符老壽耳鬬吳公之句矣注云符吳皆坐客必老符秀才與吳子野也又嘗以詩紀春夢

婆矣按趙德麟侯鯖錄云東坡老人在昌化嘗負大瓢行歌田畝間所歌者蓋哨遍也饁婦年七十云內翰昔日富貴一場春夢坡然之里人呼此媼爲春夢婆坡一日被酒獨行遍至子雲諸黎之舍作詩云符老風流可奈何朱顏減盡鬢絲多投梭每困東鄰女換扇惟逢春夢婆是日復見老符秀才言此春夢婆之實也凡此數事皆先生海外之逸事也雖三年居儋耳未知在甚年中今附于庚辰之歲庶以備觀覽云耳又有儋州與姜君弼書某已得合浦文字又有與少游書自儋之瓊作峻靈王廟碑云元符三年有詔徙廉州向西而解六月過瓊州作惠通泉記遂渡海有過海詩又有烏喙詩序云余來儋耳得犬曰烏喙予遷合浦過澄邁泅而濟戲作是詩渡海到廉州謝表有許承恩而內徙之句在廉州有廉州龍眼質味殊絕可敵荔枝詩又有題少游學書乃云庚辰八月二十四日書于合浦清樂軒及記蘇佛兒語別廉守張左藏詩此皆在廉州所作之詩也又有瓶笙詩序云庚辰八月二十八日劉幾仲餞別東坡中觴聞

笙簫聲又有與鄭靖老書云到廉廉守云公已行矣志林未成草得書傳十三卷某留此過中秋或至月末乃行作木栰下水歷容藤至梧與邁約般家至梧相會迨亦至惠矣是歲又有移永州之命按先生謝提舉成都府玉局觀表云先自昌化貶所移廉州又自廉州移舒州節度副使永州居住行至英州復朝奉郎提舉成都府玉局觀任便居住經由廣州有將至廣州用過字韻寄迨邁二子詩時朱行中舍人知廣州先生有簡與朱行中云欲服帽請見先令咨稟廣州少留而行考先生題廣慶寺云東坡居士渡海北還吳子野何崇道頴堂通三長老黃明達李公弼林子中自番禺追餞至清遠峽同遊廣陵寺乃元符三年十一月十五日自此舟行清遠見顧秀才談惠州之美遂作詩過英州拜玉局之除有何公橋詩過韶州有次韻狄守李倅詩及作九成臺銘是年過嶺作詩二首寄子由有七年來往我何堪之語蓋先生甲戌責惠州已而過海至是爲七年矣次年正月五日過南安軍計先生渡嶺必已歲除

徽宗皇帝建中靖國元年辛巳

先生年六十六度嶺北歸作南華長老題名記按題中載石鍾山記云建中靖國元年正月五日自南陵還過南安軍舊法掾吳君示舊所作石鍾山銘爲題其末乃知先生首正過南安必矣又有過嶺至南安作一首正月到虔州有與錢濟明書云某已到虔州二月十間方離此又和舊所作鬱孤臺詩有虔州士人孫志舉從先生游先生有和遲韻贈志舉先輩云我從海外歸喜及崆峒春又有和志舉見贈云洒掃古玉局香火通帝閽又用前韻謝崔次之見過云自我遷嶺外七見槐火春及發虔州過吉州永和鎮清都觀有謝道士自言丙子生求詩爲賦一首及爲作贊并寫清都臺三字中途又爲南安軍作學記寫海外所作天慶觀乳泉賦四月舟行至豫章彭蠡之間遇成國程夫人忌日洒寫圓通偈云云行當施廬山有道者又有與胡仁脩書云日夕到儀真暫令邁一至常五月行至真州瘴毒大作病暴下中止於常州按先生寄朱行中詩有至今不貪寶凜然照塵寰之句先生

注云前一日夢中作此詩寄行中覺而記之自不曉按近日曾端伯百家詩選至朱行中事迹云東坡夢中寄朱行中一篇南遷絕筆也嗟乎先生之文如萬斛泉源而乃止於夢中寄行中之作此正絕筆獲麟之義惜哉六月上表請老以本官致仕七月丁亥卒於常州實七月二十八日也子由作先生墓誌云先生七月被病卒於毗陵吳越之民相與哭於市其君子相與弔於家訃聞於四方無賢愚皆咨嗟出涕太學之士數百人相率飯僧惠林佛舍嗚呼先生文章爲百世之師而忠義尤爲天下大閑加之好賢樂善常若不及是宜訃聞之日士民惜哲人之萎朝野嗟一鑑之逝皆出於自然之誠不可以强而致也以次年閏六月葬於汝州郟城縣鈞臺鄉上瑞里

右王宗稷編次

東坡先生年譜其援引多以大全集爲據雖若未盡善然稽攷

先生出處大略用心亦專矣故爲刊之

東坡先生墓誌銘

潁濱先生撰

予兄子瞻謫居海南四年春正月　今天子卽位推
恩海內澤及鳥獸夏六月公被命渡海北歸明年舟
至淮浙秋七月被病卒於毘陵吳越之民相與哭於
市其君子相與弔於家訃聞四方無賢愚皆咨嗟出
涕太學之士數百人相率飯僧惠林佛舍嗚呼斯文
墜矣後生安所復仰公始病以書屬轍曰卽死葬我
嵩山下子爲我銘轍執書哭曰小子忍銘吾兄公諱
軾姓蘇氏字子瞻一字和仲世家眉山曾大父諱杲
贈太子太保妣宋氏追封昌國太夫人大父諱序贈
太子太傅妣史氏追封嘉國太夫人考諱洵贈太子
太師妣程氏追封成國太夫人公生十年而先君宦
學四方太夫人親授以書聞古今成敗輒能語其要
太夫人嘗讀東漢史至范滂傳慨然太息公侍側曰
軾若爲滂夫人亦許之否乎太夫人曰汝能爲滂吾
顧不能爲滂母耶公亦奮厲有當世志太夫人喜曰
吾有子矣比冠學通經史屬文日數千言嘉祐二年
歐陽文忠公考試禮部進士疾時文之詭異思有以
救之梅聖俞時與其事得公論刑賞以示文忠文忠

驚喜以爲異人欲以冠多士疑曾子固所爲子固文忠門下士也乃寘公第二復以春秋對義居第一殿試中乙科以書謝諸公文忠見之以書語聖俞曰老夫當避此人放出一頭地士聞者始譁不厭久乃信伏丁太夫人憂終喪五年授河南福昌主簿文忠以直言薦之祕閣試六論舊不起草以故文多不工公始具草文義粲然時以爲難比答制策蕩入三等除大理評事簽書鳳翔判官長吏意公文人不以吏事責之公盡心其職老吏畏伏關中自元昊叛命人貧役重岐下歲以南山木栰自渭入河經砥柱之險衙前以破產者相繼也公偏問老校曰木栰之害本不至此若河渭未漲操栰者以時進止可無重費也患其乘河渭之暴多方害之耳公即脩衙規使衙前得自擇水工栰行無虞乃言於府使得係籍自是衙前之害減半治平二年罷還判登聞鼓院　英宗在藩聞公名欲以唐故事召入翰林宰相限以近例欲召試祕閣　上曰未知其能否故試如蘇軾有不能耶宰相猶不可及試二論皆入三等得直史館丁　先君憂服除時熙寧二年也王介甫用事多所建立公與介甫議論素異既還朝寘之官告院四年介甫欲

變更科舉上疑焉使兩制三館議之公議上上悟曰吾固疑此得蘇軾議意釋然矣即日召且問何以助朕公辭避久之乃曰臣竊意 陛下求治太急聽言太廣進人太銳願陛下安靜以待物之來然後應之上竦然聽受曰卿三言朕當詳思之介甫之黨皆不悅命攝開封推官意以多事困之公決斷精敏聲聞益遠會上元有旨市浙燈公密疏舊例無有不宜以玩好示人即有旨罷殿前初策進士舉子希合爭言祖宗法制非是公爲考官退擬答以進深中其病自是論事愈力介甫愈恨御史知雜事者爲誣奏公過失窮治無所得公未嘗以一言自辯乞外任避之通判杭州是時四方行青苗免役市易浙西兼行水利鹽法公於其間常因法以便民民賴以少安高麗入貢使者凌蔑州郡押伴使臣皆本路筦庫乘勢驕橫至與鈐轄亢禮公使人謂之曰遠夷慕化而來理必恭順今乃爾暴恣非汝導之不至是也不悛當奏之押伴者懼爲之小戢使者發幣於官吏書稱甲子公卻之曰高麗於 本朝稱臣而不稟正朔吾安敢受使者亟易書稱熙寧然後受之時以爲得體吏民畏愛及罷去猶謂之學士而不言姓自杭徙知密州

時方行手實法使民自疏財產以定戶等又使人得
告其不實司農寺又下諸路不時施行者以違制論
公謂提舉常平官曰違制之坐若自　朝廷誰敢不
從今出於司農是擅造律也若何使者驚曰公姑徐
之未幾朝廷亦知手實之害罷之密人私以爲幸郡
嘗有盜竊發而未獲安撫轉運司憂之遣一三班使
臣領悍卒數十人入境捕之卒凶暴恣行以禁物誣
民入其家爭鬬至殺人畏罪驚散欲爲亂民訴之公
投其書不視曰必不至此潰卒聞之少安徐使人招
出戮之自密徙徐是歲河決曹村泛于梁山泊溢于
南清河城南兩山環繞呂梁百步扼之匯于城下漲
不時洩城將敗富民爭出避水公曰富民若出民心
動搖吾誰與守吾在是水決不能敗城驅使復入公
履屨杖策親入武衞營呼其卒長謂之曰河將害城
事急矣雖禁軍宜爲我盡力卒長呼曰太守猶不避
塗潦吾儕小人效命之秋也執梃入火伍中率其徒
短衣徒跣持畚鍤以出築東南長堤首起戲馬臺尾
屬於城堤成水至堤下害不及城民心乃安然雨日
夜不止河勢益暴城不沉者三板公廬於城上過家
不入使官吏分堵而守卒完城以聞復請調來歲夫

增築故城爲木岸以虞水之再至朝廷從之訖事詔褒之徐人至今思焉徙知湖州以表謝上言事者擿其語以爲謗遣官逮赴御史獄初公既補外見事有不便於民者不敢言亦不敢默視也緣詩人之義託事以諷庶幾有補於國言者從而媒孽之上初薄其過而浸潤不止至是不得已從其請既付獄吏必欲寘之死鍛鍊久之不決　上終憐之促具獄以黃州團練副使安置公幅巾芒屩與田父野老相從溪谷之間築室於東坡自號東坡居士三年　上有意復用而言者沮之　上手札徙汝州略曰蘇軾黜居思咎閱歲滋深人材實難不忍終弃未至上書自言有飢寒之憂有田在常願得居之書朝入夕報可士大夫知上之卒喜公也會晏駕不果復用至常以哲宗即位復朝奉郎知登州至登召爲禮部郎中公舊善門下侍郎司馬君實及知樞密院章子厚二人冰炭不相入子厚每以詼侮困君實君實苦之求助於公公見子厚曰司馬君實時望甚重昔許靖以虛名無實見鄙於蜀先主法正曰靖之浮譽播流四海若不加禮必以賤賢爲累先主納之乃以靖爲司徒許靖且不可慢況君實乎子厚以爲然君實賴以少

安旣而　朝廷緣　先帝意欲用公除起居舍人公起於憂患不欲驟履要地力辭之見宰相蔡持正自言持正曰公徊翔久矣朝中無出公右者公固辭持正曰今日誰當在公前者公曰昔林希同在館中年且長持正曰希固當先公耶卒不許然希亦由此繼補記注元祐元年公以七品服入侍延和卽改賜銀緋二月遷中書舍人時君實方議改免役爲差役差役行於　祖宗之世法久多弊編戸充役不習官府吏虐使之多以破產而狹鄉之民或有不得休息者先帝知其然故爲免役使民以戸高下出錢而無執役之苦行法者不揭上意於雇役實費之外取錢過多民遂以病若量出爲入毋多取於民則足矣君實爲人忠信有餘而才智不足知免役之害而不知其利欲一切以差役代之方差官置局公亦與其選獨以實告而君實始不悅矣嘗見之政事堂條陳不可君實忿然公曰昔韓魏公刺陝西義勇公爲諫官爭之甚力魏公不樂公亦不顧軾昔聞公道其詳豈今日作相不許軾盡言耶君實笑而止公知言不用乞補外不許君實始怒有逐公意矣會其病卒乃已時臺諫官多君實之人皆希合以求進惡公以直形

己爭求公瑕疵既不可得則因緣熙寧謗訕之說以病公公自是不安於朝矣尋除翰林學士二年復除侍讀每進讀至治亂盛衰邪正得失之際未嘗不反覆開導覬上有所覺悟 上雖恭默不言聞公所論說輒肯首喜之三年權知禮部貢舉會大雪苦寒士坐庭中噤不能言公寬其禁約使得盡其技而巡鋪內臣伺其坐起過爲淩辱公以其傷動士心虧損國體奏之有旨送內侍省撻而逐之士皆悅服嘗侍上讀祖宗寶訓因及時事公歷言今賞罰不明善惡無所勸沮又黃河勢方西流而强之使東夏人寇鎮戎殺掠幾萬人帥臣掩蔽不以聞朝廷亦不問事每如此恐寖成衰亂之漸當軸者恨之公知不見容乞外任四年以龍圖閣學士知杭州時諫官言前宰相蔡持正知安州作詩借郝處後事以譏刺時事大臣議逐之嶺南公密疏言朝廷若薄確之罪則於 皇帝孝治爲不足若深罪確則於 太皇太后仁政爲小累謂宜 皇帝降勅置獄逮治而 太皇太后內出手詔赦之則仁孝兩得矣 宣仁后心善公言而不能用公出郊未發遣內侍賜龍茶銀合用前執政恩例所以慰勞甚厚及至杭吏民習公舊政不勞而

治歲適大旱飢疫並作公請於朝免本路上供米三
之一故米不翔貴復得賜度僧牒百易米以救飢者
明年方春卽減價糶常平米民遂免大旱之苦公又
多作饘粥藥劑遣吏挾醫分坊治病活者甚衆公曰
杭水陸之會因疫病死比他處常多乃裒羨緡得二
千復發私槖得黃金五十兩以作病坊稍畜錢糧以
待之至于今不廢是秋復大雨太湖氾溢害稼公度
來歲必飢復請于　朝乞免上供米半又多乞度牒
以糴常平米幷義倉所有皆以備來歲出糶　朝廷
多從之由是吳越之民復免流散杭本江海之地水
泉鹹苦居民稀少唐刺史李泌始引西湖水作六井
民足於水故井邑日富及白居易復浚西湖放水入
運河自河入田所漑至千頃然湖水多葑自唐及錢
氏歲輒開治故湖水足用近歲廢而不理至是湖中
葑田積二十五萬餘丈而水無幾矣運河失湖水之
利則取給於江潮潮渾濁多淤河行闤闠中三年一
淘爲市井大患而六井亦幾廢公始至浚茅山鹽橋
二河以茅山一河專受江潮以鹽橋一河專受湖水
復造堰閘以爲湖水畜洩之限然後潮不入市且以
餘力復完六井民稍獲其利矣公間至湖上周視良

久曰今欲去葑田葑田如雲將安所寘之湖南北三十里環湖往來終日不達若取葑田積之湖中爲長堤以通南北則葑田去而行者便矣吳人種菱春輒芟除不遺寸草葑田若去募人種菱取其利以備脩湖則湖當不復堙塞乃取救荒之餘得錢糧以貫石數者萬復請於 朝得百僧度牒以募役者堤成植芙蓉楊柳其上望之如圖畫杭人名之蘇公堤杭僧有淨源者舊居海濱與舶客交通牟利舶至高麗交譽之元豐末其王子義天來朝因往拜焉至是源死其徒竊持其畫像附舶往告義天亦使其徒附舶來祭祭訖乃言國母使以金塔二祝 皇帝太皇太后壽公不納而奏之曰高麗久不入貢失賜予厚利意欲來朝矣未測 朝廷所以待之薄厚故因祭亡僧而行祝壽之禮禮意尠薄蓋可見矣若受而不答則遠夷或以怨怒因而厚賜之正墮其計臣謂 朝廷宜勿與知而使州郡以理却之然庸僧猾商敢擅招誘外夷邀求厚利爲國生事其漸不可長宜痛加懲創 朝廷皆從之未幾高麗貢使果至公按舊例使之所至吳越七州實費二萬四千餘緡而民間之費不在乃令諸郡量事裁損比至民獲交易之利而無

侵撓之害浙江潮自海門東來勢如雷霆而浮山峙於江中與漁浦諸山犬牙相錯洄洑激射歲敗公私舩不可勝計公議自浙江上流地名石門並山而東鑿爲運河引浙江及谿谷諸水二十餘里以達于江又並山爲岸不能十里以達于龍山之大慈浦自浦北折抵小嶺鑿嶺六十五丈以達于嶺東古河浚古河數里以達于龍山運河以避浮山之嶮人皆以爲便奏聞有惡公成功者會公罷歸使代者盡力排之功以不成公復言三吳之水瀦爲太湖太湖之水溢爲松江以入海海日兩潮潮濁而江清潮水嘗欲淤塞江路而江水清駛隨輒滌去海口常通則吳中少水患昔蘇州以東公私船皆以篙行無陸挽者自慶曆以來松江大築挽路建長橋以扼塞江路故今二吳多水欲鑿挽路爲千橋以迅江勢亦不果用人皆恨之公二十年間再莅此州有德於其人家有畫像飲食必祝又作生祠以報六年召入爲翰林承旨復侍邇英當軸者不樂風御史攻公公之自汝移常也授命於宋會 神考晏駕哭於宋而南至揚州常人爲公買田書至公喜作詩有聞好語之句言者妄謂公聞諱而喜乞加深譴然詩刻石有時日 朝廷知

言者之妄皆逐之公懼請外補乃以龍圖閣學士守潁先是開封諸縣多水患吏不究本末決其陂澤注之惠民河河不能勝則陳亦多水至是又將鑿鄧艾溝與潁河並且鑿黃堆注之於淮議者多欲從之公適至遣吏以水平準之淮之漲水高於新溝幾一丈若鑿黃堆淮水顚流浸州境決不可爲朝廷從之郡有宿賊尹遇等數人羣黨驚劫殺變王及捕盜吏兵者非一朝廷以名捕不獲被殺者噤不敢言公召汝陰尉李直方謂之曰君能擒此當力言於　朝乞行優賞不獲亦以不職奏免君矣直方退緝知羣盜所在分命弓手往捕其黨而躬往捕遇直方有母年九十母子泣別而行手戟刺而獲之然小不應格推賞不及公爲言於　朝請以年勞改朝散郎階爲直方賞朝廷不從其後吏部以公當遷以符會公考公自謂已許直方卒不報七年徙揚州發運司舊主東南漕法聽操舟者私載物貨征商不得留難故操舟者富厚以官舟爲家補其弊漏而周船夫之乏困故其所載率無虞而速達近歲不忍征商之小失一切不許故舟弊人困多盜所載以濟飢寒公私皆病公奏乞復故　朝廷從之未閱歲以兵部尚書召還兼侍

讀是歲親祀南郊爲鹵簿使導駕入 太廟有貴戚以其車從爭道不避仗衛公於車中劾奏之明日中使傳命申勑有司嚴整仗衛尋遷禮部復兼端明殿翰林侍讀二學士高麗遣使請書於 朝朝廷以故事盡許之公曰漢東平王請諸子及太史公書猶不肯予今高麗所請有甚於此其可予乎不聽公臨事必以正不能俯仰隨俗乞守郡自效八年以二學士知定州定久不治軍政尤弛武衛卒驕墮不教軍校蠶食其廩賜故不敢何問公取其貪汙甚者配隸遠惡然後繕脩營房禁止飲博軍中衣食稍足乃部勒以戰法衆皆畏伏然諸校多不自安者有卒史復以贓訴其長公曰此事吾自治則可汝若得告軍中亂矣亦決配之衆乃定會春大閱軍禮久廢將吏不識上下之分公命舉舊典元帥常服坐帳中將吏戎服奔走執事副總管王光祖自謂老將恥之稱疾不出公召書吏作奏將上光祖震恐而出訖事無敢慢者定人言自韓魏公去不見此禮至今矣北戎久和邊兵不試臨事有不可用之憂惟沿邊弓箭社兵與寇爲鄰以戰射自衞猶號精銳故相龐公守邊因其故俗立隊伍將校出入賞罰緩急可使歲久法弛復爲

保甲所撓衝不爲用公奏爲免保甲及兩税折變科配長吏以時訓勞不報議者惜之時方剗廢舊人公坐爲中書舍人日草責降官制直書其罪誣以謗訕紹聖元年遂以本官知英州尋復降一官未至復以寧遠軍節度副使安置惠州公以侍從齒嶺南編戶獨以少子過自隨瘴癘所侵蠻蜑所侮胸中泊然無所蔕芥人無賢愚皆得其懽心疾苦者畀之藥殞斃者納之竁又率衆爲二橋以濟病涉者惠人愛敬之居三年大臣以流竄者爲未足也四年復以瓊州別駕安置昌化昌化非人所居食飲不具藥石無有初僦官屋以庇風雨有司猶謂不可則買地築室昌化士人畚土運甓以助之爲屋三間人不堪其憂公食芋飲水著書以爲樂時從其父老遊亦無間也元符三年大赦北還初徙廉再徙永已乃復朝奉郎提舉成都玉局觀居從其便公自元祐以來未嘗以歲課乞遷故官止於此勳上輕車都尉封武功縣開國伯食邑九百戶將居許病暑暴下中止於常建中靖國元年六月請老以本官致仕遂以不起未終旬日獨以諸子侍側曰吾生無惡死必不墜愼無哭泣以怛化問以後事不答湛然而逝實七月丁亥也公娶王

氏追封通義郡君繼室以其女弟封同安郡君亦先
公而卒子三人長曰邁雄州防禦推官知河間縣事
次曰迨次曰過皆承務郎孫男六人簞符箕籥筌籌
明年閏六月癸酉葬於汝州郟城縣釣臺鄉上瑞里
公之於文得之於天少與轍皆師　先君初好賈誼
陸贄書論古今治亂不爲空言既而讀莊子喟然歎
息曰吾昔有見於中口未能言今見莊子得吾心矣
乃出中庸論其言微妙皆古人所未喻嘗謂轍曰吾
視今世學者獨子可與我上下耳既而謫居於黃杜
門深居馳騁翰墨其文一變如川之方至而轍瞠然
不能及矣　先君晚歲讀易玩其爻象得其剛柔遠
近喜怒逆順之情以觀其詞皆迎刃而解作易傳未
完疾革命公述其志公泣受命卒以成書然後千載
之微言煥然可知也復作論語說時發孔氏之秘最
後居海南作書傳推明上古之絕學多先儒所未達
既成三書撫之歎曰今世要未能信後有君子當知
我矣至其遇事所爲詩騷銘記書檄論譔率皆過人
有東坡集四十卷後集二十卷奏議十五卷內制十
卷外制三卷公詩本似李杜晚喜陶淵明追和之者
幾遍凡四卷幼而好書老而不勌自言不及晉人至

唐褚薛顏柳髣髴近之平生篤於孝友輕財好施伯父太白早亡子孫未立杜氏姑卒未葬 先君沒有遺言公既除喪卽以禮葬姑及官可蔭補復以奏伯父之曾孫彭其於人見善稱之如恐不及見不善斥之如恐不盡見義勇於敢爲而不顧其害用此數困於世然終不以爲恨孔子謂伯夷叔齊古之賢人曰求仁而得仁又何怨公實有焉銘曰

蘇自欒城西宅于眉世有潛德而人莫知猗歟 先君名施四方公幼師焉其學以光出而從 君道直言忠行險如夷不謀其躬 英祖擢之 神考試之亦既知矣而未克施晚侍 哲皇進以詩書誰實間之一斥而疏公心如玉焚而不灰不變生死孰爲去來古有微言衆說所蒙手發其樞恃此以終心之所涵遇物則見聲融金石光溢雲漢耳目同是舉世畢知欲造其淵或眩以疑絕學不繼如已斷絃百世之後豈其無賢我初從公賴以有知撫我則兄誨我則師皆還于南而不同歸天實爲之莫知我哀

東坡先生墓誌銘

東坡集目錄

第一卷

第二卷

第三卷

詩七十六首

第四卷

第五卷

第十六卷

詩九十九首

第七卷

第八卷

詩七十二首

第九卷

詩六十八首

第十卷

詩七十七首

第十一卷

第十二卷

詩八十九首

第十三卷

詩八十一首

第十四卷

詩七十九首

張作詩送硯反劍乃和歸劍
哭幹兒二首
葉致遠見和復次其韻二首
次荊公韻四絕　張菴民挽詞
次韻葉致遠見贈　次韻杭人裴維甫
次韻段縫見贈　題孫思邈真
戲作鮰魚一絕　同王勝之游蔣山
至真州再和二首　次韻答寶覺
眉子石硯歌　玉帶施元長老
次韻滕元發許仲途秦少游
送金山鄉僧歸蜀開堂　送沈逵赴廣南
豆粥
秦少游賀劉發首薦次韻
金山夢中作　次韻周穜惠石銚
次韻蔣潁叔　一龜山辯才師
贈潘谷　徐大正閑軒
欲僦蒜山松林中卜居　王中父哀詞
蔡景繁官舍小閣
高郵陳直躬處士畫鴈二首
和王斿二首　次韻張琬

第十五卷
詩七十二首

第十七卷

詩八十八首

第十八卷

詩一百一十七首

第十九卷

第二十卷

第二十四卷

敘十五首

字說三首

第二十五卷

表狀三十三首

第二十七卷

啓三十首

第二十八卷

第二十九卷

第三十卷

告封太白山明應公文

杭州祭諸神文十首

密州祭常山文五首　徐州祭枯骨文

謝雪文　祭風伯雨師文

湖州謁文宣王廟文　湖州謁諸廟文

杭州謁廟祝文　謁文宣王廟祝文

祭英烈王文　杭州祝文八首

第三十五卷

祭文二十五首

祭歐陽文忠公文　祭魏國韓令公文

祭柳子玉文　祭單君貺文

祭胡執中郎中文　祭任鈐轄文

祭歐陽仲純父文　祭王君錫丈人文

祭文與可文　祭刁景純墓文

祭張子野文　祭陳令舉文

祭任師中文　祭堂兄子正文

黃州再祭文與可文　祭徐君猷文

祭陳君式文　祭蔡景繁文

祭歐陽伯和父文　祭石幼安文

祭司馬君實文　祭王宜甫文

東坡集

東坡集卷第一

詩四十七首

辛丑十一月十九日既與子由別於鄭州西門之外馬上賦詩一篇寄之

不飲胡爲醉兀兀此心已逐歸鞍發歸人猶自念庭闈今我何以慰寂寞登高回首坡隴隔惟見烏帽出復沒苦寒念爾衣裘薄獨騎瘦馬踏殘月路人行歌居人樂僮僕怪我苦悽惻亦知人生要有別但恐歲月去飄忽寒燈相對記疇昔夜雨何時聽蕭瑟君知此意不可忘慎勿苦愛高官職 嘗有夜雨對床之言故云爾

和子由澠池懷舊

人生到處知何似應似飛鴻踏雪泥泥上偶然留指爪鴻飛那復計東西老僧已死成新塔壞壁無由見舊題往日崎嶇還記否路長人困蹇驢嘶 往歲馬死於二陵騎驢至澠池

次韻和劉京兆石林亭之作石本唐苑中物散流民間劉購得之

都城日荒廢往事不可還惟餘故苑石漂散尚人間公來始購蓄不憚道里艱盡從塵埃中來對冰雪顏

瘦骨拔凜凜蒼根漱瀑瀑唐人唯奇章好石古莫攀
盡今屬牛氏刻鑿紛班班嗟此本何常聚散實循環
人失亦人得要不出區寰君看劉李末不能保河關
況此百株石鴻毛於太山但當對石飲萬事付等閑

壬寅二月有　詔令郡吏分往屬縣減決
囚禁自十三日受命出府至寶雞號郿盩
厔四縣既畢事因也朝謁太平宮而宿於
南溪溪堂遂並南山而西至樓觀大秦寺
延生觀仙遊潭十九日迺歸作詩五百言
以記凡所經歷者寄子由

遠人罹水旱　王命釋俘囚分縣傳明詔循山得勝
遊蕭條初出郭曠蕩實消憂薄暮來孤鎮登臨憶武
侯崢嶸依絕壁蒼茫瞰奔流半夜人呼急橫空火氣
浮天遙殊不辨風急已難收曉入陳倉縣猶餘賣酒
樓煙煤已狼籍吏卒尚呀咻十三日宿武城鎮即俗所謂石鼻寨也云孔明所築是夜二鼓寶雞火作相去三十里而見於武城
雞嶺雲霞古龍宮殿宇幽縣有雞爪峯龍宮寺南山連大
散歸路走吾州欲往安能遂將還爲少留回趨西號
道卻渡小河洲聞道磻溪石猶存渭水頭蒼崖雖有
迹大釣本無鈎十四日自寶雞行至號聞太公磻溪石在縣東

南十八里猶有投竿跪餌兩膝所著之處 東去過郿塢孤城象漢劉誰言董公健竟復伍孚讎白刃俄生肘黃金漫似丘 十五日至郿縣縣有董卓城其城象長安俗謂之小長安 平生聞太白一見駐行驂鼓角誰能試風雷果致不巖崖已奇絕冰雪更琱鎪春旱憂無麥山靈喜有湫蛟龍懶方睡缾罐小容偷 是日晚自郿起至青秋鎮宿道過太白山相傳云軍行鳴鼓角過山下輒致雷雨山上有湫甚靈以今歲旱方議取之 二曲林泉勝三川氣象侔近山麰麥早臨水竹篁脩 十六日至盩厔以近由地美氣候殊早縣有官竹園十數里不絕 先帝膺符命行宮晝冕旒侍臣簪武弁女樂抱箜篌祕殿開金鏁神人控玉虯黑衣橫巨劍被髮凜雙眸 十七日寒食自盩厔東南行二十餘里朝謁太平宮二聖御容此宮乃 太宗皇帝時有神降於道士張守真以告受命之符所爲立也神封翊聖將軍有殿 邂逅逢佳士相將弄綵舟投篙披綠荇濯足亂清溝晚宿南谿上森如水國秋遶湖栽翠密終夜響颼飀 是日與監官張杲之泛舟南溪遂宿於溪堂 冒曉窮幽邃操戈畏炳彪 十八日循終南而西縣尉以甲卒見送或云近官竹園往往有虎 尹生猶有宅老氏舊停輈問道遺蹤在登仙往事悠馭風歸汗漫閱世似蜉蝣羽客知人意瑤琴繫馬鞦不辭山寺

遠來作鹿鳴呦帝子傳聞李巖堂髣像綵輕風幃幔卷落日髻鬟愁入谷音浴驚蒙密登坡費挽摟亂峯巉似槊一水淡如油中使何年到金龍自古投千重横翠石百丈見游鯈最愛泉鳴洞初嘗雪入喉滿缾雖可致洗耳歎無由是日遊崇聖觀俗所謂樓觀也乃尹喜舊宅山脚有授經臺尚在遂與張杲之同至大秦寺早食而别有太平宫道士趙宗有抱琴見送至寺作鹿鳴之引乃去又西至延生觀觀後上小山有唐玉真公主修道之遺迹下山而西行十數里南入黑水谷谷中有潭名仙遊潭上有寺三倚峻峯面清溪樹林深翠怪石不可勝數潭水以繩縋石數百尺不得其底以瓦礫投之翔揚徐下食頃乃不見其清澈如此遂宿於中興寺寺中有玉女洞洞中有飛泉甚甘明日以泉二缾歸至郿又明日乃至府

忽憶尋蟆培方冬脫鹿裘山川良甚似水石亦堪儔惟有泉旁飲無人自獻酬昔與子由遊蟆培時方冬洞中温温如二三月

太白山下早行至横渠鎮書崇壽院壁

馬上續殘夢不知朝日昇亂山横翠幛落月淡孤燈奔走煩郵吏安閑媿老僧再遊應眷眷聊亦記吾曾

留題延生觀後山上小堂

溪山愈好意無厭上到巉巉第幾尖深谷野禽毛羽怪上方仙子鬢眉纖不慚弄玉騎丹鳳應逐常娥駕

老蟾潤草巖花自無主晚來蝴蝶入疎簾

留題仙遊潭中興寺寺東有玉女洞洞南有馬融讀書石室過潭而南山石益奇潭上有橋畏其險不敢渡

清潭百丈皎無泥山木陰陰谷鳥啼蜀客曾遊明月峽秦人今在武陵溪獨攀書室窺巖竇還訪仙姝款石闔猶有愛山心未至不將雙腳踏飛梯

石鼻城

平時戰國今無在陌上征夫自不閑北客初來試新險蜀人從此送殘山獨穿暗月朦朧裏愁渡奔河蒼茫間漸入西南風景變道邊脩竹水潺潺

磻溪石

墨突不暇黔孔席未嘗暖安知渭上叟跪石留雙骭一朝嬰世故辛苦平多難亦欲就安眠旅人譏客懶

郿塢

衣中甲厚行何懼塢裏金多退足憑畢竟英雄誰得似臍脂自照不須燈

樓觀秦始皇始立老子廟於觀南晉惠始修此觀

門前古碣臥斜陽閱世如流事可傷長有遊人悲晉惠強修遺廟學秦皇丹砂久窖井水赤白樹誰燒廚

竈香聞道神仙亦相過只疑田叟是庚桑

九月二十日微雪懷子由弟二首

岐陽九月天微雪已作蕭條歲暮心短日送寒砧杵急冷官無事屋廬深愁腸別後能消酒白髮秋來已上簪近買貂裘堪出塞忽思乘傳問西陲

江上同舟詩滿篋鄭西分馬涕垂膺未成報國慚書劍豈不懷歸畏友朋官舍度秋驚歲晚寺樓見雪與誰登遙知讀易東窗下車馬敲門定不譍

病中聞子由得告不赴商州三首

病中聞汝免來商旅鴈何時更著行遠別不知官爵好思歸苦覺歲年長箸書多暇真良計從宦無功漫去鄉惟有王城最堪隱萬人如海一身藏

近從章子聞渠說苦道商人望汝來說客有靈慚直道逋翁久没厭凡才夷音僅可通名姓瘿俗無由辨頸顋答策不堪宜落此上書求免亦何哉章子惇也

辭官不出意誰知敢向清時怨位卑萬事悠悠付杯酒流年冉冉入雙髭策曾忤世人嫌汝易可忘憂家有師此外知心更誰是夢魂相覓苦參差

病中大雪數日未嘗起觀號令趙薦以詩相屬戲用其韻答之

經旬臥齋閣終日親劑和去不知雪已深但覺寒無奈飄蕭窗紙鳴堆壓簷板墮閣中皆以板爲簷風颷助凝冽幃幔困掀簸惟思近酵醲未敢窺璨瑳何時反炎赫却欲躬臼磨誰云座無氈尚有裘充貨西鄰歌吹發促席寒威挫崩騰踏戌逕繚繞飛入坐人歡瓦先融飲雋餅屢臥嗟余獨愁寂空室自困坷欲爲後日賞恐被遊塵涴寒更報新霽皎月懸半破有客獨苦吟清夜默自課詩人例窮蹇秀句出寒餓何當暴雪霜庶以躡郊賀

歲晚相與饋問爲饋歲酒食相邀呼爲別歲至除夜達旦不眠爲守歲蜀之風俗如是余官於岐下歲暮思歸而不可得故爲此三詩寄子由弟

饋歲

農功各已收歲事得相佐爲歡恐無見假物不論貨山川隨出產貧富稱小大寘盤巨鯉橫發籠去雙兔臥富人事華靡綵繡光翻座貧者愧不能微摯出舂磨官居故人少里巷佳節過亦欲舉鄉風獨倡無人和

別歲

故人適千里臨別尚遲遲人行猶可復歲行那可追
問歲安所之遠在天一涯已逐東流水赴海歸無時
東隣酒初熟西舍彘亦肥且爲一日歡慰此窮年悲
勿嗟舊歲別行與新歲辭去去勿回顧還君老與衰

守歲

欲知垂盡歲有似赴壑蛇脩鱗半已沒去意誰能遮
況欲繫其尾雖勤知奈何兒童强不睡相守夜讙譁
晨雞且勿唱更鼓畏添撾坐久燈燼落起看北斗斜
明年豈無年心事恐蹉跎努力盡今夕少年猶可誇

和子由踏青

春風陌上驚微塵遊人初樂歲華新人閑正好路旁
飲麥短未怕遊車輪城中居人厭城郭喧闐曉出空
四隣歌鼓驚山草木動簞瓢散野烏鳶馴何人聚衆
稱道人遮道賣符色怒瞋宜蠶使汝繭如甕宜畜使
汝羊如麕路人未必信此語强爲買服禳新春道人
得錢逕沽酒醉倒自謂吾符神

和子由蠶市

蜀人衣食常苦艱蜀人遊樂不知還千人耕種萬人
食一年辛苦一春閑閑時尚以蠶爲市共忘辛苦逐
欣歡去年霜降斫秋荻今年箔積如連山破瓢爲輪

士爲釜爭買不翅金與紈憶昔與子皆童丱年年廢書走市觀市人爭誇鬬巧智野人喑啞遭欺謾詩來使我感舊事不悲去國悲流年

和子由苦寒見寄

人生不滿百一別費三年三年吾有幾棄擲理無還長恐別離中摧我鬢與顏念昔喜著書別來不成篇細思平時樂乃爲憂所緣吾從天下士莫如與子歡羨子久不出讀書蝨生氈丈夫重出處不退要當前西羌解仇隙猛士憂塞壖廟謀雖不戰虜意久欺天山西良家子錦緣貂裘鮮千金買戰馬百寶粧刀環何時逐汝去與虜試周旋

和子由論書

吾雖不善書曉書莫如我苟能通其意常謂不學可貌妍容有顰璧美何妨橢端莊雜流麗剛健含婀娜好之每自譏不謂子亦頗書成輒棄去謬被旁人裹皆云本闊落結束入細麼子詩亦見推語重未敢荷邇來又學射力薄愁官笴（官箭十二把吾能十一把箭耳）多好竟無成不精安用夥何當盡屏去萬事付懶惰吾聞古書法守駿莫如跛世俗筆苦驕衆中強嵬騀鍾張忽已遠此語與時左

記所見開元寺吳道子畫佛滅度以答子由

西方真人誰所見衣被七寶從雙後當時脩道頗辛苦柏生兩肘鳥巢肩初如濛濛隱山玉漸如濯濯出水蓮道成一日就空滅奔會四海悲人天翔禽哀響動林谷獸鬼躑躅淚迸泉龐眉深目彼誰子遶牀彈指性自圓隱如寒月墮清晝空有孤光留故躔春遊古寺拂塵壁遺像久此霾香煙畫師不復寫名姓皆云道子口所傳從橫固已蔑孫鄧有如巨鱷吞小鮮來詩所誇孰與此安得攜掛其旁觀

和子由寒食

寒食今年二月晦樹林深翠已生煙遶城駿馬誰能借到處名園意盡便但挂酒壺那計盞偶題詩句不須編忽聞啼鵙驚羈旅江上何人治廢田

和劉長安題薛周逸老亭周最善飲酒未七十而致仕

近聞薛公子早退驚常流買園招野鶴鑿井動潛虬自言酒中趣一斗勝涼州翻然拂衣去親愛挽不留隱居亦何樂素志庶可求所士嗟無幾所得不啻酬青春爲君好白日爲君悠山鳥奏琴筑野花弄閑幽

雖辭功與名其樂實素侯至今清夜夢尚驚冠壓頭
誰能載美酒往以大白浮之子雖不識因公可與遊

中隱堂詩并敘

岐山宰王君紳其祖故蜀人也避亂來長安而遂家焉其居第園圃有名長安城中號中隱堂者是也予之長安王君以書戒其子弟邀予遊且乞詩甚勤因爲作此五篇

去蜀初逃難遊秦遂不歸園荒喬木老堂在昔人非
鑿石清泉激開門野鶴飛退居吾久念長恐此心違
徑轉如脩蟒坡垂似伏鼇樹從何代有人與此堂高
好古嗟生晚偷閑厭久勞王孫早歸隱塵土汚君袍
二月驚梅晚幽香此地無依依慰遠客皎皎似吳姝
不恨故園隔空嗟芳歲徂春深桃杏亂笑汝益羈孤
翠石如鸚鵡何年別海壖貢隨南使遠載壓渭舟偏
已伴喬松老那知故國遷金人解辭漢汝獨不潸然
都城更幾姓到處有殘碑古隧埋蝌蚪崩崖露伏龜
安排壯亭榭收拾費金貲岣嶁何須到韓公淚自悲

鳳翔八觀并敘

鳳翔八觀詩記可觀者八也昔司馬子長登會稽探禹穴不遠千里而李太白亦以七澤之觀至荊州二

子蓋悲世悼俗自傷不見古人而欲一觀其遺迹故其勤如此鳳翔當秦蜀之交士大夫之所朝夕往來此八觀者又皆跬步可至而好事者有不能徧觀焉故作詩以告欲觀而不知者

石鼓

冬十二月歲辛丑我初從政見魯叟舊聞石鼓今見之文字鬱律蛟蛇走細觀初以指畫肚欲讀嗟如箝在口韓公好古生已遲我今況又百年後強尋偏旁推點畫時得一二遺八九我車既攻馬亦同其魚維鱮貫之柳（其詞云我車既攻我馬既同又云其魚維何維鱮維鯉何以貫之惟楊與柳惟此六句可讀餘多不可通）古器縱橫猶識鼎衆星錯落僅名斗糢糊半已似瘢胝詰曲猶能辨跟肘娟娟缺月隱雲霧濯濯嘉禾秀莨莠漂流百戰偶然存獨立千載誰與友上追軒頡相唯諾下揖冰斯同鷇㲉憶昔周宣歌鴻鴈當時籀史變蝌蚪厭亂人方思聖賢中興天為生耆耉東征徐虜闞虓虎北伏犬戎隨指嗾象骨雜沓貢狼鹿方召聯翩賜圭卣遂因鼓鼙思將帥豈為考擊煩矇瞍何人作頌比崧高萬古斯文齊岣嶁勳勞至大不矜伐文武未遠猶忠厚欲尋年歲無甲乙豈有名字記誰某自從周

衰更七國競使秦人有九有掃除詩書誦法律投棄俎豆陳鞭杻當年誰人佐祖龍上蔡公子牽黃狗登山刻石頌功烈後者無繼前無偶皆云皇帝巡四國烹滅强暴救黔首六經既已委灰塵此鼓亦當遭擊剖傳聞九鼎淪泗上欲使萬夫沉水取暴君縱欲窮人力神物義不汙秦垢是時石鼓何處避無乃天公令鬼守興亡百變物自閑富貴一朝名不朽細思物理坐歎息人生安得如汝壽

詛楚文 碑獲於開元寺土下今在太守便廳秦穆公葬於雍橐泉祈年觀下今墓在開元寺之東南數十步則寺豈祈年之故基耶淮南王遷於蜀至雍道病卒則雍非長安此乃古雍也

崢嶸開元寺髣髴祈年觀舊築掃成空古碑埋不爛詛書雖可讀字法嗟久換詞云秦嗣王敢使祝用瓚先君穆公世與楚約相捍質之於巫咸萬葉期不叛今其後嗣王乃敢構多難刳胎殺無罪親族遭圍絆計其所稱訴何啻桀紂亂吾聞古秦俗面詐背不汗豈惟公子卬社鬼亦遭謾遼哉千歲後發我一笑粲

王維吳道子畫

何處訪吳畫普門與開元開元有東塔摩詰留手痕

吾觀畫品中莫如二子尊道子實雄放浩如海波翻
當其下手風雨快筆所未到氣已吞亭亭雙林間彩
暈扶桑暾中有至人談寂滅悟者悲涕迷者手自捫
蠻君鬼伯千萬萬相排競進頭如黿龜摩詰本詩老佩
芷襲芳蓀今觀此壁畫亦若其詩清且敦祇園弟子
盡鶴骨心如死灰不復溫門前兩叢竹雪節貫霜根
交柯亂葉動無數一一皆可尋其源吳生雖妙絕猶
以畫工論摩詰得之於象外有如仙翮謝籠樊吾觀
二子皆神俊又於維也斂衽無間言

維摩像唐楊惠之塑在天柱寺

昔者子輿病且死其友子祀往問之跰蹮鑒井自嘆
息造物將安以我爲今觀古塑維摩像病骨磊嵬如
枯龜乃知至人外生死此身變化浮雲隨世人豈不
碩且好身雖未病心已疲此叟神完中有恃談笑可
卻千熊羆當其在時或問法俛首無言心自知至今
遺像兀不語與昔未死無增虧田翁俚婦那肯顧時
有野鼠嚙其髭見之使人每自失誰能與結無言師

東湖

吾家蜀江上江水綠如藍爾來走塵土意思殊不堪
況當岐山下風物尤可慚有山禿如赭有水濁如泔

不謂郡城東數步見湖潭入門便清奧怳如夢西南泉源從高來隨坡走涵涵東去觸重阜盡爲湖所貪但見蒼石螭開口吐清甘借汝腹中過胡爲目耽耽新荷弄晚涼輕棹極幽探飄颻忘遠近偃息遺佩簪深有龜與魚淺有螺與蚶曝晴復戲雨戢戢多於蠶浮沉無停餌倏忽遽滿籃絲緡雖强致瑣細安足戡聞昔周道興翠鳳棲孤嵐飛鳴飲此水照影弄毿毿此古飲鳳池也至今多梧桐合抱如彭聃綵羽無復見上有鸇搏鶴嗟予生雖晚考古意所妉圖書已漫漶猶復訪僑郯卷阿詩可繼此意久已含扶風古三輔政事豈汝諳聊爲湖上飲一縱醉後談門前遠行客劫劫無留驂問胡不回首無乃趁朝參予今正疎懶官長幸見函不辭日遊再行恐歲滿三暮歸還倒載鐘鼓已韽韽音諳

真興寺閣

山川與城郭漠漠同一形市人與鴟鵲浩浩同一聲此閣幾何高何人之所營側身送落日引手攀飛星當年王中令斫木南山赬寫真留閣下鐵面眼有稜身强八九尺與閣兩崢嶸古人雖暴恣作事今世驚登者尚呀喘作者何以勝曷不觀此閣其人勇且英

李氏園 李茂正園也今爲王氏所有

朝遊北城東回首見脩竹下有朱門家破牆圍古屋舉鞭叩其戶幽響答空谷入門所見夥十步九移目異花兼四方野鳥喧百族其西引溪水活活轉牆曲東注入深林林深窗戶綠水光兼竹淨時有獨立鶴林中百尺松歲久蒼鱗蹙豈惟此地少意恐關中獨小橋過南圃夾道多喬木隱如城百雉挺若舟千斛陰陰日光淡黯黯秋氣蓄盡東爲方池野鴈雜家鶩紅梨驚合抱映島孤雲馥春光水溶漾雪陣風翻撲其北臨長溪波聲卷平陸北山臥可見蒼翠間磽禿我時來周覽問此誰所築云昔李將軍負嶮乘衰叔抽錢算間口但未榷羹粥當時奪民田失業安敢哭誰家美園圃籍沒不容贖此亭破千家鬱鬱城之麓將軍竟何事蟣蝨生刀韣何嘗載美酒來此駐車轂空使後世人聞名頸猶縮 俗猶呼皇后園蓋茂正謂其妻也 我今官正閑屢至因休沐人生營居止竟爲何人卜何當辦一身永與清景逐

秦穆公墓

槖泉在城東墓在城中無百步乃知昔未有此城秦人以槖泉識公墓昔公生不誅孟明豈有死之日而忍

用其良乃知三子徇公意亦如齊之二子從田橫古人感一飯尚能殺其身今人不復見此等乃以所見疑古人古人不可望今人益可傷

和子由聞子瞻將如終南太平宮谿堂讀書

役名則已勤徇身則已媮我誠愚且拙身名兩無謀始者學書判近亦知問囚但知今當爲敢問嚮所由士方其未得唯以不得憂既得又憂失此心浩難收譬如倦行客中路逢清流塵埃雖未脫暫憩得一漱我欲走南澗春禽始嚶呦鞅掌久不決爾來已徂秋橋山日月迫府縣煩差抽王事誰敢愬民勞吏宜羞中間罹旱暵欲學喚雨鳩千夫挽一木十步八九休渭水涸無泥菑堰旋插脩對之食不飽餘事更遑求近日秋雨足公餘試新芻劬勞幸已過朽鈍不任鎪秋風迫吹帽西阜可縱遊聊爲一日樂慰此百日愁

將往終南和子由見寄

人生百年寄鬢鬚富貴何啻葭中莩惟將翰墨留染濡絕勝醉倒蛾眉扶我今廢學如寒竽久不吹之澀欲無歲云暮矣嗟幾餘欲往南溪侶禽魚秋風吹雨涼生膚夜長耿耿添漏壺窮年弄筆衫袖烏古人有

之我願如終朝危坐學僧趺閉門不出閑履烏皃下視官爵如泥淤嗟我何爲久踟躕歲月豈肯爲汝居僕夫起餐秣吾駒

七月二十四日以久不雨出禱磻溪是日宿虢縣二十五日晚自虢縣渡渭宿於僧舍曾閣閣故曾氏所建也夜久不寐見壁有前縣令趙薦留名有懷其人

龕燈明滅欲三更欹枕無人夢自驚深谷留風終夜響亂山銜月半床明故人漸遠無消息古寺空來看姓名欲向磻谿問姜叟僕夫屢報斗杓傾

二十六日五更起行至磻溪未明

夜入磻溪如入峽照山炬火落驚猿山頭孤月耿猶在石上寒波曉更喧至人舊隱白雲合神物已化遺蹤蜿安得夢隨霹靂駕馬上傾倒天瓢翻

是日自磻溪將往陽平憩於麻田青峯寺之下院翠麓亭

不到峯前寺空來渭上村此亭聊可喜修徑豈辭捫谷映朱欄秀山含古木尊路窮驚石斷林缺見河奔馬困嘶青草僧留薦晚飧我來秋日午旱久石床温安得雲如蓋能令雨瀉盆共看山下稻涼葉晚翻翻

二十七日自陽平至斜谷宿於南山中蟠龍寺

橫槎晚渡碧澗口騎馬夜入南山谷音浴谷中暗水響瀧瀧嶺上疎星明煜煜寺藏巖底千萬仞路轉山腰三百曲風生飢虎嘯空林月黑驚麏竄脩竹入門突兀見深殿照佛青熒有殘燭媿無酒食待遊人旋斫杉松煮溪蔌板閣獨眠驚旅枕木魚曉動隨僧粥起觀萬瓦鬱參差目亂千巖散紅綠門前商賈負椒荈山後咫尺連巴蜀何時歸耕江上田一夜心逐南飛鵠

是日至下馬磧憩於北山僧舍有閣曰懷賢南直斜谷西臨五丈原諸葛孔明所從出師也

南望斜谷口三山如犬牙西觀五丈原鬱屈如長蛇有懷諸葛公萬騎出漢巴吏士寂如水蕭蕭聞馬檛公才與曹丕豈止十倍加顧瞻三輔間勢若風捲沙一朝長星墜竟使蜀婦髽山僧豈知此一室老煙霞往事逐雲散故山依渭斜客來空弔古清淚落悲笳

東坡集卷第一

東坡集卷第二

詩八十二首

和子由記園中草木十一首

煌煌帝王都赫赫走羣彥嗟汝獨何爲閉門觀物變
微物豈足觀汝獨觀不勌牽牛與葵蓼採摘入詩卷
吾聞東山傅置酒攜燕婉富貴未能忘聲色聊自遣
汝今又不然時節看瓜蔓懷寶自足珍藝蘭那計畹
吾歸於汝處慎勿嗟歲晚

荒園無數畝草木動成林春陽一已敷妍醜各自矜
蒲萄雖滿架囷倒不能任可憐病石榴花如破紅襟
葵花雖粲粲蔕淺不勝簪叢蓼晚可喜輕紅隨秋深
物生感時節此理等廢興飄零不自由盛亦非汝能

種柏待其成柏成人亦老不如種叢篁春種秋可倒
陰陽不擇物美惡隨意造柏生何苦艱似亦費天巧
天工巧有幾肯盡爲汝耗君看藜與藿生意常草草

萱草雖微花孤秀能自拔亭亭亂葉中一一芳心插
牽牛獨何畏詰曲自牙蘖走尋荊與榛如有宿昔約
南齋讀書處亂翠曉如潑偏工貯秋雨歲歲壞籬落

蘆筍初似竹稍開葉如蒲方春節抱甲漸老根生鬚
不愛當夏綠愛此及秋枯黃葉倒風雨白花搖江湖

江湖不可到移植苦勤劬安得雙野鴨飛來成畫圖
行樂惜芳晨秋風常苦早誰知念離別喜見秋瓜老
秋瓜感霜霰莖葉颯已槁宦遊歸無時身若馬繫皁
悲鳴念千里耿耿志空抱多憂竟何爲使汝玄髮縞
官舍有叢竹結根問囚廳下爲人所徑土密不容釘
慇懃戒吏卒插棘護中庭遶砌忽墳裂走鞭瘦竛竮
我常攜枕簟來此蔭寒青日暮不能去臥聽窗風泠
芎藭生蜀道白芷來江南漂流到關輔猶不失芳甘
濯濯翠莖滿愔愔清露涵及其未花實可以資筐籃
秋節忽已老苦寒非所堪斸根取其實對此微物慚
自我來關輔南山得再遊山中亦何有草木媚深幽
菖蒲人不識生此亂石溝山高霜雪苦苗葉不得抽
下有千歲根蹙縮如蟠虬長爲鬼神守德薄安敢偷
我歸自南山山翠猶在目心隨白雲去夢繞山之麓
汝從何方來笑齒粲如玉探懷出新詩秀語奪山綠
覺來已茫昧但記說秋菊有如采樵子入洞聽琴筑
歸來寫遺聲猶勝人間曲八月十二日夜宿府學方和此詩
夢與弟遊南山出詩數十篇夢中甚愛之及覺唯記一句云蟋蟀悲
秋菊
野菊生秋澗芳心空自知無人驚歲晚唯有暗蛩悲

花開澗水上花落澗水湄菊衰蛩亦蟄與汝歲相期
楚客方多感秋風詠江蘺落英不滿掬何以慰朝飢

周公廟廟在岐山西北七八里廟後百許
步有泉依山湧冽異常國史所謂潤德泉
世亂則竭者也

吾今那復夢周公尚喜秋來過故宮翠鳳舊依山硉
兀清泉長與世窮通至今遊客傷離黍故國諸生詠
雨濛牛酒不來烏鳥散白楊無數暮號風

南溪之南竹林中新構一茆堂予以其所
處最爲深邃故名之避世堂

猶恨溪堂淺更穿脩竹林高人不畏虎避世已無心
隱几頽如病忘言兀似瘖茆茨追上古冠蓋謝當今
曉夢猨呼覺秋懷鳥伴吟暫來聊解帶屢去欲攜衾
湖上行人絕堦前暮雪深應逢綠毛叟扣戶夜抽簪

自清平鎮遊樓觀五郡大秦延生仙遊往
反四日得十一詩寄舍弟子由同作

樓觀

鳥噪猨呼晝閉門寂寥誰識古皇尊青牛久已辭轅
軛白鶴時來訪子孫山近朔風吹積雪天寒落日淡
孤村道人應怪遊人衆汲盡堦前井水渾

五郡

古觀正依林麓斷居民來就水泉甘亂谿赴渭爭趨北飛鳥迎山不復南羽客衣冠朝上象野人香火祝春蠶汝師豈解言符命山鬼何知託老聃觀有明皇碑言夢老子告以享國長久之意

授經臺乃南山一峯耳非復有築處

劍舞有神通草聖海山無事化琴工此臺一覽秦川小不待傳經意已空

大秦寺

晃蕩平川盡坡陁翠麓橫忽逢孤塔迥獨向亂山明信足幽尋遠臨風却立驚原田浩如海袞袞盡東傾

仙遊潭五首潭上有寺三一在潭北循黑水而上爲東路至南寺度黑水西里餘從馬北上爲西路至北寺東路嶮不可騎馬而西路隔潭潭水深不可測上以一木爲橋不敢過故南寺有塔望之可愛而終不能到

翠壁下無路何年雷雨穿光搖巖上寺深到影中天我欲然犀看龍應抱寶眠誰能孤石上危坐試僧禪

潭

東去愁攀石西來怯渡橋碧潭如見試白塔苦相招野饋慚微薄村沽慰寂寥路窮斤斧絕松桂得干霄

南寺

唐初傳有此亂後不留碑畏虎關門早無村得米遲山泉自入甕野桂不勝炊信美那能久應先學忍飢

北寺

未應將軍聘初從季直遊絳紗生不識蒼石尚能留豈害依梁冀何須困李侯吾詩慎勿刻猿鶴爲君羞

馬融石室

洞裏吹簫子終年守獨幽石泉爲曉鏡山月當簾鉤歲晚杉楓盡人歸霧雨愁送迎應鄙陋誰繼楚臣謳

玉女洞

愛玉女洞中水既致兩缾恐後復取而爲使者見紿因破竹爲契使寺僧藏其一以爲往來之信戲謂之調水符

欺謾久成俗關市有契繻誰知南山下取水亦置符古人辨淄澠皎若鶴與鳧吾今既謝此但視符有無常恐汲水人智出符之餘多防竟無及棄置爲長吁

自仙遊回至黑水見居民姚氏山亭高絕可愛復憩其上

山鴉曉辭谷似報遊人起出門猶屢顧慘若去吾里道途險且迂繼此復能幾溪邊有危構歸駕聊復柅

愛此山中人縹眇如仙子平生慕獨往官爵同一屣
胡爲此谿邊眷眷若有俟國恩久未報念此慚且泚
臨風浩悲吒萬世同一軌何年謝簪紱丹砂留迅晷

南谿有會景亭處衆亭之間無所見甚不稱其名余欲遷之少西臨斷岸西嚮可以遠望而力未暇特爲製名曰招隱仍爲詩以告來者庶幾遷之

飛簷臨古道高榜勸遊人未即令公隱聊須濯路塵
茆茨分聚落煙火傍城闉林缺湖光漏窗明野意新
居民誰白帽過客謾朱輪山好留歸屐風迴落醉巾
他年誰改築舊製不須因再到吾雖老猶堪作坐賓

凌虛臺

才高多感激道直無往還不如此臺上舉酒邀青山
青山雖云遠似亦識公顏崩騰赴幽賞披豁露天慳
落日銜翠壁暮雲點煙鬟浩歌清興發放意末禮刪
是時歲云暮微雪灑袍斑吏退迹如掃賓來勇躋攀
臺前飛鴈過臺上彫弓彎聯翩向空墜一笑驚塵寰

竹鼴

野人獻竹鼴腰腹大如盎自言道旁得採不費罝罔
鴟夷讓圓滑混沌慚瘦爽兩牙雖有餘四足僅能髣

逢人自驚蹶悶若兒脫桎念茲微陋質刀几安足枉就禽太倉卒羞愧不能饗南山有孤熊擇獸行䑛掌

渼陂魚陂在鄠縣

霜筠細破為雙掩中有長魚如臥劍紫荇穿顋氣慘悽紅鱗照坐光磨閃攜來雖遠鬣尚動烹不待熟指先染坐客相看為解顏香粳飽送如填塹早歲嘗為荊渚客黃魚屢食沙頭店濱江易採不復珍盈尺輒棄無乃僭自從西征復何有欲致南烹嗟久欠游鯈瑣細空自腥亂骨縱橫動遭砭故人遠饋何以報客俎久空驚忽贍東道無辭信使頻西鄰幸有庖虀甕

讀道藏

嗟予亦何幸偶此琳宮居宮中復何有戢戢千函書盛以丹錦囊冒以青霞裾王喬掌關籥蚩尤守其廬乘閑竊掀攪涉獵豈暇徐至人悟一言道集由中虛心閑反自照皎皎如芙蕖千載厭世去此言乃蘧蒢人皆忽其身治之用土苴何暇及天下幽憂吾未除

十二月十四日夜微雪明日早往南谿小酌至晚

南谿得雪真無價走馬來看及未消獨自披榛尋履迹最先犯曉過朱橋誰憐破屋眠無處坐覺村飢語

不囂惟有暮鵶知客意驚飛千片落寒條

九月中曾題二小詩於南溪竹上既而忘之昨日再遊見而錄之

湖上蕭蕭疎雨過山頭靄靄暮雲橫陂塘水落荷將盡城市人歸虎欲行

誰謂江湖居而爲虎豹宅焚山豈不能愛此千竿碧

司竹監燒葦園因召都巡撿柴貽勗左藏以其徒會獵園下

官園刈葦歲留椿深冬放火如紅霞枯椿燒盡有根在春雨一洗皆萌芽黃狐老兔最狡捷賣侮百獸常矜誇年年此厄竟不悟但愛蒙密爭來家風迴焰卷毛尾熱欲出已被蒼鷹遮野人來言此最樂徒手時出歸滿車巡邊將軍在近邑呼來颯颯從矛戈戍兵久閑可小試戰鼓雖凍猶堪撾雄心欲搏南澗虎陣勢頗學常山蛇霜乾火烈聲爆野飛走無路號且呀迎人截來砉逢箭避火逸去窮投罝擊鮮走馬殊未厭但恐落日催棲鵶弊旗仆鼓坐數獲鞍挂雉兔肩分犢主人置酒聚狂客紛紛醉語曉更譁燎毛燔肉不暇割飲啗直欲追羲媧青丘雲夢古所吒與此何啻百倍加苦遭諫疏說夷羿又被賦客嘲淫奢豈如

閑官走山邑放曠不與趨朝衙農工已畢歲云暮車騎雖少賓殊佳酒酣上馬去不告獵獵霜風吹帽斜

和子由木山引水二首

蜀江久不見滄浪江上枯槎遠可將去國尚能三犢載汲泉何愛一夫忙崎嶇好事人應笑冷淡爲歡意自長遙想納涼清夜永窗前微月照汪汪

千年古木臥無梢浪卷沙飄去似瓢幾度過秋生蘚暈至今流潤應江潮泫然疑有蛟龍吐斷處人言霹靂焦材大古來無適用不須鬱鬱慕山苗

寄題興州晁太守新開古東池

百畝新池傍郭斜居人行樂路人誇自言官長如靈運能使江山似永嘉縱飲坐中遺白帢幽尋盡處見桃花不堪山鳥號歸去長遣王孫苦憶家

華陰寄子由

三年無日不思歸夢裏還家旋覺非臘酒送寒催去國東風吹雪滿征衣三峯已過天浮翠四扇行看日照扉里堠消磨不禁盡速攜家餉勞驂騑

和董傳留別

麤繒大布裹生涯腹有詩書氣自華厭伴老儒烹瓠葉強隨舉子踏槐花囊空不辦尋春馬眼亂行看擇

晉車得意猶堪誇世俗詔黃新濕字如鴉

次韻柳子玉見寄

薄雷輕雨曉晴初陌上春泥未濺裾行樂及時雖有酒出門無侶漫看書遙知寒食催歸騎定把鴟夷載後車他日見邀須強起不應辭病似相如

送曾子固倅越得燕字

醉翁門下士雜遝難爲賢曾子獨超軼孤芳陋羣妍昔從南方來與翁兩聯翩翁今自憔悴子去亦宜然賈誼窮適楚樂生老思燕那因江鱠美遽厭天庖羶但苦世論隘聒耳如蜩蟬安得萬頃池養此橫海鱣

王頤赴建州錢監求詩及草書

我昔識子自武功寒廳夜語樽酒同酒闌燭盡語不盡倦僕立寐僵屏風丁寧勸學不死訣自言親受方瞳翁嗟余聞道不早悟醉夢顛倒隨盲聾爾來憂患苦摧剝意思蕭索如霜蓬羨君顏色愈少壯外慕漸少由中充河車挽水灌腦黑丹砂伏火入頰紅大梁相逢又東去但道何日辭樊籠未能便乞

岣嶁令官曹似是錫與銅留詩河上慰離別草書未暇緣怱怱

秀州僧本瑩靜照堂

鳥囚不忘飛馬繫常念馳靜中不自勝不若聽所之

君看厭事人無事乃更悲貧賤苦形勞富貴嗟神疲作堂名靜照此語子謂誰江湖隱淪士豈無適時資老死不自惜扁舟自娛嬉從之恐莫見況肯從我爲

石蒼舒醉墨堂

人生識字憂患始姓名粗記可以休何用草書誇神速開卷惝怳令人愁我嘗好之每自笑君有此病何年瘳自言其中有至樂適意無異逍遙遊近者作堂名醉墨如飲美酒銷百憂乃知柳子語不妄病嗜土炭如珍羞君於此藝亦云至堆牆敗筆如山丘興來一揮百紙盡駿馬倏忽踏九州我書意造本無法點畫信手煩推求胡爲議論獨見假隻字片紙皆藏收不減鍾張君自足下方羅趙我亦優不須臨池更苦學完取絹素充衾裯

送安惇秀才失解西歸

舊書不厭百迴讀熟讀深思子自知他年名宦恐不免今日棲遲那可追我昔家居斷還往箸書不復窺園葵揭來東遊慕人爵棄去舊學從兒嬉狂謀謬算百不遂惟有霜鬢來如期故山松柏皆手種行且拱矣歸何時萬事早知皆有命十年淚走寧非癡與君未可較得失臨別惟有長嗟咨

送任伋通判黃州兼寄其兄孜

吾州之豪任公子少年盛壯日千里無媒自進誰識之有材不用今老矣別來十年學不厭讀破萬卷詩愈美黃州小郡隔谿谷茆屋數家依竹葦知命無憂子何病見賢不薦誰當恥平泉老令更何悲六十青衫貧欲死桐鄉遺老至今泣潁川大姓誰能箠因君寄聲問消息莫對黃鷄矜爪觜

和子由初到陳州見寄二首次韻

道喪雖云久吾猶及老成如今各衰晚那更治刑名懶惰便樗散疏狂託聖明阿奴須碌碌門戶要全生

舊隱三年別杉松好在不吾今尚眷眷此意恐悠悠閉戶時尋夢無人可說愁還來送別處雙淚寄南州

次韻子由綠筠堂

愛竹能延客求詩剩挂牆風梢千纛亂月影萬夫長谷鳥驚棋響山蜂識酒香只應陶靖節會聽北窗涼

送劉攽倅海陵

君不見阮嗣宗臧否不挂口莫誇舌在牙齒牢是中惟可飲醇酒讀書不用多作詩不須工海邊無事日日醉夢魂不到蓬萊宮秋風昨夜入庭樹蓴絲未老君先去君先去幾時迴劉郎應白髮桃花開不開

送錢藻出守婺州得英字

老手便劇郡高懷厭承明聊紆東陽綬一濯滄浪纓東陽佳山水未到意已清過家父老喜出郭壺漿迎子行得所願愴恨居者情吾君方急賢日旰坐邇英黃金招樂毅白璧賜虞卿子不少自貶陳義空崢嶸古稱爲郡樂漸恐煩敲搒臨分敢不盡醉語醒還驚

送呂希道知和州

去年送君守解梁今年送君守歷陽年年送人作太守坐受塵土堆胸腸君家聯翩三將相富貴未已今方將鳳雛驥子生有種毛骨往往傳諸郎觀君崛鬱負奇表便合劍佩趨明光胡爲小郡屢奔走征馬未解風帆張我生本自便江海忍恥未去猶徬徨無言贈君有長歎美哉河水空洋洋

次韻王誨夜坐

愛君東閣能延客顧我閑官不計員策杖頻過如未厭卜居相近豈辭遷莫將詩句驚搖落漸喜罇罍省樸緣待約月明池上宿夜深同看水中天

送文與可出守陵州

壁上墨君不解語見之尚可消百憂而況我友似君者素節凜凜欺霜秋清詩健筆何足數逍遙齊物追

莊周奪官遣去不自覺曉梳脫髮誰能收江邊亂山赤如赭陵陽正在千山頭君知遠別懷抱惡時遣墨君解我愁

送劉道原歸覲南康

晏嬰不滿六尺長高節萬仞陵首陽青衫白髮不自歎富貴在天那得忙十年閉戶樂幽獨百金購書收散亡朅來東觀弄丹墨聊借舊史誅姦强孔融不肯下曹操汲黯本自輕張湯雖無尺箠與寸刃口吻排擊含風霜自言靜中閱世俗有似不飲觀酒狂衣巾狼藉又屢舞旁人大笑供千場交朋翩翩去略盡惟我與子猶徬徨世人共棄君獨厚豈敢自愛恐子傷朝來告別驚何速歸意已逐征鴻翔匡廬先生古君子挂冠兩紀鬢未蒼定將文度置膝上喜動隣里烹豬羊君歸爲我道姓名幅巾他日容登堂

出都來陳所乘船上有題小詩八首不知何人有感於余心者聊爲和之

蛙鳴青草泊蟬噪垂楊浦吾行亦偶然及此新過雨

烏樂忘罝罦魚樂忘鉤餌何必擇所安滔滔天下是

煙火動村落晨光尚熹微田園處處好淵明胡不歸

我行無疾徐輕楫信溶漾船留村市鬧閘發寒波漲

舟人苦炎熱宿此喬木灣清月未及上黑雲如頹山
萬竅號地籟衝風散天池喧豗瞬息間還挂斗與箕
潁水非漢水亦作蒲萄綠恨無襄陽兒令唱銅鞮曲
我詩雖云拙心平聲韻和年來煩惱盡古井無由波

次韻張安道讀杜詩

大雅初微缺流風困暴豪張爲詞客賦變作楚臣騷
展轉更崩壞紛綸閱俊髦地偏蕃怪產源失亂狂濤
粉黛迷真色魚蝦易豢牢誰知杜陵傑名與謫仙高
掃地收千軌爭標看兩艘詩人例窮苦天意遣奔逃
塵闇人亡鹿溟飜帝斬鼇艱危思李牧述作謝王褒
失意各千里哀鳴聞九皐騎鯨遁滄海捋虎得綈袍
巨筆屠龍手微官似馬曹迂疎無事業醉飽死遊遨
簡牘儀刑在兒童篆刻勞今誰主文字公合把旌旄
開卷遙相憶知音兩不遭般斤思郢質鯤化陋鰌濠
恨我無佳句時蒙致白醪殷勤理黃菊未遣沒蓬蒿

送張安道赴南都留臺

我公古仙伯超然羨門姿偶懷濟物志遂爲世所縻
黃龍遊帝郊簫韶鳳來儀終然反溟極豈復安籠池
出入四十年憂患未嘗辭一言有歸意闔府諫莫移
吾君信英睿搜士及茆茨無人長者側何以安子思

歸來掃一室虛白以自怡遊於物之初世俗安得知我亦世味薄因循鬢生絲出處良細事從公當有時

傳堯俞濟源草堂

微官共有田園與老罷方尋隱退廬栽種成陰十年事倉皇求買萬金無先生卜築臨清濟喬木如今似畫圖鄰里亦知偏愛竹春來相與護龍雛

陸龍圖詵挽詞

挺然直節庇峩岷謀道從來不計身屬纊家無十金產過車巷哭六州民塵埃輦寺三年別罇俎岐陽一夢新他日思賢見遺像不論宿草更沾巾成都有思賢閣畫諸公像

胡完夫母周夫人挽詞

柏舟高節冠鄉鄰絳帳清風聳搢紳豈似凡人但慈母能令孝子作忠臣當年織屨隨方進晚節稱觴見伯仁回首悲涼便陳迹凱風吹盡棘成薪

和柳子玉過陳絕糧次韻二首

風雨蕭蕭夜晦迷不須鳴叫强知時多才久被天公怪闕食惟應嬰婦知杜叟挽衣那及脛顏翁食粥敢言炊詩人情味真嘗遍試問於君底事虧

如我自觀猶可厭非君誰復肯相尋圖書跌宕悲年

老燈火青熒語夜深早歲便懷齊物意微官敢有濟時心南行十里成何事一聽秋濤萬鼓音

潁州初別子由二首

征帆挂西風別淚滴清潁留連知無益惜此須臾景我生三度別此別尤酸冷念子似元君木訥剛且靜寡詞眞吉人介石乃機警至今天下士去莫如子猛嗟我久病狂意行無坎井有如醉且墜幸未傷輒醒從今得閑暇默坐消日永作詩解子憂持用日三省

近別不改容遠別涕沾胸咫尺不相見實與千里同人生無離別誰知恩愛重始我來宛丘牽衣舞兒童便知有此恨留我過秋風秋風亦已過別恨終無窮問我何年歸我言歲在東離合既循環憂喜迭相攻悟此長太息我生如飛蓬多憂髮早白不見六一翁

歐陽少師令賦所蓄石屏

何人遺公石屏風上有水墨希微蹤不畫長林與巨植獨畫峩眉山西雪嶺上萬歲不長之孤松崖崩澗絕可望不可到孤煙落日相溟濛含風偃蹇得真態刻畫始信天有工我恐畢宏韋偃死葬虢山下骨可朽爛心難窮神機巧思無所發化爲煙霏淪石中古來畫師非俗士摹寫物象略與詩人同願公作詩慰

不遇無使二子含憤泣幽宮

陪歐陽公燕西湖

謂公方壯鬢似雪謂公已老光浮頰朅來湖上飲美酒醉後劇談猶激烈湖邊草木新著霜芙蓉晚菊爭煌煌插花起舞爲公壽公言百歲如風狂赤松共遊也不惡誰能忍饑啖仙藥已將天壽付天公彼徒辛苦吾差樂城上烏棲暮靄生銀釭畫燭照湖明不辭歌詩勸公飲坐無桓伊能撫箏

十月二日將至渦口五里所遇風留宿

長淮久無風放意弄清快今朝雪浪滿始覺平野隘兩山控吾前呑吐久不噦孤舟繫桑本終夜舞澎湃舟人更傳呼弱纜恃菅蒯平生傲憂患久已恬百怪鬼神欺吾窮戲我聊一噫缾中尚有酒信命誰能戒

出潁口初見淮山是日至壽州

我行日夜向江海楓葉蘆花秋興長平淮忽迷天遠近青山久與船低昂壽州已見白石塔短棹未轉黃茅岡波平風軟望不到故人久立煙蒼茫

壽州李定少卿出餞城東龍潭上

山鵲噪處古靈湫亂沫浮涎遶客舟未暇然犀照奇鬼欲將燒燕出潛虬使君惜別催歌管村巷驚呼聚

玃猴此地他年頌遺愛觀魚并記老莊周

濠州七絶

塗山 下有鯀廟山前有禹會村

川鎖支祁水尚渾地埋汪罔骨應存樵蘇已入黃能廟烏鵲猶朝禹會村

彭祖廟 有雲母山云彭祖所採服也

跨歷商周看盛衰欲將齒髮鬭蛇龜空餐雲母連山盡不見蟠桃著子時

逍遙臺 莊子祠堂在開元寺即墓爲堂

常怪劉伶死更埋豈伊忘死未忘骸烏鳶奪得與螻蟻誰信先生無此懷

觀魚臺

欲將同異較錙銖肝膽猶能楚越如若信萬殊歸一理子今知我我知魚

虞姬墓

帳下佳人拭淚痕門前壯士氣如雲蒼皇不負君王意只有虞姬與鄭君

四望亭 太和中刺史劉嗣之立李紳以太子賓客分司東都過濠爲作記今存而亭廢者數年矣

頹垣破礎沒柴荊故老猶言短李亭敢請使君重起

廢落霞孤鶩換新銘

浮山洞洞在淮中夏潦不能及而冬不加高故人疑其浮也

人言洞府是鼇宮升降隨波與海通共坐船中那得見乾坤浮水水浮空

東坡集卷第二

東坡集卷第二

詩七十六首

泗州僧伽塔

我昔南行舟繫汴逆風三日沙吹面舟人共勸禱靈塔香火未收旗脚轉回頭頃刻失長橋却到龜山未朝飯至人無心何厚薄我自懷私欣所便耕田欲雨刈欲晴去得順風來者怨若使人人禱輒遂造物應須日千變我今身世兩悠悠去無所逐來無戀得行固願留不惡每到有求神亦倦退之舊云三百尺澄觀所營今已換不嫌俗士汙丹梯一看雲山遶淮甸

龜山

我生飄蕩去何求再過龜山歲五周身行萬里半天下僧卧一庵初白頭地隔中原勞北望潮連滄海欲東遊元嘉舊事無人記故壘摧頹今在不 宋文帝遣將拒魏太武築城此山

發洪澤中途遇大風復還

風浪忽如此吾行欲安歸掛帆却西邁此計未爲非洪澤三十里安流去如飛居民見我還勞問亦依依攜酒就船賣此意厚莫違醒來夜已半岸木聲向微明日淮陰市白魚能許肥我行無南北適意乃所祈

何勞弄澎湃終夜搖窗扉妻孥莫憂色更典篋中衣

十月十六日記所見

風高月暗雲水黃淮陰夜發朝山陽山陽曉霧如細雨炯炯初日寒無光雲收霧卷已亭午有風北來寒欲僵忽驚飛雹穿戶牖迅駛不復容遮防市人顛沛百賈亂疾雷一聲如頹牆使君來呼晚置酒坐定已復日照廊怳疑所見皆夢寐百種變怪旋消亡共言蛟龍厭舊穴魚鼈隨徙空陂塘愚儒無知守章句論說黑白推何祥惟有主人言可用天寒欲雪飲此觴

廣陵會三同舍各以其字爲韻仍邀同賦

劉貢父

去年送劉郎醉語已驚衆如今各漂泊筆硯誰能弄我命不在天羿彀未必中作詩聊遣意老大慵譏諷夫子少年時雄辯輕子貢爾來再傷弓戢翼念前痛廣陵三日飲相對怳如夢況逢賢主人白酒撥春甕竹西已揮手灣口猶屢送羨子去安閑吾邦正喧鬨

孫巨源

三年客京輦憔悴難具論揮汗紅塵中但隨馬蹄翻人情責往返不報生禍根坐令平生友終歲不及門南來實清曠但恨無與言不謂廣陵城得逢劉與孫

異趣不兩立譬如王孫猿吾儕久相聚恐見疑排根我褊類中散子通真巨源絕交固未敢且復東南奔

劉莘老

江陵昔相遇幕府稱上賓再見明光宮峩冠挹搢紳如今三見子坎坷爲逐臣朝遊雲霄間欲分丞相茵莫落江湖上遂與屈子鄰了不見喜慍子豈真可人邂逅成一歡醉語出天真士方在田里自比渭與莘出試乃大謬芻狗難重陳歲晚多霜露歸耕當及辰

遊金山寺

我家江水初發源宦遊直送江入海聞道潮頭一丈高天寒尚有沙痕在中泠南畔石盤陀古來出沒隨濤波試登絕頂望鄉國江南江北青山多羈愁畏晚尋歸楫山僧苦留看落日微風萬頃靴文細斷霞半空魚尾赤是時江月初生魄二更月落天深黑江心似有炬火明飛焰照山棲鳥驚悵然歸臥心莫識非鬼非人竟何物江山如此不歸山江神見怪驚我頑我謝江神豈得已有田不歸如江水是夜所見如此

自金山放船至焦山

金山樓觀何耽耽撞鐘擊鼓聞淮南焦山何有有脩竹採薪汲水僧兩三雲霾浪打人迹絕時有沙戸祈

春蠶我來金山更留宿而此不到心懷慚同遊盡返
決獨往賦命窮薄輕江潭清晨無風浪自湧中流歌
嘯倚半酣老僧下山驚客至迎笑喜作巴人談自言
久客忘鄉井只有彌勒爲同龕困眠得就紙帳暖飽
食未厭山蔬甘山林飢臥古亦有無田不退寧非貪
展禽雖未三見黜叔夜自知七不堪行當投劾謝簪
組爲我佳處留茆庵吳人謂水中可田者爲沙焦山長老中江
人也

甘露寺

江山豈不好獨遊情易闌但有相攜人何必素所歡
我欲訪甘露當途無閑官二子舊不識欣然肯聯鞍
古郡山爲城層梯轉朱欄樓臺斷崖上地窄天水寬
一覽吞數州山長江漫漫却望大明寺惟見烟中竿
很石臥庭下穹隆如伏羱緬懷臥龍公挾策事琱鑽
一談收猘子再說走老瞞名高有餘想事往無留觀
蕭翁古鐵鑊相對空團團坡陁受百斛積雨生微瀾
泗水逸周鼎渭城辭漢盤山川失故態怪此能獨完
僧繇六化人霓衣挂冰紈隱見十二疊觀者疑夸謾
破板陸生畫青猊戲盤跚上有二天人揮手如翔鸞
筆墨雖欲盡典刑垂不刊赫赫贊皇公英姿凜以寒

古柏親手種挺然誰敢干枝撐雲峯裂根入石窟蟠薤草得斷碑斬崖出金棺瘞藏豈不牢見伏理可歎四雄皆龍虎遺迹儼未刓方其盛壯時爭奪肯少安廢興屬造物遷逝誰控摶況彼妄庸子而欲事所難古今共一軌後世徒辛酸聊興廣武歎不待雍門彈

次韻子由柳湖感物

憶昔子美在東屯數間茆屋蒼山根嘲吟草木調蠻獠欲與猿鳥爭啾喧子今憔悴衆所棄驅馬獨出無往還惟有柳湖萬株柳清陰與子供朝昏胡爲譏評去不少借生意凌挫難爲繁柳雖無言不解慍世俗乍見應憮然嬌姿共愛春濯濯豈問空腹脩蚍蟠朝看濃翠傲炎赫夜愛疎影搖清圓風翻雪陣春絮亂蠹響啄木秋聲堅四時盛衰各有態搖落淒愴驚寒溫南山孤松積雪底抱凍不死誰復賢

送蔡冠卿知饒州

吾觀蔡子與人遊掀髯笑語無不可平時儻蕩不驚俗臨事迂闊乃過我橫前坑穽衆所畏布路金珠誰不裹爾來變化驚何速昔號剛强今亦頗憐君獨守廷尉法晚歲却理鄱陽枕莫嗟天驥逐羸牛欲試良玉須猛火世事徐觀真夢寐人生不信長轗軻知君

決獄有陰功他日老人酬魏顆

次韻楊褒早春

窮巷淒涼苦未和君家庭院得春多不辭瘦馬騎衝雪來聽佳人唱踏莎破恨徑須煩麴蘗增年誰復怨羲娥良辰樂事古難并白髮青衫我亦歌細雨郊園聊種菜冷官門戶可張羅放朝三日 君恩重睡美不知身在何

初到杭州寄子由二絕

眼看時事力難任貪戀 君恩退未能遲鈍終須投劾去使君何日換聾丞

聖明寬大許全身衰病摧頹自畏人莫上岡頭苦相望吾方祭竈請比鄰

次韻柳子玉二首

地爐

細聲蚯蚓發銀缾擁褐橫眠天未明衰鬢鑷殘欹雪領壯心降盡倒風旌自稱丹竈錙銖火倦聽山城長短更聞道床頭惟竹几夫人應不解卿卿（俗謂竹几為竹夫人）

紙帳

亂文龜殼細相連慣臥青綾恐未便潔似僧巾白疊

布暖於鑾帳紫茸氈錦衾速卷持還客破屋那愁仰見天但恐嬌兒還惡睡夜深踏裂不成眠

臘日遊孤山訪惠勤惠思二僧

天欲雪雲滿湖樓臺明滅山有無水清出石魚可數林深無人鳥相呼臘日不歸對妻孥名尋道人實自娛道人之居在何許寶雲山前路盤紆孤山孤絕誰肯廬道人有道山不孤紙窗竹屋深自暖擁褐坐睡依圓蒲天寒路遠愁僕夫整駕催歸及未晡出山迴望雲木合但見野鶻盤浮圖茲遊淡泊歡有餘到家怳如夢蘧蘧作詩火急追亡逋清景一失後難摹

李杞寺丞見和前篇復用元韻答之

獸在藪魚在湖一入池檻歸期無誤隨弓旌落塵土坐使鞭箠環呻呼追胥連保罪及孥（近屢獲鹽賊皆坐同保徙其家）百日愁歎一日娛白雲舊有終老約朱綬豈合山人紆人生何者非蘧廬故山鶴怨秋猿孤何時自駕鹿車去掃除白髮煩菖蒲麻鞋短後隨獵夫射弋狐兔供朝晡陶潛自作五柳傳潘閬畫入三峯圖吾年凜凜今幾餘知非不去慚衞蘧歲荒無術歸亡逋鶻則易畫虎難摹

再和

東望海西望湖山平水遠細欲無野人疎狂逐漁釣刺史寬大容歌呼　君恩飽煖及爾孥才者不閑拙者娛穿巖度嶺腳力健未厭山水相縈紆三百六十古精廬出遊無伴籃輿孤作詩雖未造藩閫破悶豈不賢樗蒲君才敏贍兼百夫朝作千篇日未晡揭來湖上得佳句從此不看營丘圖知君篋櫝富有餘莫惜錦繡償營蘧窮多鬬嶮誰先逋賭取名畫不用摹

遊靈隱寺得來詩復用前韻

君不見錢塘湖錢王壯觀今已無屋堆黃金斗量珠運盡不勞折簡呼四方宦遊散其孥宮闕留與閑人娛盛衰哀樂兩須臾何用多憂心鬱紆溪山處處皆可廬最愛靈隱飛來孤喬松百丈蒼髯鬚擾擾下笑柳與蒲高堂會食羅千夫撞鐘擊鼓喧朝晡凝香方丈眠氍毹絕勝絮被縫海圖清風時來驚睡餘遂超羲皇傲几蘧歸時棲鴉正畢逋孤煙落日不可摹

戲子由

宛丘先生長如丘宛丘學舍小如舟常時低頭誦經史忽然欠伸屋打頭斜風吹帷雨注面先生不愧傍人羞任從飽死笑方朔肯為雨立求秦優眼前勃磎何足道處置六鑿須天遊讀書萬卷不讀律致君堯

舜知無術勸農冠蓋鬧如雲送老鹽虀甘似蜜門前萬事不掛眼頭雖長低氣不屈餘杭別駕無功勞畫堂五丈容旂旄重樓跨空雨聲遠屋多人小風騷騷平生所慚今不恥坐對疲氓更鞭箠道逢陽虎呼與言心知其非口諾唯居高志下眞何益氣節消縮今無幾文章小技安足程先生別駕舊齊名如今衰老俱無用付與時人分重輕

越州張中舍壽樂堂

青山偃蹇如高人常時不肯入官府高人自與山有素不待招邀滿庭戶臥龍蟠屈半東州萬室鱗鱗枕其股背之不見與無同狐裘反衣無乃魯張君眼力覷天奧能遣荆棘化堂宇持頤宴坐不出門收攬奇秀得十五才多事少厭閑寂臥看雲煙變風雨笋如玉筋椹如簪强飲且爲山作主不憂兒輩知此樂但恐造物怪多取春濃睡足午窗明想見新茶如潑乳

姚屯田挽詞

京口年來耆舊衰高人淪喪路人悲空聞韋叟一經在不見恬侯萬石時貧病只知爲善樂逍遙却恨弃官遲七年一別眞如夢猶記蕭然瘦鶴姿

送岑著作

懶者常似靜靜豈懶者徒拙則近於直而直豈拙歟
夫子靜且直雍容時卷舒嗟我復何爲相得歡有餘
我本不違世而世與我殊拙於林閒鳩懶於冰底魚
人皆笑其狂子獨憐其愚直者有時信平靜者不終
居而我懶拙病不受砭藥除臨行怪酒薄已與别淚
俱後會豈無時遂恐出處疏惟應故山夢隨子到吾
廬

吉祥寺賞牡丹

人老簪花不自羞花應羞上老人頭醉歸扶路人應
笑十里珠簾半上鉤

吉祥寺僧求閣名

過眼榮枯電與風久長那得似花紅上人宴坐觀空
閣觀色觀空色即空

和劉道原見寄

敢向清時怨不容直嗟吾道與君東坐談足使淮南
懼歸去方知冀北空獨鶴不須驚夜旦羣烏未可辨
雌雄廬山自古不到處得與幽人子細窮

和劉道原詠史

仲尼憂世接輿狂臧穀雖殊竟兩亡吳客漫陳豪士
賦相侯初笑越人方名高不朽終安用日飲無何計

亦良獨掩陳編弔興廢窗前山雨夜浪浪

和劉道原寄張師民

仁義大捷徑詩書一旅亭相夸綬若若猶誦麥青青腐鼠何勞嚇高鴻本自冥顛狂不用喚酒盡漸須醒

送張職方吉甫赴閩漕六和寺中作

羨君超然鸞鶴姿江湖欲下還飛去空使吳兒怨不留青山漫漫七閩路門前江水去掀天寺後清池碧玉環君如大江日千里我如此水千山底

雨中遊天竺靈感觀音院

蠶欲老麥半黃前山後山雨浪浪農夫輟耒女廢筐白衣仙人在高堂

和蔡準郎中見邀遊西湖三首

夏潦漲湖深更幽西風落木芙蓉秋飛雪闇天雲拂地新蒲出水柳映洲湖上四時看不足惟有人生飄若浮解顏一笑豈易得主人有酒君應留君不見錢塘遊宦客朝推囚暮決獄不因人喚何時休

城市不識江湖幽如與蟪蛄語春秋試令江湖處城市却似麋鹿遊汀洲高人無心無不可得坎且止乘流浮公卿故舊留不得遇所得意終年留君不見拋官彭澤令琴無絃巾有酒醉欲眠時遣客休

田間決水鳴幽幽插秧未遍麥已秋相攜燒筍苦竹寺卻下踏藕荷花洲艇頭斫鮮細縷縷艇尾炊玉香浮浮臨風飽食得甘寢肯使細故胸中留君不見壯士憔悴時饑謀食渴謀飲功名有時無罷休

和子由柳湖久涸忽有水開元寺山茶舊無花今歲盛開

太昊祠東鐵墓西一鐏曾與子同攜回瞻郡閣遙飛檻北望檣竿半隱堤飯豆羹藜思兩鵠飲河噀水賴長蜺如今勝事無人共花下壺盧鳥勸提

長明燈下石欄干長共杉松鬭歲寒葉厚有稜犀甲健花深少態鶴頭丹久陪方丈曼陀雨羞對先生苜蓿盤雪裏盛開知有意明年歸後更誰看

六月二十七日望湖樓醉書

黑雲翻墨未遮山白雨跳珠亂入船卷地風來忽吹散望湖樓下水如天

放生魚鼈逐人來無主荷花到處開水枕能令山俯仰風船解與月裴回

烏菱白芡不論錢亂繫青菰裏綠盤忽憶嘗新會靈觀滯留江海得加餐

獻花游女木蘭橈細雨斜風溼翠翹無限芳洲生杜

若吳兒不識楚詞招

未成小隱聊中隱可得長閑勝暫閑我本無家更安往故鄉無此好湖山

七月一日出城舟中苦熱

涼颸呼不來流汗方被體稀星乍明滅暗水光瀰瀰香風過蓮芡驚枕裂魴鯉欠伸宿酒餘起坐濯清泚火雲勢方壯未受月露洗身微欲安適坐待東方啓

宿餘杭法喜寺寺後綠野亭望吳興諸山懷孫莘老學士

徙倚秋原上淒涼晚照中水流天不盡人遠思何窮問諜知秦過看山識禹功餘杭始皇所舍舟也西北舟杭山堯水繫舟山上稻涼初吠蛤柳老半書蟲荷背風翻白蓮腮雨退紅追遊慰遲暮覓句效兒童北望苕溪轉遙憐震澤通烹魚得尺素好在紫髯翁

宿臨安淨土寺

雞鳴發餘杭到寺已亭午參禪固未暇飽食良先務平生睡不足急掃清風宇閉門羣動息香篆起煙縷覺來烹石泉紫筍發輕乳晚涼沐浴罷衰髮稀可數浩歌出門去暮色入村塢微月半隱山圓荷爭瀉露相攜石橋上夜與故人語明朝入山房石鏡炯當路

昔照熊虎姿今爲猿鳥顧廢興何足弔萬世一仰俯

自淨土步至功臣寺

落日岸葛巾晚風吹羽扇松間野步穩竹外飛橋轉神功鑿橫嶺巖石得巨片直度千人溝下有微流泫岡巒蔚回合金碧爛明絢緬懷異姓王負擔此鄉縣長逢跨下辱屢乞桑間飯誰謂山石頑識此希世彥凜然英氣逼屹起猶聳戰他年萬騎歸父老恣歡宴錦繡被原野金珠散貧賤寶融旣入朝吳芮空記面榮華坐銷歇閱世如郵傳惟有長明燈依然照深殿

遊徑山

衆峯來自天目山勢若駿馬奔平川中途勒破千里足金鞭玉鐙相回旋人言山住水亦住下有萬古蛟龍淵道人天眼識王氣結茆宴坐荒山巔精誠貫山石爲裂天女下試顏如蓮寒窗暖足來朴握夜鉢呪水降蜿蜒雪眉老人朝扣門願爲弟子長參禪爾來廢興三百載奔走吳會輸金錢飛樓湧殿壓山破朝鐘暮鼓驚龍眠晴空偶見浮海蜃落日下數投村鳶有生共處覆載內擾擾膏火同烹煎近來愈覺世議隘每到寬處差安便嗟余老矣百事廢却尋舊學心茫然問龍乞水歸洗眼欲看細字銷殘年 龍井水洗病

眼有效

自徑山回得呂察推詩用其韻招之宿湖上

多君貴公子愛山如愛色心隨葉舟去夢遶千山碧
新詩到中路令我喜折屐古來軒冕徒操捨兩悲慄
數朝詞簪笏兩腳得暫赤歸來不入府却走湖上宅
寵辱吾久忘寧畏官長詰飄然便欲去誰在子思側
君能從我遊出郭及未黑

宿望湖樓再和

新月如佳人出海初弄色娟娟到湖上瀲瀲搖空碧
夜涼人未寢山靜聞響屐騷人故多感悲秋更憀慄
吾胡不相就朱墨紛黝赤我行得所嗜十日忘家宅
但恨無友生詩病莫訶詰君來試吟味定作鶴頭側
改罷心愈疑滿紙蛟蛇黑

夜泛西湖五絶

新月生魄迹未安纔破五六漸盤桓今夜吐艷如半壁遊人得向三更看
三更向闌月漸垂欲落未落景特奇明朝人事誰料得看到蒼龍西没時
蒼龍已没牛斗橫東方芒角昇長庚漁人收筒及未

曉船過惟有菰蒲聲湖上禁漁皆盜釣者也

菰蒲無邊水茫茫荷花夜開風露香漸見燈明出遠寺更待月黑看湖光

湖光非鬼亦非仙風恬浪靜光滿川須臾兩兩入寺去就視不見空茫然

焦千之求惠山泉詩

兹山定空中乳水滿其腹遇隙則發見臭味實一族淺深各有値方圓隨所蓄或爲雲洶涌或作綫斷續或鳴空洞中雜佩間琴筑或流蒼石縫宛轉龍鸞蹙餅罌走四海真僞半相瀆貴人高宴罷醉眼亂紅綠赤泥開方印紫餅截圓玉傾甌共歎賞竊語笑僮僕豈如泉上僧盥灑自挹掬故人憐我病蒻籠上寄新馥欠伸北窗下晝睡美方熟精品厭凡泉願子致一斛

答任師中次韻來詩勸以詩酒自娛

閑裏有深趣常憂兒輩知已成歸蜀計誰借買山資世事久已謝故人猶見思平生不飲酒對子敢論詩

沈諫議召遊湖不赴明日得雙蓮於北山下作一絕持獻沈既見和又別作一首因用其韻

湖上棠陰手自栽問公更得幾回來水仙亦恐公歸去故遣雙蓮一夜開

詔書行捧縷金牋樂府應歌相府蓮莫忘今年花發處西湖西畔北山前

和歐陽少師會老堂次韻

一時冠蓋盡嚴終舊德年來豈易逢聞道堂中延蓋叟定應牀下拜梁松蠹魚自晒閑箱篋科斗長收古鼎鍾我欲棄官重問道寸筳何以得舂容

和歐陽少師寄趙少師次韻

朱門有遺啄千里來燕雀公家冷如冰百呼無一諾平生親友半遷逝公雖不怪旁人愕世事如今臘酒醲交情自古春雲薄二公凜凜和非同疇昔心親豈貌從白須相映松間鶴清句更平酬雪裏鴻何日楊雄一廛足却追范蠡五湖中

監試呈諸試官

我本山中人寒苦盜寸廩文詞雖少作勉强非天稟既得旋廢忘懶惰今十稔麻衣如再著墨水真可飲每聞科詔下白汗如流瀋此邦東南會多士敢題品芻蕘盡蘭蓀香不數葵荏貧家見珠貝眩晃自難審緬懷嘉祐初文格變已甚千金碎全璧百納收寸錦

調和椒桂釀咀嚼沙礫磅廣眉成半額學步歸踔踸
維時老宗伯氣壓羣兒凜蛟龍不世出魚鮪初驚愆
至音久乃信知味猶食椹至今天下士微管幾左衽
謂當千載後石室祠高朕爾來又一變此學初誰諗
權衡破舊法芻豢笑凡飪高言追衞樂篆刻鄙曹沈
先生周孔出弟子淵騫寢却顧老鈍軀頑朴謝鐫鋟
諸君況才傑容我懶且噤聊欲廢書眠秋濤春午枕

望海樓晚景五絶

海上濤頭一線來樓前指顧雪成堆從今潮上君須
上更看銀山二十回

橫風吹雨入樓斜壯觀應須好句誇雨過潮平江海
碧電光時掣紫金蛇

青山斷處塔層層隔岸人家喚欲譍江上秋風晚來
急為傳鐘鼓到西興

樓下誰家燒夜香玉笙哀怨弄初涼臨風有客吟秋
扇拜月無人見晚粧

沙河燈火照山紅歌鼓喧喧語笑中為問少年心在
否角巾敧倒鬢如蓬

試院煎茶

蟹眼已過魚眼生颼颼欲作松風鳴蒙茸出磨細珠

落眩轉遶甌飛雪輕銀瓶瀉湯誇第二未識古人煎水意古語云煎水不煎茶君不見昔時李生好客手自煎貴從活火發新泉又不見今時潞公煎茶學西蜀定州花瓷琢紅玉我今貧病長苦飢分無玉盌捧娥眉且學公家作茗飲塼爐石銚行相隨不用撐腸拄腹文字五千卷但願一甌常及睡足日高時

孫莘老求墨妙亭詩

蘭亭璽紙入昭陵世間遺迹猶龍騰顏公變法出新意細筋入骨如秋鷹徐家父子亦秀絶字外出力中藏稜嶧山傳刻典刑在千載筆法留陽冰杜陵評書貴瘦硬此論未公吾不憑短長肥瘠各有態玉環飛燕誰敢憎吳興太守真好古購買斷缺揮縑繒龜趺入坐螭隱壁空齋晝靜聞登登奇蹤散出走吳越勝事傳說誇友朋書來乞詩要自寫爲把栗尾書谿藤後來視今猶視昔過眼百世如風燈他年劉郎憶賀監還道同時須伏膺

李公擇求黃鶴樓詩因記舊所聞於馮當世者

黃鶴樓前月滿川抱關老卒飢不眠夜聞三人笑語言羽衣著屐響空山非鬼非人意其仙石扉三扣聲

清圓洞中鏗鈜落門關縹緲入石如飛煙雞鳴月落風馭還迎拜稽首願執鞭汝非其人骨腥臊黃金乞得重莫肩持歸包裹弊席氈夜穿茅屋光射天里閭來觀已變遷似石非石鉛非鉛或取而有衆忿喧訟歸有司今幾年無功暴得喜欲顛神人戲汝眞可憐願君爲考然不然此語可信馮公傳

八月十日夜看月有懷子由并崔度賢良

宛丘先生自不飽更笑老崔窮百巧一更相過三更歸古柏陰中看參昴去年舉君苜蓿盤夜傾閩酒赤如丹今年還看去年月露冷遙知范叔寒典衣自種一頃豆那知積雨生科斗歸來四壁草蟲鳴不如王江長飲酒王江陳州道人

催試官考較戲作

八月十五夜月色隨處好不擇茆簷與市樓況我官居似蓬島鳳咮堂前野橘香劍潭橋畔秋荷老八月十八潮壯觀天下無鯤鵬水擊三千里組練長驅十萬夫紅旗青蓋互明滅黑沙白浪相吞屠人生會合古難必此景此行那兩得願君聞此添蠟燭門外白袍如立鵠

八月十七復登望海樓自和前篇是日牓

出余與試官兩人復留五首

樓上煙雲怪不來樓前飛紙落成堆非關文字須重看却被江山未放迴

眼昏燭暗細行斜考閱精強外已誇明日失杯君莫怪早知安足不成蚍

亂山遮曉擁千層睡美初涼撼不譍昨夜酒行君屢歎定知歸夢到吳興

天台桂子為誰香倦聽空階夜點涼賴有明朝看潮在萬人空巷鬬新粧

秋花不見眼花紅身在孤舟兀兀中細雨作寒知有意未教金菊出蒿蓬

東坡集卷第二

東坡集卷第四

詩八十八首

秋懷二首

苦熱念西風常恐來無時及茲遂凄凜又作徂年悲蟋蟀鳴我床黃葉投我帷窗前有棲鵩夜嘯如狐狸露冷梧葉脫孤眠無安枝熠燿亦求偶高屋飛相追定知無幾見迫此清霜期物化逝不留我興爲嗟咨便當勤秉燭爲樂戒暮遲

海風東南來吹盡三日雨空堦有餘滴似與幽人語念我平生歡寂寞守環堵壺漿慰作勞裹飯救寒苦今年秋應熟過從飽雞黍嗟我獨何求萬里涉江浦居貧豈無食自不安畎畝念此坐達晨殘燈翳復吐

哭歐公孤山僧惠思示小詩次韻

故人已爲土衰鬢亦驚秋猶喜孤山下相逢說舊游

梵天寺見僧守詮小詩清婉可愛次韻

但聞煙外鐘不見煙中寺幽人行未已草露溼芒屨惟應山頭月夜夜照來去

和陳述古拒霜花

千林掃作一番黃只有芙蓉獨自芳喚作拒霜知未稱細思却是最宜霜

和沈立之留別二首

而今父老千行淚一似當時初去時不用鐫碑頌遺愛丈人清德畏人知

臥聞鐃鼓送歸艎夢裏匆匆共一觴試問別來秋幾許春江萬斛若爲量去時予在試院

次韻孔文仲推官見贈

我本麋鹿性諒非伏轅姿君如汗血馬作駒已權奇齊驅大道中並帶鑾鑣馳聞聲自決驟那復受縶維謂君朝發燕秣楚日未欹云何中道止連蹇驢騾隨金鞍冒翠錦玉勒垂青絲旁觀信美矣自揣良厭之均爲人所勞何必陋鹽輜君看立仗色不敢鳴且窺調習困鞭箠僅存骨與皮人生各有志此論我久持他人聞定笑聊與吾子期空齋臥積雨病骨煩撐支秋草上垣牆霜葉鳴堦墀門前自無客敢作揚雄麾候吏報君來弭節江之湄一對高人談稍忘俗吏卑今朝枉詩句粲如鳳來儀上山絶梯磴墮海迷津涯憐我枯槁質借潤生華滋肯效世俗人洗刮求瘢痍賢明日登用清廟歌緝熙胡不學長卿預作封禪詞

湯村開運鹽河雨中督役

居官不任事蕭散羨長卿胡不歸去來滯留愧淵明

鹽事星火急誰能卹農耕薨薨曉鼓動萬指羅溝坑天雨助官政泫然淋衣纓人如鴨與猪投泥相濺驚下馬荒堤上四顧但湖泓線路不容足又與牛羊爭歸田雖賤辱豈失泥中行寄語故山友慎毋厭藜羹

是日宿水陸寺寄北山清順僧二首

草沒河堤雨暗村寺藏脩竹不知門拾薪煮藥憐僧病掃地燒香淨客魂農事未休侵小雪佛燈初上報黃昏年來漸識幽居味思與高人對榻論

長嫌鐘鼓聒湖山此境蕭條却自然乞食遶村真為飽無言對客本非禪披榛覓路衝泥入洗足關門聽雨眠遙想後身窮賈島夜寒應聳作詩肩

客位假寐

謁入不得去兀坐如枯株豈惟主忘客今我亦忘吾同僚不解事慍色見髯蘇雖無性命憂且復忍須臾

鹽官部役戲呈同事兼寄述古

新月照水水欲冰夜霜穿屋衣生稜野廬半與牛羊共曉鼓却隨鵝鸛與夜來履破裘穿縫紅頰曲眉應入夢千夫在野口如林豈不懷歸畏嘲弄我州賢將知人勞已釀白酒買豚羔耐寒努力歸不遠兩腳凍硬公須軟

朱壽昌郎中少不知母所在刺血寫經求之五十年去歲得之蜀中以詩賀之

嗟君七歲知念母憐君壯大心愈苦羨君臨老得相逢喜極無言淚如雨不羨白衣作三公不愛白日昇青天愛君五十著綵服兒啼却得償當年烹龍爲炙玉爲酒鶴髮初生千萬壽金花詔書錦作囊白藤肩輿簾蹙繡感君離合我酸辛此事今無古或聞長陵𨮁來見大姉仲孺豈意逢將軍開皇若挑空記面建中天子終不見西河郡守誰復譏潁谷封人羞自薦

將之湖州戲贈莘老

餘杭自是山水窟久聞吳興更清絶湖中橘林新著霜溪上苕花正浮雪顧渚茶牙白於齒梅溪木爪紅勝頰吳兒鱠縷薄欲飛未去先說饞涎垂亦知謝公到郡久應怪杜牧尋春遲鬢絲只好對禪榻湖亭不用張水嬉

鴉種麥行

霜林老鴉閑無用畦東拾麥畦西種畦西種得青猗猗畦東已作牛毛稀明年麥熟芒攢槊農夫未食鴉先啄徐行俛仰若自矜鼓翅跳跟上牛角憶昔舜耕歷山鳥爲耘如今老鴉種麥更辛懃農夫羅拜鴉飛

起勸農使者來行水

鹽官絕句四首

南寺千佛閣

古邑居民半海濤師來構築便能高千金用盡身無事坐看香煙遶白毫

北寺悟空禪師塔（名齊安宣宗微時師知其非凡人）

已將世界等微塵空裏浮花夢裏身豈爲龍顏更分別只應天眼識天人

塔前古檜

當年雙檜是雙童相對無言老更恭庭雪到腰埋不死如今化作兩蒼龍

僧爽白雞（養二十餘年常立坐側與聽經）

斷尾雄雞本畏烹年來聽法伴修行還須却置蓮花漏老怯風霜恐不鳴

送張軒民寺丞赴省試

龍飛甲子盡豪英常喜吾猶及老成人競春蘭笑秋菊天教明月伴長庚傳家各自聞詩禮與子相逢亦弟兄洗眼上林看躍馬賀詩先到古宣城（伯父與太平州張侍讀同年此其子）

六和寺沖師閘山溪爲水軒

欲放清溪自在流忍教氷雪落沙洲出山定被江潮涴能爲山僧更少留

和致仕張郎中春書

投紱歸來萬事輕消磨未盡秖風情舊因尊菜求長假新爲楊枝作短行不禱自安緣壽骨苦藏難沒是詩名淺斟盃酒紅生頰細琢歌詞穩稱聲蝸殼卜居心自放蠅頭寫字眼能明盛衰閱過君應笑寵辱年來我亦平跪履數從圯下老逸書閑問濟南生東風屈指無多日秖恐先春鶗鴂鳴

冬至日獨遊吉祥寺

井底微陽囘未回蕭蕭寒雨溼枯荄何人更似蘇夫子不是花時肯獨來

後十餘日復至

東君意淺著寒梅千朵深紅未暇裁安得道人殷七七不論時節遣花開

戲贈

惆悵沙河十里春一番花老一番新小樓依舊斜陽裏不見樓中垂手人

和人求筆跡

麥光鋪几淨無瑕入夜青燈照眼花從此剡藤真可弔半紆春蚓綰秋蛇

再用前韻寄莘老

君不見夷甫開三窟不如長康號癡絕癡人自得終天年智士死智罪莫雪困窮誰要卿料理舉頭看山笏拄頰野鳧翅重自不飛黃鵠何事兩翼垂泥中相從豈得久今我不往行恐遲江夏無雙應未去恨無文字相娛嬉黃庭堅莘老婿能文

畫魚歌湖州道中作

天寒水落魚在泥短鉤畫水如耕犂渚蒲拔折藻荇亂此意豈復遺鰍鯢偶然信手皆虛擊本不辭勞幾平萬一一魚中刃百魚驚蝦蟹奔忙誤跳擲漁人養魚如養雛插竿冠笠驚鵜鶘豈知白梃鬧如雨攪水覓魚嗟已疎

吳中田婦歎和賈收韻

今年粳稻熟苦遲庶見霜風來幾時霜風來時雨如瀉杷頭出菌鎌生衣眼枯淚盡雨不盡忍見黃穗臥青泥茆苫一月壠上宿天晴穫稻隨車歸汗流肩赬載入市價賤乞與如糠粞賣牛納稅拆屋炊慮淺不及明年飢官今要錢不要米西北萬里招羌兒龔黃

滿朝人更苦不如却作河伯婦

和邵同年戲贈賈收秀才三首

傾蓋相歡一笑中從來未省馬牛風卜隣尚可容三徑投社終當作兩翁古意已將蘭緝佩招詞閑詠桂生叢此身自斷天休問白髮年來漸不公

朝見新黃出舊槎騷人孤憤苦思家五噫處士太窮約三賦先生多誕夸帳外鶴鳴奩有鏡筒中錢盡案無鮭玉川何日朝金闕白晝關門守夜叉 時賈欲再娶

生涯到處似檣烏科第無心摘頷鬚黃帽刺舩忘歲月白衣擔酒慰鰥孤狙公欺病來分栗水伯知饞爲出鱸莫向洞庭歌楚曲煙波渺渺正愁予

遊道場山何山

道場山頂何山麓上徹雲峯下幽谷我從山水窟中來尚愛此山看不足陂湖行盡白漫漫青山忽作龍蛇盤山高無風松自響誤認石齒號驚湍山僧不放山泉出屋底清池照瑤席堦前合抱香入雲月裏仙人親手植出山回望翠雲鬟碧瓦朱欄縹眇間白水田頭問行路小溪深處是何山高人讀書夜達旦至今山鶴鳴夜半我今廢學不歸山山中對酒空三歎

贈莘老七絕

嗟余與子久離羣耳冷心灰百不聞若對青山談世事當須舉白便浮君

天目山前淥浸裾碧瀾堂下看銜艫作堤捍水非吾事閑送苕溪入太湖

夜來雨洗碧巑岏浪涌雲屯遶郭寒閒有弁山何處是爲君四面意求看

夜橋燈火照溪明欲放扁舟取次行暫借官奴遣吹笛明朝新月到三更

三年京國厭藜蒿長羨淮魚壓楚糟今日駱駝橋下泊恣看修網出銀刀

烏程霜稻襲人香釀作春風霅水光時復中之徐邈聖毋多酌我次公狂

去年臘日訪孤山曾借僧窗半日閑不爲思歸對妻子道人有約徑須還

莘老葺天慶觀小園有亭北向道士山宗說乞名與詩

春風欲動北風微歸鴈亭邊送鴈歸蜀客南遊家最遠吳山寒盡雪先晞扁舟去後花絮亂五馬來時賓從非惟有道人應不忘抱琴無語立斜暉

至秀州贈錢端公安道兼寄其弟惠山山

人

鴛鴦湖邊月如水孤舟夜榜鴛鴦起平明繫纜石橋亭慚愧冒寒髯御史結交最晚情獨厚論心無數今有幾寂寞抱關歎蕭生耆老執戟哀楊子怪君顏采却秀發無乃遷謫反便美天公欲困無奈何世人共抑真疎矣毗陵高山錫爲骨陸子遺味泉冰齒賢哉仲氏早拂衣占斷此山長洗耳山頭望湖光潑眼山下濯足波生指黛容逸少問金堂記與嵇康留石髓

秀州報本禪院鄉僧文長老方丈

萬里家山一夢中吳音漸已變兒童每逢蜀叟談終日便覺峨眉翠掃空師已忘言真有道我除搜句百無功明年采藥天台去更欲題詩滿浙東

王復秀才所居雙檜二首

吳王池館徧重城閑草幽花不記名青蓋一歸無覓處祇留雙檜待昇平

凜然相對敢相欺直幹凌空未要奇根到九泉無曲處世間惟有蟄龍知

宋叔達家聽琵琶

數絃已品龍香撥半面猶遮鳳尾槽新曲從翻玉連瑣舊聲終愛鬱輪袍夢回只記歸舟字賦罷能雙垂紫

錦絛何異烏孫送公主碧天無際鴈行高

元日次韻張先子野見和七夕寄莘老之作

得句牛女夕轉頭參尾中青春先入睡白髮不遺窮酒社我爲敵詩壇子有功縮頭先夏鼈見玉川子實腹鄙秋蟲莫唱裙垂綠無人臉斷紅舊交懷賀老新進謝終童袍鶻雙雙瑞腰犀一一通小蠻知在否試問囁嚅翁

正月九日有美堂飲醉歸徑睡五鼓方醒不復能眠起閱文書得鮮于子駿所寄古意作雜興一首答之

衆人事紛擾志士獨悄悄何異琵琶絃常遭腰鼓鬧三杯忘萬慮醒後還皎皎有如轆轤索已脫重縈繞家人自約敕始慕陳婦孝可憐原臣先放蕩今誰弔平生嗜羊炙識味肯輕飽烹蛇啖蛙蛤頗訝能稍稍憂來自不寐起視天漢渺闌干玉繩低耿耿太白曉

次韻答章傳見贈

並生天地宇同閱古今宙視下則有高無前孰無後達人千鈞弩一弛難再彀下士沐猴冠已繫猶跳驟欲將駒過隙坐待石穿溜君看漢唐主宮殿悲麥秀

而況彼區區何異一醉富爰居非所養俯仰眩金奏髑髏有餘樂不博南面后嗟我昔少年守道貧非疚自從出求仕役物恐見囿馬融旣依梁班固亦事竇效顰豈不欲頑質謝鐫鏤仄聞長者言悻直非養壽唾面慎勿拭出胯當俛就居然成懶廢敢復齒豪右子如照海珠罔目疎見漏宏材乏近用巧舞困短袖坐令傾國容臨老見邂逅吾衰信久矣書絕十年舊門前可羅雀感子煩屢扣願言歌緇衣子粲予還授

法惠寺橫翠閣

朝見吳山橫暮見吳山從吳山故多態轉則爲君容幽人起朱閣空洞更無物惟有千步岡東西作簾額春來故國歸無期人言悲秋春更悲已泛平湖思濯錦更看橫翠憶峨眉雕欄能得幾時好不獨憑欄人易老百年興廢更堪哀懸知草莽化池臺遊人尋我舊遊處但覓吳山橫處來

祥符寺九曲觀燈

紗籠擎燭逢門入銀葉燒香見客邀金鼎轉丹光吐夜寶珠穿蟻鬧連朝波翻熖裏元相激魚舞湯中不畏焦明日酒醒空想像清吟半逐夢魂銷

上元過祥符僧可久房蕭然無燈火

門前歌鼓鬥分朋一室清風冷欲冰不把琉璃閑照佛始知無盡本無燈

正月二十一日病後述古邀往城外尋春

屋上山禽苦喚人檻前冰沼忽生鱗老來厭逐紅裙醉病起空驚白髮新臥聽使君鳴鼓角試呼稚子整冠巾曲欄幽榭終寒窘一看郊原浩蕩春

有以官法酒見餉者因用前韻求述古爲移廚飲湖上

喜逢門外白衣人欲膾湖中赤玉鱗遊舫已粧吳榜穩舞衫初試越羅新欲將魚釣追黃帽未要靴刀抹絳巾芳意十分强半在爲君先踏水邊春

飲湖上初晴後雨二首

朝曦迎客豔重岡晚雨留人入醉鄉此意自佳君不會一盃當屬水仙王湖上有水仙王廟

水光瀲灩晴方好山色空濛雨亦奇欲把西湖比西子淡粧濃抹總相宜

往富陽新城李節推先行三日留風水洞見待

春山磔磔鳴春禽此間不可無我吟路長漫漫傍江浦此間不可無君語金鯽池邊不見君追君直過定

山村路人皆言君未遠騎馬少年清且婉風巖水穴舊聞名只隔山溪夜不行溪橋曉溜浮梅萼知君繫馬巖花落出城三日尚逶遲妻孥怪罵歸何時世上小兒誇疾走如君相待今安有

風水洞二首和李節推

風轉鳴空穴泉幽瀉石門虛心聞地籟妄意覓桃源過客詩難好居僧語不繁歸鞍得氷雪清冷慰文園

山前雨水隔塵凡山上仙風舞檜杉細細龍鱗生亂石團團羊角轉空巖馮夷窟宅非梁棟御寇車輿謝轡銜世事漸艱吾欲去永隨二子脫譏讒

獨遊富陽普照寺

富春眞古邑此寺亦唐餘鶴老休喬木龍歸護賜書連筒春水遠出谷晚鐘疎欲繼江潮韻何人爲起予

自普照遊二庵

長松吟風晚雨細東庵半掩西庵閉山行盡日不逢人浥浥野梅香入袂居僧笑我戀清景自厭山深出無計我雖愛山亦自笑獨往神傷後難繼不如西湖飲美酒紅杏碧桃香覆髻作詩寄謝採薇翁本不避人那避世

富陽妙庭觀董雙成故宅發地得丹鼎覆

以銅盤承以瑠璃盆盆既破碎丹亦爲人爭奪持去今獨盤鼎在耳二首

人去山空鶴不歸丹亡鼎在世徒悲可憐九轉功成後卻把飛昇乞內芝

琉璃擊碎走金丹無復神光發舊壇時有世人來舐鼎欲隨雞犬事劉安

新城道中二首

東風知我欲山行吹斷簷間積雨聲嶺上晴雲披絮帽樹頭初日挂銅鉦野桃含笑竹籬短溪柳自搖沙水清西崦人家應最樂煮芹燒筍餉春耕

身世悠悠我此行溪邊委轡聽溪聲散材畏見搜林斧疲馬思聞卷旆鉦細雨足時茶戶喜亂山深處長官清人間岐路知多少試向桑田問耦耕

山村五絕

竹籬茆屋趁溪斜春入山村處處花無象太平還有象孤煙起處是人家

煙雨濛濛雞犬聲有生何處不安生但教黃犢無人佩布穀何勞也勸耕

老翁七十自腰鐮慚愧春山筍蕨甜豈是聞韶解忘味爾來三月食無鹽

杖藜裹飯去忽忽過眼青錢轉手空贏得兒童語音好一年强半在城中

竊祿忘歸我自羞豐年底事汝憂愁不須更待飛鳶墮方念平生馬少游

湖上夜歸

我飲不盡器半酣味尤長籃輿湖上歸春風吹面涼行到孤山西夜色已蒼蒼清吟雜夢寐得句旋已忘尚記梨花村依依聞暗香入城定何時賓客半在亡睡眼忽驚矍繁燈鬧河塘市人拍手笑狀如失林麞始悟山野姿異趣難自强人生安爲樂吾策殊未良

寒食未明至湖上太守未來兩縣令先在

城頭月落尚啼烏烏榜紅舷早滿湖鼓吹未容迎五馬水雲先已颺雙鳧映山黃帽螭頭舫夾道青煙鵲尾爐老病逢春只思睡獨求僧榻寄須臾

次韻孫莘老見贈時莘老移廬州因以別之

爐錘一手賦形殊造物無心敢望渠我本疏頑固當爾子猶淪落況其餘龔黃側畔難言政羅趙前頭且眩書莘老見稱政事與書而莘老書至不上惟有陽關一杯酒慇懃重唱贈離居

贈別

青鳥銜巾久欲飛黃鸝別主更悲啼殷懃莫忘分攜處湖水東邊鳳嶺西

次韻代留別

絳蠟燒殘玉斝飛離歌唱徹萬行啼他年一舸鴟夷去應記儂家舊姓西

月兔茶

環非環玦非玦中有迷離玉兔兒一似佳人裙上月月圓還缺缺還圓此月一缺圓何年君不見鬭茶公子不忍鬭小團上有雙銜綬帶雙飛鸞

薄命佳人

雙頰凝酥髮抹漆眼光入簾珠的皪故將白練作仙衣不許紅膏汙天質吳音嬌軟帶兒癡無限閑愁總未知自古佳人多命薄閉門春盡楊花落

吉祥花將落而述古不至

今歲東風巧翦裁含情只待使君來對花無信花應恨直恐明年便不開

述古聞之明日即來坐上復用前韻同賦

仙衣不用翦刀裁國色初酣卯酒來太守問花花有語爲君零落爲君開

李鈐轄坐上分題戴花

二八佳人細馬馳十千美酒渭城歌簾前柳絮驚春晚頭上花枝奈老何露溼醉巾香掩冉月明歸路影婆娑綠珠吹笛何時見欲把斜紅插皂羅

於潛令刁同年野翁亭

山翁不出山溪翁長在溪 前一令作二翁亭 不如野翁來往溪山間上友麋鹿下鳧鷺問翁何所樂三年不去煩推擠翁言此間亦有樂非絲非竹非娥眉山人醉後鐵冠落溪女笑時銀櫛低我來觀政問風謠皆云吠犬足生氂但恐此翁一旦舍此去長使山人索寞溪女啼 天目山唐道士常冠鐵冠於潛婦女皆插大銀櫛長尺許謂之蓬沓

於潛女

青裙縞袂於潛女兩足如霜不穿屨䩺沙鬢髮絲穿柠蓬沓鄣前走風雨老濞宮粧傳父祖至今遺民悲故主苕溪楊柳初飛絮照溪畫眉渡溪去逢郎樵歸相媚嫵不信姬姜有齊魯

自昌化雙溪館下步尋溪源至治平寺二首

亂山滴翠衣裘重雙澗響空窗戶搖飽食不嫌溪筍

瘦穿林閑覓野莦苗却愁縣令知遊寺尚喜漁人爭渡橋正似醴泉山下路桑枝刺眼麥齊腰

每見田園輒自招倦飛不擬控扶搖共疑楊惲非鋤豆誰信劉章解立苗老去尚貪彭澤米夢歸時到錦江橋宦遊莫作無家客舉族長懸似細腰

於潛僧綠筠軒

可使食無肉不可居無竹無肉令人瘦無竹令人俗人瘦尚可肥俗士不可醫旁人笑此言似高還似癡若對此君仍大嚼世間那有揚州鶴

與臨安令宗人同年劇飲

我雖不解飲把琖歡意足試呼白髮感秋人令唱黃雞催曉曲與君登科如隔晨弊袍霜葉空殘綠如今莫問老與少兒子森森如立竹黃雞催曉不須愁老盡世人非我獨

寶山晝睡

七尺頑軀走世塵十圍便腹貯天真此中空洞渾無物何止容君數百人

東坡集卷第四

東坡集卷第五

詩一百三首

僧清順新作垂雲亭

江山雖有餘亭榭著難穩登臨不得要萬象各偃蹇惜哉垂雲軒此地得何晚天功爭向背詩眼巧增損路窮朱欄出山破石壁很海門浸坤軸湖尾抱雲巘葱葱城郭麗淡淡煙村遠紛紛鳥鵲去一一漁樵返雄觀快新獲微景收昔遁道人眞古人嘯詠慕嵇阮空齋臥蒲褐芒屨每自捆天憐詩人窮乞與供詩本我詩久不作荒澀旋鋤墾從君覓佳句咀嚼廢朝飯

五月十日與呂仲甫周邠僧惠勤惠思清順可久惟肅義詮同泛湖遊北山

三吳雨連月湖水日夜添尋僧去無路瀲瀲水拍簷駕言徂北山得與幽人兼清風洗昏翳晚景分濃纖縹緲朱樓人斜陽半疎簾臨風一揮手悵焉起遐瞻世人騖朝市獨向溪山廉此樂得有命輕傳神所殲

會客有美堂周邠長官與數僧同泛湖往北山湖中聞堂上歌笑聲以詩見寄因和二首時周有服

藹藹君詩似嶺雲從來不許醉紅裙不知野屐穿山

翠惟見輕橈破浪紋頗憶呼盧袁彥道難邀駡坐灌將軍皆取其有服也晚風落日元無主不惜清涼與子分

載酒無人過子雲掩關晝卧客書裙歌喉不共聽珠貫醉面何因作纈紋僧侶且陪香火社詩壇欲斂鸛鵝軍憑君徧遶湖邊寺漲淥晴來已十分

席上代人贈别

淒音怨亂不成歌縱使重來奈老何淚眼無窮似梅雨一番匀了一番多

天上麒麟豈混塵籠中翡翠不由身那知昨夜香閨裏更有偷啼暗别人

蓮子擘開須見憶楸枰著盡更無期破衫却有重逢處一飯何曾忘却時

唐道人言天目山上俯視雷雨每大雷電但聞雲中如嬰兒聲殊不聞雷震也

已外浮名更外身區區雷電若爲神山頭只作嬰兒看無限人間失筯人

追和子由去歲試舉人洛下所寄詩五首

暴雨初晴樓上晚景

秋後風光雨後山滿城流水碧潺潺煙雲好處無多

子及取昏鴉未到間

洛邑從來天地中嵩高蒼翠北邙紅風流者舊消磨盡只有青山對病翁謂富公也

白汗翻漿午景前雨餘風物便蕭然應傾半熟鵝黃酒照見新晴水碧天

疾雷破屋雨翻河一掃清風未覺多應似畫師吳道子高堂巨壁寫降魔

客路三年不見山上樓相對夢魂間明朝却踏紅塵去羞向清伊照病顏

過廣愛寺見三學演師觀楊惠之塑寶山朱瑤畫文殊普賢三首

寓世身如夢安閑日似年敗蒲翻覆臥破衲再三連勸客眠風竹長齋飲石泉回頭萬事錯自笑覺師賢

妙迹苦難尋茲山見幾層亂峯螺髻出絕磵陣雲崩措意元同畫觀空欲問僧莫教林下意終老歎何曾

朱瑤唐晚輩得法尚雄深滿寺空遺跡何人識苦心長廊敧雨腳破壁撼鐘音成壞無窮事他年復弔今

韓子華石淙莊

絳侯百萬兵尚畏書牘背功名意不已數與危機會我公抱絕識凜凜鎮橫潰欲收伊呂迹遠與巢由對

誓言雖未從久已斷諸內區區爲懷祖頗覺義之隘此身隨造物一葉舞澎湃田園不早定歸宿終安在彼美石淙莊每到百事廢泉流知人意屈折作濤瀨寒光洗肝鬲清響跨竽籟我舊門前客放言不自外園中亦何有蓊蔚可勝計請公試回首歲晚餘蒼檜

立秋日禱雨宿靈隱寺同周徐二令

百重堆案掣身閑一葉秋聲對榻眠床下雪霜侵戶月枕中琴筑落堦泉崎嶇世味嘗應遍寂寞山棲老漸便惟有問農心尚在起占雲漢更茫然

病中獨遊淨慈謁本長老周長官以詩見寄仍邀遊靈隱因次韻答之

臥聞禪老入南山淨掃清風五百間我與世疎宜獨往君緣詩好不容攀自知樂事年年減難得高人日日閑欲問雲公覓心地要知何處是無還楞嚴經云我今示汝無所還地

病中遊祖塔院

紫李黃瓜村路香烏紗白葛道衣涼閉門野寺松陰轉敧枕風軒客夢長因病得閑殊不惡安心是藥更無方道人不惜堦前水借與匏樽自在嘗

虎跑泉

亭亭石塔東峯上此老初來百神仰虎移泉眼趁行腳龍作浪花供撫掌至今遊人灌濯罷臥聽空堦環玦響故知此老如此泉莫作人間去來想

佛日山榮長老方丈五絕

陶令思歸久未成遠公不出但聞名山中只有蒼髯叟數里蕭蕭管送迎

千株玉槊攙雲立一穗珠旒落鏡寒何處霜眉碧眼客結爲三友令相看

東麓雲根露角牙細泉幽咽走金沙不堪土肉埋山骨未放蒼龍浴渥洼

食罷茶甌未要深清風一榻抵千金腹搖鼻息庭花落還盡平生未足心

日射回廊午枕明水沈銷盡碧煙橫山人睡覺無人見只有飛蚊遶鬢鳴

癸丑春分後雪

雪入春分省見稀半開桃杏不勝威應慚落地梅花識却作漫天柳絮飛不分東君專節物故將新巧發陰機從今造物尤難料更暖須留御臘衣

孤山二詠并引

孤山有陳時柏二株其一爲人所薪山下老人自爲

兒已見其枯矣然堅悍如金石愈於未枯者僧志詮作堂於其側名之曰柏堂堂與白公居易竹閣相連屬余作二詩以記之

柏堂

道人手種幾生前鶴骨龍姿尚宛然雙幹一先神物化九朝三見太平年忽驚華構依巖出乞與佳名到處傳此柏未枯君記取灰心聊伴小乘禪

竹閣

海山兜率兩茫然古寺無人竹滿軒白鶴不留歸後語蒼龍猶是種時孫兩叢却似蕭郎筆十畝空懷渭上村欲把新詩問遺像病維摩詰更無言

與述古自有美堂乘月夜歸

娟娟雲月稍侵軒瀲瀲星河半隱山魚鑰未收清夜永鳳簫猶在翠微間凄風瑟縮經絃柱香霧淒迷着髻鬟共喜使君能鼓樂萬人爭看火城還

有美堂暴雨

遊人脚底一聲雷滿坐頑雲撥不開天外黑風吹海立浙東飛雨過江來十分瀲灩金樽凸千杖敲鏗羯鼓催喚起謫仙泉灑面倒傾鮫室瀉瓊瑰

八月十五日看潮五絕

定知玉兔十分圓已作霜風九月寒寄語重門休上鑰夜潮留向月中看

萬人鼓譟懾吳儂猶似浮江老阿童欲識潮頭高幾許越山渾在浪花中

江邊身世兩悠悠久與滄波共白頭造物亦知人易老故教江水更西流

吳兒生長狎濤淵冒利輕生不自憐東海若知明主意應教斥鹵變桑田（是時新有旨禁弄潮）

江神河伯兩醯雞海若東來氣吐霓安得夫差水犀手三千強弩射潮低（吳越王嘗以弓弩射潮頭與海神戰自爾水不近城）

東陽水樂亭（爲東陽令王都官槩作）

君不學白公引涇東注渭五斗黃泥一鍾水又不學哥舒橫行西海頭歸來羯鼓打涼州但向空山石壁下愛此有聲無用之清流流泉無絃石無竅強名水樂人人笑慣見山僧已厭聽多情海月空留照洞庭不復來軒轅至今魚龍舞鈞天聞道磬襄東入海遺聲恐在海山間鏘然澗谷含宮徵節奏未成君獨喜不須寫入薰風絃縱有此聲無此耳

與周長官李秀才遊徑山二君先以詩見

寄次其韻二首

少年飲紅裙酒盡推不去呼來徑山下試與洗塵霧癡馬惜鄣泥臨流不肯渡獨有汝南君從我無朝暮肯將紅塵脚暫着白雲屨嗟我與世人何異笑百步功名一破甑棄置何用顧更憑陶靖節往問征夫路龍亦戀故居百年尚來去至今雨雹夜殿闇風纏霧而我棄鄉國大江忘北渡便欲北山前築室安遲暮又恐太幽獨歲晚霜入屨同遊得李生仄足隨蹇步孔明不自愛臨老起三顧吾歸便却掃誰踏門前路

臨安三絕

將軍樹

阿堅澤畔菰蒲節玄德牆頭羽葆桑不會世間閑草木與人何事管興亡

錦溪

楚人休笑沐猴冠越俗徒誇翁子賢五百年間異人出盡將錦繡裹山川

石鏡

山雞舞破半巖雲蔓葉開殘野水春應笑武都山下土枉教明月殉佳人

登玲瓏山

何年僵立兩蒼龍瘦脊盤盤尚倚空翠浪舞翻紅罷亞白雲穿破碧玲瓏三休亭上工延月九折巖前巧貯風腳力盡時山更好莫將有限趁無窮

宿九仙山九仙謂左元放許邁王謝之流

風流王謝古仙真一去空山五百春玉室金堂餘漢士桃花流水失秦人困眠一榻香凝帳夢遶千巖冷逼身夜半老僧呼客起雲峯缺處湧冰輪

陌上花三首并引

遊九仙山聞里中兒歌陌上花父老云吳越王妃每歲必歸臨安王以書遺妃曰陌上花開可緩緩歸矣吳人用其語爲歌含思宛轉聽之淒然而其詞鄙野爲易之云

陌上花開蝴蝶飛江山猶是昔人非遺民幾度垂垂老遊女長歌緩緩歸

陌上山花無數開路人爭看翠軿來若爲留得堂堂去且更從教緩緩迴

生前富貴草頭露身後風流陌上花已作遲遲君去魯猶歌緩緩妾回家

遊東西巖即謝安東山也

謝公含雅量世運屬艱難況復情所鍾感概萃中年

正賴絲與竹陶寫有餘歡常恐兒輩覺坐令高趣闌獨攜縹眇人來上東西山放懷事物外徙倚弄雲泉一旦功業成管蔡復流言慷慨桓野王哀歌和清彈挽須起流涕始知使君賢意長日月促臥病已辛酸慟哭西州門往駕那復還空餘行樂處古木昏蒼煙

宿海會寺

籃輿三日山中行山中信美少曠平下投黃泉上青冥綫路每與猿猱爭重樓束縛遭澗坑兩股酸哀飢腸鳴北度飛橋踏彭鏗繚垣百步如古城大鐘橫撞千指迎高堂延客夜不局杉槽漆斛江河傾本來無垢洗更輕倒床鼻息四鄰驚紞如五鼓天未明木魚呼粥亮且清不聞人聲聞履聲

海會寺清心堂

南郭子綦初喪我西來達摩尚求心此堂不說有清濁遊客自觀隨淺深兩歲頻爲山水役一溪長照雪霜侵紛紛無補竟何事慚愧高人閉戶吟

徑山道中次韻答周長官兼贈蘇寺丞

年來戰紛華漸覺夫子勝欲求五畝宅灑掃樂清淨學道恨日淺問禪慚聽瑩聊爲山水行遂此麋鹿性獨遊吾未果覓伴誰復聽吾宗古遺直窮達付前定

餔糟醉方熟洒面呼不醒奈何效鷰蝠屢欲爭晨暝
不如從我遊高論發犀柄溪南渡橫木山寺稱小徑
太平寺俗號小徑山幽尋自茲始歸路微月暎南望功臣
山雲外盤飛磴三更渡錦水再宿留石鏡緬懷周與
李能作洛生詠明朝三子至詩律嚴號令籃輿置紙
筆得句輕千乘玲瓏苦奇秀名實巧相稱九仙更幽
絕笑語千山應空巖側破甕飛溜灑浮磬山前見虎
跡候吏鐃鼓競我生本艱奇塵土滿釜甑山禽與野
獸知我久蹭蹬笑謂候吏還遌禦虎吾有命徑山雖云
遠行李稍可併頗訝王子猷忽起山陰興但報菊花
開吾當理歸榜

汪覃秀才久留山中以詩見寄次其韻

季子應嗔不下機棄家來伴碧雲師中秋冷坐無因
醉半月長齋未肯辭擲簡搖毫無怍色汪善書託寫衆
人詩投名入社有新詩飛騰桂籍他年事莫忘山中
採藥時

再遊徑山

老人登山汗如濯到山困臥呼不覺覺來五鼓日三
竿始信孤雲天一握古語云孤雲兩角去天一握平生未
省出艱險兩足慣曾行犖确含暉亭上望東溟凌霄

峯頭挹南岳共愛絲杉翠絲亂誰見玉芝之紅玉琢白雲何事自來往明月長圓無晦朔山有白雲峯明月庵塚上雞鳴猶憶欽山前鳳舞遠徵璞雪窗馴兔元不死煙嶺孤猨苦難捉從來白足傲死生不怕黃巾把刀槊榻上雙痕凜然在劍頭一吷何須角以上皆山中故事嗟我昏頑晚聞道與世齟齬空多學靈水先除眼界花清詩爲洗心源濁騷人未要逃競病禪老但喜聞剝啄此生更得幾迴來從今有暇無辭數

洞霄宮

上帝高居愍世頑故留瓊館在凡間青山九鎖不易到作者七人相對閑論語云作者七人矣今監宮凡七人庭下流泉翠蛟舞洞中飛鼠白鴉翻長松怪石宜霜鬢不用金丹苦駐顏

初自徑山歸述古召飲介亭以病先起

西風初作十分涼喜見新橙透甲香遲暮賞心驚節物登臨病眼怯秋光慣眠處士雲庵裏倦醉佳人錦瑟旁猶有夢迴清興在臥聞歸路樂聲長

明日重九亦以病不赴述古會再用前韻

月入秋帷病枕涼霜飛夜簟故衾香可憐吹帽狂司馬空對親春老孟光不作雍容傾坐上翻成骯髒倚

門旁人間此會論今古細看茱萸感歎長

九日尋臻闍梨遂泛小舟至勤師院二首

白髮長嫌歲月侵病眸兼怕酒杯深南屏老宿閑相過東閣郎君懶重尋試碾露牙烹白雪休拈霜蘂嚼黃金扁舟又截平湖去欲訪孤山支道林

湖上青山翠作堆葱葱鬱鬱氣佳哉笙歌叢裏抽身出雲水光中洗眼來白足赤髭迎我笑拒霜黃菊爲誰開明年桑苧煎茶處憶著衰翁首重迴 皎然有九日與陸羽煎茶詩羽自號桑苧翁余來年九日去此久矣

九日舟中望見有美堂上魯少卿飲處以詩戲之

指點雲間數點紅笙歌正擁紫髯翁誰知愛酒龍山客却在漁舟一葉中

西閣珠簾卷落暉水沉煙斷佩聲微遙知通德淒涼甚擁髻無言怨未歸

遊諸佛舍一日飲釅茶七盞戲書勤師壁

示病維摩元不病在家靈運已忘家何煩魏帝一丸藥且盡盧仝七椀茶

九日湖上尋周李二君不見君亦見尋於湖上以詩見寄明日乃次其韻

湖上野芙蓉含思愁脈脈娟然如靜女不肯傍阡陌詩人杳未來霜豔冷難宅君行逐鷗鷺出處浩莫策葦間聞挐音雲表已飛屐使我終日尋逢花不忍摘人生如朝露要作百年客喟彼終歲勞幸茲一日澤願言竟不遂人事多乖隔悟此知有命沉憂傷魂魄

送杭州杜戚陳三掾罷官歸鄉

秋風摵摵鳴枯蓼舡閣荒村夜悄悄正當逐客斷腸時君獨歌呼醉連曉老夫平生齊得喪尚戀微官失輕矯君今憔悴歸無食五斗未可秋毫小君言失意能幾時月啖蝦蟇行復皎殺人無驗中不快此恨終身恐難了徊時所得無幾何隨手已遭憂患繞期君正似種宿麥忍饑待食明年麰

次韻周長官壽星院同餞魯少卿

瑠璃百頃水仙家風靜湖平響釣車寂歷疎松欹晚照伶俜寒蝶抱秋花困眠不覺依蒲褐歸路相將踏桂華更著綸巾披鶴氅他年應作畫圖誇

次韻述古過周長官夜飲

二更鐃鼓動諸隣百首新詩間八珍已遣亂蛙成兩部更邀明月作三人雲煙湖寺家家境燈火沙河夜夜春曷不勸公勤秉燭老來光景似奔輪

述古以詩見責屢不赴會復次前韻

我生孤僻本無鄰老病年來益自珍肯對紅裙辭白酒但愁新進笑陳人北山怨鶴休驚夜南畝巾車欲及春多謝清詩屢推轂豨膏那解轉方輪 宋詩有雲霄蒲輪之句

金門寺中見李留臺與二錢 惟演易 唱和四絶句戲用其韻跋之

帝城春日帽簷斜二陸初來尚憶家未肯將鹽下蓴菜已應知雪似楊花

生平賀老慣乘舟騎馬風前怕打頭欲問君王乞符竹但憂無蟹有監州 皆世所傳錢氏故事

西臺妙迹繼楊風 凝式 無限龍蛇洛寺中一紙清詩弔興廢塵埃零落梵王宮

五季文章墮刼灰升平格力未全回故知前輩宗徐庾數首風流似玉臺

胡穆秀才遺古銅器似鼎而小上有兩柱可以覆而不蹶以爲鼎則不足疑其飲器也胡有詩答之

雋耳獸鬣環長脣鵝擘喙三趾下銳春蒲短兩柱高張秋菌細君看翻覆俯仰間覆成三角翻兩髻古書

雖滿腹茍有用我亦隨世嗟君一見呼作鼎纔注升合已漂逝不如學鴟夷盡日盛酒真良計有古篆五字不可識

賀陳述古弟章生子

鬱葱佳氣夜充閭始見徐卿第二雛甚欲去爲湯餅客惟愁錯寫弄麞書參軍新婦賢相敵阿大中郎喜有餘我亦從來識英物試教啼看定何如

贈治易僧智周

寒窗孤坐凍生餅尚把遺編照露螢閣束九師新得妙夢吞三畫舊通靈斷絃挂壁知音喪師與契嵩深相知時已逝矣揮麈空山亂石聽齋罷何須更臨水胸中自有洗心經

張子野年八十五尚聞買妾述古令作詩

錦里先生自笑狂莫欺九尺鬢眉蒼詩人老去鶯鶯在公子歸來燕燕忙柱下相君猶有齒江南刺史已無腸平生謬作安昌客略遣彭宣到後堂

書雙竹湛師房

我本江湖一釣舟意嫌高屋冷颼颼羨師此室纔方丈一炷清香盡日留

暮鼓朝鐘自擊撞閉門孤枕對殘釭白灰旋撥通紅

火臥聽蕭蕭雪打窗

寶山新開徑

藤梢橘刺元無路竹杖棱鞋不用扶風自遠來聞語笑水分流處見江湖回觀佛國青螺髻踏遍仙人碧玉壺野客歸時山月上棠梨葉戰暝禽呼

和述古冬日牡丹

一朵妖紅翠欲流春光回照雪霜羞化工只欲呈新巧不放閑花得少休

花開時節雨連風却向霜餘染爛紅漏洩春光私一物此心未信出天工

當時只道鶴林仙能遣秋花發杜鵑誰信詩能迴造化直教霜枿放春妍

不分清霜入小園故將詩律變寒暄使君欲見藍關詠更倩韓郎爲染根

和錢安道寄惠建茶

我官于南今幾時嘗盡溪茶與山茗胸中似記故人面口不能言心自省爲君細説我未暇試評其略差可聽建溪所產雖不同一一天與君子性森然可愛不可慢骨清肉膩和且正雪花雨腳何足道啜過始知真味永縱復苦硬終可錄汲黯少戇寬饒猛草茶

無賴空有名高者妖邪次頑慣體輕雖復強浮泛性
滯偏工嘔酸冷其間絕品豈不佳張禹縱賢非骨鯁
葵花玉鞍不易致道路幽嶮隔雲嶺誰知使者來自
西開緘磊落收百餅嗅香嚼味本非別透紙自覺光
炯炯粃糠團鳳友小龍奴隸日注臣雙井收藏愛惜
待佳客不敢包裹鑽權倖此詩有味君勿傳空使時
人怒生癭

和柳子玉喜雪次韻仍呈述古

詩翁愛酒長如渴餅盡欲沽囊已竭燈青火冷不成
眠一夜撚須吟喜雪詩成就我覓歡處我窮正與君
髣髴曷不走投陳孟公有酒醉君仍飽德瓊瑤欲盡
天應惜更遣清光續殘月安得佳人擢素手笑捧玉
盌兩奇絕豔歌一曲迴陽春坐使高堂生暖熱

弔天竺海月辯師三首

欲尋遺迹強沾裳本自無生可得亡今夜生公講堂
月滿庭依舊冷如霜

生死猶如臂屈伸情鍾我輩一酸辛樂天不是蓬萊
客憑仗西方作主人

欲訪浮雲起滅因無緣却見夢中身安心好住王文
度此理何須更問人

李頎秀才善畫山以兩軸見寄仍有詩次韻答之

平生自是箇中人欲向漁舟便寫真詩句對君難出手雲泉勸我早抽身年來白髮驚秋速長恐青山與世新從此北歸休悵望囊中收得武林春

雪後至臨平與柳子玉同至僧舍見陳尉列

落帆古戍下積雪高如丘强邀詩老出疎髯散颼飀僧房有宿火手足漸和柔靜士素寡言相對自忘憂銅鑪擢煙穟石鼎浮霜漚我行雖有程坐穩且復留大哉天地間此生得浮遊

夜至永樂文長老院文時臥病退院

秋聞巴叟臥荒村來打三更月下門往事過年如昨日此身未死得重論老非懷土情相得病不開堂道益尊惟有孤棲舊時鶴舉頭見客似長言

柳氏二外生求筆迹

退筆成山未足珍讀書萬卷始通神君家自有元和腳莫厭家雞更問人
一紙行書兩絕詩遂良須鬢已如絲何當火急傳家法欲見誠懸筆諫時

錢安道席上令歌者道服

烏府先生鐵作肝霜風卷地不知寒猶嫌白髮年前少故點紅燈雪裏看他日卜鄰先有約待君投紱我休官如今且作華陽服醉唱儂家七返丹

除夜野宿常州城外二首

行歌野哭兩堪悲遠火低星漸向微病眼不眠非守歲鄉音無伴苦思歸重衾腳冷知霜重新沐頭輕感髮稀多謝殘燈不嫌客孤舟一夜許相依

南來三見歲云徂直恐終身走道塗老去怕看新曆日退歸擬學舊桃符煙花已作青春意霜雪偏尋病客鬢但把窮愁博長健不辭最後飲屠酥

元日過丹陽明日立春寄魯元翰

堆盤紅縷細茵蔯巧與椒花兩鬭新竹馬異時寧信老土牛明日莫辭春西湖弄水猶應早北寺觀燈欲及辰白髮蒼顏誰肯記曉來頻嚏爲何人

古纏頭曲

鵾絃鐵撥世無有樂府舊工惟尚叟一生喙硬眼無人坐此困窮今白首翠鬟女子年十七指法已似呼韓婦輕帆渡海風掣迴滿面沙塵和淚垢青衫不逢湓浦客紅袖漫插曹綱手爾來一見哀駘佗便着臂

韝䩞井臼我慚貧病百不足強對黃花飲白酒轉關濩索動有神雷輥空堂戰窗牖四絃一抹擁袂立再拜十分爲我壽世人只解錦纏頭與汝作詩傳不朽

刁同年草堂

不用長竿矯繡衣南園北第兩參差青山有約長當戶流水無情自入池歲久酴醿渾欲合春來楊柳不勝垂主人不用怱怱去正是紅梅着子時

惠山謁錢道人烹小龍團登絕頂望太湖

踏遍江南南岸山逢山未免更留連獨攜天上小圓月來試人間第二泉石路縈回九龍脊水光翻動五湖天孫登無語空歸去半嶺松聲萬壑傳

錢道人有詩云直須認取主人翁作兩絕戲之

首斷故應無斷者冰消那復有冰知主人若苦令儂認認主人人竟是誰

有主還須更有賓不如無鏡自無塵只從半夜安心後失却當年覺痛人

和蘇州太守王規甫侍太夫人觀燈之什余時以劉道原見訪滯留京口不及赴此會二首

不覺朱轓輾後塵爭看繡幰錦纏輪洛濱侍從三人貴京兆平反一笑春但逐東山攜伎女那知後閣走窮賓滯留不見榮華事空作賡詩第七人

翻翻緹騎走香塵激激飛濤射火輪美酒留連三夜月豐年傾倒五州春（時浙西皆以不熟罷燈惟蘇獨盛）安排詩律追强對蹭蹬歸期爲惡賓墮珥遺簪想無限華胥猶見夢回人

成都進士杜暹伯升出家名法通往來吳中

欲識當年杜伯升飄然雲水一孤僧若教俯首隨韁鎖料得如今似我能（柳子玉云暹若及第不過似我）

東坡集卷第五

東坡集卷第六

詩九十九首

虎丘寺

入門無平田石路穿細嶺陰風生澗壑古木翳潭井湛盧誰復見秋水光耿耿鐵花秀巖壁殺氣噤蛙黽幽幽生公堂左右立頑礦當年或未信異類服精猛胡爲百歲後仙鬼互馳騁窈然留清詩讀者爲悲哽東軒有佳致雲水麗千頃熙熙覽生物春意破淒冷我來屬無事暖日相與永喜鵲翻初旦愁鳶蹲落景坐見漁樵還新月溪上影悟彼良自咍歸田行可請

常潤道中有懷錢塘寄述古五首

從來直道不辜身得向西湖兩過春沂上已成曾點服泮宮初采魯侯芹休驚歲歲年年貌且對朝朝暮暮人細雨晴時一百六畫船鼉鼓莫違民

草長江南鶯亂飛年來事事與心違花開後院還空落燕入華堂怪未歸世上功名何日是罇前點檢幾人非去年柳絮飛時節記得金籠放雪衣（杭人以放鴿爲太守壽）

浮玉山頭日日風（卽金山也）湧金門外已春融二年魚鳥渾相識三月鶯花付與公剩看新翻眉倒暈未應

泣別臉消紅何人織得相思字寄與江邊北向鴻

國豔天饒酒半酣去年同賞寄僧簷但知撲撲晴香軟誰見森森曉態嚴穀雨共驚無幾日蜜蜂未許輒先甜應須火急迴征棹一片詞枝可得黏

惠山泉下土如濡陽羨溪頭米勝珠賣劍買牛吾欲老殺雞爲黍子來無地偏不信容高蓋俗儉真堪着腐儒莫怪江南苦留滯經營身計一生迂

刁景純賞瑞香花憶先朝侍宴次韻

上苑夭桃自作行劉郎去後幾回芳厭從年少追新賞閑對宮花識舊香欲贈佳人非泛洧好紉幽佩弔沉湘鶴林神女無消息爲問何年返帝鄉

同柳子玉遊鶴林招隱醉歸呈景純

花時臘酒照人光歸路春風灑面涼劉氏宅邊霜竹老戴公山下野桃香巖頭匹練兼天靜泉底真珠濺客忙安得道人攜笛去一聲吹裂翠崖岡

景純見和復次韻贈之二首

解組歸來道益光坐看百物自炎涼卷簾堂上檀槽鬧送客林間樺燭香淺量已愁當酒怯非才尤覺和詩忙何人貪佩黃金印千柱耽耽鎖北岡

人間膏火正爭光每到藏春得暫涼多事始知田舍

好凶年偏覺野蔬香溪山勝畫徒能說來往如梭爲底忙老去此身無處著爲翁栽插萬松岡

柳子玉亦見和因以送之兼寄其兄子璋道人

不羨腰金照地光暫時假面弄西涼晴囱嚥日肝腸暖古殿朝真屢袖香說靜故知猶有動無閑底處更求忙先生官罷乘風去何用區區賦陟岡

子玉家宴用前韻見寄復答之

自酌金樽勸孟光更教長笛奏伊涼（子玉家有笛婢）牽衣男女遶太白扇枕郎君煩阿香詩病逢春轉深痼愁魔得酒暫奔忙醒時情味吾能說日在西南白草岡

景純復以二篇一言其亡兄與伯父同年之契一言今者唱酬之意仍次其韻

靈壽扶來似孔光感時懷舊一悲涼蟾枝不獨同攀桂雞舌還應共賜香（亦同爲郎）等是浮休無得喪粗分憂樂有閑忙年來世事如波浪鬱鬱誰知柏在岡

屢把鉛刀齒步光更遭華袞照龐涼蘇門山上莫長嘯詹匐林中無別香燭燼已殘中夜刻槐花還似昔年忙背城借一吾何敢慎莫樽前替戾岡

金山寺與柳子玉飲大醉臥寶覺禪榻夜
分方醒書其壁

惡酒如惡人相攻劇刀箭頹然一榻上勝之以不戰
詩翁氣雄拔禪老語清軟我醉都不知但覺紅綠眩
醒時江月墮摵摵風響變惟有一龕燈二豪俱不見

大風留金山兩日

塔上一鈴獨自語明日顛風當斷渡朝來白浪打蒼
崖倒射軒窗作飛雨龍驤萬斛不敢過漁艇一葉從
掀舞細思城市有底忙却笑蛟龍爲誰怒無事久留
童僕怪此風聊得妻孥許灊山道人獨何事半夜不
眠聽粥鼓

監洞霄宮俞康直郎中所居四詠

退圃

百丈休牽上瀨船一鈎歸釣縮頭鯿園中草木春無
數只有黃楊厄閏年俗說黃楊歲長一寸遇閏退三寸

逸堂

新第誰來作並鄰舊官寧復憶星辰請君置酒吾當
賀知向江湖拜散人

遯軒

冠蓋相望起隱淪先生那得老江村古來真遯何曾

遯笑殺逾垣與閉門

遠樓

西山煙雨卷疎簾北戸星河落短簷不獨江天解空闊地偏心遠似陶潛

遊鶴林招隱二首

郊原雨初霽春物有餘姸古寺滿脩竹深林聞杜鵑睡餘柳花墮目眩山櫻然西窗有病客危坐看香煙

行歌白雲嶺坐詠脩竹林風輕花自落日薄山半陰澗草誰復識聞香杳難尋時見城市人幽居惜未深

書普慈長老壁志誠

普慈寺後千竿竹醉裏曾看碧玉椽傺客再遊行老矣高僧一笑故依然久參白足知禪味苦厭黃公鳥名聒晝眠惟有兩株紅百葉晚來猶得向人姸

書焦山綸長老壁

法師住焦山而實未嘗住我來輒問法法師了無語法師非無語不知所答故君看頭與足本自安冠屨譬如長鬛人不以長爲苦一旦或人問每睡安所措歸來被上下一夜着無處展轉遂達晨意欲盡鑷去此言雖鄙淺故自有深趣持此問法師法師一笑許

刁景純席上和謝生二首

誤入仙人碧玉壺一歡那復間親疎杯盤狼藉吾何
敢車騎雍容子甚都此夜新聲聞北里他年故事紀
南徐欲窮風月三千界願化人天百億軀
縱飮誰能問挈壺不知門外曉星疎綺羅勝事齊三
閣賓主談鋒敵兩都榻畔煙花常歎杜海中童丱尚
追徐毋多酌我公須聽醉後麤狂膽滿軀
留別金山寶覺圓通二長老
沐罷巾冠怯晚涼睡餘齒頰帶茶香艤舟北岸何時
渡晞髮東軒未肯忙康濟此身殊有道醫治外物本
無方風流二老長還往顧我歸期尚渺茫
無錫道中賦水車
翻翻聯聯銜尾鴉犖犖确确蛻骨蛇分畦翠浪走雲
陣刺水綠鍼抽稻牙洞庭五月欲飛沙鼉鳴窟中如
打衙天公不見老翁泣喚取阿香推雷車
抗州牡丹開時僕猶在常潤周令作詩見
寄次其韻復次一首送赴闕
羞歸應爲負花期已是成陰結子時與物寡情憐我
老遣春無恨賴君詩玉臺不見朝酣酒金縷猶歌空
折枝從此年年定相見欲師老圃問樊遲
莫負黃花九日期人生窮達可無時十年且就三都

賦萬戶終輕千首詩天靜傷鴻猶戢翼月明驚鵲未安枝君看六月河無水萬斛龍驤到自遲

蘇州閭丘江君二家雨中飲酒二首

小圃陰陰遍灑塵方塘瀲瀲欲生紋已煩仙袂來行雨莫遣歌聲便駐雲肯對綺羅辭白酒試將文字惱紅裙今宵記取醒時節點滴空堦獨自聞

五紀歸來鬢未霜十眉環列坐生光喚船渡口迎秋女註馬橋邊問泰娘曾把四絃娛白傅敢將百草鬬吳王從今卻笑風流守畫戟空凝宴寢香

次韻沈長官三首

家山何在兩忘歸杯酒相逢慎勿違不獨飯山嘲我瘦也應糠覈怪君肥

男婚已畢女將歸累盡身輕志莫違誰道山中食無肉玉池清水自生肥

造物知吾久念歸似憐衰病不相違風來震澤帆初飽雨入松江水漸肥

戲書吳江三賢畫像三首

誰將射御教吳兒長笑申公爲夏姬卻遣姑蘇有麋鹿更憐夫子得西施范蠡

浮世功勞食與眠季鷹真得水中仙不須更說知機

旱直爲鱸魚也自賢張翰

千首文章二頃田囊中未有一錢看却因養得能言鴨驚破王孫金彈丸陸龜蒙

和劉孝叔會虎丘時王規甫齋素祈雨不至二首

白簡威猶凛青山興已穠鶴閑雲作氅駞卧草埋峯跪履若可教上隣應見容因公問回老何處定相逢

太常齋未解不肯對纖穠只遣三千履來遊十二峯林空答清唱潭淨寫衰容歸去瑶臺路還應月下逢

過永樂文長老已卒

初驚鶴瘦不可識旋覺雲歸無處尋三過門間老病死一彈指頃去來今存亡慣見渾無淚鄉井難忘尚有心欲向錢塘訪圓澤葛洪川畔待秋深

贈張刁二老

兩邦山水未淒涼二老風流總健强共成一百七十歲各飲三萬六千場藏春塢裏鶯花鬧仁壽橋邊日月長惟有詩人被磨折金釵零落不成行

去年秋偶遊寶山上方入一小院闃然無人有僧隱几低頭讀書與之語漠然不甚對問其隣之僧曰此雲闍梨也不出十五

年矣今年六月自常潤還復至其室則死葬數月矣作詩題其壁

雲師來寶山一住十五秋讀書常閉戶客至不舉頭
去年造其室清坐忘百憂我初無言說師亦無對酬
今來復扣門空房但颼飀云已滅無餘薪盡火不留
却疑此室中嘗有斯人不所遇孰非夢事過吾何求

聽僧昭素琴

至和無攫醳至平無按抑不知微妙聲究竟何從出
散我不平氣洗我不和心此心知有在尚復此微吟

僧惠勤初罷僧職

軒軒青田鶴鬱鬱在樊籠既爲物所縻遂與吾輩同
今來始謝去萬事一笑空新詩如洗出不受外垢蒙
清風入齒牙出語如風松霜鬚茁病骨飢坐聽午鐘
非詩能窮人窮者詩乃工此語信不妄吾聞諸醉翁

遊靈隱高峯塔

言遊高峯塔蓐食治野裝火雲秋未衰及此初旦涼
霧霏巖谷暗日出草木香嘉我同來人久便雲水鄉
相勸小舉足前路高且長古松攀龍蛇怪石坐牛羊
漸聞鐘磬音飛鳥皆下翔入門空無有雲海浩茫茫
惟有聾道人老病時絕糧問年笑不答但指穴藜牀

心知不復來欲歸更傍徨贈別留疋布今歲天早霜

八月十七日天竺山送桂花分贈元素

月缺霜濃細蘂乾此花元屬桂堂仙鷲峯子落驚前夜蟾窟枝空記昔年破裓山僧憐耿介練裙溪女鬭清妍願公採擷紉幽佩莫遣孤芳老澗邊

捕蝗至浮雲嶺山行疲苦有懷子由弟二首

西來煙障塞空虛灑遍秋田雨不如新法清平那有此老身窮苦自招渠無人可訴烏銜肉憶弟難憑犬寄書自笑迂疏皆此類區區猶欲理蝗餘

霜風漸欲作重陽熠熠溪邊野菊黃久廢山行疲犖确尚能村醉舞淋浪獨眠林下夢魂好回首人間憂患長殺馬毀車從此逝子來何處問行藏

青牛嶺高絕處有小寺人迹罕到

暮歸走馬沙河塘爐煙裊裊十里香朝行曳杖青牛嶺崖泉咽咽千山靜君勿笑老僧耳聾喚不聞百年俱是可憐人明朝且復城中去白雲却在題詩處

新城陳氏園次晁補之韻

荒涼廢圃秋寂歷幽花晚山城已窮僻況與城相遠我來亦何事徙倚望雲巘不見苦吟人清樽爲誰滿

梅聖俞詩集中有毛長官者今於潛令國華也聖俞沒十五年而君猶爲令捕蝗至其邑作詩戲之

詩翁憔悴老一官厭見苜蓿堆青盤歸來羞澀對妻子自比鮎魚緣竹竿今君滯留生二毛飽聽衙鼓眠黃紬更將嘲笑調朋友人道獼猴騎土牛願君恰似高常侍暫爲小邑仍刺史不願君爲孟浩然却遭明主放還山官遊逢此歲年惡飛蝗來時半天黑羨君封境稻如雲蝗自識人人不識

與毛令方尉遊西菩寺二首

推擠不去已三年魚鳥依然笑我頑人未放歸江北路天教看盡浙西山尚書清節衣冠後處士風流水石間一咲相逢那易得數詩狂語不須刪

路轉山腰足未移水清石瘦便能奇白雲自占東西嶺明月誰分上下池黑黍黃粱初熟後朱柑綠橘半甜時人生此樂須天賦莫遣兒曹取次知

聽賢師琴

大絃春温和且平小絃廉折亮以清平生未識宮與角但聞牛鳴盎中雉登木門前剝啄誰扣門山僧未閑君勿嗔歸家且覓千斛水淨洗從來箏笛耳

贈寫真何充秀才

君不見路州別駕眼如電左手挂弓橫撚箭又不見雪中騎驢孟浩然皺眉吟詩肩聳山飢寒富貴兩安在空有遺像留人間此身常擬同外物浮雲變化無蹤迹問君何苦寫我真君言好之聊自適黃冠野服山家容意欲置我山巖中勳名將相今何限往寫褒公與鄂公

回先生過湖州東林沈氏飲醉以石榴皮書其家東老庵之壁云西鄰已富憂不足東老雖貧樂有餘白酒釀來因好客黃金散盡爲收書西蜀和仲聞而次其韻三首東老沈氏之老自謂也湖人因以名之其子偕作詩有可觀者

世俗何知貧是病神仙可學道之餘但知白酒留佳客不問黃公覓素書

符離道士晨興際華岳先生尸解餘忽見黃庭丹篆句猶傳青紙小朱書

淒涼雨露三年後髣髴塵埃數字餘至用榴皮緣底事中書君豈不中書

李行中秀才醉眠亭

已向閑中作地仙更於酒裏得天全從教世路風波惡賀監偏工水底眠
君且歸休我欲眠人言此語出天然醉中對客眠何害須信陶潛未若賢
孝先風味也堪憐肯爲周公晝日眠枕麴先生猶笑汝枉將空腹貯遺編

甘露寺彈箏

多景樓上彈神曲欲斷哀絃再三促江妃出聽霧雨愁白浪飜空動浮玉金山名喚取吾家雙鳳槽遣作三峽孤猿號與君合奏芳春調啄木飛來霜樹杪

單同年求德興俞氏聚遠樓詩三首

雲山煙水苦難親野草幽花各自春賴有高樓能聚遠一時收拾與閑人
無限青山散不收雲奔浪卷入簾鉤直將眼力爲疆界何啻人間萬戶侯
聞說樓居似地仙不知門外有塵寰幽人隱几寂無語心在飛鴻滅沒間

平山堂次王居卿祠部韻

高會日陪山簡醉狂言屢發次公醒酒如人面天然白山向吾曹分外青江上飛雲來北固檻前脩竹憶

南屏六朝興廢餘丘壠空使姦雄笑寧馨

次韻陳海州書懷

鬱鬱蒼梧海上山東海鬱洲山云自蒼梧浮來蓬萊方丈有無間舊聞草木皆仙藥欲棄妻孥守市闤雅志未成空自歎故人相對若爲顏酒醒却憶兒童事長恨雙鳧去莫攀陳曾令鄉邑

次韻陳海州乘槎亭

人事無涯生有涯逝將歸釣漢江槎乘桴我欲從安石遁世誰能識子嗟日上紅波浮碧巘潮來白浪卷青沙清談美景雙奇絕不覺歸鞍帶月華

次韻孫職方蒼梧山

蒼梧奇事豈虛傳荒怪還須問子年遠託鼇頭轉滄海來依鵬背負青天或云靈境歸賢者又恐神功亦偶然聞道新春恣遊覽羨君平地作飛仙

次韻孫巨源寄漣水李盛二著作并以見寄五絕

南嶽諸劉豈易逢相望無復馬牛風山公雖見無多子社燕何由戀塞鴻昔與巨源劉貢父劉莘老相遇於山陽自爾契闊惟巨源近者復相見於京口

高才晚歲終難進勇退當年正急流不獨二疏爲可

慕他時當有景孫樓（巨源近離東海郡有景疎樓）

漱石先生難可意（謂巨源）齧氈校尉久無朋（自謂）應知客路愁無奈故遣吟詩調李陵（謂李君也）

雲雨休排神女車忠州老病畏人誇詩豪正值安仁在空看河陽滿縣花（盛為邑宰）

膠西未到吾能說桑柘禾麻不見春不羨京塵騎馬客羨他淮月弄舟人

王莽

漢家殊味識經綸入手功名事事新百尺穿成連夜井千金購得解飛人

董卓

公業平時勸用儒諸公何事起相圖只言天下無健者豈信車中有布乎

虎兒

舊聞老蚌生明珠未省老兔生於菟老兔自謂月中物不騎快馬騎蟾蜍蟾蜍爬沙不肯行坐令青衫垂白鬚於菟駿猛不類渠指揮黃熊駕黑貙丹砂紫麝不用塗眼光百步走妖狐妖狐莫誇智有餘不勞搖牙咀爾徒

除夜病中贈段屯田

龍鍾三十九勞生已强半歲莫日斜時還爲昔人歎樂天詩云行年三十九歲暮日斜時今年一綫在那復堪把玩欲起强持酒故交雲雨散惟有病相尋空齋爲老伴蕭條燈火冷寒夜何時旦勸僕觸屏風飢鼯嗅空案數朝閑閣臥霜髮秋蓬亂傳聞使者來策杖就梳盥書來苦安慰不怪造請緩大夫忠烈後高義金石貫要當擊權豪未肯覷衰懦此生何所似闇盡灰中炭歸田計已決此邦聊假館三逕粗成貲一枝有餘煖願君更信宿庶奉一咲粲

喬太博見和復次韻答之

百年三萬日老病常居半其間迭憂樂歌笑雜悲歎顛倒不自知直爲神所玩須臾便堪笑萬事風雨散自從識此理久謝少年伴逝將游無何豈暇讀城旦非才更多病二事可并案愧煩賢使者弭節整紛亂喬侯瑚璉質清廟嘗薦盥奮髯百吏走坐變齊俗緩未遭甘鵲退並進恥魚貫每聞議論餘凜凜激貪懦莫邪當自躍豈復煩爐炭便應朝秣越未暮刷燕館胡爲守故丘眷戀桑榆煖爲君扣牛角一詠南山粲

二人再和亦再答之

寒雞知將晨飢鶴知夜半亦如老病客遇節常感歎

光陰等敲石過眼不容玩親友如摶沙放手還復散羈孤每自笑寂寞誰肯伴元達號神君晉循吏喬智明字元達高論森月旦紀明本賢將段釋之本將家汨沒事堆案欣然肯相顧夜閣燈火亂盤空愧不飽酒薄僅堪盥雍容許着帽不怪安石緩雖無窈窕人清唱弄珠貫幸有從橫舌說劍起慵懦二豪沉下位暗火埋溼炭豈似草玄人默默老儒館行看富貴逼炙手借餘煖應念苦思歸登樓賦王粲

雪後書北臺壁二首

黃昏猶作雨纖纖夜靜無風勢轉嚴但覺衾裯如潑水不知庭院已堆鹽五更曉色來書幌半月寒聲落畫簷試掃北臺看馬耳未隨埋沒有雙尖

城頭初日始翻鴉陌上晴泥已沒車凍合玉樓寒起粟光搖銀海眩生花遺蝗入地應千尺宿麥連雲有幾家老病自嗟詩力退空吟冰柱憶劉叉

謝人見和前篇二首

已分酒盃欺淺懦敢將詩律鬬深嚴漁簑句好應須畫柳絮才高不道鹽敗履尚存東郭指飛花又舞謫仙簷書生事業真堪笑忍凍孤吟筆退尖

九陌淒風戰齒牙銀杯逐馬滯隨車也知不作堅牢

玉無奈能開頃刻花得酒強歡愁底事閉門高臥定誰家臺前日煖君須愛冰下寒魚漸可叉

鐵溝行贈喬太博

城東坡壠何所似風吹海濤低復起城中病守無所爲走馬夾尋鐵溝水鐵溝水淺不容輈恰似當年韓與侯有魚無魚何足道駕言聊復寫我憂荒村野店亦何有欲發狂言須斗酒山頭落日側金盆倒着接離搔白首忽憶從軍年少時輕裘細馬百不知臂弓腰箭南山下追逐長楊射獵兒老去同君兩憔悴犯夜醉歸人不避今年定起故將軍未肯先誅霸陵尉

出城送客不及步至溪上二首

送客客已去尋花花未開未能城裏去且復水邊來

父老借問我史君安在哉今年好雨雪會見麥千堆

春來六十日笑口幾回開會作堂堂去何妨得得來

勸游行老矣舊隱賦歸哉東望峨眉小盧山翠作堆郡東盧山絶類峨眉而小

蘇州姚氏三瑞堂姚氏山以華爾

君不見董邵南隱居行義孝且慈天公亦恐無人知故令雞狗相哺兒又令韓老爲作詩爾來三百年名與淮水東南馳此人世不乏此事亦時有楓橋三瑞

皆目見天意宛在虞鰥後惟有此詩非昔人君更往求無價手

莫笑銀杯小答喬太博

陶潛一縣令獨飲仍獨醒猶將公田二頃五十畝種秫作酒不種秔我今號爲二千石歲釀百石何以醉賓客請君莫笑銀杯小爾來歲旱東海窄會當拂衣歸故丘作書貸粟監河侯萬斛舩中著美酒與君一生長拍浮

送段屯田分得于字

勸農使者古丈夫不惜春衫踐泥塗王事靡盬君甚劬奉常客卿虬兩須東武縣令天馬駒泮宮先生非俗儒相與野飲四子俱樂哉此樂城中無溪邊策杖自攜壺腰笏不煩何易于膠西病守老且迂空齋愁坐紛墨朱四十豈不知頭顱畏人不出何其愚

和段屯田荊林館

南山有佳色無人空自奇清詩爲題品草木變芬菲謝女得秀句留待中郎歸便當勒鞭策僕勸馬亦飢段有姪女在密

贈上天竺辯才師

南北一山門上下兩天竺中有老法師瘦長如鸛鵠

不知修何行碧眼照山谷見之自清涼洗盡煩惱毒
坐令一都會勇丈禮自足我有長頭兒角頰峙犀玉
四歲不知行抱負煩背腹師來爲摩頂起走趁奔鹿
乃知戒律中妙用謝羈束何必言法華佯狂啖魚肉

遊廬山次韻章傳道

塵容已似服轅駒野性猶同縱壑魚出入巖巒千仞
表較量筋力十年初雖無窈窕驅前馬還有鴟夷挂
後車莫笑吟詩淡生活當令阿買爲君書

廬山五詠

廬敖洞 圖經云敖秦博士避難此山遂得道

上界足官府飛昇亦何益還在此山中相逢不相識

飲酒臺

博士雅好飲空山誰與娛莫向驪山去君王不喜儒

聖燈巖

石室有金丹山神不知祕何必露光芒夜半驚童稚

三泉

皎皎巖下泉無人還自絜不用比三星清光同一月

障日峯 其狀類峨眉但小耳

長安自不遠蜀客苦思歸莫教名障日喚作小峨眉

東坡集卷第六

東坡集卷第七

詩八十三首

次韻章傳道喜雨禱常山而得

去年夏旱秋不雨海畔居民飲鹹苦今年春煖欲生蝝地上戢戢多於土預憂一旦開兩翅口吻如風那肯吐前時渡江入吳越布陣橫空如項羽去歲錢塘見飛蝗自西北來極可畏農夫拱手但垂泣人力區區固難禦撲緣蹊尾困牛馬啖齧衣服穿房戶坐觀不救亦何心秉畀炎火傳自古荷鋤散掘誰敢後得米濟飢還小補常山山神信英烈撝駕雷公訶電母應憐郡守老且愚欲把瘡痍手摩撫山中歸時風色變中路已覺商羊舞夜窗騷騷鬧松竹朝畦泫泫流膏乳從來蝗旱必相資此事吾聞老農語庶將積潤掃遺孽收拾豐歲還明主縣前已窖八千斛今春及今得蝗子八千餘斛率以一勝完一畝更看蠶婦過初眠蠶一眠則蝗不復生矣未用賀客來旁午先生筆力吾所畏蹙踏鮑謝跨徐庾偶然談笑得佳篇便恐流傳成樂府陋邦一雨何足道吾君盛德九州普中和樂職幾時作試向諸生選何武

謝郡人田賀二生獻花

城裏田員外城西賀秀才不愁家四壁自有錦千堆珍重尤奇品艱難最後開芳心困落日薄艷戰輕雷 昨日雷雨 老守仍多病壯懷先已灰慇懃此粲者 賀獻魏花三朵 攀折爲誰哉玉腕揎紅袖金罇瀉白醅何當鑷霜鬢强插滿頭迴

惜花

吉祥寺中錦千堆 錢塘花最盛處 前年賞花眞盛哉道人勸我清明來腰鼓百面如春雷打徹涼州花自開沙河塘上插花回醉倒不覺吳兒咍豈知如今雙鬢催城西古寺沒蒿萊有僧閉門手自栽千枝萬葉巧翦裁就中一叢何所似馬腦盤成金縷杯而我食菜方清齋對花不飲花應猜夜來雨雹如李梅紅殘綠暗吁可哀

和頓教授見寄 用除夜韻

我笑陶淵明種秫二頃半婦言既不用還有責子歎無絃則無琴何必勞撫玩我笑劉伯倫醉髮蓬茆散二豪苦不納獨以鍤自伴既死何用埋此身同夜旦孰云二子賢自結兩重按笑人還自笑出口談治亂一生溷塵垢晚以道自盥無成空得懶坐此百事緩仄聞頓夫子講道出新貫豈無一尺書恐不記庸懦

陋邦貧且病數米銖稱炭慚愧章先生十日坐空館袖中出子詩貪讀酒屢煖狂言各須慎勿使輸薪粲

和子由四首

韓太祝送遊太山

偶作郊原十日遊未應回首厭籠囚但教塵土驅馳足終把雲山爛漫酬聞道逢春思濯錦便須到處覓菟裘恨君不上東封頂夜看金輪出九幽

送春

夢裏青春可得追欲將詩句絆餘暉酒闌病客惟思睡蜜熟黃蜂亦懶飛芍藥櫻桃俱掃地病過此二物鬢絲禪榻兩忘機憑君借取法界觀一洗人間萬事非來書云近看此書余未嘗見也

首夏官舍即事

安石榴花開最遲絳裙深樹出幽菲吾廬想見無限好客子倦遊胡不歸坐上一樽雖得滿古來四事巧相違令人却憶湖邊寺垂柳陰陰晝掩扉

送李供備席上和李詩

家聲赫奕蓋并涼也解微吟錦瑟傍擘水取魚湖起浪引杯看劍坐生光風流別後人人憶才器歸來種種長不用更貪窮事業風騷分付與沉湘

西齋

西齋深且明中有六尺牀病夫朝睡足危坐覺日長昏昏既非醉踽踽亦非狂褰衣竹風下穆然中微涼起行西園中草木含幽香榴花開一枝桑棗沃以光鳴鳩得美蔭困立忘飛翔黃鳥亦自喜新音變圓吭杖藜觀物化亦以觀我生萬物各得時我生日皇皇

小兒

小兒不識愁起坐牽我衣我欲嗔小兒老妻勸兒癡兒癡君更甚不樂愁何爲還坐愧此言洗盞當我前大勝劉伶婦區區爲酒錢

寄劉孝叔

君王有意誅驕虜椎破銅山鑄銅虎聯翩三十七將軍走馬西來各開府南山伐木作車軸有海取鼉漫戰鼓汗流奔走誰敢後恐乏軍興汙資斧保甲連村團未遍方田訟牒紛如雨爾來手實降新書抉剔根株窮脈縷詔書惻怛信深厚吏能淺薄空勞苦平生學問止流俗衆裏笙竽誰比數忽令獨奏鳳將雛倉卒欲吹那得譜況復連年苦飢饉剝齧草木啖泥土今年雨雪頗應時又報蝗蟲生翅股憂來洗盞欲強醉寂寞虛齋臥空甒公廚十日不生煙更望紅裙踏

筵舞故人屢寄山中信只有當歸無別語方將雀鼠偷太倉未肯衣冠掛神武吳興丈人真得道平日立朝非小補自從四方冠蓋鬧歸作二浙湖山主高蹤已自雜漁釣大隱何曾弃簪組去年相從殊未足問道已許談其祖逝將弃官往卒業俗緣未盡那得覩公家只在霅溪上上有白雲如白羽應憐進退苦皇皇更把安心教初祖

孔長源挽詞二首

少年才氣冠當時晚節孤風益自奇君勝宜為夫子後林宗不愧蔡邕碑南荒尚記誅元惡東越誰能事細兒耆舊如今幾人在為君無憾為時悲

小堰門頭柳繫船吳山堂上月侵筵潮聲夜半千巖響詩句明朝萬口傳長源自越過杭夜飲有美堂上聯句長源詩云天目遠隨雙鳳落海門遙蹙兩潮趨一坐稱善豈意日斜庚子後忽驚歲在巳辰年佳城一閉無窮事南望題詩淚灑牋

寄呂穆仲寺丞

孤山寺下水侵門每到先看醉墨痕楚相未亡談笑是中郎不見典刑存杭有伶人善學呂舉措酷似別後常令作之以為笑君先去踏塵埃陌我亦來尋桑棗村回首西

湖真一夢灰心霜鬢更休論

余主簿母挽詞

閨庭蘭玉照鄉閭自昔雖貧樂有餘豈獨家人在中餽却因麟趾識關睢雲軿忽已歸仙府喬木依然擁舊廬忍把還鄉千斛淚一時灑向老萊裾

送趙寺丞寄陳海州

景疎樓上喚峨眉君到應先誦此詩若見孟公投轄飲莫忘衝雪送君時

答陳述古二首

漫說山東第二州棗林桑泊負春遊城西亦有紅千葉人老簪花却自羞

小桃破萼未勝春羅綺叢中第一人聞道使君歸去後舞衫歌扇總生塵陳有小妓述古稱之

張安道樂全堂

列子馭風殊不惡猶被莊生譏數數步兵飲酒中散琴於此得全非至樂樂全居士全於天維摩丈室空翛然平生痛飲今不飲無琴不獨琴無絃我公天與英雄表龍章鳳姿照魚鳥但令端委坐廟堂北狄西戎談笑了如今老去苦思歸小字親書寄我詩試問樂全全底事無全何處更求虧

張文裕挽詞

高才本出朝廷右能事空推德業餘每見便聞曹植句至今傳寶魏華書濟南名士新凋喪劍外生祠已潔除欲寄西風兩行淚依然喬木鄭公廬

懷西湖寄晁美叔同年

西湖天下景遊者無愚賢深淺隨所得誰能識其全嗟我本狂直早爲世所捐獨專山水樂付與寧非天三百六十寺幽尋遂窮年所至得其妙心知口難傳至今清夜夢耳目餘芳鮮君持使者節風采爍雲煙清流與碧巘安肯爲君妍胡不屏騎從暫借僧榻眠讀我壁間詩清涼洗煩煎策杖無道路直造意所便應逢古漁父葦間自寅緣問道若有得買魚勿論錢

和梅戶曹會獵鐵溝

山西從古說三明誰信儒冠也捍城竿上鯨鯢猶未掩（近臯數盜）草中狐兔不須驚東州趙叟飲無敵南國梅仙詩有聲不向如臯閑射雉歸來何似得卿卿（是日惟梅趙不射）

祭常山回小獵

青蓋前頭點皂旗黃茅岡下出長圍弄風驕馬跑空立趁兔蒼鷹掠地飛回望白雲生翠巘歸來紅葉滿

征衣　聖朝若用西涼簿白羽猶能效一揮

和章七出守湖州二首

方丈仙人出渺茫高情猶愛水雲鄉功名誰使連三捷身世何緣得兩忘早歲歸休心共在他年相見話偏長只應未報君恩重清夢時時到玉堂

絳闕雲臺總有名應須極貴又長生鼎中龍虎黃金賤松下龜蛇綠骨輕（君好爐火而餌伏苓）雲水未渾纓可濯弁峯初見眼應明兩巵春酒真堪羨獨占人間分外榮

和張子野見寄三絕句

前生我已到杭州到處長如到舊遊更欲洞霄爲隱吏一庵閑地且相留（過舊遊）

狂吟跌宕無風雅醉墨淋浪不整齊應爲詩人一回顧山僧未忍掃黃泥（見題壁）

柏堂南畔竹如雲此閣何人是主人但遣先生披鶴氅不須更畫樂天真（竹閣見憶）

和蔣夔寄茶

我生百事常隨緣四方水陸無不便扁舟渡江適吳越三年飲食窮芳鮮金虀玉鱠飯炊雪海螯江柱初脫泉臨風飽食甘寢罷一甌花乳浮輕圓自從捨舟

入東武沃野便到桑麻川翦毛胡羊大如馬誰記鹿角腥盤筵廚中烝粟埋飯甕大杓更平取酸生涎柘羅銅碾棄不用脂麻白土須盆研故人猶作舊眼看謂我好尚如當年沙溪北苑强分別水脚一線爭誰先清詩兩幅寄千里紫金百餅費萬錢吟哦烹嘗兩奇絕只恐偷乞煩封纏老妻稚子不知愛一半已入薑鹽煎人生所遇無不可南北嗜好知誰賢死生禍福久不擇更論甘苦爭蚩姸知君窮旅不自擇因詩寄謝聊相鐫

答李邦直

美人如春風著物物未知羈愁似氷雪見子先流澌子從徐方來吏民舉熙熙扶病出見之驚我一何衰知我久慵倦起我以新詩詩詞如醇酒盎然薰四支徑飲不覺醉欲和先昏疲西齋有蠻帳風雨夜紛披放懷語不擇撫掌笑脫頤別來今幾何春物已含姿柳色日夜暗子來竟何時徐方雖云樂東山禁遊嬉又無狂太守何以解憂思聞子有賢婦華堂詩螽斯蓋不倒囊橐賣劍買蛾眉不用教絲竹唱我新歌詞

和文與可洋川園池三十首

湖橋

朱欄畫柱照湖明白葛烏紗曳履行橋下龜魚晚無數識君拄杖過橋聲

橫湖

貪看翠蓋擁紅粧不覺湖邊一夜霜卷却天機雲錦段從教匹練寫秋光

書軒

雨昏石硯寒雲色風動牙籤亂葉聲庭下已生書帶草使君疑是鄭康成

冰池

不嫌冰雪遶池看誰似詩人巧耐寒記取羲之洗硯處碧琉璃下黑蛟蟠

竹塢

晚節先生道轉孤歲寒惟有竹相娛麤才杜牧真堪笑喚作軍中十萬夫

荻浦

雨折霜乾不耐秋白花黃葉使人愁月明小艇湖邊宿便是江南鸚鵡洲

蓼嶼

秋歸南浦蟪蛄鳴霜落橫湖沙水清臥雨幽花無限思抱叢寒蝶不勝情

望雲樓

陰晴朝暮幾回新已向虛空付此身出本無心歸亦好白雲還似望雲人

天漢臺

漾水東流舊見經銀潢左界上通靈此臺試向天文覓閣道中間第幾星

待月臺

月與高人本有期挂簷低戶映蛾眉只從昨夜十分滿漸覺冰輪出海遲

二樂榭

此間真趣豈容談二樂并君已是三仁智更煩訶妄見坐令魯叟作瞿曇來詩云二見因妄生

灙泉亭

聞道池亭勝兩川應須爛醉答雲煙勸居多揀長腰米消破亭中萬斛泉

吏隱亭

縱橫憂患滿人間頗怪先生日日閑昨夜清風眠北牖朝來爽氣在西山

霜筠亭

解籜新篁不自持嬋娟已有歲寒姿要看凜凜霜前

意須待秋風紛落時

無言亭

慇懃稽首維摩詰敢問如何是法門彈指未終千偈了向人還道本無言

露香亭

亭下佳人錦繡衣滿身瓔珞綴明璣晚香消歇無尋處花已飄零露已晞

函虛亭

水軒花榭兩爭妍秋月春風各自偏惟有此亭無一物坐觀萬景得天全

溪光亭

決去湖波尚有情却隨初日動簷楹溪光自古無人畫憑仗新詩與寫成

過溪亭

身輕步穩去忘歸四柱亭前野彴微忽悟過溪還一笑水禽驚落翠毛衣

被錦亭

煙紅露綠曉風香燕舞鸎啼春日長誰道使君貧且老繡屏錦帳咽笙簧

禊亭

珍倣宋版印

曲池流水細鱗鱗高會傳觴似洛濱紅粉翠蛾應不要畫船來往勝於人

菡萏亭

日日移床趁下風清香不盡思何窮若爲化作龜千歲巢向田田亂葉中

荼蘼洞

長憶故山寒食夜野荼蘼發暗香來分無素手簪羅髻且折霜蕤浸玉醅（長憶故山一作半晴半雨）

筼簹谷

漢川脩竹賤如蓬斤斧何曾赦籜龍料得清貧饞太守渭濱千畝在胸中

寒蘆港

溶溶晴港漾春暉蘆笋生時柳絮飛還有江南風物否桃花流水鮆魚肥

野人廬

少年辛苦事犂鉏剛厭青山遶故居老覺華堂無意味却須時到野人廬

此君庵

寄語庵前抱節君與君到處合相親寫真雖是文夫子我亦真堂作記人

金橙徑

金橙縱復里人知不見鱸魚價自低須是松江煙雨裏小船燒薤擣香虀

南園

不種夭桃與綠楊使君應欲候農桑春畦雨過羅紈膩夏壠風來餅餌香

北園

漢水巴山樂有餘一麾從此首歸塗北園草木憑君問許我他年作主無

寄題刁景純藏春塢

白首歸來種萬松待看千尺舞霜風年抛造物陶甄外春在先生杖履中楊柳長齊低戶暗櫻桃爛熟滴堦紅何時却與徐元直共訪襄陽龐德公

玉盤盂二首并序

東武舊俗每歲四月大會于南禪資福兩寺以芍藥供佛而今歲最盛凡七千餘朶皆重跗累萼繁麗豐碩中有白花正圓如覆盂其下十餘葉稍大承之如盤姿格絕異獨出於七千朶之上云得之於城北蘇氏園中周宰相莒公之別業也而其名俚甚乃爲易之

雜花狼藉占春餘芍藥開時掃地無兩寺粧成寶纓絡一枝爭看玉盤盂佳名會作新翻曲絕品難尋舊畫圖從此定知年穀熟姑山親見雪肌膚

花不能言意可知令君痛飲更無疑但持白酒勸嘉客直待瓊舟覆玉彝負郭相君初擇地看羊屬國首吟詩吾家豈與花相厚更問殘芳有幾枝

和潞公超然臺次韻

我公厭富貴常苦勳業尋相期赤松子永望白雲岑清風出談笑萬竅爲號吟吟成超然詩洗我蓬之心嗟我本何人麇鹿强冠襟身微空志大交淺屢言深囑公如得謝呼我幸寄音但恐酒錢盡煩公揮橐金

聞喬太博換左藏知欽州以詩招飲

今年果起故將軍幽夢清詩信有神馬革裹尸眞細事虎頭食肉更何人陣雲冷壓黃茆瘴羽扇斜揮白葛巾痛飲從今有幾日西軒月色夜來新

喬將行烹鵝鹿出刀劍以飲客以詩戲之

破匣哀鳴出素虬倦看鵝鴨聽呦呦明朝只恐兼烹鶴此去還須却佩牛便可先呼報恩子不妨仍帶醉鄉侯他年萬騎歸應好奈有移文在故丘

次韻劉貢父李公擇見寄二首

白髮相望兩故人眼看時事幾番新曲無和者應思郢論少卑之且借秦歲惡詩人無好語 公擇來詩皆道失中飢苦之狀 夜長鰥守向誰親 貢父近喪偶 少詩多睡無如我鼻息雷鳴撼四鄰

何人勸我此間來絃管生衣甑有埃淥蟻濡脣無百斛蝗蟲撲面已三回磨刀入谷追窮寇洒涕循城拾棄孩爲郡鮮歡君莫歎猶勝塵土走章臺

寄黎眉州

膠西高處望西川應在孤雲落照邊瓦屋寒堆春後雪峨眉翠掃雨餘天治經方笑春秋學好士今無六一賢 君以春秋受知於歐陽文忠公公自號六一居士 且待淵明賦歸去共將詩酒趁流年

和趙郎中捕蝗見寄次韻

麥穟人許長穀苗牛可沒天公獨何意忍使蝗蟲發驅攘著令典農事安可忽我僕既胼胝我馬亦款矻飛騰漸云少筋力亦已竭苟無百篇詩何以醒睡兀初如疏畎澮漸若決澥渤往來供十吏腕脫不容歇平生輕妄庸熟視笑魏勃愛君有逸氣詩壇專斬伐民病何時休吏職不可越慎無及世事向空書咄咄

登常山絕頂廣麗亭

西望穆陵關東望琅邪臺南望九仙山北望空飛埃相將叫虞舜遂欲歸蓬萊嗟我二三子狂飲亦荒哉紅裙欲仙去長笛有餘哀清歌入雲霄妙舞纖腰回自從有此山白石封蒼苔何嘗有此樂將去復徘徊人生如朝露白髮日夜催弃置當何言萬劫終飛灰

薄薄酒二首并序

膠西先生趙明叔家貧好飲不擇酒而醉常云薄薄酒勝茶湯醜醜婦勝空房其言雖俚而近乎達故推而廣之以補東州之樂府旣又以爲未也復自和一篇聊以發覽者之一噱云耳

薄薄酒勝茶湯麤麤布勝無裳醜妻惡妾勝空房五更待漏靴滿霜不如三伏日高睡足北窗涼珠襦玉柙萬人祖送歸北邙不如懸鶉百結獨坐負朝陽生前富貴死後文章百年瞬息萬世忙夷齊盜蹠俱亡羊不如眼前一醉是非憂樂都兩忘

薄薄酒飲兩鍾麤麤布著兩重美惡雖異醉暖同醜妻惡妾壽乃公隱居求志義之從本不計較東華塵土北窗風百年雖長要有終富死未必輸生窮但恐珠玉留君容千載不朽遭樊崇文章自足欺盲聾誰使一朝富貴面發紅達人自達酒何功世間是非憂

樂本來空

同年王中甫挽詞

先帝親收十五人四方爭看擊鵬鯤如君才業真堪用顧我衰遲不足論出處陞沉十年後死生契闊幾人存他時京口尋遺迹宿草猶應有淚痕 仁宗朝賢良十五人今惟富鄭公張宣猷錢純老及余與舍弟在耳

七月五日二首

避謗詩尋醫畏病酒入務蕭條北窗下長日誰與度今年苦炎熱草木困薰煮況我早衰人幽居氣如縷秋來有佳興秋稻已含露還復此微吟往和糟床注

何處覓新秋蕭然北臺上秋來未云幾風日已清亮雲間聳孤翠林表浮遠漲新棗漸堪剝晚瓜猶可餉西風送落日萬竅舍悽悵念當急行樂白髮不汝放

趙郎中見和戲復答之

趙子吟詩如潑水一揮三百八十字奈何效我欲尋醫恰似西施藏白地趙子飲酒如淋灰一年十萬八千杯若不令君早入務飲竭海東生黃埃我衰臨政多繆錯羨君精采如秋鶚頗哀老子令日飲為君坐嘯主畫諾

次韻周邠寄鴈蕩山圖二首

指點先憑採藥翁丹青化出大槐宮眼明小閣浮煙翠齒冷新詩嚼雪風二華行觀雄陝右九仙今已壓京東（將赴河中密邇太華九仙在東武奇秀不減鴈蕩也）此生的有尋山分已覺溫台落手中

西湖三載與君同馬入塵埃鶴入籠東海獨來看出日石橋先去踏長虹遙知別後添華髮時向樽前說病翁所恨蜀山君未見他年攜手醉郫筒

送碧香酒與趙明叔教授

聞君有婦賢且廉勸君慎勿爲楚相不羨紫駞分御食自遣赤腳沽村釀嗟君老狂不知愧更吟醜婦惡嘲謗諸生聞語定失笑冬暖號寒臥無帳碧香近出帝子家鵝兒破殼酥流盎不學劉伶獨自飲一壺往助齊眉餉

趙既見和復次韻答之

長安小吏天所放日夜歌呼和丞相豈知後世有阿瞞（曾公自言參之後）北海樽前捉私釀先生未出禁酒國詩語孤高常近謗幾回無酒欲沽君卻畏有司書簿帳（近制公使酒過□法甚重）酸寒可笑分一斗日飲如何足袁盎更將險語壓衰翁只恐自是臺無餉

趙郎中往莒縣逾月而歸復以一壺遺之

仍用元韻

東隣主人遊不歸悲歌夜夜聞舂相門前人鬧馬嘶急一家喜氣如春釀王事何曾怨獨賢室人豈忍交謫謗大兒踉蹡越門限小兒咿啞語繡帳定教舞袖掣伊涼更想夜庖鳴甕盎題詩送酒君勿誚免使退之嘲一餉

蘇潛聖挽詞

妙齡馳譽百夫雄晚節忘懷大隱中悃愊無華真漢吏文章爾雅稱吾宗趨時肯負平生志有子還應不死同惟我閑思十年事數行老淚寄西風

東坡集卷第七

東坡集卷第八

詩七十二首

和晁同年九日見寄

仰看鸞鵠刺天飛富貴功名老不思病馬已無千里志騷人長負一秋悲古來重九皆如此別後西湖付與誰遣子窮愁天有意吳中山水要清詩

送喬施州

恨無負郭田二頃空有載行書五車江上青山橫絕壁雲間細路躡飛蜼雞號黑暗通蠻貨（胡人謂犀爲黑暗）蜂鬧黃連採蜜花共怪河南門下客不應萬里向長沙（喬受知於吳丞相而施州風土大類長沙）

夜雪獨宿柏仙庵

晚雨纖纖變玉霙小庵高臥有餘清夢驚忽有穿窗片夜靜惟聞瀉竹聲稍壓冬溫聊得健未濡秋旱若爲耕天公用意真難會又作春風爛漫晴

和孔郎中荆林馬上見寄

秋禾不滿眼宿麥種亦稀永愧此邦人芒刺在膚肌平生五千卷一字不救饑方將怨無襦忽復歌緇衣堂堂孔北海直氣凜羣兒朱輪未及郊清風已先馳何以累君子十萬貧與羸滔滔滿四方我行竟安之

何時劍關路春山聞子規

留别雩泉

舉酒屬雩泉白髮日夜新何時泉中天復照泉上人
二年飲泉水魚鳥亦相親還將弄泉手遮日向西秦

留别釋迦院牡丹呈趙倅

春風小院却來時壁間惟見使君詩應問使君何處
去憑花說與春風知年年歲歲何窮已花似今年人
老矣去年崔護若重來前度劉郎在千里

董儲郎中嘗知眉州與先人遊過安丘訪
其故居見其子希甫留詩屋壁

白髮郎潛舊使君至今人道最能文隻雞敢忘橋公
語下馬來尋董相墳冬月負薪雖得免隣人吹笛不
堪聞死生契闊君休問灑淚西南向白雲

劉貢父見余歌詞數首以詩見戲聊次其
韻

十載漂然未可期那堪重作看花詩門前惡語誰傳
去醉後狂歌自不知刺舌君今猶未戒炙眉我亦更
何詞相從痛飲無餘事正是春容最好時

除夜大雪留濰州元日早晴遂行中途雪
復作

除夜雪相留元日晴相送東風吹宿酒瘦馬兀殘夢葱曨曉光開放轉餘花弄下馬成野酌佳哉誰與共須臾晚雲合亂灑無缺空鵝毛垂馬騣自怪騎白鳳三年東方旱逃戶連敧棟老農釋耒歎淚入飢腸痛春雪雖云晚春麥猶可種敢怨行役勞助爾歌飯甕

大雪青州道上有懷東武園亭寄交代孔周翰

超然臺上雪城郭山川兩奇絕海風吹碎碧琉璃時見三山白銀闕蓋公堂前雪綠窗朱戶相明滅堂中美人雪爭妍粲然一笑玉齒頰就中山堂雪更奇青松怪石亂瓊絲惟有使君遊不歸五更上馬愁斂眉君不是淮西李侍中夜入蔡州縛取吳元濟又不是襄陽孟浩然長安道上騎驢吟雪詩何當閉門飲美酒無人毀譽河東守

至濟南李公擇以詩相迎次其韻二首

弊裘羸馬古河濱野闊天低糝玉塵自笑飡氈典屬國來看換酒謫仙人宦遊到處身如寄農事何時手自親剩作新詩與君和莫因風雨廢鳴晨

夜擁笙歌霅水濱回頭樂事總成塵今年送汝作太守到處逢君是主人聚散細思都是夢身名漸覺兩

非親相從繼燭何煩問蝙蝠飛時日正晨

和孔君亮郎中見贈

偶對先生盡一樽醉看萬物洶崩奔優游共我聊卒歲骯髒如君合倚門只恐掉頭難久住應須傾蓋便深論固知嚴勝風流在又見長身十世孫 戣字君嚴戡字君勝退之志其墓云孔子世三十八吾見其孫白而長身今君亮四十八世矣

送范景仁遊洛中

小人真闇事閑退豈公難道大吾何病言深聽者寒憂時雖早白住世有還丹得酒相逢樂無心所遇安去年行萬里蜀路走千盤投老身彌健登山意未闌西遊爲櫻筍東道盡鵷鸞杖屨攜兒去園亭借客看折花斑竹寺弄水石樓灘鬻馬衰憐白驚雷怯笑韓蘚書標洞府歐陽永叔嘗遊嵩山日暮於絕壁上見苔蘚成文云神清之洞明日復尋不見 松蓋偃天壇試與劉夫子重尋靖長官 劉几云曾見人嵩山幽絕處眼光如猫意其爲靖長官也

次韻景仁留別

公老我亦衰相見恨不數臨行一盃酒此意重山岳歌詞白紵清琴弄黃鍾濁詩新眇難和飲少僅可學

欲參兵部選有力誰如舉且作東諸侯山城雄鼓角南遊許過我不憚千里邈會當聞公來倒屣髮一握

書韓幹牧馬圖

南山之下汧渭之間想見開元天寶年八坊分屯隘秦川四十萬疋如雲煙騅駓駰駱驪騮騵白魚赤兎騂皇鶬龍顱鳳頸獰且妍奇姿逸德隱駑頑碧眼胡兒手足鮮歲時翦刷供帝閑柘袍臨池侍三千紅粧照日光流淵樓下玉螭吐清寒往來蹙踏生飛湍衆工舐筆和朱鉛先生曹霸弟子韓廏馬多肉尻脽圓肉中畫骨誇尤難金羈玉勒繡羅鞍鞭箠刻烙傷天全不如此圖近自然平沙細草荒芊綿驚鴻脫兎爭後先王良挾策飛上天何必俯首服短轅

送魯元翰少卿知衞州

冗士無處著寄身范公園桃花忽成陰薺麥秀已繁閉門春晝永惟有黃蜂喧誰人肯攜酒共醉榆柳村髯卿獨何者一月三到門我不往拜之髯來意彌敦堂堂元老後疊疊仁人言憶在錢塘歲情好均弟昆時於冰雪中笑語作春溫欲飲徑相覓夜開叢竹軒搜尋到篋笥鮓醢無復存每愧煙火中玉腕親炮燔別來今幾何相對如夢魂告我當北渡新詩侑清樽

坡陁太行麓洶涌黃河翻仕宦非不遇王畿西北垣斯民如魚耳見網則驚奔蛟千丈清不如尺水渾刑政雖首務念當養其源一聞襦袴音盜賊安足論

次韻子由送蔣夔赴代州學官

功利爭先變法初典刑獨守老成餘窮人未信詩能爾倚市懸知繡不如代北諸生漸狂簡床頭雜說爲爬梳歸來問鴈吾何敢疾世王符解著書

和李邦直沂山祈雨有應

高田生黃埃下田生蒼耳蒼耳亦已無更問麥有幾蛟龍睡足亦解慚二麥枯時雨如洗不知雨從何處來但聞昌粱百步聲如雷試上城南望城北際天菽粟青成堆飢火燒腸作牛吼不知待得秋成否半年不雨坐龍慵共怨天公不怨龍今朝一雨聊自贖龍神社鬼各言功無功日盜太倉穀嗟我與龍同此責勸農使者不汝容因君作詩先自劾

宿州次韻劉涇

我欲歸休瑟漸希舞雩何日著春衣多情白髮三千丈無用蒼皮四十圍晚覺文章真小技早知富貴有危機爲君垂涕君知否千古華亭鶴自飛 涇之兄汴亦有文死矣

和孔密州五絕

見邸家園留題

大旆傳聞載酒過小詩未忍著塼磨陽關三疊君須祕除却膠西不解歌來詩有渭城之句

春步西園見寄

歲歲開園成故事年年行樂不辜春今年太守尤難繼慈愛聰明惠利人

東欄梨花

梨花淡白柳深青柳絮飛時花滿城惆悵東欄二株雪人生看得幾清明

和流杯石上草書小詩

蜂腰鶴膝嘲希逸春蚓秋蛇病子雲醉裏自書醒自笑如今二絕更逢君

堂後白牡丹

城西千葉豈不好笑舞春風醉臉丹何似後堂冰玉絜遊蜂非意不相干孔頗有聲伎而客無見者

和趙郎中見戲趙以徐伎不如東武詩中見戲云只有當時燕子樓

燕子人亡三百秋卷簾那復似揚州西行未必能勝此空唱崔徽上白樓

又

我擊藤床君唱歌明年六十奈君何醉顛只要裴風景莫向人前自洗磨趙每醉歌畢輒曰明年六十矣

和子由與顏長道同遊百步洪相地築亭種柳

平明坐衙不暖席歸來閉閤閑終日臥聞客至倒屣迎兩眼蒙籠餘睡色城東泗水步可到路轉河洪翻雪白安得青絲絡駿馬蹙踏飛波柳陰下奮身三丈兩蹄間振鬣長鳴身自乾少年狂興久已謝但憶嘉陵遶劍關劍關大道車方軌君自不去歸何難山中故人應大笑築室種柳何時還

次韻李邦直感舊

騶騎傳呼出跨坊簿書填委入充堂誰教案部如何武只許清樽對孟光婉娩有時來入夢溫柔何日聽還鄉酸寒病守尤堪笑千步空餘僕射場

與梁先舒煥泛舟得臨釀字二首

彭城古戰國孤客勸登臨汴泗交流處清潭百丈深故人輕千里足繭來相尋何以娛佳客潭水洗君心

老守厭簿書先生罷函丈風流魏晉間談笑羲皇上河洪忽已過水色綠可釀君毋輕此樂此樂清且放

次韻答邦直子由四首

簿書顚倒夢魂間知我疏慵肯見原閑作閉門僧舍冷病聞吹枕海濤喧忘懷杯酒逢人共引睡文書信手翻欲吐狂言喙三尺怕君嗔我却須吞邦直屢以此見戒

城南短李好交遊箕踞狂歌總自由尊主庇民君有道樂天知命我無憂醉呼妙舞留連夜閑作清詩斷送秋蕭灑使君殊不俗罇前容我攬須不

老弟東來殊寂寞故人留飲慰酸寒草荒城角開新徑雨入河洪失舊灘車馬追陪迹未掃唱酬往復字應漫此詩更欲憑君改待與江南子布看

君雖爲我此遲留別後淒涼我已憂不見便同千里遠退歸終作十年遊恨無楊子一區宅懶臥元龍百尺樓聞道鵷鴻滿臺閣網羅應不到沙鷗

司馬君實獨樂園

青山在屋上流水在屋下中有五畝園花竹秀而野花香襲杖屨竹色侵盞斝樽酒樂餘春棋局消長夏洛陽古多士風俗猶爾雅先生臥不出冠蓋傾洛社雖云與衆樂中有獨樂者才全德不形所貴知我寡先生獨何事四海望陶冶兒童誦君實走卒知司馬

持此欲安歸造物不我捨名聲逐吾輩此病天所赭
撫掌笑先生年來效瘖啞

送顏復兼寄王鞏

彭城官居冷如冰誰從我遊顏氏子我衰且病君亦
窮衰窮相守正其理胡爲一朝捨我去輕衫觸熱行
千里問君無乃求之歟答我不然聊爾耳京師萬事
日日新故人如故今有幾君知牛行相君宅扣門但
覓王居士清詩草聖俱入妙别後寄我書連紙苦恨
相思不相見約我重陽嗅霜蕊君歸可喚與俱來未
應指目妨進擬太一老仙閑不出張安道爲太一宫使踵
門問道今時矣因行過我路幾何願君推挽加鞭箠
吾儕一醉豈易得買羊釀酒從今始

蠍虎

黄雞啄蠍如啄黍窗間守宫稱蠍虎闇中繳尾伺飛
蟲巧捷功夫在腰膂跂跂脈脈善緣壁陋質從來誰
比數今年歲旱號蜥蜴狂走兒童鬧歌舞能銜渠水
作冰雹便向蛟龍覓雲雨守宫努力搏蒼蠅明年歲
旱當求汝

轍幼從子瞻兄讀書未嘗一日相舍既壯
將遊宦四方讀韋蘇州詩有云那知風雨

夜復此對床眠惻然感之乃相約早退爲閑居之樂故子瞻始爲鳳翔幕官留詩與轍曰夜雨何時聽蕭瑟其後子瞻通守餘杭復移守膠西而轍滯留於淮陽濟南不見者七年熙寧十年二月始復會於澶濮之間相從彭城留百餘日時宿於逍遙堂追感前約作二小詩

逍遙堂後千尋木長送中宵風雨聲誤喜對床尋舊約不知漂泊在彭城

秋來東閣涼如水客去山公醉似泥困臥北窗呼不醒風吹松竹雨凄凄

子由將赴南都與余會宿於逍遙堂作兩絕句讀之殆不可爲懷因和其詩以自解余觀子由自少曠達天資近道又得至人養生長年之訣而余亦竊聞其一二以爲今者宦遊相別之日淺而異時退休相從之日長既以自解且以慰子由云

別期漸近不堪聞風雨蕭蕭已斷魂猶勝相逢不相識形容變盡語音存

但令朱雀長金花此別還同一轉車五百年間誰復

在會看銅狄兩咨嗟

留題石經院三首

葱蒨門前路行穿翠密中却來堂上看巖谷意無窮
夭矯庭中檜枯枝鵲踏消瘦皮纏鶴骨高頂轉龍腰
窈窕山頭井潛通伏澗清欲知深幾許聽放轆轤聲

過雲龍山人張天驥

郊原雨初足風日清且好病守亦欣然肩輿白門道
荒田咽蚯蚓村巷懸梨棗下有幽人居閉門空雀噪
西風高正厲落葉紛可掃孤僮臥斜日病馬放秋草
墟里通有無垣牆任摧倒君家本冠蓋絲竹閙鄰保
脫身聲利中道德自濯澡躬耕抱羸疾奉養百歲老
詩書膏吻頰菽水媚翁媼飢寒天隨子杞菊自擷芼
慈孝董邵南雞狗相乳抱吾生如寄耳歸計失不早
故山豈敢忘但恐迫華皓從君學種秫斗酒時相勞

贈王仲素寺丞名景純

養氣如養兒棄官如棄泥人皆笑子拙事定竟誰迷
歸耕獨患貧問子何所齎尺宅足自庇寸田有餘畦
明珠照短褐陋室生虹霓雖無孔方兄顧有法喜妻
彈琴一長嘯不答阮與嵇曹南劉夫子名與子政齊
家有鴻寶書不鑄金褭蹄促膝問道要遂蒙分刀圭

不忍獨不死尺書肯見梯我生本强鄙少以氣自擠孤舟倒江河赤手攬象犀年來稍自笑留氣下暖臍苦恨聞道晚意象颯已淒空見孫思邈區區賦病梨

陽關詞三首

受降城下紫髯郎戲馬臺南古戰場恨君不取契丹首金甲牙旗歸故鄉

右贈張繼愿

濟南春好雪初晴行到龍山馬足輕使君莫忘霅溪女時作陽關腸斷聲

右答李公擇

暮雲收盡溢清寒銀漢無聲轉玉盤此生此夜不長好明月明年何處看

右中秋月

和孔周翰二絕

再觀邸園留題

小園香霧曉蒙籠醉手狂詞未必工魯叟錄詩應有取曲收彤管邶鄘風

觀淨觀堂效韋蘇州詩

弱羽巢林在一枝幽人蝸舍兩相宜樂天長短三千首却愛韋郎五字詩

京師哭任遵聖

十年不還鄉兒女日夜長豈惟催老大漸復成凋喪每聞耆舊亡涕泫聲輒放老任況奇逸先子推輩行文章小得譽詩語尤清壯吏能復所長談笑萬夫上自喜作劇縣偏工破豪黨奮髯走猾吏嚼齒對姦將哀哉命不偶每以才得謗竟使落窮山青衫就黃壤宦遊久不樂江海永相望退耕本就君時節相勞餉此懷今不遂歸見纍纍葬望哭國西門落日銜千嶂平生惟一子抱負珠在掌見之齠齔中已有食牛量他年如入洛生死一相訪惟有王濬沖心知中散狀

答任師中家漢公

先君昔未仕杜門皇祐初道德無貧賤風采照鄉閭何嘗疎小人小人自闊疎出門無所詣老史在郊墟門前萬竿竹堂上四庫書高樹紅消梨小池白芙蕖常呼赤腳婢雨中擷園蔬矯矯任夫子罷官還舊廬是時里中兒始識長者車烹雞酌白酒相對歡有餘有如龐德公往還葛與徐妻子走堂下主人竟誰歟我時年尚幼作賦慕相如侍立看君談精悍實起予歲月曾幾何耆老逝不居史侯最先沒孤墳拱桑樗我亦涉萬里清血滿襟袪漂流二十年始悟萬緣虛

獨喜任夫子老佩刺史魚威行烏白蠻解辮請冠裾方當入奏事清廟陳璠璵胡爲厭軒冕歸意不少紓上蔡有良田黃沙走清渠罷亞百頃稻雍容十年儲閑隨李丞相搏射鹿與豬蒼鷹十斤重猛犬如黃驢豈比陶淵明窮苦自把鋤我今四十二衰髮不滿梳彭城古名郡乏人偶見除頭顱已可知幾何不樵漁會當相從去芒鞋老菑畬念子瘴江邊懷抱向誰攄賴我同年友相歡出同輿冰盤薦文鮪鮪鮥也戊瀘常有玉斝傾浮蛆醉中忽思我清詩綴瓊琚知我少所諧教我時卷舒世事日反覆翩如風中旟雀羅弔廷尉秋扇悲婕妤升沈一何速喜怒紛衆狙作詩謝二子我師甯與蘧

初別子由

我少知子由天資和而清好學老益堅表裏漸融明豈獨爲吾弟要是賢友生不見六七年微言誰與賡常恐坦率性放縱不自程會合亦何事無言對空枰使人之意消不善無由萌森然有六女包裹布與荆無憂賴賢婦藜藿等大烹使子得行意靑衫陋公卿明日無晨炊倒床作雷鳴秋眠我東閣夜聽風雨聲懸知不久別妙理重細評昨日忽出門孤舟轉西城

歸來北堂上古屋空崢嶸退食誤相從入門中自驚南都信繁會人事水火爭念當閑閣坐頽然寄聾盲妻子亦細事文章固虛名會須掃白髮不復用黃精

次韻呂梁仲屯田

雨葉風花日夜稀一杯相屬竟何時空虛豈敢酬瓊玉枯朽猶能出菌芝門外呂梁從迅急胸中雲夢自逶遲待君筆力追靈運莫負南臺九日期

章質夫寄惠崔徽真

玉釵半脫雲垂耳亭亭芙蓉在秋水當時薄命一酸辛千古華堂奉君子水邊何處無麗人近前試看丞相嗔不如丹青不解語世間言語元非真知君被惱更愁絶卷贈老夫驚老拙爲君援筆賦梅花未害廣平心似鐵

王鞏屢約重九見訪既而不至以詩送將官梁交且見寄次韻答之交頗文雅不類武人家有侍者甚惠麗

知君月下見傾城破恨懸知酒有兵老守無何惟日飲將軍競病自詩鳴花枝不共秋歛帽筆陣空來夜斫營愛惜微官將底用他年只好寫銘旌

臺頭寺雨中送李邦直赴史館分韻得憶

字人字兼寄孫巨源二首

霜林日夜西風急老送君歸百憂集清歌窈眇入行雲雲爲不行天爲泣紅葉黃花秋正亂白魚紫蟹君須憶憑君說向髯將軍衰鬢相逢應不識

珥筆西歸近紫宸太平典冊不緣麟付君此事寧論晉載我當時舊過秦門外想無千斛米墓中知有百年人看君兩眼明如鏡休把春秋坐素臣

代書答梁先

此身與世真悠悠蒼顏華髮誰汝留強名太守古徐州忘歸不如楚沐猴魯人豈獨不知丘籍躪夫子無罪尤異哉梁子清而脩不遠千里從我游瞭然正色懸雙眸世之所馳子獨不一經通明傳節侯小楷精絕規摹歐梁生學歐陽公書我衰廢學懶且媮畏見問事賈長頭別來紅葉黃花秋夜夢見之起坐愁遺我駮石盆與甌黑質白章聲琳球謂言山石生澗溝追琢尚可王公羞感子佳意能無酬反將木瓜報珍投學如富賈在博收仰取俯拾無遺籌道大如天不可求脩其可見致其幽願子篤實慎勿浮發憤忘食樂忘憂

九日邀仲屯田爲大水所隔以詩見寄次

其韻

無復龍山對孟嘉西來河伯意雄夸霜風可使吹黃帽（舟人黃帽土勝水也）尊酒那能泛浪花漫遣鯉魚傳尺素却將燕石報瓊華何時得見悲秋老醉裏題詩字半斜

河復并敘

熙寧十年秋河決澶淵注鉅野入淮泗自澶魏以北皆絕流而濟楚大被其害彭門城下水二丈八尺七十餘日不退吏民疲於守禦十月十三日澶州大風終日既止而河流一枝已復故道聞之喜甚庶幾可塞乎乃作河復詩歌之道路以致民願而迎神休蓋守土者之志也

君不見西漢元光元封間河決瓠子二十年鉅野東傾淮泗滿楚人恣食黃河鱣萬里沙回封禪罷初遣越巫沉白馬河公未許人力窮薪芻萬計隨流下吾君仁聖如帝堯百神受職河神驕帝遣風師下約束北流夜起澶州橋東風吹凍收微淥神功不用淇園竹楚人種麥滿河淤仰看浮槎棲古木

韓幹馬十四疋

二馬並驅攢八蹄二馬宛頸騣尾齊一馬任前雙舉

後一馬却避長鳴嘶老髯奚官騎且顧前身作馬通馬語後有八匹飲且行微流赴吻若有聲前者既濟出林鶴後者欲涉鶴俛啄最後一匹馬中龍不嘶不動尾搖風韓生畫馬真是馬蘇子作詩如見畫世無伯樂亦無韓此詩此畫誰當看

有言郡東北荊山下可以溝畎積水因與吳正字王戶曹同往相視以地多亂石不果還遊聖女山山有石室如墓而無棺椁或云宋司馬桓魋墓二子有詩次其韻二首

側手區區未易遮奔流一瞬卷千家共疑智伯初圍趙猶有張湯欲漕斜已坐迂疏來此地分將勞苦送生涯使君下策真堪笑隱隱驚雷響踏車

茫茫清泗遶孤岑歸路相將得暫臨試著芒鞋穿犖确更然松炬照幽深縱令司馬能鑱石奈有中郎解摸金強寫蒼崖留歲月他年誰識此時心

贈寫御容妙善師

憶昔射策干先皇珠簾翠幄分兩廂紫衣中使下傳詔跪捧再拜聞天香仰觀眩晃目生暈但見曉色開扶桑迎陽晚出步就坐絳紗玉斧光照廊野人不

識日月角髩鬚尚記重瞳光三年歸來真一夢橋山松檜淒風霜天容玉色誰敢畫老師古寺畫閉房夢中神授心有得覺來信手筆已忘幅巾常服儼不動孤臣入門涕自滂元老侑坐須眉古虎臣立侍冠劍長平生慣寫龍鳳質肯顧草間猿與麞都人踏破鐵門限黃金白壁空堆牀爾來摹寫亦到我謂是 先帝白髮郎不須覽鏡坐自了明年乞身歸故鄉

哭刁景純

讀書想前輩每恨生不早紛紛少年場猶得見此老此老如松柏不受霜雪槁直從毫末中自養到合抱宏材乏近用千歲自枯倒文章餘正始風節貫華皓平生爲人耳自爲薄如縞是非雖齊反覆看愈好前年旅吳越把酒慶壽考扣門無晨夜百過迹未掃但知從德公未省厭丘嫂別時公八十後會知難保昨日故人書連年喪公媼(媼景純妻先亡)傷心范橋水漾漾舞寒藻華堂不見人瘦馬空戀皁我欲江東去匏樽酌行潦鏡湖無賀監慟哭稽山道忍見萬松岡荒池沒秋草

答呂梁仲屯田

亂山合沓圍彭門官居獨在懸水村(呂梁地名)居民蕭

條雜麋鹿小市冷落無雞豚黃河西來初不覺但訝清泗流奔渾夜聞沙岸鳴甕盎曉看雪浪浮鵬鯤呂梁自古喉吻地萬頃一抹何由吞坐觀入市卷閭井吏民走盡餘王尊計窮路斷欲安適吟詩破屋愁鳶蹲歲寒霜重水歸壑但見屋瓦留沙痕入城相對如夢寐我亦僅免爲魚黿旋呼歌舞雜談笑不惜飲釂空缾盆念君官舍冰雪冷新詩美酒聊相溫人生如寄何不樂任使絳蠟燒黃昏宣房未築淮泗滿故道堙滅瘡痍存明年勞苦應更甚我當畚鍤先黥髡付君萬指伐頑石千鎚雷動蒼山根高城如鐵洪口快談笑却掃看崩奔農夫掉臂免狼顧秋穀布野如雲屯還須更置軟腳酒爲君擊鼓行金樽

張寺丞益齋

張子作齋舍而以益爲名吾聞之夫子求益非速成譬如遠遊客日夜事征行今年適燕薊明年走蠻荆東觀盡滄海西涉渭與涇歸來閉戶坐八方在軒庭又如學醫人識病由飽更風雨晦明淫跛躄瘖聾盲虛實在其脈靜躁在其情榮枯在其色壽夭在其形苟能閱千人望見知死生爲學務日益此言當自程爲道貴日損此理在既盈願君書此詩以爲益齋銘

答孔周翰求書與詩

身閑曷不長閉口天寒正好深藏手吟詩寫字有底忙未脫多生宿塵垢不蒙譏訶子厚疾反更刻畫無鹽醜征西自有家雞肥太白應驚飯山瘦與君相從知幾日東風待得花開否撥棄萬事勿復談百觚之後那詞酒

送李公恕赴闕

君才有如切玉刀見之凜凜寒生毛願隨壯士斬蛟蚤不願腰間纏錦絛用違其才志不展坐與胥史同疲勞忽然眉上有黃氣　吾君漸欲收英髦立談左右俱動色一語徑破千言牢我頃分符在東武脫略萬事惟嬉遨盡壞屏障通內外仍呼騎曹爲馬曹君爲使者見不問反更對飲持雙螯酒酣箕坐語驚衆雜以嘲諷窮詩騷世上小兒多忌諱獨能容我真賢豪爲我買田臨汶水逝將歸去誅蓬蒿安能終老塵土下俯仰隨人如桔槔

東坡集卷第八

東坡集卷第九

詩六十八首

春菜

蔓菁宿根已生葉韭牙戴土拳如蕨爛烝香薺白魚肥碎點青蒿涼餅滑宿酒初消春睡起細履幽畦掇芳辣茵蔯甘菊不負渠鱠縷堆盤纖手抹北方苦寒今未已雪底坡稜如鐵甲豈如吾蜀富冬蔬霜葉露牙寒更茁久拋菘葛猶細事苦筍江豚那忍說明年投劾徑須歸莫待齒搖并髮脫

送鄭戸曹

游遍錢塘湖上山歸來文字帶芳鮮羸僮瘦馬從吾飲陋巷何人似子賢公業有田常乏食廣文好客竟無氈東歸不趁花時節開盡春風誰與妍

虔州八境圖八首

坐看奔湍遶石樓使君高會百無憂三犀竊鄙秦太守八詠聊同沈隱侯

濤頭寂寞打城還章貢臺前莫靄寒劉客登臨無限思孤雲落日是長安

白鵲樓前翠作堆縈雲嶺路若爲開故人應在千山外不寄梅花遠信來

朱樓深處日微明皁蓋歸時酒半醒薄暮漁樵人去
盡碧溪青嶂遶螺亭

使君那暇日參禪一望叢林一悵然成佛莫教靈運
後着鞭從使祖生先

却從塵外望塵中無限樓臺煙雨濛山水照人迷向
背只尋孤塔認西東

煙雲縹眇鬱孤臺積翠浮空雨半開想見之罘觀海
市絳宮明滅是蓬萊

回峯亂嶂鬱參差雲外高人世得知誰向空山弄明
月山中木客解吟詩

讀孟郊詩二首

夜讀孟郊詩細字如牛毛寒燈照昏花佳處時一遭
孤芳擢荒穢苦語餘詩騷水清石鑿鑿湍激不受篙
初如食小魚所得不償勞又似煑彭蠘竟日嚼空螯
要當鬬僧清未足當韓豪人生如朝露日夜火消膏
何苦將兩耳聽此寒蟲號不如且置之飲我玉色醪

我憎孟郊詩復作孟郊語飢腸自鳴喚空壁轉飢鼠
詩從肺腑出出輒愁肺腑有如黃河魚出膏以自煑
尚愛銅斗歌鄙俚頗近古桃弓射鴨罷獨速短蓑舞
不憂踏船翻踏浪不踏土吳姬霜雪白赤腳浣白紵

嫁與踏浪兒不識離別苦歌君江湖曲感我長羈旅

訪張山人得山中字二首

魚龍隨水落猿鶴喜君還舊隱丘墟外新堂紫翠間野麋馴杖屨幽桂出榛菅洒掃門前路山公亦愛山

張故居爲大水所壞新卜此室故居之東

萬木鎖雲龍山名天留與戴公路迷山向背人在瀼西東薺麥餘春雪櫻桃落晚風入城都不記歸路醉眠中

送孔郎中赴陝郊

驚風擊面黃沙走西出崤函脫塵垢使君來自古徐州聲震河潼殷關右十里長亭聞鼓角一川秀色明花柳北臨飛檻卷黃流南望青山如峴首東風吹開錦繡谷淥水粼動蒲萄酒訟庭生草數開樽過客如雲牢閉口

與梁左藏會飲傅國博家

將軍破賊自草檄論詩說劍俱第一彭城老守本虛名識字劣能欺項籍風流別駕貴公子欲把笙歌暖鋒鏑紅旆朝開猛士噪翠帷暮卷佳人出東堂醉臥呼不起啼鳥落花春寂寂試教長笛傍耳根一聲吹裂堦前石

寒食日答公擇三絶次韻

從來蘇李得名雙只恐全齊笑陋邦詩似懸河供不辦故欺張籍隴頭瀧

簿書鼛鼓不知春佳句相呼賴故人寒食德公方上冢歸來誰主復誰賓

巡城已困塵埃眯執朴仍遭蟣蝨緣欲脱布衫攜素手試開病眼點黃連來詩謂僕布衫督役

約公擇飲是日大風

先生生長匡廬山山中讀書三十年舊聞飲水師顔淵不知治劇乃所便偷兒夜探赤白丸奮髯忽逢朱子元半年羣盜誅七百誰信家書藏九千春風無事秋月閑紅粧執樂豪且妍紫衫玉帶兩部全琵琶一抹四十絃客來留飲不計錢齊人愛公如子產兒啼臥路呼不還我慚山郡空留連牙兵部吏笑我寒邀公飲酒公無難約束官奴買花鈿薰衣理鬢夜不眠曉來顛風塵暗天我思其由豈坐慳作詩愧謝公笑讙歸來瑟縮愈不安要當啖公八百里豪氣一洗儒生酸

坐上賦戴花得天字

清明初過酒闌珊折得奇葩晚更妍春色豈關吾輩

事老狂聊作坐中先醉吟不耐欹紗帽起舞從教落酒船結習漸消留不住却須還與散花天

夜飲次韻畢推官

簿書叢裏過春風酒聖時時且復中紅燭照庭嘶騕褭黃雞催曉唱玲瓏老來漸減金釵興醉後空驚玉筯工（畢善篆）月末上時應早散免教壑谷問吾公

續麗人行

李仲謀家有周昉畫背面欠伸內人極精戲作此詩

深宮無人春日長沉香亭北百花香美人睡起薄梳洗燕舞鶯啼空斷腸畫工欲畫無窮意背立東風初破睡若教回首却嫣然陽城下蔡俱風靡杜陵饑客眼長寒蹇驢破帽隨金鞍隔花臨水時一見只許腰支背後看心醉歸來茅屋底方信人間有西子君不見孟光舉案與眉齊何曾背面傷春啼

聞李公擇飲傅國博家大醉二首

兒童拍手鬧黃昏應笑山公醉習園縱使先生能一石主人未肯獨留髡

不肯惺惺騎馬迴玉山知爲玉人頹紫雲有語君知否莫喚分司御史來

起伏龍行幷敘

徐州城東二十里有石潭父老云與泗水通增損清濁相應不差時有河魚出焉元豐元年春旱或云置虎頭潭中可以致雷雨用其說作起伏龍行一首

何年白竹千鈞弩射殺南山雪毛虎至今顱骨帶霜牙尚作四海毛蟲祖東方久旱千里赤三月行人口生土碧潭近在古城東神物所蟠誰敢侮上歆蒼石擁巖竇下應清河通水府眼光作電走金蛇鼻息爲雲擢煙縷當年負圖傳帝命左右羲軒詔神禹爾來懷寶但貪眠滿腹雷霆瘖不吐赤龍白虎戰明日是月丙辰明日庚寅倒卷黃河作飛雨嗟吾豈樂鬭兩雄有事徑須煩一怒

聞公擇過雲龍張山人輒往從之公擇有詩戲用其韻

我生固多憂肉食常苦墨軒然就一笑猶得好飲力聞君過雲龍對酒兩靜默急攜清歌女出郭及未昃一歡難力致邂逅有勝持喧蜂集晚花亂雀噪叢棘山人樂此耳寂寞誰時側何當求好人聊使治要襋使君自孤僨此理誰相直不如學養生一氣服千息

送李公擇

嗟余寡兄弟四海一子由故人雖云多出處不我謀弓車無停招逝去勢莫留僅存今幾人各在天一陬有如長庚月到曉爛不收宜我與夫子相好手足侔比年兩見之賓主更獻酬樂哉十日飲衎衎和不流論事到深夜僵仆鈴與騶頗嘗見使君有客如此不欲別不忍言慘慘集百憂念我野夫兄知名三十秋已得其爲人不待風馬牛他年林下見傾蓋如白頭

送筍芍藥與公擇二首

久客厭虜饌（蜀人謂東北人虜子）枵然思南烹故人知我意千里寄竹萌騈頭玉嬰兒一一脫錦繃庖人應未識旅人眼先明我家拙厨膳彘肉芼蕪菁送與江南客燒煮配香粳

今日忽不樂折盡園中花園中亦何有芍藥裊殘葩久旱復遭雨紛披亂泥沙不折亦安用折去還可嗟棄擲亮未能送與謫仙家還將一枝春插向兩髻丫

和孫莘老次韻

去國光陰春雪消還家蹤迹野雲飄功名正自妨行樂迎送纔堪博早朝雖去友朋親吏卒却辭讒謗得風謠今年我亦江東去不問繁雄與寂寥

游張山人園

壁間一軸煙蘿子盆裏千枝錦被堆慣與先生爲酒伴不嫌刺史亦顏開纖纖入麥黃花亂颯颯催詩白雨來聞道君家好井水歸軒乞得滿缾回

杜介熙熙堂

崎嶇世路最先回窈窕華堂手自開咄咄何曾書怪事熙熙長覺似春臺白砂碧玉味方永黃紙紅旗心已灰遙想閉門投轄飲鵾絃鐵撥響如雷

次韻答劉涇

吟詩莫作秋蟲聲天公怪汝鉤物情使汝未老華髮生芝蘭得雨蔚青青何用自燔以出馨細書千紙雜真行新音百變口如鶯異義蜂起弟子爭舌翻濤瀾卷齊城萬卷堆胸兀相撐以病爲樂子未驚我有至味非煎烹是中之樂吁難名綠槐如山闇廣庭飛蟲繞耳細而清敗席展轉臥見經亦自不嫌翠纖成意行信足無溝坑不識五郎呼作卿吏民哀我老不明相戒毋復煩鞭刑時臨泗水照星星微風不起鏡面平安得一舟如葉輕臥聞郵籤報水程蓴羹羊酪不須評一飽且救飢腸鳴

攜妓樂游張山人園

大杏金黃小麥熟墮巢乳鵲拳新竹故將俗物惱幽

人細馬紅粧滿山谷提壺勸酒意雖重杜鵑催歸聲更速酒闌人散却關門寂歷斜陽挂疎木

種德亭并敘

處士王復家於錢塘爲人多技能而醫尤精期於活人而已不志於利築室候潮門外治園圃作亭榭以與賢士大夫游惟恐不及然終無所求人徒知其接花藝果之勤而不知其所種者德也乃以名其亭而作詩以遺之

小圃傍城郭閉門芝朮香名隨市人隱德與佳木長元化善養性倉公多禁方所活不可數相逢旋相忘但喜賓客來置酒花滿堂我欲東南去再觀雙檜蒼山茶想出屋湖橘應過牆木老德亦熟吾言豈荒唐

文與可有詩見寄云待將一段鵝溪絹掃取寒梢萬尺長次韻答之

爲愛鵝溪白璽光掃殘雞距紫毫鋩世間那有千尋竹月落庭空影許長

聞辯才法師復歸上天竺以詩戲問

道人出山去山色如死灰白雲不解笑青松有餘哀忽聞道人歸鳥語山容開神光出寶髻法雨洗浮埃想見南北山花發前後臺寄聲問道人借禪以爲詼

何所聞而去何所見而回道人笑不答此意安在哉
昔年本不仕今者亦無來此語竟非是且食白楊梅

和子由送將官梁左藏仲通

雨足誰言春麥短城堅不怕秋濤卷日長惟有睡相宜半脫紗巾落紈扇芳草不鋤當戶長珍禽獨下無人見覺來身世都是夢坐久枕痕猶著面城西忽報故人來急掃風軒炊麥飯徐州所出伏波論兵初矍鑠中散談仙更清遠南都從事亦學道不卹腸空誇腦滿問羊他日到金華應許相將游閬苑黃初平之兄尋其弟於金華山

次韻秦觀秀才見贈秦與孫莘老李公擇甚熟將入京應舉

夜光明月非所投逢年遇合百無憂將軍百戰竟不侯伯郎一斗得涼州翹關負重君無力十年不入紛華域故人坐上見君文謂是古人吁莫測新詩說盡萬物情硬黃小字臨黃庭故人已去君未到空吟河畔草青青誰謂他鄉各異縣天遣君來破吾願一聞君語識君心短李髯孫眼中見江湖放浪久全真忽然一鳴驚倒人從橫所值無不可知君不怕新書新千金弊帚那堪換我亦淹留豈長筭山中既未決同

歸我聊爾耳君其漫

僕曩於長安陳漢卿家見吳道子畫佛碎爛可惜其後十餘年復見之於鮮于子駿家則已裝背完好子駿以見遺作詩謝之

貴人金多身復閑爭買書畫不計錢已將鐵石充逸少殷鐵石梁武帝時人今法帖大王書中有鐵石字更補朱繇爲道玄世所收吳畫多朱繇筆也煙熏屋漏裝玉軸鹿皮蒼壁知誰賢吳生畫佛本神授夢中化作飛空僊覺來落筆不經意神妙獨到秋毫顛我昔長安見此畫歎惜至寶空潸然素絲斷續不忍看已作胡蝶飛聯翩君能收拾爲補綴體質散落嗟神全志公髣髴見刀尺脩羅天女猶雄妍如觀老杜飛鳥句脫字欲補知無緣問君乞得良有意欲將俗眼爲洗湔貴人一見定羞怍錦囊千紙何足捐不須更用博麻縷付與一炬隨飛煙

雨中過舒教授

疎疎簾外竹瀏瀏竹間雨窗扉靜無塵几硯寒生霧美人樂幽獨有得緣無慕坐依蒲褐禪起聽風甌語客來淡無有灑掃涼冠屨濃茗洗積昏妙香淨浮慮歸來北堂闇一一微螢度此生憂患中一餉安閑處

飛鳶悔前笑黃犬悲晚悟自非陶靜節誰識此間趣

次韻舒教授寄李公擇

草書妙絕吾所兄真書小低猶抗行論文作詩俱不敵看君談笑收降旌去年逾月方出晝予去年留齊月餘爲君劇飲幾濡首今年過我雖少留寂寞陶潛方止酒此行公擇病酒多不飲別時流涕攬君須懸知此歡墮空虛松下從橫餘屐齒門前轣轆想君車恠君一身都是德近之清潤淪肌骨細思還有可恨時不許藍橋見傾國公擇有婢名雲英屢欲出不果

送鄭戶曹

水遶彭祖樓山圍戲馬臺古來豪傑地千歲有餘哀隆準飛上天重瞳亦成灰白門下呂布大星隕臨淮尚想劉德輿置酒此徘徊爾來苦寂寞廢圃多蒼苔河從百步響山到九里回山水自相激夜聲轉風雷蕩蕩清河壖黃樓我所開秋月墮城角春風搖酒杯遲君爲坐客新詩出瓊瑰樓成君已去人事固多乖他年君倦游白首賦歸來登樓一長嘯使君安在哉

次韻黃魯直見贈古風二首

佳穀臥風雨莨莠登我場陳前漫方丈玉食慘無光大哉天宇間美惡更臭香君看五六月飛蚊殷回廊

玆時不少假俛仰霜葉黃期君蟠桃枝千歲終一嘗
顧我如苦李全生依路傍紛紛不足愠悄悄徒自傷
空山學仙子妄意笙簫聲千金得奇藥開視皆豨苓
不知市人中自有安期生今君已度世坐閱霜中蔕
摩挲古銅人歲月不可計閱風安在哉要君相指似

次韻答舒教授觀余所藏墨

異時長笑王會稽野鶩膻腥汙刀几莫年却得庾安
西自厭家雞題六紙二子風流冠當代顧與兒童爭
愠喜秦王十八已龍飛嗜好晚將蚍蜉比我生百事
不挂眼時人繆說云工此世間有癖念誰無傾身障
簏尤堪鄙一生當著幾兩屐定心肯爲微物起此墨
足支三十年但恐風霜侵髮齒非人磨墨墨磨人缾
應未罄罍先恥逝將振衣歸故國數畝荒園自鋤理
作書寄君君莫笑但覓來禽與青李一螺點漆便有
餘萬竈燒松何處使君不見永寧第中擣龍麝列屋
閑居清且美倒暈連眉秀嶺浮雙鵶畫鬢香雲委時
聞五斛賜蛾綠不惜千金求獺髓聞君此詩當大笑
寒窗冷硯冰生水

送鄭戸曹賦席上果得榧子

彼美玉山果粲爲金盤實瘴霧脫蠻溪清樽奉佳客

客行何以贈一語當加璧祝君如此果德膏以自澤驅攘三彭仇已我心腹疾願君如此木凜凜傲霜雪斲爲君倚几滑淨不容削物微與不淺此贈毋輕擲

送胡掾

亂葉和凄雨投空如散絲流年一如此游子去何之節義古所重艱危方自茲他時著清德仍復畏人知

答仲屯田次韻

秋來不見渼陂岑千里詩盟忽重尋大木百圍生遠籟朱絃三嘆有遺音清風卷地收殘暑素月流天掃積陰欲遣何人賡絕唱滿堦桐葉候蟲吟

密州宋國博以詩見紀在郡雜詠次韻答之

吾觀二宋文字字照縑素淵源皆有考奇嶮或難句後來邈無繼嗣子其殆庶胡爲尚流落用舍真有數當時苟悅可慎勿笑杕杜斲窗誰赴救袖手良優裕山城辱吾繼缺短煩遮護昔年繆陳詩無人聊瓦注子今賡絕唱外重中已懼何當附家集擊壤追咸濩

答范祖禹

吾州下邑生劉季誰數區區張與李來詩有張僕射李臨淮之句重瞳遺迹已塵埃惟有黃樓臨泗水郡有廳事

俗謂之霸王廳相傳不可坐僕拆之以蓋黃樓而今太守老且寒俠氣不洗儒生酸猶勝白門窮呂布欲將鞍馬事曹瞞

次韻答王定國

每得君詩如得書宣心寫妙書不如眼前百種無不有知君一以詩驅除傳聞都下十日雨青泥沒馬街生魚舊雨來人今不來油然獨酌臥清虛堂名我雖作郡古云樂山川信美非吾廬願君不廢重九約念此衰冷勤呵噓

芙蓉城并敘

世傳王迥字子高與仙人周瑤英游芙蓉城元豐元年三月余始識子高問之信然乃作此詩極其情而歸之正亦變風止乎禮義之意也

芙蓉城中花冥冥誰其主者石與丁珠簾玉案翡翠屏雲舒霞卷千娉婷中有一人長眉青烱如微雲淡疎星往來三世空練形竟坐誤讀黃庭經天門夜開飛爽靈無復白日乘雲軿俗緣千劫磨不盡翠被冷落淒餘馨因過緱山朝帝廷夜聞笙簫弭節聽飄然而來誰使令皎如明月入牕櫺忽然而去不可執寒衾虛幌風泠泠仙宮洞房本不扃夢中同躡鳳凰翎

徑渡萬里如奔霆玉樓浮空聳亭亭天書雲篆誰所
銘遶樓飛步高齡蝡仙風鏘然韻流鈴蘧蘧形開如
酒醒芳卿寄謝空丁寧一朝覆水不返缾羅巾別淚
空熒熒春風花開秋葉零世間羅綺紛膻腥此生流
浪隨滄溟偶然相值兩浮萍願君收視觀三庭勿與
嘉穀生蝗螟從渠一念三千齡下作人間尹與邢

和鮮于子駿鄆州新堂月夜二首前次韻後不次

去歲游新堂春風雪消後池中半篙水池上千尺柳
佳人如桃李胡蝶入衫袖山川今何許疆野已分宿
歲月不可思駛若船放溜繁華真一夢寂寞兩榮朽
惟有當時月依然照杯酒應憐船上人坐穩不知漏

明月入華池反照池上堂堂中隱几人心與水月涼
風螢已無迹露草時有光起觀河漢流步屧響長廊
名都信繁會千指調絲簧先生病不飲童子爲燒香
獨作五字詩清絕如韋郎詩成月漸側皎皎兩相望

送將官梁左藏赴莫州

燕南垂趙北際其間不合大如礪至今父老哀公孫
烝土爲城鐵作門城中積穀三百萬猛士如雲驕不
戰一朝鼓角鳴地中帳下美人空掩面豈如千騎平

時來笑談聲欬生風雷葛巾羽扇紅塵靜投壺雅歌清燕開東方健兒娥虎樣泣涕懷思廉恥將彭城老守亦凄然不見君家雪兒唱

次韻子由送趙屼歸覲錢塘遂赴永嘉

歸舟轉河曲稍見楚山蒼候吏來迎客吳音已帶鄉言從謝康樂先獻魯靈光已擊三千里何須四十强風流半刺史清絶校書郎到郡詩成集尋溪水濺裳芒鞋隨採藥蠒紙記流觴海靜蛟鼉出山空草木長宦游無遠近民事要更嘗願子傳家法他年請尚方

中秋月三首

殷勤去年月瀲灔古城東憔悴去年人卧病破窗中徘徊巧相覓窈窕穿房櫳月豈知我病但見歌樓空撫枕三歎息扶杖起相從天風不相哀吹我落瓊宮白露入肝肺夜吟如秋蟲坐令太白豪化爲東野窮餘年知幾何佳月豈屢逢寒魚亦不睡竟夕相喚喁

六年逢此月五年照離別（中秋有月凡六年矣惟去歲與子由會於此）歌君別時曲滿坐爲凄咽留都信繁麗此會豈輕擲鎔銀百頃湖挂鏡千尋闕三更歌吹罷人影亂清樾歸來北堂下寒光翻露葉喚酒與婦飲念我向兒說豈知衰病後空盞對梨栗但見古河東蕎麥

如鋪雪欲和去年曲復恐心斷絶
舒子在汶上閉門相對清舒煥試舉人鄆州鄭子向河
朔鄭僅赴北京戸曹孤舟連夜行頓子雖咫尺兀如在
牢局頓起來徐試舉人趙子寄書來水調有餘聲今日得
趙杲卿書猶記余在東武中秋所作水調歌頭悠哉四子心共
此千里明明月不解老良辰難合并回顧坐上人聚
散如流萍嘗聞此宵月萬里同陰晴故人文生爲余言嘗
見海賈云中秋有月則是歲珠多而圓賈人常以此候之雖相去萬
里他日會合相問陰晴無不同者天公自著意此會那可輕
明年各相望俯仰今古情

中秋見月寄子瞻兄　子由

西風吹暑天益高明月耿耿分秋毫彭城閉門青嶂
合坐聽百步鳴飛濤史君攜客登燕子月色著人如
著水筵前不設鼓與鐘處處笛聲相應起浮雲卷盡
流金丸戲馬臺西山鬱蟠杯中淥酒一時盡衣上白
露三更寒扁舟明日浮古汴回首逡巡陵谷變河吞
巨野入長淮城沒黃流只三板明年築城城似山伐
木爲堤堤更堅黃樓未成河已退空有遺迹令人看
城頭看月應更好河流深處今生草子孫免被魚鼈
食歌舞聊寬史君老南都從事老更貧羞見青天月

照人飛鶴投籠不能出曾是彭城坐中客

和

明月未出羣山高瑞光千丈生白毫一杯未盡銀闕涌亂雲脫壞如崩濤誰爲天公洗眸子應費明河千斛水遂令冷看世間人照我湛然心不起西南火星如彈丸角尾奕奕蒼龍蟠今宵注眼看不見更許螢火爭清寒何人艤舟臨古汴千燈夜竹魚龍變曲折無心逐浪花低昂赴節隨歌板(是夜賈客舟中放水燈)青熒滅沒轉前山浪颭風迴豈復堅明月易低人易散歸來呼酒更重看堂前月色愈清好咽咽寒螿鳴露草卷簾推戶寂無人窗下咿啞惟楚老(近有一孫名楚)老南都從事莫羞貧對月題詩有幾人明朝人事隨日出怳然一夢瑤臺客

答王鞏(鞏將見過有詩自謂惡客戲之)

汴泗遶吾城城堅如削鐵中有李臨淮號令肝膽裂古來彭城守未省怕惡客惡客云是誰祥符相公孫是家豪逸生有種千金一擲頗黎盆連車載酒來不飲外酒嫌其村子有千餅酒我有萬株菊任子滿頭插團團見花不見目醉中插花歸花重壓折軸問客何所須客言我愛山青山自遶郭不要買山錢此外

有黄樓樓下一河水美哉洋洋乎可以療飢并洗耳
彭城之遊樂復樂客惡何如主人惡

次韻王定國馬上見寄

昨夜霜風入袷衣曉來病骨更支離踈狂似我人誰
顧坎軻憐君志未移但恨不攜桃葉女尚能來趁菊
花時南臺二謝無人繼直恐君詩勝義熙 二謝從宋武帝九日燕戲馬臺

與頓起孫勉泛舟探韻得未字

窗前堆梧桐牀下鳴絡緯佳人尺書到客子中夜喟
朝來一樽酒晤語聊自慰秋蠅已無聲霜蟹初有味
當爲壯士飲皆裂須磔蝟勿作兒女懷坐念蠨蛸畏
山城亦何有一笑瀉肝胃泛舟以娛君魚鼈多可饋
縱爲十日飲未遽主人費吾儕俱老矣耿耿知自貴
寧能傍門戶啼笑雜猩狒要將百篇詩一吐千丈氣
蕭條歲行莫迨此霜雪未明朝出城南遺迹觀楚魏
西風迫吹帽金菊亂如沸願君勿言歸輕別吾所諱

次韻答頓起二首

挽袖推腰踏破紳舊聞攜手上天門相逢應覺聲容
似欲話先驚歲月奔新學已皆從許子諸生猶自畏
何蕃殿廬直宿真如夢猶記憂時策萬言 頓君及第時

余爲殿後編排官見其答策語頗直其後與子由試舉人西京既罷同登嵩山絶頂嘗見其唱酬詩十餘首頗詩中及之

十二東秦比漢京去年古寺共題名去歲見之於青州早衰怪我遽如許苦學憐君大瘦生茆屋擬歸田二頃金丹終掃雪千莖何人更似蘇司業和遍新詩滿洛城

東坡集卷第九

東坡集卷第十

詩七十七首

九日黃樓作

去年重陽不可說南城夜半千漚發水穿城下作雷鳴泥滿城頭飛雨滑黃花白酒無人問日暮歸來洗鞾韈豈知還復有今年把琖對花容一呷莫嫌酒薄紅粉陋終勝泥中千柄鍤黃樓新成壁未乾青河已落霜初殺朝來白露如細雨南山不見千尋刹樓前便作海茫茫樓下空聞櫓鵶軋薄寒中人老可畏熱酒澆腸氣先壓煙消日出見漁村遠水鱗鱗山齾齾詩人猛士雜龍虎（坐客三十餘人多知名之士）楚舞吳歌亂鵝鴨一杯相屬君勿詞此境何殊泛清雲

太虛以黃樓賦見寄作詩爲謝

我在黃樓上欲作黃樓詩忽得故人書中有黃樓詞黃樓高十丈下建五丈旗楚山以爲城泗水以爲池我詩無傑句萬景驕莫隨夫子獨何妙雨雹散雷椎雄詞雜今古中有屈宋姿南山多磬石清滑如流脂朱蠟爲摹刻細妙分毫釐佳處未易識當有來者知

九日次韻王鞏

我醉欲眠君罷休已教從事到青州鬢霜饒我三千

文詩律輸君一百籌聞道郎君閉東閣且容老子上南樓相逢不用忙歸去明日黃花蝶也愁

送頓起

客路相逢難爲樂常不足臨行挽衫袖更賞折殘菊佳人亦何念淒斷陽關曲酒闌不忍去共接一寸燭留君終無窮歸駕不免促岱宗已在眼一往繼前躅天門四十里夜看扶桑浴回頭望彭城大海浮一粟故人在其下塵土相豗蹴惟有黃樓詩千古配淇澳

頓有詩記黃樓本末

送孫勉

昔年罷東武曾過北海縣白河翻雪浪黃土如烝麪桑麻冠東方一熟天下賤是時累飢饉常苦盜賊變每憐追胥官野宿風裂面君爲淮南秀文采照金殿

君嘗考中進士第一人

胡爲事奔走投筆腰羽箭更被髯將軍豪篇來督戰

其兄莘老以詩寄之皆言戰事

親程三郡士玉石不能衒欲知君得人失者亦稱善君才無不可要欲經百鍊吾詩堪咀嚼聊送別酒嚥

李思訓畫長江絕島圖

山蒼蒼江茫茫大孤小孤江中央崖崩路絕猿鳥去惟有喬木攙天長客舟何處來棹歌中流聲抑揚沙

平風軟望不到孤山久與船低昂峩峩兩煙鬟曉鏡開新粧舟中賈客莫漫狂小孤前年嫁彭郎

次韻答王鞏

我有方外客顏如瓊之英十年塵土窟一寸冰雪清朅來從我游坦率見真情顧我無足戀戀此山水清新詩如彈丸脫手不蹔停昨日放魚回衣巾滿浮萍今日扁舟去白酒載烏程山頭見月出江路聞鼉鳴莫作孺子歌滄浪濯吾纓吾詩自堪唱相子棹歌聲

張安道見示近詩

人物一衰謝微言難重尋殷勤永嘉末復聞正始音清談未足多感時意殊深少年有奇志欲和南風琴荒林蜩蚻亂廢沼蛙蟈淫遂欲掩兩耳臨文但噫瘖蕭然王郎子來自緱山陰（其壻王鞏攜來二）云見浮丘伯吹簫明月岑遺聲落淮泗蛟鼉爲悲吟顧公正王度祈招繼愔愔

次韻王鞏顏復同泛舟

沈郎清瘦不勝衣邊老便便帶十圍躞蹀身輕山上走讙呼船重醉中歸舞腰似雪金釵落談辯如雲玉麈麾憶在錢塘正如此回頭四十二年非

次韻張十七九日贈子由

千戈萬槊擁笓籬九日清樽豈復持是日南都敕使按兵官事無窮何日了菊花有信不吾欺逍遥瓊館真堪羨取次塵纓未可縻迨此暇時須痛飲他年長劍拄君頤

次韻王鞏獨眠

居士身心如槁木旅館孤眠體生粟誰能相思琢白玉服藥千朝償一宿天寒日短銀燈續欲往從之車脫軸何人吹斷參差竹泗水茫茫鴨頭綠

次韻王鞏留別

去國已八年故人今有誰當時交游内未數蔡克兒豈無知我者好爵半已縻爭爲東閣吏不顧北山移公子表獨立與世頗異馳不詞千里遠成此一段奇蛾眉亦可憐無奈思餅師無人伴客寢惟有支牀龜君歸與何人文字相娛嬉持此調張子一笑當脫頤

登雲龍山

醉中走上黄茆岡滿岡亂石如羣羊岡頭醉倒石作牀仰看白雲天茫茫歌聲落谷秋風長路人舉首東南望拍手大笑使君狂

次韻僧潛見贈

道人胸中水鏡清萬象起滅無逃形獨依古寺種秋

菊要伴騷人飡落英人間底處有南北紛紛鴻鴈何曾冥閉門坐穴一禪榻頭上歲月空崢嶸今年偶出爲求法欲與慧劍加礱硎雲衲新磨山水出霜髭不翦兒童驚公侯欲識不可得故知倚市無傾城秋風吹夢過淮水想見橘柚垂空庭故人各在天一角相望落落如晨星彭城老守何足顧棗林桑野相邀迎千山不憚荒店遠兩腳欲趁飛猱輕多生綺語磨不盡尚有宛轉詩人情猿吟鶴唳本無意不知下有行人行空堦夜雨自清絕誰使掩抑啼孤惸我欲仙山掇瑤草傾筐坐歎何時盈簿書鞭朴書填委煮茗燒栗宜宵征乞取摩尼照濁水共看落月金盆傾

次韻潛師放魚

法師說法臨泗水無數天花隨麈尾勸將淨業種西方莫待夢中呼起起哀哉若魚竟坐口遠愧知幾穆生醴況逢孟簡對盧仝不怕校人欺子產疲民尚作魚尾赤數罟未除吾顙泚法師自有衣中珠不用辛苦沙泥底

與舒教授張山人參寥師同遊戲馬臺書西軒壁兼簡顏長道二首

古寺長廊院院行此軒偏慰旅人情楚山西斷如迎

客汴水南來故遶城路失玉鈎芳草合林亡白鶴古
泉清淡游何以娛庠老坐聽郊原琢磬聲
竹杖芒鞋取次行下臨官道見人情天寒菽粟猶棲
畝日莫牛羊自入城沽酒獨教陶令醉題詩誰似皎
公清更尋陋巷顏夫子乞取微言繼此聲

滕縣時同年西園

人皆種榆柳坐待十畝陰我獨種松柏守此一寸心
君看閭里間盛衰日駸駸種木不種德聚散如飛禽
老時吾不識用意一何深知人得數士重義忘千金
西園手所開珍木來千岑養此霜雪根遲彼鸞鳳吟
池塘得流水龜魚自浮沉幽桂日夜長白花亂青衿
豈獨富草木子孫已成林拱把不知數會當出千尋
樊侯種梓漆壽張富華簪我作西園詩以為里人箴

次韻王廷老和張十七九日見寄

霜葉投空雀啅籬上樓筋力强扶持對花把酒未甘
老膏面染須聊自欺無事亦知君好飲多才終恐世
相縻請看平日銜杯口會有金椎為控頤

次韻參寥師寄秦太虛三絕句時秦君舉
進士不得

秦郎文字固超然漢武憑虛意欲仙底事秋來不得

解定中試與問諸天一尾追風抹萬蹄崑崙玄圃謂朝隮回看世上無伯樂却道鹽車勝月題得喪秋毫久已冥不須聞此氣崢嶸何妨却伴參寥子無數新詩咳唾成

與參寥師行園中得黃耳蕈

遺化何時取衆香法筵齋鉢久凄涼寒蔬病甲誰能採落葉空畦半已荒老楮忽生黃耳菌故人兼致白牙薑蕭然放筯東南去又入春山筍蕨鄉

百步洪二首并敘

王定國訪余於彭城一日棹小舟與顏長道攜盼英卿三子游泗水北上聖女山南下百步洪吹笛飲酒乘月而歸余時以事不得往夜着羽衣佇立於黃樓上相視而笑以爲李太白死世間無此樂三百餘年矣定國既去逾月復與參寥師放舟洪下追懷曩游已爲陳迹喟然而歎故作二詩一以遺參寥一以寄定國且示顏長道舒堯文邀同賦云

長洪斗落生跳波輕舟南下如投梭水師絕叫鳧雁起亂石一線爭磋磨有如兔走鷹隼落駿馬下注千丈坡斷絃離柱箭脫手飛電過隙珠翻荷四山眩轉

風掠耳但見流沫生千渦嶮中得樂雖一快何異水伯夸秋河我生乘化日夜逝坐覺一念逾新羅紛紛爭奪醉夢裏豈信荊棘埋銅駝覺來俯仰失千劫回視此水殊委蛇君看岸邊蒼石上古來篙眼如蜂窠但應此心無所住造物雖駃如余何回船上馬各歸去多言曉曉師所呵

佳人未肯回秋波幼輿欲語防飛梭輕舟弄水買一笑醉中蕩槳肩相磨不似長安閭里俠貂裘夜走燕脂坡獨將詩句擬鮑謝涉江共採秋江荷不知詩中道何語但覺兩頰生微渦我時羽服黃樓上坐見織女初斜河歸來笛聲滿山谷明月正照金叵羅奈何捨我入塵土擾擾毛羣欺臥駝不念空齋老病叟退食誰與同委蛇時來洪上看遺迹忍見屐齒青苔窠詩成不覺雙淚下悲吟相對惟羊何欲遣佳人寄錦字夜寒手冷無人呵

送參寥師

上人學苦空百念已灰冷劍頭惟一吷焦穀無新穎胡爲逐吾輩文字爭蔚炳新詩如玉雪出語便清警退之論草書萬事未嘗屏憂愁不平氣一寓筆所騁頗怪浮屠人視身如丘井頹然寄淡泊誰與發豪猛

細思乃不然眞巧非幻影欲令詩語妙無厭空且靜靜故了羣動空故納萬境閱世走人間觀身臥雲嶺鹹酸雜衆好中有至味永詩法不相妨此語當更請

夜過舒堯文戲作

先生堂前霜月苦弟子讀書喧兩廡推門入室書縱橫蠟紙燈籠晃雲母先生骨清少眠臥長夜默坐數更鼓耐寒石硯欲生冰得火銅缾如過雨郎君欲出先自贊坐客斂衽誰敢侮明朝阮籍過阿戎應作羲之羨懷祖

十月十五日觀月黃樓席上次韻

中秋天氣未應殊有用紅紗照坐隅山下白雲橫匹素水中明月臥浮圖未成短棹還三峽已約輕舟泛五湖爲問登臨好風景明年還憶使君無

答王定民

開緘奕奕滿銀鉤書尾題詩語更遒入法舊聞宗長史五言今復擬蘇州筆蹤好在留臺寺旗隊遙知到石溝欲寄鼠須幷蠒紙請君章草賦黃樓

次韻王廷老退居見寄二首

浪藥浮花不辨春歸來方識歲寒人回頭自笑風波地閉眼聊觀夢幻身北牖已安陶令榻西風還避庾

公塵更搔短髮東南望試問今誰裹舊巾
接果移花看補籬腰鎌手斧不妨持上都新事長先
到老圃閑談未易欺釀酒閉門開社甕殺牛留客解
耕縻何時得見纖纖玉右手持盃左捧頤
次顏長道韻送傅倅
兩見黃花掃落英南山山寺遍題名宗成不獨依岑
范魯衞終當似弟兄去歲雲濤浮汴泗與君泥土滿
衣纓如今別酒休詞醉試聽雙洪落後聲
雲龍山觀燒得雲字
丁女真水妃寒山便火耘隕霜知已殺培戶聽初焚
東緼方熠燿敲石俄氤氳落點甘泉烽橫煙楚塞氛
窮虵上喬木潛蛟躍浮雲驚飛墮傷雁狂走迷癡麏
谷蟄起蜩鷰山妖竄夔獖野竹爆哀聲幽桂飄冤芬
悲同秋照蟹快若夏燎蚊火牛入燕壘燧象奔吳軍
崩騰井陘口萬馬皆朱幘搖曳驪山陰諸姨爛紅裙
方隨長風卷忽值絕澗分我本山中人習見匪獨聞
偶從二三子來訪張隱君君家亦何有物象移朝曛
把酒看飛燼空庭落繽紛行觀農事起畦壠如纈紋
細兩發春穎嚴霜倒秋蕡始知一炬力洗盡狐兔羣
和田國博喜雪

疇昔月如晝曉來雲暗天玉花飛半夜翠浪舞明年螟螣無遺種流亡稍占田歲豐君不樂鍾磬幾時編（田有服不樂）

祈雪霧猪泉出城馬上作贈舒堯文

三年走吳越踏遍千重山朝隨白雲去莫與栖鴉還翩如得木狖飛步誰能攀一爲符竹累坐老敲搒閒此行亦何事聊散腰脚頑浩蕩城西南亂山如玦環山下野人家桑柘雜榛菅歲晏風日暖人牛相對閑薄雪不蓋土麥苗稀可刪願君發豪句嘲詼破天慳

次韻舒堯文祈雪霧猪泉

長笑蚍醫一寸腹銜冰吐雹何時足蒼鵝無罪亦可憐斬頸橫盤不敢哭豈知泉下有猪龍卧枕雷車踏陰軸前年太守爲旱請雨點隨人如撒菽（傳欽之會禱此泉得雨）太守歸國龍歸泉至今人詠淇園綠我今又復罹此旱凜凜疲民在溝瀆却尋舊迹叩神泉坐客仍攜王子淵（欽之時客惟舒在矣）看草中和樂職頌新聲妙語慰華顛曉來泉上東風急須上冰珠老蛟泣怪詞欲逼龍飛起嶮韻不量吾所及行看積雪厚埋牛誰與春工掀百蟄此時還復借君詩餘力汰輈仍貫笠揮毫落紙勿言疲驚龍再起震失匙

石炭并引

彭城舊無石炭元豐元年十二月始遣人訪獲於州之西南白土鎮之北以冶鐵作兵犀利勝常云

君不見前年雨雪行人斷城中居民風裂骨溼薪半束抱衾裯日莫敲門無處換豈料山中有遺寶磊落如豎萬車炭流膏迸液無人知陣陣腥風自吹散根苗一發浩無際萬人鼓舞千人看投泥潑水愈光明爍玉流金見精悍南山栗林漸可息北山頑鑛何勞鍛為君鑄作百煉刀要斬長鯨為萬段

人日獵城南會者十人以身輕一鳥過槍急萬人呼為韻軾得鳥字

兒童笑使君憂慍長悄悄誰拈白接䍦令跨金騕褭東風吹溼雪手冷怯清曉忽發兩鳴髇相趁飛蝱小放弓一長嘯目送孤鴻矯吟詩忘鞭轡不語頭自挑歸來仍脫粟鹽豉煮芹蓼何似雷將軍兩眼霜鶻皎黑頭已為將百戰意未了馬上倒銀缾得兔不暇燎少年負奇志蹭蹬百憂繞回首英雄人老死已不少青春還一夢餘年真過鳥莫上呼鷹臺平生笑劉表

將官雷勝得過字代作

胡騎入雲中急烽連夜過短刀穿虜陣濺血貂裘涴

一來輦轂下愁悶惟欲臥今朝從公獵稍覺天宇大一雙鐵絲箭未發手先唾射殺雪毛狐腰間餘一箇

臺頭寺步月得人字

風吹河漢掃微雲步屧中庭月趁人浥浥爐香初泛夜離離花影欲搖春遙知金闕同清景想見氈車輾暗塵回首舊游真是夢一簪華髮岸綸巾

臺頭寺送宋希元

相從傾蓋只今年送別南臺便黯然入夜更歌金縷曲他時莫忘角弓篇是日與宋君同栽松寺中三年不顧東鄰女取宋玉二頃方求負郭田取季子我欲歸休君未可茂先方議斵龍泉

種松得徠字其四在懷古堂其六在石經院

春風吹榆林亂英飛作堆荒園一雨過戢戢千萬栽青松種不生百株望一枚一枚已有餘氣壓千畝槐野人易斗粟云自魯徂徠魯人不知貴萬竈飛青煤束縛同一車胡爲乎來哉泫然解其縛清泉洗浮埃枝傷葉尚困生意未肯回山僧老無子養護如嬰孩坐待走龍蛇清陰滿南臺孤根裂山石直榦排風雷我今百日客養此千歲材時去替不百日伏苓無消息雙鬢日夜摧古今一俛仰作詩寄餘哀

作詩寄王晉卿忽憶前年寒食北城之游

走筆爲此詩

北城寒食煙火微落花胡蝶作團飛王孫出游樂忘
歸門前驄馬紫金鞿吹笙帳底煙霏霏行人舉頭誰
敢睎扣門狂客君不麾更遣傾城出翠幃書生老眼
省見稀畫圖但覺周昉肥別來春物已再菲西望不
見紅日圍何時東山歌采薇把琖一聽金縷衣

往在東武與人往反作粲字韻詩四首今

黄魯直亦次韻見寄復和答之

符堅破荆州止獲一人半中郎老不遇但喜識元歎
我今獨何幸文字厭奇玩又得天下才相從百憂散
陰求我輩人規作林泉伴寧當待垂老倉卒收一旦
不見梁伯鸞空對孟光案才難不其然婦女廁周亂
世豈無作者於我如既盥獨喜誦君詩咸韶音節緩
夜光一已多矧獲纍纍貫相思君欲瘦不往我真懦
吾儕眷微祿寒夜抱寸炭何時定相過徑就我乎館
飄然東南去江水清且暖相與訪名山微言師忍粲

雪齋杭僧法言作雪山於齋中

君不見峨眉山西雪千里北望城都如井底春風百
日吹不消五月行人如凍蟻紛紛市人爭奪中誰信

言公似贊公人間熱惱無處洗故向西齋作雪峯我夢扁舟適吳越長廊靜院燈如月開門不見人與牛惟見空庭滿山雪言有詩見寄云林下閑看水牯牛

以雙刀遺子由子由有詩次其韻

寶刀匣不見但見龍雀鐶何曾斬蛟蛇亦未切琅玕胡爲穿窬輩見之要領寒吾刀不汝問有愧在其肝念此乃自藏包之虎皮斑湛然如古井終歲不復瀾不憂無所用憂在用者難佩之非其人匣中自長歎我老衆所易屢遭非意干惟有王玄通堦庭秀芳蘭知子後必大故擇刀所便屠狗非不用一歲六七刓欲試百鍊剛要須更泥蟠作詩銘其背以待知者看

游桓山會者十人以春水滿四澤夏雲多奇峯爲韻得澤字

東郊欲尋春未見鸎花迹春風在流水鳧鴈先拍拍孤帆信溶漾弄此半篙碧艤舟桓山下長嘯理輕策彈琴石室中幽響清礫礫弔彼泉下人野火失枯腊悟此人間世何者爲真宅暮囘百步洪散坐洪上石愧我非王襄子淵肯見客臨流吹洞簫水月照連壁謂王氏兄弟也此歡眞不朽囘首歲月隔想象斜川游作詩繼彭澤

戴道士得四字代作

少小家江南寄迹方外士偶隨白雲出賣藥彭城市雪霜侵鬢髮塵壁上汙冠袂賴此三尺桐中有山水意自從夷夏亂七絲久已弃心知鹿鳴三不及胡琴四使君獨慕古嗜好與衆異共弔桓魋宫一灑孟嘗淚歸來鎖塵匣獨對斷絃喟挂名石壁間寂寞千歲事

次韻田國博部夫南京見寄二絶

歲月翩翩下坂輪歸來杏子已生仁深紅落盡東風惡柳絮榆錢不當春

火冷餳稀杏粥稠青裙縞袂餉田頭大夫行役家人怨應羨居鄉馬少游

月夜與客飲酒杏花下

杏花飛簾散餘春明月入戶尋幽人褰衣步月踏花影炯如流水涵青蘋花間置酒清香發爭挽長條落香雪山城薄酒不堪飲勸君且吸盃中月洞簫聲斷月明中惟憂月落酒杯空明朝卷地春風惡但見綠葉棲殘紅

送蜀人張師厚赴殿試二首

忘歸不覺鬢毛斑好事鄉人尚往還斷嶺不遮西望眼送君直過楚王山

雲龍山下試春衣放鶴亭前送落暉一色杏花三十里新郎君去馬如飛

再次韻答田國博部夫還二首

西郊黃土沒車輪滿面風埃笑路人已放役夫三萬指從教積雨洗殘春

枝上稀疎地上稠忍看紅糝落牆頭風流別乘多才思歸趁西園秉燭游

田國博見示石炭詩有鑄劍斬佞臣之句次韻答之

楚山鐵炭皆奇物知君欲斫姦邪窟屬鏤無眼不識人楚國何曾斬無極玉川狂直古遺民救月裁詩語最真千里妖蟇一寸鐵地上空愁蟣虱臣

答郡中同僚賀雨

水旱行十年飢疫遍九土奇窮所向惡歲歲祈晴雨雖非爲己求重請終愧古鬼神亦知我老病入腰膂何曾拜向人此意難不許垂雲凄已合微潤先流礎蕭蕭止還作坐聽及三鼓天明將吏集泥土滿靴屨登城望麰麥綠浪風掀舞愧我賢友生雄篇鬭新語君看大熟歲風雨占十五天地本無功祈禳何足數渡河不入境豈若無蝗虎而況刑白鵝下策君勿取

罷徐州往南京馬上走筆寄子由五首

吏民莫扳援歌管莫悽咽吾生如寄耳寧獨爲此別別離隨處有悲惱緣愛結而我本無恩此涕誰爲設紛紛等兒戲鞭鐙遭割截道邊雙石人幾見太守發有知當解笑撫掌冠纓絶

父老何自來花枝裹長紅洗琖拜馬前請壽使君公前年無使君魚鼈化兒童舉鞭謝父老正坐使君窮窮人命分惡所向招災凶水來非吾過去亦非吾功

古汴從西來迎我向南京東流入淮泗送我東南行暫別還復見依然有餘情春雨漲微波一夜到彭城過我黃樓下朱欄照飛甍可憐洪上石誰聽月中聲

前年過南京麥老櫻桃熟今來舊遊處櫻麥半黃綠歲月如宿昔人事幾反覆青衫老從事坐穩生髀肉聯翩閱三守迎送如轉轂歸耕何時決田舍我已卜

卜田向何許石佛山南路下有爾家川千畦種秔稌山泉宅龍蜃平地走膏乳異時畝一金近欲爲逃戶逝將解簪紱賣劍買牛具故山豈不懷廢宅生蒿櫓便恐桐鄉人長祠仲卿墓

次韻曹九章見贈

蘧瑗知非我所師流年已似手中蓍正平獨肯從文

舉中散何曾斬孝尼賣劍買牛真欲老得錢沽酒更無疑雞豚異日爲同社應有千篇唱和詩

書泗州孫景山西軒

落日明孤塔青山繞病身知君向西望不愧塔中人

過淮三首贈景山兼寄子由

好在長淮水十年三往來功名真已矣歸計亦悠哉今日風憐客平時浪作堆晚來洪澤口捍索響如雷

過淮山漸好松檜亦蒼然藹藹藏孤寺泠泠出細泉故人真吏隱小檻帶巖偏却望臨淮市東風語笑傳

回首濉陽幕簿書高沒人何時桐柏水一洗庾公塵此去漸佳境獨游長慘神待君詩百首來寫浙西春

舟中夜起

微風蕭蕭吹菰蒲開門看雨月滿湖舟人水鳥兩同夢大魚驚竄如奔狐夜深人物不相管我獨形影相嬉娛暗潮生渚弔寒蚓落月挂柳看懸蛛此生忽忽憂患裏清境過眼能須臾雞鳴鐘動百鳥散船頭擊鼓還相呼

余去金山五年而復至次舊詩韻贈寶覺長老

誰能斗酒博西涼但愛齋廚法豉香舊事真成一夢

過高談爲洗五年忙清風偶與山阿曲明月聊隨屋角方稽首願師憐久客直將歸路指茫茫

游惠山并敘

余昔爲錢塘倅往來無錫未嘗不至惠山既去五年復爲湖州與高郵秦太虛杭僧參寥同至覽唐處士王武陵竇羣朱宿所賦詩愛其語清簡蕭然有出塵之姿追用其韻各賦三首

夢裏五年過覺來雙鬢蒼還將塵土足一步漪瀾堂俯窺松桂影仰見鴻鶴翔炯然肝肺間已作冰玉光虛明中有色清淨自生香還從世俗去永與世俗忘

薄雲不遮山疏雨不溼人蕭蕭松徑滑策策芒鞋新嘉我二三子皎然無淄磷勝游豈殊昔清句仍絕塵弔古泣舊史疾讒歌小旻哀哉扶風子難與巢許鄰謂竇羣

敲火發山泉烹茶避林樾明牕傾紫盞色味兩奇絕吾生眠食耳一飽萬想滅頗笑玉川子飢弄三百月豈如山中人睡起山花發一甌誰與共門外無來轍

贈惠山僧惠表

行遍天涯意未闌將心到處遣人安山中老宿依然在案上楞嚴已不看欹枕落花餘幾片閉門新竹自

千竿客來茶罷空無有盧橘楊梅尚帶酸

贈錢道人

書生苦信書世事仍臆度不量力所負輕出千鈞諾當時一快意事過有餘怍不知幾州鐵鑄此一大錯我生涉憂患常恐長罪惡靜觀殊可喜脚淺猶容却而況錢夫子萬事初不作相逢更何言無病亦無藥

與秦太虛參寥會于松江而關彥長徐安中適至分韻得風字二首

吳越溪山興未窮又扶衰病過垂虹浮天自古東南水送客今朝西北風絕境自忘千里遠勝游難復五人同舟師不會留連意擬看斜陽萬頃紅

二子緣詩老更窮人間無處吐長虹平生睡足連江雨盡日舟橫擘岸風人笑年來三黜慣天教我輩一樽同知君欲寫長相憶更送銀盤尾鬣紅

次韻關令送魚

舉網驚呼得巨魚饞涎不易忍流酥更煩赤脚長須老來趁西風十幅蒲

東坡集卷第十

東坡集卷第十一

詩七十二首

次韻秦太虛見戲耳聾

君不見詩人借車無可載留得一錢何足賴晚年更似杜陵翁右臂雖存耳先聵人將蟻動作牛鬬我覺風雷真一噫聞塵掃盡根性空不須更枕清流派大朴初散失混沌六鑿相攘更勝敗眼花亂墜酒生風口業不停詩有債君知五蘊皆是賊人生一病今生差但恐此心終未了不見不聞還是礙今君疑我特佯聾故作嘲詩窮嶮怪須防額癢出三耳莫放筆端風雨快

端午遍遊諸寺得禪字

肩輿任所適遇勝輒留連焚香引幽步酌茗開淨筵微雨止還作小窗幽更妍盆山不見日草木自蒼然忽登最高塔眼界窮大千卞峯照城郭震澤浮雲天深沉既可喜曠蕩亦所便幽尋未云畢墟落生晚煙歸來記所歷耿耿清不眠道人亦未寢孤燈同夜禪

送劉寺丞赴餘姚

中和堂後石楠樹與君對牀聽夜雨玉笙哀怨不逢人但見香煙橫碧縷謳吟思歸出無計坐想蟋蟀空

房語明朝開鏁放觀潮豪氣正與潮爭怒銀山動地君不看獨愛清香生雪霧别來聚散如宿昔城郭空存鶴飛去我老人間萬事休君亦洗心從佛祖手香新寫法界觀眼淨不覷登伽女餘姚古縣亦何有龍井白泉甘勝乳千金買斷顧渚春似與越人降日注

李公擇過高郵見施大夫與孫莘老賞花詩憶與僕去歲會于彭門折花餽筍故事作詩二十四韻見戲依韻奉答亦以一戲公擇云爾

汝陽真天人絹帽著紅槿纏頭三百萬不買一微哂共誇青山峯曲盡花不隕當時謫仙人逸韻謝封畛詩成天一笑萬象解寒窘驚開小桃杏不待雷發軫餘波尚涓滴乞與居易稹爾來誰復見前輩風流盡寂寞兩詩人殘紅對櫻筍飢腸得一醉妙語傳不泯君來恨不與去更復相牽引我老心已灰空煩扇餘燼天遊照六鑿虛室掃充牣懸知色竟空那復嗜烏吻蕭然一方丈居士老龐蘊散花從滿裓不答天女問故人猶故目怨句寫餘恨疑我此心在遮防費欄楯應虞已斃蚍折尾時一蠢仄聞孟光賢未學處仲忍開閤放出事見本傳寄招應已足左右侍雲鬟何時花

月夜羊酒謝不敏此生如幻耳戲語君勿慍應同七是公一對子虛听

王鞏清虛堂

清虛堂裏王居士閉眼觀身如止水水中照見萬象空敢問堂中誰隱几吳興太守老且病堆案滿前長渴睡願君勿笑反自觀夢幻去來殊未已長疑安石恐不免未信犀首終無事勿將一念住淸虛居士與我蓋同耳

和孫同年卞山龍洞禱晴

吳興連月雨釜甑生魚蛙往問卞山龍曷不安厥家梯空上巉絕俯視驚谽谺神井湧雲蓋陰崖垂蘚花交流百道泉赴谷走羣蛇不知落何處隱隱如繅車我來叩石戶飛鼠翻白鴉寄語洞中龍睡味豈不嘉雨師少弭節雷師亦停檛積水得反壑稻苗出泥沙農夫免菜色龍亦飽豚豭看君擁黃紬高臥放晚衙

乘舟過賈收水閣收不在見其子三首

愛酒陶元亮能詩張志和靑山來水檻白雨滿漁蓑淚垢添丁面貧低舉案蛾不知何所樂竟夕獨酣歌
嬋嬋風蒲亂猗猗水荇長小舟浮鴨綠大杓瀉鵝黃得意詩酒社終身魚稻鄉樂哉無一事何處不淸涼

曳杖青苔岸繫艇枯柳根德公方上冢季路獨留言已占蒲魚港更開松菊園從茲來往數兒女自譍門

次韻孫祕丞見贈

感慨清哀似變風老於詩句耳偏聰迂疎自笑成何事冷淡誰能用許功不怕飛蚊如立豹肯隨白鳥過垂虹吟哦相對忘三伏擬泛冰溪入雪宮湖州多蚊豹腳有毒垂虹吳江亭名

與客遊道場何山得鳥字

清溪到山盡飛路盤空小紅亭與白塔隱見喬木杪中休得小庵孤絕寄雲表洞庭在北戶雲水天渺渺庵僧俗緣盡淨業洗未了十年畫鵲竹益以詩自繞高堂儼像設禪室各深窈奔泉何處來華屋過溪沼何山隔幽谷去路清且悄長松度翠蔓絕壁掛啼鳥我友自杭來尚歎所歷少歸塗風雨作一洗紅日燎俄驚萬竅號黑霧卷蓬蓼舟人紛變色坐羨輕鷗矯我獨換酒杯醉死勝流殍書生例強很造物空煩擾更將掀舞勢把燭畫風篠美人爲破顏正似腰支嫋明朝便陳迹清景墮空杳作詩記餘歡萬古一昏曉

僕去杭五年吳中仍歲大飢疫故人往往逝去聞湖上僧舍不復往日繁麗獨淨慈

本長老學者益盛作此詩寄之

來往三吳一夢間故人半作冢纍然獨依舊社傳真法要與遺民度厄年趙叟近聞還印綬竺翁先已返林泉何時杖策相隨去任性逍遙不學禪

舶趠風并引

吳中梅雨既過颯然清風彌旬歲歲如此湖人謂之舶趠風是時海舶初回云此風自海上與舶俱至云爾

三旬已過梅黃雨萬里初來舶趠風幾處縈回度山曲一時清駃滿江東驚飄蔌蔌先秋葉喚醒昏昏嗜睡翁欲作蘭臺快哉賦却嫌分別問雌雄

丁公默送蝤蛑

溪邊石蟹小如錢喜見輪囷赤玉盤半殼含黃宜點酒兩螯斫雪勸加飡蠻珍海錯聞名久怪雨腥風入座寒堪笑吳興饞太守一詩換得兩尖團

送孫著作赴考城兼寄錢醇老李邦直二君於孫處有書見及

使君閑如雲欲出誰肯伴清風獨無事一嘯亦可喚來從白蘋洲吹我明月觀門前遠行客青衫流白汗問子何忽忽王事不可緩故人錢與李清廟兩圭瓚

蔚爲萬乘器尚記溝中斷子亦東南珍價重不可算
別情何以慰酒盡對空案惟持一榻涼勸子巾少岸
此風那復有塵土飛灰炭欲寄二大夫發發不可絆

泛舟城南會者五人分韻賦詩得人皆苦炎字四首

城中樓閣似魚鱗不見清風起白蘋試選苕溪最深處仍呼我輩不羈人窺船野鶴何曾下見燭飛蟲空自馴遶郭荷花一千頃誰知六月下塘春

苦熱誠知處處皆何當危坐學心齋海鰲要共詩人把溪月行遭霧雨霾鄉國飄零斷書信弟兄流落隔江淮便應築室苕溪上荷葉遮門水浸堦

紫蟹鱸魚賤如土得錢相付何曾數碧筩時作象鼻彎白酒微帶荷心苦運肘風生看斫膾隨刀雪落驚飛縷不將醉語作新詩飽食應慚腹如鼓

橋上游人夜未厭共依水檻立風簷樓中煮酒初嘗芡月下新粧半出簾南郭清游繼顏謝北窗歸臥等羲炎人間寒熱無窮事自笑疎頑不受痁

次韻李公擇梅花

詩人固長貧日午飢未動偶然得一飽萬象困嘲弄
尋花不論命愛雪長忍凍天公非不憐聽飽即喧閧

珍倣宋版印

君爲三郡守所至滿賓從江湖常在眼詩酒事豪縱奉使今折磨清比於陵仲永懷茶山下攜妓脩春貢更憶檻泉亭插花雲髻重蕭然臥灊麓愁聽春禽哢忽見早梅花不飲但孤諷詩成獨寄我字字愈頭痛嗟君本侍臣筆橐從上雍脫鞾吟芍藥給札賦雲夢何人慰流落嘉蘤天爲種杯傾笛中吟帽拂果下鞚感時志羈旅此意吾儕共故山亦何有桐花集么鳳君亦憶匡廬歸掃藏書洞何當種此花各抱漢陰甕

送淵師歸徑山

我昔嘗爲徑山客至今詩筆餘山色師住此山三十年妙語應須得山骨溪城六月水雲蒸飛蚊猛捷如花鷹羨師方丈冰雪冷蘭膏不動長明燈山中故人知我至爭來問訊今何似爲言百事不如人兩眼猶能書細字徑山夏無蚊余舊詩云問龍乞水歸洗眼欲看細字消殘年

送表忠觀錢道士歸杭

先王舊德在民心著令稱忠上意深墮淚行看會祠下挂名爭欲刻碑陰凄涼破屋塵凝座憔悴雲孫雪滿簪未信諸豪容郭解卻從他縣施千金

次韻周開祖長官見寄

俯仰東西閱數州老於岐路豈伶優初聞父老推謝
令旋見兒童迎細侯政拙年年祈水旱民勞處處避
嘲謳河吞巨野那容塞盜入蒙山不易搜仕道固應
慚孔孟扶顛未可責求由漸謀田舍猶懷祿未脫風
濤且傍洲罔罔可憐眞喪狗時時相觸是虛舟揭來
震澤都如夢只有苕溪可倚樓齋釀酸甜如蜜水樂
工零落似風甌遠思顏柳弁諸謝近憶張子野陳令舉
與老劉孝叔風定軒窗飛豹腳雨餘欄檻上蝸牛舊
遊到處皆蒼蘚同甲惟君尚黑頭憶昔湖山共尋勝
相逢杯酒兩忘憂醉看梅雪清香過夜棹風船駭汗
流百首共成山上集三人俱作月中遊海南未起垂
天翼澗底仍依徑寸麻已許秋風歸過我預憂詩筆
老難醻此生歲月行飄忽晚節功名亦繆悠犀首正
緣無事飲馮驩應為有魚留從今便踏青州麴薄酒
知君笑督郵

林子中以詩寄文與可及余與可既沒追

和其韻

斯人所甚厭投畀每不受欲其少須臾奪去惟恐後
云誰尸此職無乃亦假守賦才有巨細無異斛與斗
胡不安其分但聽物所誘時來各飛動意合無妍醜

坐令雞棲車長載朱伯厚平生無一旅既死咤萬口自聞與可亡胸臆生堆阜懸知臨絕意要我一執手相望五百里安得自其牖遺文付來哲後事待諸友伶俜嵇紹孤老病孟光偶世人賤目見爭咲千金帚君詩與楚詞識者當有取但知愛墨竹此歎吾已久故人多厚祿能復哀君否不見林與蘇飢寒自奔走

與王郎昆仲及兒子邁遶城觀荷花登峴山亭晚入飛英寺分韻得月明星稀四首

昨夜雨鳴渠曉來風襲月蕭然欲秋意溪水清可啜環城三十里處處皆佳絕蒲蓮浩如海時見舟一葉此間真避世青蒻低白髮相逢欲相問已逐驚鷗沒

清風定向物可愛不可名所至如君子草木有嘉聲我行本無事孤舟任斜橫中流自偃仰適與風相迎舉杯屬浩渺樂此兩無情歸來兩溪間雲水夜自明

苕水如漢水鱗鱗鴨頭青吳興勝襄陽萬瓦浮青溟我非羊叔子愧此峴山亭悲傷意則同歲月如流星從我兩王子高鴻插脩翎湛輩何足道當以德自銘

吏民憐我懶鬬訟日已稀能爲無事飲可作不夜歸復尋飛英游盡此一寸暉撞鐘履聲集顛倒雲山衣我來無時節杖屨自推扉莫作使君看外似中已非

城南縣尉水亭得長字

兩尉鬱相望東南百步場插旗蒲柳市伐鼓水雲鄉已作觀魚檻仍開射鴨堂全家依畫舫極目亂紅粧瀲瀲波頭細疎疎雨脚長我來閑濯足溪漲欲浮牀澤國山圍裏孤城水影傍欲知歸路處葦外記風檣

與胡祠部游法華山

陂湖欲盡山爲界始見寒泉落高派道人未放泉出山曲折虛堂瀉清快使君年老尚兒戲綠棹紅船舞澎湃一笑翻杯水濺裙餘懽濯足波生階長松攙天龍起立蒼藤倒谷雲崩壞仰穿蒙密得清曠一覽震澤吁可怪誰云四萬八千頃渺渺東盡日所曬歸塗千里盡風荷清唱一聲聞露薤是日樂工有作此聲者嗟余少小慕真隱白髮青衫天所械忽逢佳士與名山何異枯楊便馬疥君猶鸞鶴偶飄墮六翮如雲豈長鎩不將新句紀茲遊恐負山中清淨債

又次前韻贈賈耘老

具區呑滅三州界浩浩湯湯納千派從來不著萬斛船只許漁舟恣奔快仙壇古洞不可到空聽餘瀾鳴湃湃今朝偶上法華嶺縱觀始覺人寰隘山頭卧碣弔孤冢下有至人僵不壞空餘白棘網秋蟲無復青

蓮出幽怪事見本院碑 我來徒倚長松下欲掘伏苓親洗晒聞道山中富奇藥往往靈芝雜葵莚詩人空腹待黃精三事只看長柄械 杜子美詩云長鑱短鑱白木柄我生託子以爲命 今年大熟期一飽食葉微蟲真癬疥 耘云今歲有小蟲食根葉不甚爲害 白花半落紫穟香攘臂欲助磨鎌鍛安得山泉變春酒與子一洗尋常債

趙閱道高齋

見公奔走謂公勞聞公隱退云公高公心底處有高下夢幻去來隨所遭不知高齋竟何義此名之設緣吾曹公年四十已得道俗緣未盡餘伊皐功名富貴俱逆旅黃金知繫何人袍超然已了一大事挂冠而去真秋毫坐看猿猱落罝罔兩手未肯置所操乃知賢達與愚陋豈直相去九牛毛長松百尺不自覺企而羨者蓬與蒿我欲贏粮往問道未應舉臂辭盧敖

送俞節推 尚之子〻尚字退翁

吳興有君子淡如朱絲琴一唱三太息至今有遺音嗟余與夫子相避如辰參 退翁官于蜀余在京師余歸而退翁去及余官於吳興則退翁亡矣 猶喜見諸郎窈然清且深異時多良士末路喪初心我生不有命其肯枉尺尋

次韻答孫侔

十年身不到朝廷欲伴騷人賦落英但得低頭拜東野不詞中路伺淵明艤舟茗霅人安在卜築江淮計已成千里論交一言足與君蓋亦不須傾

重寄一首

凜然高節照時人不信微官解浼君蔣濟謂能來阮籍薛宣真欲吏朱雲好詩衝口誰能擇俗子疑人未遣聞乞取千篇看俊逸不將輕比鮑參軍

次韻和劉貢甫登黃樓見寄幷寄子由二首

情派連淮上黃樓冠海隅此詩尤偉麗夫子計魁梧劉爲人短小世俗輕瑚璉巾箱襲碔砆坐令乘傳遽奔走爲儲須邂逅我已失登臨誰與俱貧貪倉氏粟身聽冶家爐會合難前定歸休試後圖腴田未可買窮鬼却須呼本欲買田於泗上近已不遂矣二水何年到雙洪不受艫至今清夜夢飛鑾策天吳此詩寄劉

與子皆去國千年天一隅數奇逢惡歲計拙集枯梧好士餘劉表窮交憶灌夫不矜持漢節猶許攬桓須清句金絲合高樓雪月俱吟哦出新意指畫想前橅子由初赴南京送之出東門登城上覽山川之勝云此地可作樓觀

於是始有改築之意自寫千言賦新裁六幅圖近以絹自寫子由黃樓賦爲六幅圖甚妙傳看一坐聳勸著尺書呼莫使騷人怨東游不到吳此詩寄子由

陳州與文郎逸民飲別攜手河堤上作此詩

白酒無聲滑瀉油醉行堤上散吾愁春風料峭羊角轉河水渺綿瓜蔓流君已思歸夢巴峽我能未到說黃州此生聚散何窮已未忍悲歌學楚囚

子由自南都來陳三日而別

夫子自逐客向能哀楚囚奔馳二百里徑來寬我憂相逢知有得道眼清不流別來未一年落盡驕氣浮嗟我晚聞道款啓如孫休至言雖久服放心不自收悟彼善知識妙藥應所投納之憂患場磨以百日愁冥頑雖難化鑴發亦已周平時種種心次第去莫留但餘無所遠永與夫子遊此別何足道大江東西州畏虵不下榻睡足吾無求便爲齊安民何必歸故丘

正月十八日蔡州道上遇雪次子由韻二首

蘭菊有生意微陽回千根方憂集暮雪復喜迎朝暾憶我故居室浮光動南軒松竹半傾瀉未數葵與萱

三徑瑤草合一缾井花温至今行吟處向餘履舄痕一朝出從仕永愧李仲元晚歲益可羞犯雪方南奔山城買廢圃槁葉手自掀長使齊安人指說故侯園鉛膏染髭須旋露霜雪根不如閉目坐丹府夜自暾誰知憂患中方寸寓羲軒大雪從壓屋我非兒女萱平生學踵息坐覺兩蹬温下馬作雪詩滿地鞭箠痕佇立望原野悲歌爲黎元道逢射獵子遙指狐兔奔蹤跡尚可尋窟穴何足掀寄謝李丞相吾將反丘園

過新息留示鄉人任師中 任時知瀘州亦坐事對獄

昔年嘗羨任夫子卜居新息臨淮水怪君便爾忘故鄉稻熟魚肥信清美竹陂鴈起天爲黑 小竹陂在縣北 桐柏煙橫山半紫 桐柏廟在縣南 知君坐受兒女困悔不先歸弄清泚塵埃我亦失收身此行蹭蹬尤可鄙寄食方將依白足附書未免煩黃耳往雖不及來有年詔恩儻許歸田里却下關山入蔡州爲買烏犍三百尾 黃州出水牛

過淮

朝離新息縣初亂一水碧莫宿淮南村已渡千山赤麏鼯號古戍霧雨暗破驛回頭梁楚郊永與中原隔

黃州在何許想像雲夢澤吾生如寄耳初不擇所適但有魚與稻生理已自畢獨喜小兒子少小事安佚相從艱難中肝肺如鐵石便應與晤語何止寄衰疾時家在子由處獨與兒子邁南來

書睿公詩後并序

過加祿鎮南二十五里大許店休焉于逆旅祁宗祥家見壁上有幅紙題詩云滿院秋光濃欲滴老僧倚杖青松側只怪高聲問不譍瞋余踏破蒼苔色其後題云滏水僧寶睿宗祥謂余此光黃間狂僧也年百三十死於熙寧十年既死人有見之者宗祥言其異事甚多作是詩以識之睿公本名清戒俗謂之戒和尚云

睿公昔未化來往淮山曲壽逾兩甲子氣壓諸尊宿但嗟濁惡世不受龍象蹴我來不及見悵望空遺躅霜顱隱白毫鎖骨埋青玉皆云似達磨隻履還天竺壁間餘清詩字勢頗拔俗爲吟五字偈一洗凡眼肉

游淨居寺并序

寺在光山縣南四十里大蘇山之南小蘇山之北寺僧居仁爲余言齊天保中僧思惠過此見父老問其姓曰蘇氏又得二山名乃歎曰吾師告我遇三蘇則

住遂留結庵而父老竟無有蓋山神也其後僧智顗見思於此山而得法焉則世所謂思大和尚智者大師是也唐神龍中道岸禪師始建寺於其地廣明庚子之亂寺廢於兵火至乾興中乃復而賜名曰梵天云

十載游名山自製山中衣願言畢婚嫁攜手老翠微不悟俗緣在失身蹈危機刑名非夙學陷穽損積威遂恐死生隔永與雲山違今日復何日芒鞋自輕飛稽首兩足尊舉頭雙涕揮靈山會未散八部猶光輝願從二聖往一洗千劫非裴回竹溪月空翠搖煙霏鐘聲自送客出谷猶依依回首吾家山歲晚將焉歸

梅花二首

春來幽谷水潺潺的皪梅花草棘間一夜東風吹石裂半隨飛雪渡關山

何人把酒慰深幽開自無聊落更愁幸有清溪三百曲不辭相送到黃州

戲作種松

我昔少年日種松滿東岡初移一寸根瑣細如插秧二年黃茅下一一攢麥芒三年出蓬艾滿山散牛羊不見十餘年想作龍蛇長夜風波浪碎朝露珠璣香

我欲食其膏已伐百本桑（煮松脂法用桑柴灰水）人事多乖迕神藥竟渺茫竭來齊安野夾路須髯蒼會開鑱蚍蜉不惜斤斧瘡縱未得伏苓且當拾流肪釜盎百出入皎然散飛霜槁死三彭仇梁換五谷腸青骨凝綠髓丹田發幽光白髮何足道要使雙瞳方却後五百年騎鶴還故鄉

萬松亭（并敘）

麻城縣令張毅植萬松於道周以芘行者且以名其亭去未十年而松之存者十不及三四傷來者之不嗣其意也故作是詩

十年栽種百年規好德無人助我儀（古語云一年之計樹之以穀十年之計樹之以木百年之計樹之以德）縣令若同倉庾氏亭松應長子孫枝天公不救斧斤厄野火解憐冰雪姿爲問幾株能合抱殷勤記取角弓詩

張先生（并敘）

先生不知其名黃州故縣人本姓盧爲張氏所養陽狂垢汙寒暑不能侵常獨行市中夜或不知其所止往來者欲見之多不能致余試使人召之欣然而來既至立而不言與之言不應使之坐不可但俯仰熟視傳舍堂中久之而去夫孰非傳舍者是中竟何有

平然余以有思惟心追躡其意蓋未得也

熟視空堂竟不言故應知我未天全肯來傳舍人皆說能致先生予亦賢脫屣不妨眠糞屋流澌爭看浴氷川士廉豈識桃椎妙妄意稱量未必然

陳季常所畜朱陳村嫁娶圖

何年顧陸丹青手畫作朱陳嫁娶圖聞道一村惟兩姓不將門戶買崔盧

我是朱陳舊使君勸耕曾入杏花村而今風物那堪畫縣吏催錢夜打門朱陳村在徐州蕭縣

少年時嘗過一村院見壁上有詩云夜涼疑有雨院靜似無僧不知何人詩也宿黃州禪智寺寺僧皆不在夜半雨作偶記此詩故作一絕

佛燈漸暗飢鼠出山雨忽來脩竹鳴知是何人舊詩句已應知我此時情

初到黃州

自笑平生爲口忙老來事業轉荒唐長江遶郭知魚美好竹連山覺筍香逐客不妨員外置詩人例作水曹郎只慚無補絲毫事尚費官家壓酒囊檢校官例折支多得退酒袋

定惠院寓居月夜偶出

幽人無事不出門偶逐東風轉良夜參差玉宇飛木末繚繞香煙來月下江雲有態清自媚竹露無聲浩如瀉已驚弱柳萬絲垂尚有殘梅一枝亞清詩獨吟還自和白酒已盡誰能借不詞青春忽忽過但恐懽意年年謝自知醉耳愛松風會揀霜林結茅舍浮浮大甑長炊玉溜溜小槽如壓蔗飲中真味老更濃醉裏狂言醒可怕但當謝客對妻子倒冠落佩從嘲罵

次韻前篇

去年花落在徐州對月酣歌美清夜去年徐州花下對月與張君厚王子立兄弟飲酒作蘋字韻詩今年黃州見花發小院閉門風露下萬事如花不可期餘年似酒那禁瀉憶昔還鄉泝巴峽落帆樊口在黃州南岸高桅亞長江衮衮空自流白髮紛紛寧少借竟無五畝繼沮溺空有千篇陵鮑謝至今歸計負雲山未免孤衾眠客舍少年辛苦真食蓼老景清閑如啖蔗飢寒未至且安居憂患已空猶夢怕穿花踏月飲村酒免使醉歸官長罵

安國寺浴

老來百事懶身垢猶念浴衰髮不到耳尚煩月一沐

山城足薪炭煙霧濛湯谷塵垢能幾何翛然脫羈梏披衣坐小閣散髮臨脩竹心困萬緣空身安一牀足豈惟忘淨穢兼以洗榮辱默歸無多談此理觀要熟

安國寺尋春

臥聞百舌呼春風起尋花柳村村同城南古寺脩竹合小房曲檻攲深紅看花歎老憶年少對酒思家愁老翁病眼不羞雲母亂鬢絲强理茶煙中遙知二月王城外玉仙洪福花如海薄羅匀霧蓋新粧快馬爭風鳴雜珮玉川先生真可憐一生耽酒終無錢病過春風九十日獨抱添丁看花發

寓居定惠院之東雜花滿山有海棠一株土人不知貴也

江城地瘴蕃草木只有名花苦幽獨嫣然一笑竹籬間桃李漫山總麤俗也知造物有深意故遣佳人在空谷自然富貴出天姿不待金盤薦華屋朱唇得酒暈生臉翠袖卷紗紅映肉林深霧暗曉光遲日暖風輕春睡足雨中有淚亦淒愴月下無人更清淑先生食飽無一事散步逍遙自捫腹不問人家與僧舍拄杖敲門看脩竹忽逢絕豔照衰朽歎息無言揩病目陋邦何處得此花無乃好事移西蜀寸根千里不易

到衙子飛來定鴻鵠天涯流落俱可念為飲一樽歌此曲明朝酒醒還獨來雪落紛紛那忍觸

次韻樂著作野步

老來幾不辨西東秋後霜林且強紅眼暈見花真是病耳虛聞蟻定非聰酒醒不覺春強半睡起常驚日過中植杖偶逢為黍客披衣閑詠舞雩風仰看落蕊收松粉俯見新芽摘杞叢楚雨還昏雲夢澤吳潮不到武昌宮（黃州對岸武昌縣有孫權故宮）廢興古郡詩無數寂寞閑窗易粗通解組歸來成二老風流他日與君同

二月二十六日雨中熟睡至晚強起出門還作此詩意思殊昏昏也

卯酒困三杯午飡便一肉雨聲來不斷睡味清且熟昏昏覺還臥展轉無由足強起出門行孤夢猶可續泥深竹雞語村暗鳩婦哭明朝看此詩睡語應難讀

雨晴後步至四望亭下魚池上遂自乾明寺前東岡上歸二首

雨過浮萍合蛙聲滿四鄰海棠真一夢梅子欲嘗新拄杖閑挑菜鞦韆不見人慇勤木芍藥獨自殿餘春

高亭廢已久下有種魚塘暮色千山入春風百草香

市橋人寂寂古寺竹蒼蒼鸛鶴來何處號鳴滿夕陽

雨中看牡丹三首

霧雨不成點映空疑有無時於花上見的皪走明珠秀色洗紅粉暗香生雪膚黃昏更蕭瑟頭重欲相扶

明日雨當止晨光在松枝清寒入花骨肅肅初自持午景發穠麗一笑當及時依然暮還斂亦自惜幽姿

幽姿不可惜後日東風起酒醒何所見金粉抱青子千花與百草共盡無妍鄙未忍汙泥沙牛酥煎落蕊

次韻樂著作送酒

少年多病怯盃觴老去方知此味長萬斛羈愁都似雪一壺春酒若爲湯

次韻樂著作天慶觀醮

濁世紛紛肯下臨夢尋飛步五雲深無因上到通明殿只許微聞玉佩音

王齊萬秀才寓居武昌縣劉郎洑正與伍洲相對伍子胥奔吳所從渡江也

君家稻田冠西蜀擣玉揚珠三萬斛塞江流柹起書樓碧瓦珠欄照山谷傾家取樂不論命散盡黃金如轉燭惟餘舊書一百車方舟載入荆江曲江上青山亦何有伍洲遙望劉郎藪明朝寒食當過君請殺耕

牛壓私酒與君飲酒細論文酒酣訪古江之濆仲謀
公瑾不須弔一酹波神英烈君杭州伍子胥廟封英烈王

杜沂游武昌以酴醾花菩薩泉見餉二首

酴醾不爭春寂寞開最晚青蛟走玉骨羽蓋蒙珠幰
不粧豔已絕無風香自遠淒涼吳宮闕紅粉埋故苑
至今微月夜笙簫來絕巘餘妍入此花千載尚清婉
怪君呼不歸定爲花所挽昨宵雷雨惡花盡君應返
君言西山頂自古流白泉上爲千牛乳下有萬石鉛
不愧惠山味但無陸子賢願君揚其名庶託文字傳
寒泉比吉士清濁在其源不食我心惻於泉非所患
嗟我本何有虛名空自纏不見子柳子餘愚汙溪山

陳季常自岐亭見訪郡中及舊州諸豪爭
欲邀致之戲作陳孟公詩一首

孟公好飲寧論斗醉後關門防客走不妨閑過左阿
君百謫終爲賢太守老居閭里自浮湛笑問柏松何
若心忽然載酒從陋巷爲愛揚雄作酒箴長安富兒
求一過千金壽君君笑唾汝家安得客孟公從來只
識陳驚座

東坡集卷第十一

珍倣宋版印

東坡集卷第十二

詩八十九首

游武昌寒溪西山寺

連山蟠武昌翠木蔚樊口我來已百日欲濟空搔首坐看鷗鳥沒夢逐麏麚走今朝橫江來一葦寄衰朽高談破巨浪飛屨輕重阜去人曾幾何絕壁寒溪吼風泉兩部樂松竹三益友徐行欣有得芝木在蓬莠西上九曲亭衆山皆培塿却看江北路雲水渺何有離離見吳宮莽莽真楚藪空傳孫郎石無復陶公柳爾來風流人惟有漫浪叟買田吾已決乳水況宜酒所須脩竹林深處安井臼相將踏勝絕更裹三日糗

武昌銅劒歌并序

供奉官鄭文嘗官於武昌江岸裂出古銅劒文得之以遺余治鑄精巧非鍛冶所成者

雨餘江清風卷沙雷公躡雲捕黃蛇蛇行空中如枉矢電光煜煜燒蛇尾或投以塊鏗有聲雷飛上天蛇入水水上青山如削鐵神物欲出山自裂細看兩脅生碧花猶是西江老蛟血蘇子得之何所爲蒯緱彈鋏詠新詩君不見凌煙功臣長九尺腰間玉具高拄頤

定惠顒師爲余竹下開嘯軒

啼鳺催天明喧喧相詆譙暗蛩泣夜永唧唧自相弔
飲風蟬至潔長吟不改調食土蚓無腸亦自終夕叫
鳶貪聲最鄙鵲喜意可料皆緣不平鳴慟哭等嬉笑
阮生已粗率孫子亦未妙道人開此軒清坐默自照
衝風振河海不能號無竅累盡吾何言風來竹自嘯

石芝并序

元豐三年五月十一日癸酉夜夢游何人家開堂西門有小園古井井上皆蒼石石上生紫藤如龍蛇枝葉如赤箭主人言此石芝也余率爾折食一枝衆皆驚笑其味如雞蘇而甘明日作此詩

空堂明月清且新幽人睡息來初匀了然非夢亦非覺有人夜呼祁孔賓披衣相從到何許朱欄碧井開瓊戶忽驚石上堆龍蛇玉芝紫筍生無數鏘然敲折青珊瑚味如蜜藕和雞蘇主人相顧一撫掌滿堂坐客皆盧胡亦知洞府嘲輕脫終勝嵇康羨王烈神山一合五百年風吹石髓堅如鐵

今年正月十四日與子由別於陳州五月子由復至齊安未至以詩迎之

驚塵急雪滿貂裘淚洒東風別宛丘又向邯鄲枕中

見却來雲夢澤南州暌離動作三年計挐挽當爲十日留早晚青山映黃髮相看萬事一時休柳子厚別劉夢得詩云聖恩若許歸田去黃髮相看萬事休

遷居臨皋亭

我生天地間一蟻寄大磨區區欲右行不救風輪左雖云走仁義未免違寒餓劍米有危炊鍼氈無隱坐豈無佳山水借眼風雨過歸田不待老勇決凡幾箇幸茲廢棄餘疲馬解鞍馱全家占江驛絕境天爲破飢貧相乘除未見可弔賀澹然無憂樂苦語不成些

曉至巴河口迎子由

去年御史府舉動觸四壁幽幽百尺井仰天無一席隔牆聞歌呼自恨計之失留詩不忍寫苦淚漬紙筆餘生復何幸樂事有今日江流鏡面靜煙雨輕羃羃孤舟如鳧鷖點破千頃碧聞君在磁湖欲見隔咫尺朝來好風色旗尾西北擲行當中流見笑眼青光溢此邦疑可老脩竹帶泉石欲買柯氏林茲謀待君必

與子由同游寒溪西山

散人出入無町畦朝游湖北暮淮西高安酒官雖未上兩腳垂欲穿塵泥與君聚散若雲雨共惜此日相提攜千搖萬兀到樊口一箭放溜先鳧鷖層層草木

暗西嶺瀏瀏霜雪鳴寒溪空山古寺亦何有歸路萬頃青玻瓈我今漂泊等鴻鴈江南江北無常栖幅巾不擬過城市欲踏徑路開新蹊路有直入寒溪不過武昌者却憂別後不忍到見子行迹空餘悽吾儕流落豈天意自坐迂闊非人擠行逢山水輒羞歎此去未免懃鹽虀何當一過李八百相哀白髮分刀圭李八百宅在筠門

次韻答子由

平生弱羽寄衝風此去歸飛識所從好語似珠穿一一妄心如膜退重重山僧有味寧知子瀧吏無言只笑儂尚有讀書清淨業未容春睡敵千鍾

和何長官六言次韻

作邑君真伯厚去官我豈曼容一廛願託仁政六字難賡變風

五噫已出東洛三復願比南容學道未從潘盎南海謂狂為盎潘近世得道者也草書猶似楊風楊凝式也

石渠何須反顧水驛幸足相容長江大欲見庇探支八月涼風

清風初號地籟明月自寫天容貧家何以娛客但知抹月批風

青山自是絕色無人誰與爲容説向市朝公子何殊馬耳東風

觀張師正所蓄辰砂

將軍結髮戰蠻溪篋有殊珍勝象犀漫說玉牀收箭鏃何曾金鼎識刀圭近聞猛士收丹穴欲助君王鑄褭蹄多少空巖人不見自隨初日吐虹霓

五禽言幷序

梅聖俞嘗作四禽言余謫黃州寓居定惠院遶舍皆茂林脩竹荒池蒲葦春夏之交鳴鳥百族土人多以其聲之似者名之遂用聖俞體作五禽言

使君向蘄州更唱蘄州鬼我不識使君寧知使君死人生作鬼會不免使君已老知何晚王元之自黃移蘄州聞啼鳥問其名或對曰此名蘄州鬼元之大惡之果卒於蘄

南山昨夜雨西溪不可渡溪邊布谷兒勸我脫破袴不辭脫袴溪水寒水中照見催租瘢土人謂布谷爲脫却破袴

去年麥不熟挾彈規我肉今年麥上場處處有殘粟豐年無象何處尋聽取林間快活吟此鳥聲云麥飯熟卽快活

力作力作蠶絲一百箔壠上麥頭昂林間桑子落願

儂一箔千兩絲繰絲得蛹飼爾雛此鳥聲云蠶絲一百箔
姑惡姑惡姑不惡妾命薄君不見東海孝婦死作三
年乾不如廣漢龐姑去却還姑惡水鳥也俗云婦以姑虐死
故其聲云

次韻子由病酒肺疾發

憶子少年時肺喘疲坐臥喊呀或終日勢若風雨過
虛陽作浮漲客冷仍下墮妻孥恐悵望膽灸不登坐
終年禁晚食半夜發清餓胃强鬲苦滿肺斂腹輒破
三彭恣啖齧二豎肯逋播寸田可治生誰勸耕黃稬
新法方田謂上腴爲黃稬探懷得真藥不待君臣佐初如
雪花積漸作櫻珠大隔牆聞三嚥隱隱如轉磨自茲
失故疾陽唱陰輒和神仙多歷試中路或坎坷平生
不盡器痛飲知無奈舊人眼看盡老伴餘幾箇殘年
一斗粟待子同春簸云何不自珍醉病又一挫真源
結梨棗世味等糠莝耕耘當待穫願子勤自課相將
賦遠遊仙語不用些

正月二十日往岐亭郡人潘古郭三人送
余於女王城東禪莊院

十日春寒不出門不知江柳已搖村稍聞決決流冰
谷盡放青青沒燒痕數畝荒園留我住半缾濁酒待

君溫去年今日關山路細雨梅花正斷魂

鐵拄杖幷序

柳真齡字安期閩人也家寶一鐵拄杖如楖栗木牙節宛轉天成中空有簧行輒微響柳云得之浙中相傳王審知以遺錢鏐鏐以賜一僧柳偶得之以遺余作此詩謝之

柳公手中黑蛇滑千年老根生乳節忽聞鏗然爪甲聲四坐驚顧知是鐵含簧腹中細泉語迸火石上飛星裂公言此物老有神自昔閩王餉吳越不知流落幾人手坐看變滅如春雪忽然贈我意安在兩腳未許甘衰歇便尋轍迹訪崆峒徑渡洞庭探禹穴披榛覓藥採芝菌刺虎鏦蛟擉蛇蝎會教化作兩錢錐歸來見公未華髮問我鐵君無恙否取出摩挲向公說

與潘三失解後飲酒

千金弊帚人誰買半額蛾眉世所妍顧我自爲都眊矂憐君欲鬭小嬋娟青雲豈易量他日黃菊猶應似去年醉裏未知誰得喪滿江風月不論錢

東坡八首幷序

余至黃二年日以困匱故人馬正卿哀予乏食爲於郡中請故營地數十畝使得躬耕其中地既久荒爲

茨棘瓦礫之場而歲又大旱貇闢之勞筋力殆盡釋耒而歎乃作是詩自愍其勤庶幾來歲之入以志其勞焉

廢壘無人顧頹垣滿蓬蒿誰能捐筋力歲晚不償勞獨有孤旅人天窮無所逃端來拾瓦礫歲旱土不膏崎嶇草棘中欲刮一寸毛喟焉釋耒歎我廩何時高

荒田雖涙莽高庳各有適下隰種秔秫東原蒔棗栗江南有蜀士桑果已許乞好竹不難栽但恐鞭横逸仍須卜佳處規以安我室家僮燒枯草走報暗井出一飽未敢期瓢飲已可必

自昔有微泉來從遠嶺背穿城過聚落流惡壯蓬艾去爲柯氏陂十畝魚鰕會歲旱泉亦竭枯萍粘破塊昨夜南山雲雨到一犂外泫然尋故瀆知我理荒薈泥芹有宿根一寸嗟獨在雪芽何時動春鳩行可膾蜀人貴芹芽膾雜鳩肉作之

種稻清明前樂事我能數毛空暗春澤鍼水聞好語蜀人以細雨爲雨毛稻初生時農夫相語稻鍼水矣分秧及初夏漸喜風葉舉月明看露上一一珠垂縷秋來霜穗重顛倒相撑拄但聞畦壠間蚱蜢如風雨蜀中稻熟時蚱蜢羣飛田間如小蝗狀而不害稻新春便入甑玉粒照筐筥

我久食官倉紅腐等泥土行當知此味口腹吾已許
良農惜地力幸此十年荒桑柘未及成一麥庶可望
投種未逾月覆塊已蒼蒼農夫告我言勿使苗葉昌
君欲富餅餌要須縱牛羊再拜謝苦言得飽不敢忘
種棗期可剝種松期可斲事在十年外吾計亦已慤
十年何足道千載如風雹舊聞李衡奴此策疑可學
我有同舍郎官居在灊岳（李公擇也）遺我三寸柑照坐
光卓犖百栽儻可致當及春冰渥相見竹籬間青黃
垂屋角
潘子久不調沽酒江南村郭生本將種賣藥西市垣
古生亦好事恐是押牙孫家有十畝竹無時容叩門
我窮交舊絕三子獨見存從我於東坡勞餉同一飧
可憐杜拾遺事與朱阮論吾師卜子夏四海皆弟昆
馬生本窮士從我二十年日夜望我貴求分買山錢
我今反累生借耕輟茲田刮毛龜背上何時得成氈
可憐馬生癡至今誇我賢衆笑終不悔施一當獲千

題織錦圖上回文三首

春晚落花餘碧草夜涼低月半枯桐人隨遠鴈邊城
莫雨映疎簾繡閣空
紅手素絲千字錦故人新曲九回腸風吹絮雪愁縈

骨淚洒練書恨見郎羞看一首回文錦錦似文君別恨深頭白自吟悲賦客斷斷腸愁是斷絃琴

姪安節遠來夜坐三首

南來不覺歲崢嶸坐撥寒灰聽雨聲遮眼文書元不讀伴人燈火亦多情嗟予潦倒無歸日今汝蹉跎已半生免使韓公悲世事白頭還對短燈檠

心衰面改瘦崢嶸相見惟應識舊聲永夜思家在何處殘年知汝遠來情畏人默坐成癡鈍問舊驚呼半死生夢斷酒醒山雨絶笑看飢鼠上燈檠

落第汝爲中酒味吟詩我作忍飢聲便思絶粒眞無策苦說歸田似不情腰下牛閑方解佩洲中奴長足爲生大弨一弛何緣彀已覺翻翻不受檠

冬至日贈安節

我生幾冬至少小如昨日當時事父兄上壽拜脫膝十年閱凋謝白髮催衰疾瞻前惟兄三顧後子由一近者隔濤江遠者天一壁今朝復何幸見此萬里妷憶汝總角時啼笑爲梨栗今來能慷慨志氣堅鐵石諸孫行復爾世事何時畢詩成却超然老淚不成滴

岐亭道上見梅花戲贈季常

蕙死蘭枯菊亦摧返魂香入嶺頭梅數枝殘綠風吹盡一點芳心雀啅開野店初嘗竹葉酒江雲欲落豆稭灰行當更向釵頭見病起烏雲正作堆

樂全先生生日以鐵拄杖爲壽二首

先生真是地行仙住世因循五百年每向銅人話疇昔故教鐵杖鬭清堅入懷冰雪生秋思倚壁蛟龍護晝眠遙想人天會方丈衆中驚倒野狐禪

二年相伴影隨身踏遍江湖草木春擿石舊痕猶作眼閉門高節欲生鱗畏塗自衞真無敵捷徑爭先却累人遠寄知公不嫌重筆端猶自斡千鈞

杭州故人信至齊安

昨夜風月清夢到西湖上朝來聞好語扣戸得吳餉輕圓白曬荔脆釅紅螺醬更將西庵茶勸我洗江瘴故人情義重說我必西向一年兩僕夫千里問無恙相期結書社故人相約釀錢雇僕未一歲再至黃未怕供詩帳僕頃以詩得罪有司移杭取境內所留詩杭州供數百首謂之詩帳還將夢魂去一夜到江漲江漲杭州橋名

送牛尾狸與徐使君時大雪中

風捲飛花自入帷一樽遙想破愁眉泥深厭聽雞頭鶻蜀人謂泥滑滑爲雞頭鶻酒淺欣嘗牛尾狸通印子魚

猶帶骨披綿黃雀漫多脂熨勤送去煩纖手爲我磨刀削玉肌

四時詞

春雲陰陰雪欲落東風和冷驚羅幕漸看遠水綠生漪未放小桃紅入萼佳人瘦盡雪膚肌眉斂春愁知爲誰深院無人翦刀響應將白紵作春衣

垂柳陰陰日初永蔗漿酪粉金盤冷簾額低垂紫燕忙蜜脾已滿黃蜂靜高樓睡起翠眉嚬枕破斜紅未肯勻玉腕半揎雲碧袖樓前知有斷腸人

新愁舊恨眉生綠粉汗餘香在蘄竹象牀素手熨寒衣爍爍風燈動華屋夜香燒罷掩重扃香霧空濛月滿庭抱琴轉軸無人見門外空聞裂帛聲

霜葉蕭蕭鳴屋角黃昏斗覺羅衾薄夜風搖動鎮幃犀酒醒夢回聞雪落起來呵手畫雙鴉醉臉輕勻襯眼霞真態香生誰畫得玉奴纖手嗅梅花

太守徐君猷通守孟亨之皆不飲酒以戲之云

孟嘉嗜酒桓溫笑徐邈狂言孟德疑公獨未知其趣爾臣今時復一中之風流自有高人識通介寧隨薄俗移二子有靈應撫掌吾孫還有獨醒時

雪後到乾明寺遂宿

門外山光馬亦驚堦前屐齒我先行風花誤入長春苑雲月長臨不夜城未許牛羊傷至絜且看鴉鵲弄新晴更須攜被留僧榻待聽摧簷瀉竹聲

伯父送先人下第歸蜀詩云人稀野店休安枕路入靈關穩跨驢安節將去爲誦此句因以爲韻作小詩十四首送之

索漠齊安郡從來着放臣如何風雪裏更送獨歸人

瘦骨寒將斷衰髯摘更稀未甘爲死別猶恐得生歸

日上氣暾江雪晴光眩野記取到家時鋤耰吾正把

月明穿破裘霜氣漣孤劍歸來閉戶坐默數來時店

諸兄無可寄一語會須酬晚歲俱黃髮相看萬事休

故人如念我爲說瘦欒欒尚有身爲患已無心可安

吾兄喜酒人今汝亦能飲一杯歸誦此萬事邯鄲枕

東阡在何許寒食江頭路哀哉魏城君宿草荒新墓

臨分亦泫然不爲窮途泣東阡時一到莫遣牛羊入

我夢隨汝去東阡松柏青却入西州門永愧北山靈

乞墦何足羨負米可忘艱莫爲無車馬含羞入劍關

我坐名過實讙譁自招損汝幸無人知莫厭家山穩

竹笥與練裙隨時畢婚嫁無事若相思征鞍還一跨

萬里却來日一庵仍獨居應笑謀生拙團團如磨驢

和王鞏六首並次韻

君談陽朔山不作一錢直巖藏兩頭虺瘴落千仞翼雅宜驩兜放頗訝虞舜陟蹔來已可畏覽鏡憂面黑況子三年囚苦霧變飲食吉人終不死仰荷天地德我來黃岡下欹枕江流碧江南武昌山向我如咫尺春蔬黃土軟凍筍蒼崖拆此行我累君乃反得安宅遙知丹穴近爲斸岣嶁石他年分刀圭名字挂仙籍（君許惠桂州丹砂）

少年帶刀劍但識從軍樂老大服犂鉏解佩付鎔鑠雖無獻捷功會賜力田爵敲冰春擣紙刈葦秋織箔櫟林斬冬炭竹塢收夏籜四時俯有取一飽天所酢君生紈綺間欲學非其腳左右玉纖纖束薪誰爲縛勿令聞此語翠黛顰將惡笑我一間茆婦姑紛六鑿

欲結千年實先摧二月花故教窮到骨要使壽無涯久已逃天網何須服日華賓州在何處爲子上栖霞（樓名）

鄰里有異趣何妨傾蓋新殊方君莫厭數面自成親默坐無餘事回光照此身他年赤墀下玉立看垂紳

平生我亦輕餘子晚歲人誰念此翁巧語屢曾遭薏

茲庚詞聊復託芎藭子還可責同元亮妻却差賢勝
敬通若問我貧天所賦不因遷謫始囊空
君家玉臂貫銅青下客何時見目成勤把鉛黃記官
樣莫教絃管作蠻聲薰衣漸歎衙香少擁髻遙憐夜
語清記取北歸攜過我南江風浪雪山傾君自南江赴任不一過我

記夢回文二首并敘

十二月二十五日大雪始晴夢人以雪水烹小團茶
使美人歌以飲余夢中爲作回文詩覺而記其一句
云亂點餘花唾碧衫意用飛燕唾花故事也乃續之
爲二絕句云
酡顏玉盌捧纖纖亂點餘花唾碧衫歌咽水雲凝靜
院夢驚松雪落空巖
空花落盡酒傾缸日上山融雪漲江紅焙淺甌新火
活龍團小碾鬬晴窗

三朵花并敘

房州通判許安世以書遺余言吾州有異人常戴三
朵花莫知其姓名郡人因以三朵花名之能作詩皆
神仙意又能自寫眞人有得之者許欲以一本見惠
乃爲作此詩

學道無成鬢巳華不勞千刼漫烝砂歸來且看一宿覺未暇遠尋三朶花兩手欲遮缾裏雀四條深怕井中蛇畫圖要識先生面試問房陵好事家

次韻陳四雪中賞梅

臘酒詩催熟寒梅雪鬬新杜陵休歎老韋曲巳先春獨秀驚凡目遺英臥逸民高歌對三白遲莫慰安仁

正月二十日與潘郭二生出郊尋春忽記去年是日同至女王城作詩乃和前韻

東風未肯入東門走馬還尋去歲村人似秋鴻來有信事如春夢了無痕江城白酒三杯釅野老蒼顏一笑温巳約年年爲此會故人不用賦招魂

是日偶至野人汪氏之居有神降於其室自稱天人李全字德通善篆字用筆奇妙而字不可識云天篆也與予言有所會者

復作一篇仍用前韻

酒渴思茶漫扣門那知竹裏是仙村巳聞龜策通神語更看龍蛇落筆痕色瘁形枯應笑屈道存目擊豈非温歸來獨掃空齋臥猶恐微言入夢魂

浚井

古井沒荒萊不食誰爲惻缾罌下兩綆蛙蚓飛百尺

腥風被泥滓空響聞點滴上除青青芹下洗鑿鑿石沾濡愧童僕盃酒暖寒栗白水漸泓渟青天落寒碧云何失舊穢庶處來新潔井在無有中無來亦無失

紅梅三首

怕愁貪睡獨開遲自恐冰容不入時故作小紅桃杏色尚餘孤瘦雪霜姿寒心未肯隨春態酒暈無端上玉肌詩老不知梅格在更看綠葉與青枝石曼卿紅梅詩云認桃無綠葉辨杏有青枝

雪裏開花却是遲何如獨占上春時也知造物含深意故與施朱發妙姿細雨裛殘千顆淚輕寒瘦損一分肌不應便雜夭桃杏半點微酸已著枝

幽人自恨探春遲不見檀心未吐時丹鼎奪胎那是寶朱砂紅銀謂之不奪胎色玉人頩頰更多姿抱叢暗蕊初含子落盞穠香已吐肌乞與徐熙新畫様竹間璀璨出斜枝

和子由寄題孔平仲草庵次韻

逢人欲覓安心法到處先爲問道庵盧子不須從若士蓋公當自過曹參羨君美玉經三火笑我枯桑困八蠶猶喜大江同一味故應千里共清甘

二蟲

君不見水馬兒步步逆流水大江東流日千里此蟲
趯趯長在此君不見鷁濫堆決起隨衝風隨風一去
宿何許逆風還還落蓬蒿中二蟲愚智俱莫測江邊一
笑無人識

陳季常見過三首

仕宦常畏人退居還喜客君來輒館我未覺雞黍窄
東坡有奇事已種十畝麥但得君眼青不詞奴飯白
送君四十里只使一帆風江邊千樹柳落我酒盃中
此行非遠別此樂固無窮但願長如此來往一生同
聞君開龜軒東檻俯喬木人言君畏事欲作龜頭縮
我知君不然朝飯仰暘谷餘光幸分我不死安可獨

寒食雨二首

自我來黃州已過三寒食年年欲惜春春去不容惜
今年又苦雨兩月秋蕭瑟臥聞海棠花泥汙燕脂雪
暗中偷負去夜半真有力何殊病少年病起頭已白
春江欲入戶雨勢來不已小屋如漁舟濛濛水雲裏
空庖煮寒菜破竈燒溼葦那知是寒食但見烏銜紙
君門深九重墳墓在萬里也擬哭塗窮死灰吹不起

徐史君分新火

臨皋亭中一危坐三見清明改新火溝中枯木應笑

人鑽斫不然誰似我黄州使君憐久病分我五更紅一朵從來破釜躍江魚只有清詩嘲飯顆起攜蠟炬遶空屋欲事烹煎無一可爲公分作無盡燈照破十方昏暗鏁

次韻答元素余昔有贈元素云天涯同是傷流落元素以爲今日之先兆且悲當時六客之存亡六客蓋張子野劉孝叔陳令舉李公擇及元素與余也

不愁春盡絮隨風但喜丹砂入頰紅流落天涯先有讖摩挲金狄會當同蘧蘧未必都非夢了了方知不落空莫把存亡悲六客已將地獄等天宮

東坡集卷第十二

東坡集卷第十三

詩八十一首

蜜酒歌并敘

西蜀道士楊世昌善作蜜酒絕醇釅余既得其方作
此歌遺之

真珠為漿玉為醴六月田夫汗流泚不如春甕自生
香蜂為耕耘花作米一日小沸魚吐沫二日眩轉清
光活三日開甕香滿城快瀉銀缾不須撥百錢一斗
濃無聲甘露微濁醍醐清君不見南園採花蜂似雨
天教釀酒醉先生先生年來窮到骨問人乞米何曾
得世間萬事真悠悠蜜蜂大勝鹽河侯

又一首答二猶子與王郎見和

脯青苔炙青蒲爛蒸鵝鴨乃瓠壺煮豆作乳脂為酥
高燒油燭斟蜜酒貧家百物初何有古來百巧出窮
人搜羅假合亂天真詩書與我為麴蘖醞釀老夫成
搢紳質非文是終難久脫冠還作扶犂叟不如蜜酒
無燠寒冬不加甜夏不酸老夫作詩殊少味愛此三
篇如酒美封胡羯末已可憐不知更有王郎子

謝陳季常惠一揞巾

夫子胸中萬斛寬此巾何事小團團半升僅漉淵明

酒二寸纔容子夏冠好帶黃金雙得勝可憐白紵一
生酸臂弓腰箭何時去直上陰山取可汗

贈黃山人

面頰照人元自赤眉毛覆眼見來烏倦遊不擬談玄
牝示病何妨出自須絕學已生真定惠説禪長笑老
浮屠東坡若肯三年住親與先生看藥爐

問大冶長老乞桃花茶栽東坡

周詩記苦荼茗飲出近世初緣厭粱肉假此雪昏滯
嗟我五畝園桑麥苦蒙翳不令寸地閑更乞茶子蓺
飢寒未知免已作太飽計庶將通有無農末不相戾
春來凍地裂紫筍森已銳牛羊煩訶叱筐筥未敢睨
江南老道人齒髮日夜逝他年雪堂品空記桃花裔

魚蠻子

江淮水為田舟楫為室居魚鰕以為糧不耕自有餘
異哉魚蠻子本非左衽徒連排入江住竹瓦三尺廬
於焉長子孫慼施且侏儒擘水取魴鯉易如拾諸途
破釜不着鹽雪鱗芼青蔬一飽便甘寢何異獺與狙
人間行路難踏地出賦租不如魚蠻子駕浪浮空虛
空虛未可知會當算舟車蠻子叩頭泣勿語桑大夫

弔李臺卿并敘

李臺卿字明仲廬州人貌陋甚性介不羣而博學強記罕見其比好左氏有史學考正同異多所發明知天文律歷千載之日可坐數也軾謫居黃州臺卿爲麻城主簿始識之既罷居於廬而曹光州演甫以書報其亡臺卿光州之妻黨也

我初未識君人以君爲笑垂頭若病鶴煙雨霾七竅弊衣來過我危坐若持釣褚裒半面新鬷蔑一語妙徐徐涉其瀾極望不得徼却觀元嫵媚士固難輕料看書眼如月罅隙靡不照我老多遺忘得君如再少從橫通雜藝甚博且知要所恨言無文至老幽不耀其生世莫識已死誰復弔作詩遺故人庶解俗子譙

曹既見和復次其韻

造物本兒戲風噫雷電笑誰令妄驚怪失七號萬竅人人走江湖一一操網釣偶然連六鼇便謂此手妙空令任公子三歲蹲海徼長貧固不詞一死實未料難將著草算除用佛眼照何人嗣家學恨子兒尚少嗟我與曹公衰老世不要空言今無救奇志後必耀吟公五字詩義重千金弔收藏慎勿出免使羣兒譙

次韻孔毅甫集古人句見贈五首

羨君戲集他人詩指呼市人如使兒天邊鴻鵠不易

得便令作對隨家雞退之驚笑子美泣問君久假何
時歸世間好句世人共明月自滿千家墀
紫駞之峯人莫識雜以雞豚眞可惜今君坐致五侯
鯖盡是猩脣與熊白路傍拾得半斷槍何必開爐鑄
矛戟用之如何在我耳入手當令君喪魄
天下幾人學杜甫誰得其皮與其骨劃如太華當我
前跛牂欲上驚崷崪名章儁語紛交衡無人巧會當
時情前生子美只君是信手拈得俱天成
詩人雕刻閑草木搜抉肝腎神應哭不如默誦千萬
首左抽右取談笑足夜吟石鼎聲悲秋可憐好事劉
與侯何當一醉百不問我欲眠矣君歸休
膏明蘭臭俱自焚象牙翠羽戕其身多言自古爲數
窮微中有時堪解紛癡人但數羊羔兒不知何者是
左慈千章萬句卒非我急走投君應已遲

六年正月二十日復出東門仍用前韻

亂山環合水侵門身在淮南盡處村五畝漸成終老
計九重新掃舊巢痕豈惟見慣沙鷗熟已覺來多釣
石温長與東風約今日暗香先返玉梅魂

食柑

一雙羅帕未分珍林下先嘗愧逐臣露葉霜枝翦寒

碧金盤玉指破芳辛清泉蔌蔌先流齒香霧霏霏欲噀人坐客慇懃爲收子千奴一擲奈吾貧

大寒步至東坡贈巢三

春雨如暗塵春風吹倒人東坡數間屋巢子誰與鄰空床歛敗絮破竈鬱生薪相對不言寒哀哉知我貧我有一瓢酒獨飲良不仁未能頳我頰聊復濡子脣故人千鍾祿馭吏醉吐茵那知我與子坐作寒螿呻努力莫怨天我爾皆天民行看花柳動共享無邊春

元脩菜并敘

菜之美者有吾鄉之巢故人巢元脩嗜之余亦嗜之元脩云使孔北海見當復云吾家菜邪因謂之元脩菜余去鄉十有五年思而不可得元脩適自蜀來見余於黃乃作是詩使歸致其子而種之東坡之下云

彼美君家菜鋪田綠茸茸豆莢圓且小槐芽細而豐種之秋雨餘擢秀繁霜中欲花而未蕚一一如青蟲是時青裙女採擷何怱怱烝之復湘之香色蔚其饛點酒下鹽豉縷橙芼薑葱那知雞與豚但恐放箸空春盡苗葉老耕翻煙雨叢潤隨甘澤化暖作青泥融始終不我負力與糞壤同我老忘家舍楚音變兒童此物獨嫵媚終年繫余胸君歸致其子囊盛勿函封

張騫移苜蓿適用如葵菘馬援載薏苡羅生等蒿蓬
懸知東坡下塉鹵化千鍾長使齊安人指此說兩翁

二月三日點燈會客

江上東風浪接天苦寒無賴破春妍試開雲夢羔兒
酒快瀉錢塘藥玉船蠶市光陰非故國馬行燈火記
當年冷煙濕雪梅花在留得新春作上元

上巳日與二三子攜酒出游隨所見輒作
數句明日集之為詩故詞無倫次

薄雲霏霏不成雨杖藜曉入千花塢柯丘海棠吾有
詩獨笑深林誰敢侮三杯卯酒人徑醉一枕春睡日
亭午竹間老人不讀書留我閉門誰教汝出簷藜枳
十圍大寫真素壁千蛟舞東坡作塘今幾尺攜酒一
勞農工苦却尋流水出東門壞垣古塹花無主臥開
桃李為誰妍對立鵁鶄相媚嫵閑拚藉草勸行路不
惜春衫汙泥土褰裳共過春草亭扣門却入韓家園
轆轤繩斷井深碧鞦韆索挂人何所映簾空復小桃
枝乞漿不見應門女南上古臺臨斷岸雪陣翻空迷
仰俯故人餽我玉葉羹火冷煙消誰為賁崎嶇東蘊
下荒徑婭姹隔花聞好語更隨落景盡餘樽却傍孤
城得僧宇主人勸我洗足眠倒床不復聞鐘鼓明朝

門外泥一尺始悟三更雨如許平生所向無一遂茲遊何事天不阻固知我友不終窮豈弟君子神所予

日日出東門

日日出東門步尋東城遊城門抱關卒笑我此何求我亦無所求駕言寫我憂意適忽忘返路窮乃歸休懸知百歲後父老說故侯古來賢達人此路誰不由百年寓華屋千載歸山丘何事羊公子不肯過西州

南堂五首

江上西山半隱堤此邦臺館一時西南堂獨自西南向臥看千帆落淺溪

莫年眼力嗟猶在多病顛毛却未華故作明窗書小字更開幽室養丹砂

他時雨夜困移床坐厭愁聲點客腸一聽南堂新瓦響似聞東塢小荷香

山家爲割千房蜜稚子新畦五畝蔬更有南堂堪著客不憂門外故人車

掃地焚香閉閤眠簟紋如水帳如煙客來夢覺知何處挂起西窗浪接天

次韻子由種杉竹

吏散空庭雀噪簷閉門獨宿夜厭厭似聞梨棗同時

種應與杉篁刻日添糟麴有神薰不醉雪霜誇健巧相沾先生坐待清陰滿空使人人歎滯淹

孔毅甫妻挽詞

結褵記初歡同穴期晚歲擇夫得溫嶠生子勝王濟高風相賓友古義仍兄弟從君吏隱中窮達初不計云何抱沉疾俯仰便一世幽陰悽房櫳芳澤在巾袂百年縱得滿此路行亦逝那將有限身長瀉無益涕君文照今古不比山石脆當觀千字誄寧用百金瘞

次韻孔毅甫久旱已而甚雨三首

飢人忽夢飯甑溢夢中一飽百憂失只知夢飽本來空未悟真飢定何物我生無田食破硯爾來硯枯磨不出去年太歲空在酉傍舍壺漿不容乞今年旱勢復如此歲晚何以黔吾突青天蕩蕩呼不聞況欲稽首號泥佛甕中蜴蜥尤可笑跂跂脉脉何等秩陰陽有時雨有數民是天民天自卹我雖窮苦不如人要亦自是民之一形容可似喪家狗未肯弭耳爭投骨倒冠落幘謝朋友獨與蚊雷共圭蓽故人嗔我不開門君視我門誰肯屈可憐明月如潑水夜半清光翻我室風從南來非雨候且爲疲人洗烝鬱褰裳一和快哉謠未暇飢寒念明日

珍倣宋版印

去年東坡拾瓦礫自種黃桑三百尺今年刈草蓋雪堂日炙風吹面如墨平生懶惰今始悔老大勤農天所直沛然例賜三尺雨造化無心怳難測四方上下同一雲甘霔不爲龍所隔俗有分龍日蓬蒿下濕迎曉耒燈火新涼催夜織老夫作罷得甘寢臥聽牆東人響屐奔流未已坑谷平折葦枯荷恣漂溺腐儒麤糲支百年力耕不受衆目憐破陂漏水不耐旱人力未至求天全會當作塘徑千步橫斷西北遮山泉四鄰相率助舉杵人人知我囊無錢明年共看決渠雨飢飽在我寧關天誰能伴我田閒飲醉倒惟有支頭甎天公號令不再出十日愁霖併爲一君家有田水冒田我家無田憂入室不如西州楊道士萬里隨身惟兩槳沿流不惡泝亦佳一葉扁舟任漂突山芎麥麴都不用泥行露宿終無疾夜來飢腸如轉雷旅愁非酒不可開楊生自言識音律洞簫入手清且哀不須更待秋井塌見人白骨方銜盃

初秋寄子由

百川日夜逝物我相隨去惟有宿昔心依然守故處憶在懷遠驛閉門秋暑中藜羹對書史揮汗與子同西風忽淒厲落葉穿戶牖子起尋裌衣感歎執我手

朱顏不可恃此語君勿疑别離恐不免功名定難期
當時已悽斷况此兩衰老失塗旣難追學道恨不早
買田秋已議築室春當成雪堂風雨夜已作對床聲

和黃魯直食筍次韻

飽食有殘肉飢食無餘菜紛然生喜怒似被狙公賣
爾來誰獨覺凜凜白下宰太和古白下一飯在家僧至
樂甘不壞多生味蠹簡食筍乃餘債蕭然映樽俎未
肯誰菘芥君著霜雪姿童稚已耿介胡爲遭暴横三
嗅不忍嘬朝來忽解籜勢迫風雷噫尚可餉三閭飯
筒纏五采

聞子由爲郡僚所捃恐當去官

少學不爲身宿志固有在雖然敢自必用舍置度外
天初若相我發迹造宏大豈敢負所付捐軀欲投會
寧知事大繆舉步得狼狽我已無可言墜甑難追悔
子雖僅自免雞肋安足賴低回畏罪罟黽俛敢言退
若人疑或使爲子得微罪時哉歸去來共抱東坡耒

次韻王鞏南遷初歸二首

問君謫南賓冶葛食幾尺逢人瘴髮黃入市胡眼碧
三年不易□□睨倚天壁歸來貌如故妙語仍破鏑
那能廢詩酒亦未妨禪寂願爲尚書郎還賜尚方舃

江家舊池臺脩竹圍一尺歸來萬事非惟見秦淮碧
平生痛飲處遺墨鴉棲壁西來故父客金印雜鳴鏑
三槐老更茂花絮春寂寂中微未可料家廟藏赤舄

孔毅甫以詩戒飲酒問買田且乞墨竹次

其韻

酒中眞復有何好孟生雖賢未聞道醉時萬慮一掃
空醒後紛紛如宿草十年揩洗見眞妄石女無兒焦
穀槁此身何異貯酒瓶滿輒予人空自倒武昌痛飲
豈吾意性不違人遭客惱君家長松十畝陰借我一
庵聊洗心我田方寸耕不盡何用百頃糜千金枕書
熟睡呼不起好學憐君工雜擬且將墨竹換新詩潤
色何須待東里

任師中挽詞

大任剛烈世無有疾惡如風朱伯厚小任温毅老更
文聰明慈愛小馮君兩任才行不須說疇昔並友吾
先人相看半作晨星沒可憐太白與殘月大任先去
冢未乾小任相繼呼不還强寄一樽生死別樽中有
淚酒應酸貴賤賢愚同盡耳君家不盡緣賢子人間
得喪了無憑只有天公終可倚

子由作二頌頌石臺長老同公手寫蓮經

字如黑蟻且誦萬偏脅不至席二十餘年

予亦作二首

眼前擾擾黑蚍蜉口角霏霏白唾珠要識吾師無礙處試將燒却看嗔無

眼睛心地兩虛圓脅不霑床二十年誰信吾師非不睡睡蛇已死得安眠

鄧忠臣母周挽詞

微生真草木無處謝天力慈顏如春風不見桃李實古今把此恨有志俯仰失公子豈先知戰戰常惜日吾君日月照委曲到肝膈哀哉人子心吾何愛一邑家庭拜前後粲然發笑色豈比黃壤下焚瘞千金璧若人道德人視此亦戲劇聊償曾閔意遽與仙佛寂孤壘臥江渚永望墳墓隔作詩相楚挽感慟淚載滴

徐君猷挽詞

一舸南遊遂不歸清江赤壁照人悲請看行路無從涕盡是當年不忍欺雪後獨來栽柳處竹間行復採茶時山城散盡樽前客舊恨新愁只自知

和蔡景繁海州石室

芙蓉仙人（石曼卿也）舊遊處蒼藤翠壁初無路戲將桃核裹黃泥石間散擲如風雨坐令空山出錦繡倚天

照海花無數花間石室可容車流蘇寶蓋窺靈宇何年霹靂起神物玉棺飛出王喬墓當時醉臥動千日至今石縫餘糟醨仙人一去五十年花老室空誰作主手植數松今偃蓋蒼髯白甲低瓊戶我來取酒酹先生後車仍載胡琴女一聲冰鐵散巖谷海爲瀾翻松爲舞爾來心賞復何人持節中郎醉無伍獨臨斷岸呼出日紅波碧巘相吞吐徑尋我語覓餘聲拄杖彭鏗叩銅鼓長篇小字遠相寄一唱三歎神凄楚江風海雨入牙頰似聽石室胡琴語我今老病不出門海山巖洞知何許門外桃花自開落床頭酒甕生塵土前年開閤放柳枝今年洗心參佛祖夢中舊事時一笑坐覺俯仰成今古願君不用刻此詩東海桑田眞日莫

和秦太虛梅花

西湖處士骨應槁只有此詩君壓倒東坡先生心已灰爲愛君詩被花惱多情立馬待黃昏殘雪消遲月出早江頭千樹春欲闇竹外一枝斜更好孤山山下醉眠處點綴裙腰紛不掃萬里春隨逐客來十年花送佳人老去年花開我已病今年對花還草草不如風雨卷春歸收拾餘香還畀昊

再和潛師

化工未議蘇羣槁先向寒梅一傾倒江南無雪春瘴生爲散冰花除熱惱風清月落無人見洗粧自趁霜鐘早惟有飛來雙白鷺玉羽瓊枝鬭清好吳山道人心似水眼淨塵空無可掃故將妙語寄多情橫機欲試東坡老東坡習氣除未盡時復長篇書小草且撼長條飱落英忍飢未擬窮呼昊

橄欖

紛紛青子落紅鹽正味森森苦且嚴待得微甘回齒頰已輸崖蜜十分甜

海棠

東風嫋嫋泛崇光香霧霏霏月轉廊只恐夜深花睡去更燒高燭照紅粧

東坡

雨洗東坡月色清市人行盡野人行莫嫌犖确坡頭路自愛鏗然曳杖聲

生日王郎以詩見慶次其韻幷寄茶二十一斤

折楊新曲萬人趨獨和先生于蔿于但信檀藏終自售豈知盌脫本無橅揭從氷叟來游宦肯伴臞仙亦

號儒棠棣並爲天下士芙蓉曾到海邊郛不嫌霧谷霾松柏終恐虹梁荷棟桴高論無窮如鋸屑小詩有味似連珠感君生日遙稱壽祝我餘年老不枯未辦報君青玉案建溪新餅截雲腴

別黃州

病瘡老馬不任鞿猶向君王得敝帷桑下豈無三宿戀樽前聊與一身歸長腰尚載撐腸米闊領先裁蓋癭衣投老江湖終不失來時莫遣故人非

過江夜行武昌山上聞黃州鼓角

清風弄水月銜山幽人夜渡吳王峴黃州鼓角亦多情送我南來不詞遠江南又聞出塞曲半雜江聲作悲健誰言萬方聲一概鼉憤龍愁爲余變我記江邊枯柳樹未死相逢真識面他年一葉泝江來還吹此曲相迎餞

自興國往筠宿石田驛南二十五里野人舍

溪上青山三百疊快馬輕衫來一抹倚山脩竹有人家橫道清泉知我渴芒鞋竹杖自輕軟蒲薦松床亦香滑夜深風露滿中庭惟見孤螢自開闔

將至筠先寄遲适遠三猶子

露宿風食六百里明朝飲馬南江水未見豐盈犀角
兒先逢玉雪王郎子時道逢王郎於建昌方北行也對床欲
作連夜語念汝還須戴星起夜來夢見小於菟遠小
名菟兒猶是髡髦垂兩耳憶過濟南春未動三子出
迎殘雪裏我時移守古河東酒肉淋漓渾舍喜而今
憔悴一羸馬逆旅擔夫相汝爾出城見我定驚嗟身
健窮愁不須恥我爲乃翁留十日掣電一歡何足恃
惟當火急作新詩一醉兩翁勝酒美

端午游真如遲适遠從子由在酒局

一與子由別卻數七端午身隨綵絲繫心與昌歜苦
今年疋馬來佳節日夜數兒童喜我至典衣具雞黍
水餅旣懷鄉飯筒仍愍楚謂言必一醉快作西川語
寧知是官身糟麴困薰煮獨攜三子出古剎訪禪祖
高談付梁羅詩律到阿虎歸來一調笑慰此長齟齬
梁羅遲适小名

別子由三首兼別遲

知君念我欲別離我今此別非他日風裏楊花雖未
定雨中荷葉終不濕三年磨我費百書一見何止得
雙璧願君亦莫歎留滯六十小刼風雨疾
先君昔愛洛城居我今亦過嵩山麓水南卜宅吾豈

敢試向伊川買脩竹又聞緱山好泉眼傍市穿林瀉冰玉遙想茆軒照水開兩翁相對清如鵠兩翁歸隱非難事惟要傳家好兒子憶昔汝翁如汝長筆頭一落三千字世人聞此皆大笑愼勿生兒兩翁似不知樗櫟薦明堂何似鹽車壓千里

初別子由至奉新作

雙鵠先我來飛上東軒背書隨好夢到人與佳節會一歡難把玩回首了無在却渡來時溪斷橋號淺瀨茫茫暑天闊藹藹孤城背青山眊矂中落日淒涼外盛衰豈吾意離合非所礙何以解我憂粗了一事大

同年程筠德林求先墳二詩

思成堂

宰樹連山谷祠堂照路隅養松無觸鹿助祭有馴烏歸夢先寒食兒啼到白須遙知鄰里化醉叟道爭扶

歸真亭

舊笑桓司馬今師鄭大夫不知徂歲月空覺老楸梧祭禮傳家法阡名載版圖會看千字誄木杪見龜趺

過建昌李野夫公擇故居

彭蠡東北源廬阜西南麓何人脩水上種此一雙玉思之不可見破宅餘脩竹四鄰戒莫犯十畝森似束

我來仲夏初解籜呈新綠幽鳥向我鳴野人留我宿
褰同不忍去微月挂喬木遙想他年歸解組巾一幅
對床老兄弟夜雨鳴竹屋臥聽鄰寺鐘書窗耿殘燭

初入廬山三首

青山若無素偃蹇不相親要識廬山面他年是故人
山南山面也

自昔懷清賞神游杳藹間如今不是夢真箇在廬山

芒鞋青竹杖自挂百錢游可怪深山裏人人識故侯

圓通禪院先君舊游也四月二十四日晚至宿焉明日忌日也乃手寫寶積獻蓋頌佛一偈以贈長老僊公僊拊掌笑曰昨夜夢寶蓋飛下著處輒出火豈此祥乎乃作是詩院有蜀僧宣逮事訥長老識先君云

石耳峯頭路接天梵音堂下月臨泉此生初飲廬山水他日徒參雪竇禪袖裏寶書猶未出夢中飛蓋已先傳何人更識嵇中散野鶴昂藏未是仙

子由在筠作東軒記或戲之爲東軒長老其壻曹煥往筠余作一絕句送曹以戲子由曹過廬山出以示圓通慎長老慎欣然亦作一絕送客出門歸入室趺坐化去子

由聞之乃作二絕一以答予一以答慎明

年余過圓通始得其詩乃追次慎韻

君到高安幾日回一時得數舊塵埃贈君一籠牢收取盛取東軒長老來余送曹詩

東軒長老未相逢已見黃州一信通何必揚眉資目擊須知千里事同風慎老和余韻

東軒只似虛空樣何處人家籠解盛縱使盛來無處著雪堂自有老師兄予由答予詩

擔頭挑得黃州籠行過圓通一笑開却到山前人已寂亦無一物可擔回予由答慎詩

大士何曾有生死小儒低處覓窮通偶留一吷千山上散作人間萬竅風余和慎詩

余過溫泉壁上有詩云直待衆生總無垢我方清冷混常流問人云長老可遵作遵已退居圓通亦作一絕

石龍有口口無根自在流泉誰吐吞若信衆生本無垢此泉何處覓寒溫

世傳徐凝瀑布詩云一條界破青山色至爲塵陋又僞作樂天詩稱美此句有賽不得之語樂天雖涉淺易然豈至是哉乃戲

作一絕

帝遣銀河一派垂古來惟有謫仙詞飛流濺沫知多少不與徐凝洗惡詩

書李公擇白石山房

偶尋流水上崔嵬五老蒼顏一笑開若見謫仙煩寄語匡山頭白早歸來

贈東林總長老

溪聲便是廣長舌山色豈非清淨身夜來八萬四千偈他日如何舉似人

題西林壁

橫看成嶺側成峯遠近高低無一同不識廬山真面目只緣身在此山中

廬山二勝并敘

余游廬山南北得十五六其勝殆不可勝紀而懶不作詩獨擇其尤者作二首

開先漱玉亭

高巖下赤日深谷來悲風擘開青山峽飛出兩白龍亂沫散霜雪古潭搖清空餘流滑無聲快寫雙石硔我來不忍去月出飛橋東蕩蕩白銀闕沉沉水精宮願隨琴高生腳踏赤鯶公手持白芙蕖跳下清冷中

栖賢三峽橋

吾聞太山石積日穿綫溜況此百雷霆萬世與石鬬深行九地底嶮出三峽右長輸不盡溪欲滿無底竇跳波翻潛魚震響落飛狖清寒入山骨草木盡堅瘦空濛煙靄間澒洞金石奏彎彎飛橋出瀲瀲半月彀玉淵神龍近雨雹亂晴晝垂缾得清甘可嚥不可漱

陶驥子駿佚老堂二首

文舉與元禮尚得稱世舊淵明吾所師夫子乃其後挂冠不待年亦豈爲五斗我歌歸來引余增損淵明歸去來以就聲律謂之歸來引千載信尚友相逢黃卷中何似一盃酒君醉我且歸明朝許來否我從廬山來目送孤飛雲路逢陸道士知是千歲人試問當時友虎溪已埃塵似聞佚老堂知是幾世孫能爲五字詩仍戴漉酒巾人呼小靖節自號葛天民

和李太白幷敘

李太白有潯陽紫極宮感秋詩紫極宮今天慶觀也道士胡洞微以石本示予蓋其師卓玘之所刻玘有道術節義過人今亡矣太白詩云四十九年非一往不可復今予亦四十九感之次其韻玉芝一名瓊田草洞微種之七八年矣云更數年可食許以遺余故

并記之

何處聞秋聲脩脩北窗竹回薄萬古心攬之不盈掬靜坐觀衆妙浩然媚幽獨白雲南山來就我簷下宿懶從唐生決差訪季主卜四十九年非一往不可復野情轉蕭散世道有翻覆陶令歸去來田家酒應熟寄臥虛寂堂月明浸疎竹泠然洗我心欲飲不可掬流光發永歎自昔非予獨行年四十九還此北窗宿緬懷卓道人白首寓醫卜謫仙固遠矣此士亦難復世道如奕棋變化不容覆惟應玉芝老待得蟠桃熟

次韻道潛留別

為聞廬岳多真隱故就高人斷宿攀已喜禪心無別語尚嫌剃髮有詩班異同更莫疑三語物我終當付八還到後與君開北戶舉頭三十六青山

東坡集卷第十三

東坡集卷第十四

詩七十九首

岐亭五首并敘

元豐三年正月余始謫黃州至岐亭北二十五里山上有白馬青蓋來迎者則余故人陳慥季常也爲留五日賦詩一篇而去明年正月復往見之季常使人勞余於中塗余久不殺恐季常之爲余殺也則以前韻作詩爲殺戒以遺季常季常自爾不復殺而岐亭之人多化之有不食肉者其後數往見之往必作詩詩必以前韻凡余在黃四年三往見季常而季常七來見余蓋相從百餘日也七年四月余量移汝州自江淮徂雒送者皆止慈湖而季常獨至九江乃復用前韻通爲五篇以贈之

昨日雲陰重東風融雪汁遠林草木暗近舍煙火溼下有隱君子嘯歌方自得知我犯寒來呼酒意頗急拊掌動鄰里遶村捉鵝鴨房櫳鏘器聲蔬果照巾羃久聞蔞蒿美初見新芽赤洗盞酌鵝黃磨刀削熊白須臾我徑醉坐睡落巾幘醒時夜向闌唧唧銅缾泣黃州豈云遠但恐朋友缺我當安所主君亦無此客朝來靜庵中惟見峯巒集

我哀籃中蛤閉口護殘汁又哀網中魚開口吐微溼
刳腸彼交病過分我何得相逢未寒溫相勸此最急
不見盧懷愼烝壺似烝鴨坐客皆忍笑髡然發其冪
不見王武子每食刀机赤琉璃載烝豚中有人乳白
盧公信寒陋衰髮得滿幘武子雖豪華未死神已泣
先生萬金璧護此一蟻缺一年如一夢百歲眞過客
君無廢此篇嚴詩編杜集

君家蜂作窠歲歲添漆汁我身牛穿鼻卷舌聊自溼
二年三過君此行眞得得愛君似劇孟叩門知緩急
家有紅頰兒能唱綠頭鴨行當隔簾見花霧輕冪冪
爲我取黃封親拆官泥赤仍須煩素手自點葉家白
樂哉無一事十年不蓄幘閉門弄添丁哇笑雜呱泣
西方正苦戰誰補將帥缺披圖見八陣合散更平聲
主客不須親戎行坐論教君集

酸酒如虀湯甜酒如蜜汁三年黃州城飲酒但飲溼
我如更揀擇一醉豈易得幾思壓茅柴禁網日夜急
西鄰推甕盎醉倒猪與鴨君家大如掌破屋無遮冪
何從得此酒冷面妬君赤定應好事人千石供李白
爲君三日醉蓬髮不暇幘夜深欲踰垣臥想春甕泣
君奴亦笑我鬢齒行禿缺三年已四至歲歲遭惡客

人生幾兩屐莫厭頻來集

枯松強鑽膏槁竹欲瀝汁兩窮相值遇相哀莫相逕不知我與君交遊竟何得心法幸相語頭然未爲急願爲穿雲鶻莫作將雛鴨我行及初夏煮酒映疏冪故鄉在何許西望千山赤茲遊定安歸東泛萬頃白一歡寧復再起舞花墮幘將行出苦語不用兒女泣吾非固多矣君豈無一缺各念別時言閉戶謝衆客空堂淨掃地虛白道所集

郭祥正家醉畫竹石壁上郭作詩爲謝且遺古銅劍二

空腸得酒芒角出肝肺槎牙生竹石森然欲作不可回吐向君家雪色壁平生好詩仍好畫書牆涴壁長遭罵不嗔不罵喜有餘世間誰復如君者一雙銅劍秋水光兩首新詩爭劍鋩劍在床頭詩在手不知誰作蛟龍吼

龍尾硯歌并引

余舊作鳳咮石硯銘其略云蘇子一見名鳳咮坐令龍尾羞牛後已而求硯於歙歙人云子自有鳳咮何以此爲蓋不能平也奉議郎方君彥德有龍尾大硯奇甚謂余若能作詩少解前語者當奉餉乃作此詩

黃琮白琥天不惜顧恐貪夫死懷璧君看龍尾豈石材玉德金聲寓於石與天作石來幾時與人作硯初不辭詩成鮑謝石何與筆落鍾王硯不知錦茵玉匣俱塵垢擣練支床亦何有況瞋蘇子鳳咮銘戲語相嘖作牛後碧天照水風吹雲明窗大几清無塵我生天地一閑物蘇子亦是支離人麤言細語都不擇春蚓秋蛇隨意畫願從蘇子老東坡仁者不用生分別

張近幾仲有龍尾子石硯以銅劍易之

我家銅劍如赤蛇君家石硯蒼璧橢而窪君持我劍向何許大明宮裏玉佩鳴衝牙我得君硯亦安用雪堂窗下爾雅箋蟲鰕二物與人初不異飄落高下隨風花蒯緱玉具皆外物視草草玄無等差君不見秦趙城易璧指圖睨柱相矜誇又不見二生妾換馬驕鳴啜泣思其家不如無情兩相與永以爲好譬之桃李與瓊華

張作詩送硯反劍乃和其詩卒以劍歸之

贈君長鋏君當歌每食無魚歎委蛇一朝得見暴公子欇具欲與冠爭峩豈比杜陵貧病叟終日長鑱隨短蓑斬蛟刺虎老無力帶牛佩犢吏所訶故將換硯豈無意恐君琱琢傷天和作詩反劍亦何謂知君欲

以詩相磨報章苦恨無好語試向君硯求餘波詩成劍往硯應笑那將屋漏供懸河

去歲九月二十七日在黃州生子名遯小名幹兒頎然穎異至今年七月二十八日病亡於金陵作二詩哭之

吾年四十九羈旅失幼子幼子眞吾兒眉角生已似未期觀所好蹁躚逐書史搖頭却梨栗似識非分恥吾老常鮮歡賴此一笑喜忽然遭奪去惡業我累爾衣薪那免俗變滅須臾耳歸來懷抱空老淚如瀉水

我淚猶可拭日遠當日忘母哭不可聞欲與汝俱亡故衣尚懸架漲乳已流床感此欲忘生一臥終日僵中年忝聞道夢幻講已詳儲藥如丘山臨病更求方仍將恩愛刃割此衰老腸知迷欲自反一慟送餘傷

葉濤致遠見和二詩復次其韻 濤顛倒元韻

平生無一女誰復歎爾耳滯留生此兒足慰周南史那知非眞實造物聊戲爾煩惱初無根恩愛爲種子煩公爲假說反復相指似欲除苦海浪先乾愛河水弃置一寸鱗悠然笑侯喜爲公寫餘習鉼罍一時恥

聞公少已悟拄杖久倚牀笑我老而癡負鼓欲求亡庶幾東門子柱史安敢望嗜毒戲猛獸虞患先不詳

囊破蛇已走尚未省蠹傷妙哉兩篇詩洗我千結腸黯蠶不作蠒未老輒自僵永謝湯火厄泠然超無方

次荊公韻四絶

青李扶疏禽自來清真逸少手親栽深紅淺紫從爭發雪白鵝黃也鬬開

斫竹穿花破綠苔小詩端爲覓榿栽細看造物初無物春到江南花自開

騎驢渺渺入荒陂想見先生未病時勸我試求三畝宅從公已覺十年遲

甲第非眞有閑花亦偶栽聊爲清淨供却對道人開公病後捨宅作寺

張庖民挽詞

東晉巾車令西京執戟郎甘心向山水結髮事文章故自輕千户何曾羨一囊天高鬼神惡骨朽姓名芳庾嶺銘旌暗秦淮舊宅荒吾詩不用刻妙語有黃香黃魯直作哀詞

次韻葉致遠見贈

欲求五畝寄樵蘇所至遲留似賈胡信命不須歌去汝逢人未免歎猶吾人皆勸我杯中物我獨憐君屋上烏一技文章何足道要言磨却是文殊

次韻杭人裴維甫

餘杭門外葉飛秋尚記居人挽去舟一別臨平山上塔五年雲夢澤南州淒涼楚些緣吾發邂逅秦淮爲子留寄謝西湖舊風月故應時許夢中游

次韻段縫見贈

季子東周負郭田須知力穡是家傳細思種薤五十本大勝取禾三百廛若得與君連北巷故應終老忘西川短衣疋馬非吾事只擬關門不問天

題孫思邈真

先生一去五百載猶在峨眉西崦中自爲天仙足官府不應尸解坐蟲蟲

戲作鮰魚一絶

粉紅石首仍無骨雪白河豚不藥人寄語天公與河伯何妨乞與水精鱗

同王勝之游蔣山

到郡席不暖居民空惘然好山無十里遺恨恐他年欲款南朝寺同登北郭船朱門收畫戟紺宇出青蓮荆公宅已爲寺夾路蒼髯古迎人翠麓偏龍腰蟠故國鳥爪寄曾巔竹杪飛華屋松根泣細泉峯多巧障日江遠欲浮天略彴横秋水浮屠插暮煙歸來踏人影

雲細月娟娟

至眞州再和二首

老手王摩詰窮交孟浩然論詩曾伴直話舊已忘年北上難陪驥東行且趁船離亭花映肉醉眼鷺窺蓮棹轉三山汲風回五兩偏荒祠過瓜步古甃墮松巔聞道清香閣新篘白玉泉莫教門掩夜坐待月流天小院檀槽鬧空庭樺燭煙公詩便堪唱爲付小嬋娟

公顏如雪柏千載故依然笑我無根柳空中不待年肯留歸鷁旆坐待逆風船特許門傳籥那知箭起蓮相逢月上後小語坐西偏流落千帆側追思百尺巔躬耕懷谷口水石羨平泉茅屋歸元亮霓裳醉樂天行聞宣室召歸近御爐煙未用歌池上隨宜教李娟

次韻答寶覺

芒鞵竹杖布行纏遮莫千山更萬山從來無腳不解滑誰信石頭行路難

眉子石硯歌與胡誾

君不見成都畫手開十眉橫雲却月爭新奇游人指點小顰處中有漁陽胡馬嘶又不見王孫青瑣橫雙碧腸斷浮空遠山色書生性命何足論坐費千金買消渴爾來喪亂愁天公謫向君家書硯中小窗虛幌

相嫵媚令君曉夢生春紅毗耶居士談空處結習已
空花不住試教天女爲磨鉛千偈瀾翻無一語

以玉帶施元長老元以納裙相報次韻

病骨難堪玉帶圍鈍根仍落箭鋒機欲教乞食歌姬
院故與雲山舊衲衣

此帶閱人如傳舍流傳到我亦悠哉錦袍錯落真相
稱乞與佯狂老萬回

次韻滕元發許中途秦少游

二公詩格老彌新醉後狂吟許野人坐看青丘吞澤
芥自慚黃潦薦溪蘋兩邦旌纛光相照十畝鋤犂手
自親何似秦郎妙天下明年獻頌請東巡

送金山鄉僧歸蜀開堂

撞鐘浮玉山迎我三千指衆中聞謦欬未語知鄉里
我非箇中人何以默識子振衣忽歸去隻影千山裏
涪江與中泠共此一味水冰盤薦琥珀何似糖霜美

送沈逵赴廣南

嗟我與君皆丙子四十九年窮不死君隨幕府戰西
羌夜渡冰河斫雲壘飛塵漲天箭洒甲歸對妻孥真
夢耳我謫黃岡四五年孤舟出沒煙波裏故人不復
通問訊疾病飢寒疑死矣相逢握手一大笑白髮蒼

顏略相似我方北渡脫重江君復南行輕萬里功名如幻何足計學道有涯真可喜岣嶁丹砂已付君汝陽韲盎吾何恥君歸赴我雞黍約買田築室從今始

豆粥

君不見呼沱流澌車折軸公孫倉皇奉豆粥溼薪破竈自燎衣飢寒頓解劉文叔又不見金谷敲冰草木春帳下烹煎皆美人萍虀豆粥不傳法咄嗟而辦石季倫干戈未解身如寄聲色相纏心已醉身心顛倒自不知更識人間有真味豈如江頭千頃雪色蘆茆簷出沒晨煙孤地碓舂秔光似玉沙缾煮豆軟如酥我老此身無着處賣書來問東家住臥聽雞鳴粥熟時蓬頭曳履君家去

秦少游夢發殯而葬之者云是劉發之柩是歲發首薦秦以詩賀之劉涇亦作因次其韻

君看三代士執雉本以殺身為小補居官死職戰死綏夢尸得官真古語五行勝己斯為官官如草木吾如土仕而未祿猶賓客待以純臣蓋非古餽焉曰獻稱寡君豈比公卿相爾汝世衰道微士失己得喪悲懽友其故草袍蘆箠相嫵媚飲食嬉遊事羣聚曲江

舩舫月燈毬是謂舞殯而歌墓看花走馬到東野餘子紛紛何足數二生年少雨豪逸詩酒不知軒冕苦故令將仕夢發棺勸子勿爲官所腐塗車芻靈皆假設著眼細看君勿誤時來聊復一飛鳴進隱不須煩伍舉

金山夢中作

江東賈客木緜裘會散金山月滿樓夜半潮來風又熟臥吹簫管到揚州

次韻周穜惠石銚

銅腥鐵澀不宜泉愛此蒼然深且寬蟹眼翻波湯已作龍頭拒火柄猶寒薑新鹽少茶初熟水漬雲蒸蘚未乾自古函牛多折足要知無腳是輕安

次韻蔣頴叔

月明驚鵲未安枝一棹飄然影自隨江上秋風無限浪枕中春夢不多時瓊林花草聞前語罨畫溪山指後期豈敢便爲雞黍約玉堂金殿要論思 蔣詩記及第時瓊林宴坐中所言且約同卜居陽羨

龜山辯才師

此生念念浮雲改寄語長淮今好在故人宴坐虹梁南新河巧出龜山背木魚呼客振林莽鐵鳳橫空飛

綵繪忽驚堂宇變雄深坐覺風雷生謦欬羨師游戲
浮漚間笑我榮枯彈指內嘗茶看畫亦不惡問法求
詩了無礙千里孤帆又獨來五年一夢誰相對何當
來世結香火永與名山躬井碓

贈潘谷

潘郎曉踏河陽春明珠白璧驚市人那知望拜馬蹄
下買中一斛泥與塵何似墨潘穿破褐琅琅翠餅敲
玄笏布衫漆黑手如龜未害冰壺貯秋月世人重耳
輕目前區區張李爭媸妍一朝入海尋李白空看人
間畫墨仙

徐大正閑軒

冰蠶不知寒火鼠不知暑知閑見閑地已覺非閑侶
君看東坡翁懶散誰比數形骸墮醉夢生事委塵土
早眠不見燈晚食或欺午臥看氈取盜坐視麥漂雨
語希舌頰強行少腰腳僂五年黃州城不踏黃州鼓
人言我閑客置此閑處所問閑作何味如眼不自覩
頗訝徐孝廉得閑能幾許介子願奉使翁歸備文武
應緣不耐閑名字挂庭宇我詩為閑作更得不閑語
君如汗血駒轉盼略燕楚莫嫌鑾輅重終勝鹽車苦

蒜山松林中可卜居余欲僦其地地屬金

山故作此詩與金山元長老
魏王大瓠無人識種成何翅實五石不辭破作兩大尊只憂水淺江湖窄我材濩落本無用虛名驚世終何益東方先生好自譽孟賁子路幷爲一杜陵布衣老且愚信口自比契與稷莫年欲學柳下惠嗜好酸鹹不相入金山也是不羈人早歲聞名晚相得我醉而嬉欲仙去旁人笑倒山謂實問我此生何所歸笑指浮休百年宅蒜山幸有閑田地招此無家一房客

王中父哀詞幷敘

仁宗朝以制策登科者十五人軾忝冒時尚有富彥國張安道錢子飛吳長文夏公西陳令舉錢醇老王中父幷軾與家弟轍九人存焉其後十有五年哭中父於密州作詩弔之則子飛長文令舉沒矣又八年軾自黃州量移汝海與中父之子沇之相遇於京口相持而泣則十五人者獨三人存耳蓋安道及軾與家弟而已嗚呼悲夫乃復次前韻以遺沇之時沇之亦以罪謫家于錢塘云

生芻不獨比前人束藁端能廢謝鯤子達想無身後念吾衰不復夢中論已知毅豹爲均死未識荆凡定孰存堪笑東坡癡鈍老區區猶記刻舟痕

蔡景繁官舍小閣

使君不獨東南美典刑長記先君子戲嘲王叟短轅車肯為徐郎書紙尾三年弭節江湖上千首放懷風月裏手開東閣坐虛明目淨東溪照清泚素琴濁酒容一榻落霞孤鶩供千里大舫何時繫門柳小詩屢欲書總紙文昌新構滿鵷鷺都邑正喧收杞梓相逢一醉豈有命南來寂寞君歸矣

高郵陳直躬處士畫鴈二首

野鴈見人時未起意先改君從何處看得此無人態無乃槁木形人禽兩自在北風振枯葦微雪落璀璀慘淡雲水昏晶熒沙礫碎弋人悵何慕一舉渺江海

衆禽事紛爭野鴈獨閑絜徐行意自得俯仰老有節我衰寄江湖老伴雜鵝鴨作書問陳子曉景畫苕霅依依聚圓沙稍稍動斜月先鳴獨鼓翅吹亂蘆花雪

和王斿二首 斿平父子

異時長怪謫仙人舌有風雷筆有神聞道騎鯨遊汗漫憶嘗捫蝨話悲辛氣吞餘子無全目詩到諸郎尚絕倫白髮故交空掩卷淚河東注問蒼旻

嫋嫋春風送度關娟娟霜月照生還遲留歲莫江淮上來往君家伯仲間未厭冰灘吼新洛且看松雪媚

南山野梅官柳何時動飛蓋長橋待子閑

次韻張畹

新洛霜餘兩岸隆塵埃舉袂識西風臨淮自古多名士樽酒相從樂寓公半日偷閑歌嘯裏百年待盡往來中知君不向窮愁老尚有清詩氣吐虹

次韻王定國南遷回見寄

土暈銅花蝕秋水要須悍石相礱砥十年冰蘗戰膏粱萬里煙波濯紈綺歸來詩思轉清激百丈空潭數魴鯉逝將桂浦擷蘭蓀不記槐堂收劍履却思庾嶺今何在更說彭城真夢耳來詩述彭城舊游君知先竭是甘井我願得全如苦李妄心不復九回腸至道終當三洗髓廣陵陽羨何足較只有無何真我里余買田陽羨來詩以爲不如廣陵樂全老子今禪伯張安道也定國其壻掣電機鋒不容擬心通豈復問云云何印可聊須答如是相逢爲我話留滯桃花春漲孤舟起

贈梁道人

採藥壺公處處過笑看金狄手摩挲老人大父識君久造物小兒如子何寒盡山中無歷日雨斜江上一漁簑神仙護短多官府未厭人間醉踏歌

題雍秀才畫草蟲八物

促織

月叢號耿耿露葉泣漙漙夜長不自暖那憂公子寒

蟬

蛻形濁汙中羽翼便翾好秋來間何闊已抱寒莖槁

蝦蟆

悍目知誰瞋皤腹空自脹慎勿困蜈蚣飢虵不汝放

蜣蜋

洪鍾起暗室飄瓦落空庭誰言轉丸手能作殷牀聲

天水牛

兩角徒自長空飛不服箱爲牛竟何事利吻穴枯桑

蝎虎

跂跂有足蛇脈脈無角龍爲虎君勿笑食盡蠆尾蟲

蝸牛

腥涎不滿殼聊足以自濡升高不知回竟作黏壁枯

鬼蝶

雙眉卷鐵絲兩翅暈金碧初來花爭妍忽去鬼無迹

泗州南山監倉蕭淵東軒二首

偶隨樵父採都梁（南山名都梁山山出都梁香故也）竹屋松扉試乞漿但見東軒堪隱几不知公子是監倉溪中亂石牆垣古山下寒蔬匕箸香我是江南舊游客挂

冠知有老蕭郎

北望飛塵苦晝霾洗心聊復寄東齋珍禽聲好猶思越野橘香清未過淮有信微泉來遠嶺無心明月轉空堦一官倉庾真堪老坐看松根絡斷崖

泗州除夜雪中黄師是送酥酒二首

莫雪紛紛投碎米春流咽咽走黄沙舊游似夢徒能說逐客如僧豈有家冷硯欲書先自凍孤燈何事獨成花使君半夜分酥酒驚起妻孥一笑譁

關右土酥黄似酒揚州雲液却如酥欲從元放覓拄杖忽有麴生來座隅對雪不堪令飽煖隔船應已厭歌呼明朝積玉深三尺高枕床頭尚一壺

章錢二君見和復次韻答之

黄昏已作風翻絮半夜猶驚月在沙照汴玉峯明佛剎隔淮雲海暗人家來麰有信迎三白詹匐無香散六花詹匐梔子花也與雪花皆六出欲喚阿咸來守歲林烏櫪馬鬬喧譁

分無纖手裁春勝況有新詩點蜀酥醉裏冰髭失纓絡夢回布被起廉隅君應旅睫寒生暈我亦飢腸夜自呼明日南山春色動不知誰佩紫微壺

正月一日雪中過淮謁客回作二首

十里清淮上長堤轉雪龍氷崖落屐齒風葉亂裘茸

萬頃穿銀海千尋渡玉峯從來修月手合在廣寒宮

攢眉有底恨得句不妨清霽霧開寒谷飢鴉舞雪城

橋聲春市散塔影莫淮平不用殘燈火船窗夜自明

劉乙新作射亭乙新嘗知眉州

蘭玉當年刺史家雙韝馳射笑穿花而今白首閑騶馬只有清樽照畫蛇寂寂小軒蛛網遍陰陰垂柳凴行斜手柔弓燥春風後置酒看君中戟牙

孫莘老寄墨四首

徂徠無老松易水無良工珍材取樂浪妙手惟潘翁潘谷作墨雜用高麗煤魚胞熟萬杵犀角盤雙龍墨成不敢用進入蓬萊宮蓬萊春晝永三殿明房櫳金箋洒飛白瑞霧縈長虹遙憐醉常侍一笑開天容

谿石琢馬肝剡藤開玉版噓噓雲霧出奕奕龍蛇綰此中有何好秀色紛滿眼故人歸天祿古漆窺蠹簡隃麋給尚方老手擅編刻分餘幸見及流落一歎赧

我貧如飢鼠長夜空齩齧瓦池研竈煤葦管書柿葉近者唐夫子遠致烏玉玦唐林夫寄張遇墨半丸先生又繼之圭璧爛箱篋清窗洗硯坐虵蚓稍蟠結便有好事人敲門求醉帖

吾窮本坐詩久服朋友戒五年江湖上閉口洗殘債今來復稍稍快癢如爬疥先生不譏訶又復寄詩械幽光發奇思點黮出荒怪詩成一自笑故疾逢鰕蟹

留題蘭皋亭

雪後東風未肯和扣門還客夜經過不知舊竹生新筍但見清伊換濁河無復往來乘下澤聊同笑語說東坡明年我亦開三徑寂寂兼無雀可羅

和人見贈

只寫東坡不著名此身已是一長亭壯心無復春流起衰鬢從教病葉零知有雪兒供筆硯應嗤竈婦洗盆缾回來索酒公應厭京口新傳作客經

和田仲宣見贈

頭白江南醉司馬寬心時復喚殷兄寒潮不應淮無信客路相隨月有情未許低頭拜東野徒言共飲勝公榮好詩惡韻那容和刻燭應須便置觥

和王勝之三首

城上湖光暖欲波美人唱我踏春歌魯公賓客皆詩酒誰是神仙張志和

齋釀如澠漲綠波公詩句句可弦歌流觴曲水無多日更作新詩繼永和

要知太守憐孤客不惜陽春和俚歌坐睡樽前呼不應爲公雕琢損天和

記夢并敘

樂全先生夢人以詩三篇示之字皆旁行而不可識旁有人道衣古貌爲讀其中一篇云人事且常在留質悟圓間凡四句覺而忘其二以告其客蘇軾軾以私意廣之云

圓間有物物間空豈有圓空入井中不信天形眞箇樣故應眼力自先窮連環已解如神手萬竅猶號未濟風稽首問公公大笑本來誰礙更求通

東坡集卷第十四

東坡集卷第十五

詩七十二首

寄蘄簟與蒲傳正

蘭溪美箭不成笛離離玉筋排霜脊千溝萬縷自生風入手未開先慘慄公家列屋閑蛾眉珠簾不動花陰移霧帳銀牀初破睡牙籤玉局坐彈棋東坡病叟長羇旅凍臥飢吟似飢鼠倚賴春風洗破衾一夜雪寒披故絮火冷燈青誰復知孤舟兒女自憂咿皇天何時反炎燠愧此八尺黃琉璃願公淨掃清香閣臥聽風漪聲滿榻習習還從兩腋生請公乘此朝閶闔

寄怪石石斛與魯元翰

山骨裁方斛江珍拾淺灘清池上几案碎月落盃盤老去懷三友平生困一簞堅姿聊自儆秀色亦堪餐好去髯卿舍憑將道眼看東坡最後供霜雪照人寒

漁父四首

漁父飲誰家去魚蟹一時分付酒無多少醉爲期彼此不論錢數

漁父醉蓑衣舞醉裏却尋歸路輕舟短棹任斜橫醒後不知何處

漁父醒春江午夢斷落花飛絮酒醒還醉醉還醒一

笑人間今古

漁父笑輕鷗舉漠漠一江風雨江邊騎馬是官人借我孤舟南渡

李憲仲哀詞并敘

同年友李君諱惇字憲仲賢而有文不幸早世軾不及與之游也而識其子廌有年矣廌自陽翟見余於南京泣曰吾祖母邊母馬前母張與君之喪皆未葬貧不敢以飢寒爲戚顧四喪未舉死不瞑目矣適會故人梁先吉老聞余當歸耕陽羨以絹十匹絲百兩爲贐詞之不可乃以遺廌曰此亦仁人之餽也既又作詩以告知君與廌者庶幾皆有以助之廌年二十五其文燁然氣節不凡此豈終窮者哉

大夢行當覺百年特未滿追哀已逝人長眠寄孤館念我同年生意長日月短鹽車因顛躓烈火廢圭瓚後生有奇骨出語已精悍蕭然野鶴姿誰復識中散有生寓大塊死者誰不窾嗟君獨久客不識黃土暖推衣助孝子一溉滋湯旱誰能脫左驂大事不可緩

贈眼醫王生彥若

鍼頭如麥芒氣出如車軸間關絡脈中性命寄毛粟而況清淨眼內景含天燭琉璃貯沆瀣輕脆不任觸

而子於其間來往施鋒鏃笑談紛自若觀者頸爲縮
運鉞如運斤去翳如拆屋常疑子善幻他技雜符祝
子言吾有道此理君未矚形骸一塵垢貴賤兩草木
世人方重外妄見瓦與玉而我初不知刺眼如刺肉
君看目與翳是翳要非目目翳苟二物易分如麥菽
寧聞老農夫去草更傷穀鼻端有餘地肝膽分楚蜀
吾於五輪間蕩蕩見空曲如行九軌道並驅無擊轂
空花誰開落明月自朏朒請問樂全堂忘年老尊宿

彥若樂全先生門下醫也

與歐育等六人飲酒

忽驚春色二分空且看樽前半丈紅苦戰知君便白
羽倦遊憐我憶黃封年來齒髮老未老此去江淮東
復東記取六人相會處引杯看劍坐生風

觀杭州鈐轄歐育刀劍戰袍

青綾納衫暖襯甲紅線勒巾光遶脅禿襟小袖鵰鶻
盤大刀長劍龍蛇插兩軍鼓噪屋瓦墜紅塵白羽紛
相戛將軍恩重此身輕笑履鋒鋩如一揑書生只肯
坐帷幄談笑毫端弄生殺叫呼擊鼓催上等猛士應
憐小兒黠試問黃河夜偷渡掠面驚沙寒霎霎何如
大艦日高眠一枕清風過苕霅

王伯敭所藏趙昌畫四首

梅花

南行渡關山沙水清練練行人已愁絕日暮集微霰殷勤小梅花髣髴吳姬面暗香隨我去回首驚千片至今開畫圖老眼淒欲泫幽懷不可寫歸夢君家倩

黃葵

弱質困夏永奇姿蘇曉涼低昂黃金杯照耀初日光檀心自成暈翠葉森有芒古來寫生人妙絕誰似昌晨妝與午醉真態含陰陽君看此花枝中有風露香

芙蓉

清飈已拂林積水漸收潦谿邊野芙蓉花水相媚好坐看池蓮盡獨伴霜菊槁幽姿強一笑莫景迫摧倒淒涼似貧女嫁晚驚衰早誰寫少年容樵人劍南老

山茶

蕭蕭南山松黃葉隕勁風誰憐兒女花散火冰雪中能傳歲寒姿古來惟丘翁趙叟得其妙一洗膠粉空掌中調丹砂染此鶴頂紅何須誇落墨獨賞江南工

寄吳德仁兼簡陳季常

東坡先生無一錢十年家火燒凡鉛黃金可成河可塞只有霜鬢無由玄龍丘居士亦可憐談空說有夜

不眠忽聞河東獅子吼拄杖落手心茫然誰似濮陽公子賢飲酒食肉自得仙平生寓物不留物在家學得忘家禪門前罷亞十頃田清溪遶屋花連天溪堂醉臥呼不醒落花如雪春風顛我遊蘭溪訪清泉已辦布襪青行纏稽山不是無賀老我自興盡回酒船恨君不識顏平原恨我不識元魯山銅駝陌上會相見握手一笑三千年

題王逸少帖

顛張醉素兩禿翁追逐世好稱書工何曾夢見王與鍾妄自粉飾欺盲聾有如市倡抹青紅妖歌嫚舞眩兒童謝家夫人談丰容蕭然自有林下風天門蕩蕩驚跳龍出林飛鳥一掃空爲君草書續其終待我他日不忽忽

書林逋詩後

吳儂生長湖山曲呼吸湖光飲山淥不論世外隱君子傭兒販婦皆冰玉先生可事絶俗人神清骨冷無由俗我不識君曾夢見瞳子瞭然光可燭遺篇妙字處處有步繞西湖看不足詩如東野不言寒書似西臺差少肉平生高節已難繼將死微言猶可錄自言不作封禪書更看悲吟白頭曲逋臨終詩云茂陵異日求

遺草猶喜初無封禪書　我笑吳人不好事好作祠堂傍修竹不然配食水仙王一盞寒泉薦秋菊

和仲伯達

歸山歲月苦無多尚有丹砂奈老何繡谷只應花自染鏡潭長與月相磨君方傍海看初日我已橫江擊素波人不我知斯我貴不須雷雨起龍梭

春日

鳴鳩乳燕寂無聲日射西窗潑眼明午醉醒來無一事只將春睡賞春晴

贈袁陟

是身如虛空萬物皆我儲胡爲强分別百金買田廬不見袁夫子神馬載尻輿游於無何有一飯不願餘官湖爲我池學舍爲我居何以遺子孫此身自蘧篨薰風暗楊柳秋水淨芙蕖應觀我知子不怪子知魚

蘇子容母陳夫人挽詞

蘇陳甥舅真冰玉正始風流起頹俗夫人高節稱其家凜凜寒松映修竹雞鳴爲善日日新八十三年如一晨豈惟家室宜壽母實與朝廷生異人忘軀徇國乃吾子三仕何曾知慍喜不煩擁篲强垂魚我視去來皆夢耳誦詩相挽真區區墓碑千字多遺餘他年

太史取家傳知有班昭續漢書

歸宜興留題竹西寺

十年歸夢寄西風此去眞爲田舍翁剩覓蜀岡新井水要攜鄉味過江東

道人勸飲雞蘇水童子能煎鸎粟湯暫借藤牀與瓦枕莫教孤負竹風涼

此生已覺都無事今歲仍逢大有年山寺歸來聞好語野花啼鳥亦欣然

與孟震同遊常州僧舍

年來轉覺此生浮又作三吳浪漫遊忽見東平孟君子夢中相對說黃州

湛湛清池五月寒小山無數碧巑岏穉杉戢戢三千本且作淩雲合抱看

知君此去便歸耕笑指孤舟一葉輕待向三茆乞靈雨半篙流水贈君行

贈常州報恩長老

碧玉碗盛紅碼瑙井花水養石菖蒲也知法供無窮盡試問禪師得飽無

薦福老懷眞巧便淨慈兩本更尖新憑師爲作鐵門限準備人間請話人

次韻答賈耘老

五年一夢南司州飢寒疾病爲子憂東來六月井無水仰看古堰橫奔牛平生管鮑我知子今日陳蔡誰從丘夜航爭路泥水澁牽挽直欲來瓜洲自言嗜酒得風痺故鄉不敢居溫柔空將汎愛救溝壑衰病不復從前樂今年太守眞臥龍笑語炎天出冰雹時低九尺蒼須髯過我三間小池閣故人改觀爭來賀小兒不信猶疑錯爲君置酒飲且哦草間秋蟲亦能歌可憐老驥眞老矣無心更秣天山禾

墨花幷敘

世多以墨畫山水竹石人物者未有以畫花者也汴人尹白能之爲賦一首

造物本無物忽然非所難花心超墨暈春色散毫端縹眇形纔具扶疎態自完蓮風盡傾倒杏雨半披殘獨有狂居士求爲黑牡丹兼書平子賦歸向雪堂看

送竹几與謝秀才

平生長物擾天眞老去歸田只此身留我同行木上坐贈君無語竹夫人但隨秋扇年年在莫鬬瓊枝夜夜新堪笑荒唐玉川子莫年家口若爲親

溪陰堂

白水滿時雙鷺下綠槐高處一蟬吟酒醒門外三竿日臥看谿南十畝陰

次韻許遵

蒜山渡口挽歸艎朱雀橋邊看道裝供帳已應煩百兩擊鮮無久溷諸郎問禪時到長干寺載酒閑過綠野堂此味只憂兒輩覺逢人休道北窗涼

贈章默并敘

章默居士字志明生公侯家才性高爽弃家求道不蓄妻子與世無累而父母與兄之喪貧不能舉以是眷眷世間不能無求於人余深哀其志既有以少助之又取其言爲詩以贈其行庶幾有哀之者

章子親未葬餘生抱羸疾朝吟噎隣里夜淚腐茵席前年黑花生今歲白髮出身隨日月逝恨與天地畢願求不毛田親築長夜室難從王孫裸未忍夏后塈五陵多豪士百萬付一擲心知義財難甘就貧友乞不詞毛粟施行自丘山積此志苟朝遂夕死真不戚誓求無生理不踐有爲迹棄身屍陁林烏鳥任狼藉

送穆越州

江海相忘十五年羨君松柏蔚蒼顏四朝耆舊氷霜後兩郡風流水石閒舊政猶傳蜀父老先聲已振越

溪山樽前俱是蓬萊守莫放高樓雪月閑

贈葛葦

竹椽茆屋半摧傾肯向蜂窠寄此生長恐波頭卷室去欲將舡尾載君行小詩試擬孟東野大草閑臨張伯英消遣百年須底物故應憐我不歸耕

贈王寂

與君暫別不須嗟俯仰歸來鬢未華記取江南煙雨裏青山斷處是君家

南都妙峯亭

千尋挂雲闕十頃含風灣開門弄清泚照見雙銅鐶池臺半禾黍桃李餘榛菅無人肯回首日暮車班班史君非世人心與古佛閑時邀聲利客來洗塵埃顔新亭在東阜飛宇凌通闤古甃磨翠壁霜林散煙鬟孤雲抱商丘芳草連杏山俯仰盡法界逍遥寄人寰亭亭妙高峯了了蓬艾間五老壓彭蠡三峯照潼關均爲拳石小配此一掬慳煩公爲標指免使勤躋攀

神宗皇帝挽詞三首

文武固天縱欽明又日新化民何止聖妙物獨稱神政已三王上言皆六籍醇巍巍本無象刻畫愧孤臣

未易名堯德何須數舜功小心仍致孝餘事及平戎

典禮從周舊官儀與漢隆誰知本無作千古自承風接統真千歲膺期止一章周南稍留滯宣室送淒涼病馬空嘶櫪枯葵已泫霜餘生臥江海歸夢泣嵩邙

金山妙高臺

我欲乘飛車東訪赤松子蓬萊不可到弱水三萬里不如金山去清風半帆耳中有妙高臺雲峯自孤起仰觀初無路誰信平如砥臺中老比丘碧眼照窗几巉巉玉爲骨凜凜霜入齒機鋒不可觸千偈如翻水何須尋德雲卽此比丘是長生未暇學請學長不死

贈杜介并敘

元豐八年七月二十五日杜幾先自浙東還與余相遇於金山話天台之異以詩贈之

我夢遊天台橫空石橋小松風吹茵露翠溼香嫋嫋應真飛錫過絕澗度雲鳥舉意欲從之翛然已松杪微言粲珠玉未說意先了覺來如墮空耿耿窗戶曉羣生陷迷網獨達從古少杜叟子何人長歗萬物表妻孥空四壁振策念輕矯遂爲赤城游飛步凌縹眇問禪不歸舍屢爲瓠壺繞何人識此志佛眼自照燎我夢君見之卓爾非魔嬈仙葩發茗碗翦刻分葵蓼從今更不出閉戶閑騕褭時從佛頂巖馳下雙蓮沼

次韻孫莘老斗野亭寄子由在邵伯堰

落帆謝公渚日腳東西平孤亭得小憩莫景含餘清坐待斗與牛錯落挂南甍老僧如夙昔一笑意已傾新詩出故人舊事疑前生吾生七往來送老海上城逢人輒自哂得魚不忍烹似聞績溪老復作東都行小詩如秋菊豔豔霜中明過此感我言長篇發春榮

送楊傑并敘

無爲子嘗奉使登泰山絕頂雞一鳴見日出又嘗以事過華山重九日飲酒蓮花峯上今乃奉 詔與高麗僧統遊錢塘皆以王事而從方外之樂善哉未曾有也作是詩以送之

天門夜上賓出日萬里紅波半天赤歸來平地看跳丸一點黃金鑄秋橘太華峯頭作重九天風吹灩黃花酒浩然馳下腰帶鞓醉舞崩崖一揮手神遊八極萬緣虛下視蚊雷隱汙渠大千一息八十返笑厲東海騎鯨魚三韓王子西求法鑿齒彌天兩勍敵過江風急浪如山寄語舟人好看客

次韻送徐大正

別時酒盞照燈花知我歸期漸有涯去歲渡江萍似斗今年並海棗如瓜多情明月邀君共無價青山爲

我賒千首新詩一竿竹不應空釣漢江槎

楊康功有石狀如醉道士爲賦此詩

楚山固多猿青者黠如壽化爲狂道士山谷恣騰蹂誤入華陽洞竊飲茆君酒君命囚巖間巖石爲械杻松根絡其足藤蔓縛其肘蒼苔眯其目叢棘哽其口三年化爲石堅瘦敵瓊玖無復號雲聲空餘舞杯手樵夫見之笑抱賣易升斗楊公海中仙世俗那得友海邊逢姑射一笑微俛首胡不載之歸用此頑且醜求詩紀其異本末得細剖吾言豈妄云得之亡是叟

迨作淮口遇風詩戲用其韻

我詩如病驥悲鳴向衰草有兒真驥子一噴羣馬倒養氣勿吟哦聲名忌太早風濤借筆力勢逐孤雲掃何如陶家兒遶舍覓梨棗君看押强韻已勝郊與島

次韻徐積

殺雞未肯邀季路裹飯先須問子來但見中年隱槐市豈知平日賦蘭臺海山入夢方東去風雨留人得暫陪若說蛾眉眼前是故鄉何處不堪回

元豐七年有詔京東淮南築高麗亭館密海二州騷然有逃亡者明年軾過之歎其壯麗留一絕云

簷楹飛舞垣牆外桑柘蕭條斤斧餘盡賜昆耶作奴婢不知償得此人無

過密州次韻趙明叔喬禹功

先生依舊廣文貧老守時遭醉尉嗔汝輩何曾堪一笑吾儕相對復三人黃雞催曉淒涼曲白髮驚秋見在身一別膠西舊朋友扁舟歸釣五湖春

再過常山和昔年留別詩

傴僂山前叟迎我如迎新那知夢幻軀念念非昔人江湖久放浪朝市誰相親卻尋泉源去桃花逢避秦

再過超然臺贈太守霍翔

昔飲雩泉別常山天寒歲在龍蛇間山中兒童拍手笑問我西去何當還十年不赴竹馬約扁舟獨與漁簑閑重來父老喜我在扶挈老幼相遮攀當時襁褓皆七尺而我安得留朱顏問今太守爲誰歟護羌充國鬢未斑翔自言在燕河作屯田有功躬持牛酒勞行役無使杞菊嘲寒慳超然置酒尋舊迹尚有詩賦鑱堅頑孤雲落日在馬耳照耀金碧開煙鬟卻淇自古北流水跳波下瀨鳴玦環願公談笑作石埭坐使城郭生溪灣

予聞登州海市舊矣父老云常出於春夏今歲晚不復見矣予到官五日而去以不見爲恨禱於海神廣德王之廟明日見焉乃作此詩

東方雲海空復空羣仙出沒空明中蕩搖浮世生萬象豈有貝闕藏珠宮心知所見皆幻影敢以耳目煩神工歲寒水冷天地閉爲我起蟄鞭魚龍重樓翠阜出霜曉異事驚倒百歲翁人間所得容力取世外無物誰爲雄率然有請不我拒信我人厄非天窮潮陽太守南遷歸喜見石廩堆祝融自言正直動山鬼豈知造物哀龍鍾信眉一笑豈易得神之報汝亦已豐斜陽萬里孤鳥沒但見碧海磨青銅新詩綺語亦安用相與變滅隨東風

登州孫氏松堂

萬松誰種已摐摐半嶺蒼雲映此邦露重珠纓蒙翠蓋風來石齒碎寒江浮空兩竹橫南閣倒景扶桑射北窗坐待夕烽傳海嶠重城歸去踏逢逢

過萊州雪後望三山

東海如碧環西北卷登萊雲光與天色直到三山回我行適冬仲薄雪收浮埃黃昏風絮定半夜扶桑開參差太華頂出沒雲濤堆安期與羨門乘龍安在哉

茂陵秋風客勸爾麾一杯帝鄉不可期楚些招歸來

遺直坊并敘

富鄭公之客李君諱常登人也故太守李公諱師中榜其閭曰遺直而其子大方求詩於軾爲賦一首

使君不淚出羔鴈親扣門先生但清坐薙水已多言當時邦人化市無晨飲豚歲月曾幾何客主皆九原魯經有餘歎楚些無歸魂我作遺直詩過者式其藩

次韻趙令鑠

東坡已報六年穰惆悵紅塵白首郎枕上溪山猶可見門前冠蓋已相望故人年少真瓊樹落筆風生戰堵牆端向甕間尋吏部老來專以醉爲鄉

次韻王定國得穎倅二首

仙風入骨已凌雲秋水爲文不受塵一噫固應號地籟餘波猶足掛天紳買牛但自捐三尺射鼠何勞挽六鈞莫向百花潭上去醉翁不見與誰春

滔滔四海我知津每愧先生植杖耘自少多言晚聞道從今閉口不論文灩翻白獸樽中酒歸煑青泥坊底芹要識老僧無盡處牀前牛蟻不曾聞

次韻趙令鑠惠酒

神仙無石髓生世悲暫寓坐待玉膏流千載真旦暮

青州老從事鬲上非所部惠然肯見從知我憎市酤開缾自洗盞肴核誰與具門前聽剝啄烹魚得尺素

送范純粹守慶州

才大古難用論高常近迂君看趙魏老乃爲滕大夫浮雲無根蔕黃潦能須臾知經幾成敗得見真賢愚羽旄照城闕談笑安邊隅當年老使君赤手降於菟諸郎更何事折箠鞭其雛吾知鄧平叔不鬭月支胡

次韻王震

擕文過我治平閒霧豹當時始一班聞道吹噓借餘論故教流落得生還清篇帶月來霜夜妙語先春發病顏詩酒暮年猶足用竹林高會許時攀

次韻王定國謝韓子華過飲

楚有孫叔敖長城隱千里哀哉練裙子負薪躡破履豈無故交親逝去如覆水不如老優孟談笑託諸美世家不可恃如倚折足几祥符有賢相手提天下砥懿敏亦名公三貴德爵齒蓋棺今幾日公子誰料理誰要卿料理欲說且止止宅相開府公久爲蒼生起如何垂老別氷盤鱠蒼耳親嫌妨鷞薦相對發微沘新詩如彈丸脫手不移晷我亦老賓客苦語落紈綺莫詞三上章有道貧賤恥

惠崇春江曉景二首

竹外桃花三兩枝春江水暖鴨先知蔞蒿滿地蘆芽短正是河豚欲上時

兩兩歸鴻欲破羣依依還似北歸人遙知朔漠多風雪更待江南半月春

次韻周邠

南遷欲舉力田科三徑初成樂事多豈意殘年踏朝市有如疲馬畏陵坡羨君同甲心方壯笑我無聊鬢已皤何日西湖尋舊賞淡煙踈雨暗漁蓑

次韻胡完夫

青山別淚尚斕斑十載江湖困抱關老去上書還北闕朝來拄笏望西山相從盃酒形骸外笑說平生醉夢間萬事會須咨伯始白頭容我占清閑

次韻錢穆父

老入明光踏舊班染須那復唱陽關故人飛上金鑾殿還客來從飯顆山大筆推君西漢手一言置我二劉間便須置酒呼同舍看賜飛龍出帝閑

再次韻答完夫穆父 二公自言先世同在西掖

掖垣老吏識郎君並轡天街兩絕塵汗血固應生有種夜光那復困無因豈知西省深嚴地也著東坡病

瘦身免使謫仙明月下狂歌對影只三人

次韻答滿思復

自甘茅屋老三間豈意彤廷綴兩班紙落雲煙供醉後詩成珠玉看朝還誰言載酒山無賀記取啼烏巷有顏但恐跛牂隨赤驥青雲飛步不容攀

東坡集卷第十五

東坡集卷第十六

詩八十八首

送戴蒙赴成都玉局觀將老焉

拾遺被酒行歌處野梅官柳西郊路聞道華陽版籍中至今尚有城南杜我欲歸尋萬里橋水花風葉暮蕭蕭芋魁徑尺誰能盡榿木三年已足燒百歲風狂定何有羨君今作峩眉叟縱未家生執戟郎也應世出埋輪守莫歎老病未歸身玉局他年第幾人會待子猷清興發還須雪夜去尋君

送陳睦知潭州

華清縹渺浮高棟上有纈林藏石甕一杯此地初識君千巖夜上同飛鞚君時年少面如玉一飲百觚嫌未痛白鹿泉頭山月出寒光潑眼如流汞朝元閣上酒醒時臥聽風鑾鳴鐵鳳舊遊空在人何處二十三年真一夢我得生還雪髯滿君亦老嫌金帶重有如社燕與秋鴻相逢未穩還相送洞庭青草渺無際天柱紫蓋森欲動湖南萬古一長嗟付與騷人發嘲弄

用前韻答西掖諸公見和

雙鳧蟠礎龍纏棟金井轆轤鳴曉甕小殿垂簾白玉鉤大宛立仗朱絲鞚風馭賓天雲雨隔孤臣忍淚肝

腸痛羨君意氣風生坐落筆縱橫盤走承上樽日日寫黃封賜茗時時開小鳳閉門憐我老太玄給札看君賦雲夢金奏不知江海眩木瓜屢費瑤瓊重豈惟蹇步困追攀已覺侍史疲犇送春還宮柳腰支活雨入御溝鱗甲動借君妙語發春容顧我風琴不成弄

次韻王覿正言喜雪

聖人與天通有詔寬獄市好語夜喧街溼雪朝覆砌紛然退朝後色映宮槐媚欲夸翦刻工故上朱藍袂我方執筆待未敢書上瑞君猶伏閤爭高論亦少慰霏霏止還作盎盎風與氣神龍久潛伏一怒勢必倍行當見三白拜舞讙萬歲歸來飲君家酣詠追既醉

和蔣發運

夜雨飜千偈書來又一言此身真佛祖何處不義軒舩穩江吹坐樓空月入樽遙知思我處醉墨在頹垣

送表弟程六知楚州

炯炯明珠照雙璧當年三老蘇程石里人下道避鳩杖刺史迎門倒鳧舄我時與子皆兒童狂走從人覓梨栗健如黃犢不可恃隙過白駒那暇惜醴泉寺古垂橘柚石頭山高闇松櫟諸孫相逢萬里外一笑未解千憂積子方得郡古山陽老手風生謝刀筆我正

含毫紫微閣病眼昏花困書檄莫教印綬繫餘年去掃墳墓當有日功成頭白早歸來共藉梨花作寒食

和人假山

上黨攙天碧玉環絶河千里抱商顏試觀煙雨三峯外都在靈仙一掌間造物何如童子戲寫眞聊發使君閑何當挈取西征去畫作圍床六曲山

送王伯敭守虢

華山東麓秦遺民當時依山來避秦至今風俗含古意柔桑湶水招行人行人捽臂不回首爭入崤函土囊口惟有使君千里來欲飲三堂無事酒三堂本來一事無日長睡起聞投壺牀頭硯石開雲月澗底松根斸雪腴山棚盜散人安寢勸買耕牛發陳廩歸來只作水衡卿我欲攜壺就君飲

道者院池上作

下馬逢佳客攜壺傍小池清風亂荷葉細雨出魚兒井好能冰齒茶甘不上眉歸塗更蕭瑟眞箇解催詩

次韻子由送千之姪

江上松楠深復深滿山風雨作龍吟年來老榦都生菌下有孫枝欲出林白髮未成歸隱計青衫儻有濟時心閉門試草三千牘仄席求人少似今

書文與可墨竹并敘

士友文與可有四絶詩一楚詞二草書三畫四與可嘗云世無知我者惟子瞻一見識吾妙處旣沒七年覩其遺迹而作是詩

筆與子皆逝詩今誰爲新空遺運斤質却吊斷絃人

次韻錢舍人病起

牀下龜寒且耐支杯中蛇去未應衰殿門明日逢王傳檻具爭先看不疑坐覺香煙攜袖少獨愁花影上廊遲何妨一笑千痾散絶勝倉公飲上池

次韻和王鞏

謫仙竄夜郎子美耕東屯造物豈不惜要令工語言王郎年少日文如餅水翻爭鋒雖剽甚聞鼓或驚犇天欲成就之使觸羝羊藩孤光照微陋耿如月在盆歸來千首詩傾寫五石樽却疑彭澤在頗覺蘇州煩君看鄒忌子廉折配春温知音必無人壞壁掛桐孫

用王鞏韻送其姪震知蔡州

九門插天開萬馬先朝屯舉鞭紅塵中相見不得言夜走清虛宿扣門驚鵲翻君家汾陽家永巷車雷犇夕郎方不夕列戟以自藩相逢開月閣畫簷低金盆至今夢中語猶舉燈前樽阿戎脩玉牒未懌筆削煩

君歸助獻納坐繼岑與溫我客二子間不復尋諸孫
子美詩云權門多嚀嚌且復尋諸孫

虢國夫人夜遊圖

佳人自鞚玉花驄翩如驚燕踏飛龍金鞭爭道寶釵落何人先入明光宮宮中羯鼓催花柳玉奴絃索花奴手坐中八姨眞貴人走馬來看不動塵明眸皓齒誰復見只有丹青餘淚痕人間俯仰成今古吳公臺下雷塘路當時一笑潘麗華不知門外韓擒虎

用舊韻送魯元翰知洛州

我在東坡下躬耕三畝園君爲尚書郎坐擁百吏繁鳴蛙與鼓吹等是俗物喧永謝十年舊老死三家村惟君縫袍信到我雀羅門緬懷故人意欲使薄夫敦新年對宣室白首代堯言相逢問前輩所見多後昆道館雖云樂冷卿當復溫還持刺史節却駕朱輪軒黃髮方用事白須宜少存嗣聖眞生知拯民如救燔初因羽淵魄盡返湘江魂坐憂東郡決老守思王尊北流桑柘沒故道塵埃翻知君一寸心可敵千步垣流二云自栖止老幼忘崩犇得閑閉閣坐勿使道眼渾聊乘應捨栰直泝無生源歸來成二老夜榻當重論

次韻朱光庭初夏

朝罷人人識鄭崇直聲如在履聲中臥聞疎響梧桐
雨獨詠微涼殿閣風諫苑君方續承業醉鄉我欲訪
無功陶然一枕誰呼覺牛蟻新除病後聰

次韻朱光庭喜雨

久苦趙盾日欣逢傳說霖坐知千里足初覺兩河深
破屋常持傘無薪欲爨琴清詩似庭燎雖美未忘箴

奉敕祭西太一和韓川韻四首

聖生新除祕祝侍臣來乞豐年壽宮神君欲至半夜
靈風肅然

玉璽親題御筆金童來侍天香禮罷祝融參乘前驅
已過衡湘

解劍獨行殘月披衣困臥清風夢蝶猶飛旅枕粥魚
已響枯桐

陂水初含曉淥稻花半作秋香皁蓋却迎朝日紅雲
正遶宮牆

西太一見王荊公舊詩偶次其韻二首

秋早川原淨麗雨餘風日清酣從此歸耕劍外何人
送我池南

但有樽中若下何須墓上征西聞道烏衣巷口而今
煙草萋迷

次韻子由送陳侗知陝州

誰能如鐵牛橫身負黃河滔天不能沒尺箠未易訶世俗自無常徐公故逶迤別來不可說事與浮雲多當時無限人毀譽卽墨阿虛聲了無實夜蟲鳴機梭相逢一笑外奈此白髮何天驥皆𦒍雲長鳴飽芻禾王庭旅百寶大貝隨弓戈君獨一麾去欲賡五袴歌甘棠古樂國白酒金叵羅知君不久留治行中新科過客足嗔喜東堂記分鵝此外但坐歗後生工揣摩

送賈訥倅眉二首

當年入蜀歎空回未見峨眉肯再來童子遙知頌襦袴使君先已洗樽罍李大夫眉之賢守也鹿頭北望應逢鴈人日東郊尚有梅人日出東郊渡江游蟇頤山眉之故事也我老不堪歌樂職後生試覓子淵才

老翁山下玉淵回手植青松三萬栽父老得書知我在小軒臨水爲君開試看一一龍蛇活更聽蕭蕭風雨哀便與甘棠同不剪蒼髯白甲待歸來先君葬於蟇頤山之東二十餘里地名老翁泉君許爲一往感歎之深故及

送程建用

先生本舌耕文字浩千頃空倉付公子坐待發若穎十年困新說兒女爭捕影鑿垣種蒿蓬嘉穀誰復省

空餘南陔意太息北堂冷織屨隨方進採薪教韋逞辛勤守一經菽水賢五鼎今年聞起廢魯史復光景公子亦改官三就縶馬頸歸來一笑粲素髮颯垂領會看金花詔湯沐奉朝請天公不吾欺壽與龜鶴永

次韻李修孺留别二首

十年流落敢言歸魚鳥江湖只自知豈意青天掃雲霧盡呼黄髮寄安危風流吾子真前輩人物他年記一時我欲折緜留此老緇衣誰作好賢詩

此生别袖幾回麾夢裏黄州空自疑何處青山不堪老當年明月巧相隨窮通等是思家意衰病難堪送客悲好去江魚煑江水劍南歸路有姜詩

次韻黄魯直赤目

誦詩得非子夏學紬史正作丘明書天公戲人亦薄相略遣幻翳生明珠賴君年來屏鮮腴百千燈光同一如書成自寫蠅頭表端就君王覓鏡湖

和周正孺墜馬傷手

平生學道已神完豈復兒童私自憐醉墜何曾傷内守色憂當爲念先傳書空漸覺新詩健把蟹行看樂事全賣却老驄爲酒直大呼鄉友作新年

戲周正孺二絶

折臂三公未可知會當千鎰訪權奇勸君覊酪猶閑事腸斷閨中楊柳枝

天廄新頒玉鼻騂故人共弊亦常情相如雖老猶能賦換馬還應繼二生

題文與可墨竹 并敘

故人文與可爲道師王執中作墨竹且謂執中勿使他人書字待蘇子瞻來令作詩其側與可既沒八年而軾始還朝見之乃賦一首

斯人定何人游戲得自在詩鳴草聖餘兼入竹三昧時時出木石荒怪軼象外舉世知珍之賞會獨余最知音古難合奄忽不少待誰云死生隔相見如龔隗

潘推官母李氏挽詞

南浦淒涼老逐臣東坡還往盡幽人杯盤慣作陶家客弦誦常叨孟母鄰尚有升堂他日約豈知負土一阡新今年我欲江湖去莫雨連山宰樹春

玉堂栽花周正孺有詩次韻

故山桃李半荒榛粗報君恩便乞身竹簟暑風招我老玉堂花蕊爲誰春纖纖翠蔓詩催發皎皎霜葩髮鬪新只有來禽青李帖他年留與學書人

杜介送魚

新年已賜黃封酒舊老仍分頳尾魚陋巷關門負朝日小園除雪得春蔬病妻起斫銀絲鱠稚子讙尋尺素書醉眼矇矓覓歸路松江煙雨晚疎疎

送杜介歸揚州

再入都門萬事空閑看清洛漾東風當年帷幄幾人在回首觚稜一夢中採藥會須逢薊子問禪何處識龐翁歸來鄰里應迎笑新長淮南舊桂叢

秋詠石屏

霏霏點輕素眇眇開重陰風花亂紫翠雪外有煙林雪近勢方壯林遠意殊深會有無事人支頤識此心

和黃魯直燒香二首

四句燒香偈子隨香遍滿東南不是聞思所及且令鼻觀先參

萬卷明窗小字眼花只有斕斑一炷煙消火冷半生身老心閑

再和二首來詩言飲酒畫竹石草書

置酒未逢休沐便同越北燕南且復歌呼相和隔牆知是曹參

丹青已自前世竹石時窺一斑五字當還靜節數行誰似高閑

武昌西山并敘

嘉祐中翰林學士承旨鄧公聖求爲武昌令常遊寒溪西山山中人至今能言之軾謫居黃岡與武昌相望亦常往來溪山間元祐元年十一月二十九日考試館職與聖求會宿玉堂偶話舊事聖求嘗作元次山窪樽銘刻之巖石因爲此詩請聖求同賦當以遺邑人使刻之銘側春江淥漲蒲萄醅武昌官柳知誰栽憶從樊口載春酒步上西山尋野梅西山一上十五里風駕兩掖飛崔嵬同遊困臥九曲嶺褰衣獨到吳王臺中原北望在何許但見落日低黃埃歸來解劍亭前路蒼崖半入雲濤堆浪翁醉處今尚在石臼杯飲無樽罍爾來古意誰復嗣公有妙語留山隈至今好事除草棘常恐野火燒蒼苔當時相望不可見玉堂正對金鑾開豈知白首同夜直臥看椽燭高花摧江邊曉夢忽驚斷銅環玉鎖鳴春雷山人帳空猿鶴怨江湖水生鴻鴈來請公作詩寄父老往和萬壑松風哀

再用前韻

朱顏發過如春醅胸中梨棗初未栽丹砂未易掃白髮赤松却欲參黃梅寒溪本自遠公社白蓮翠竹依

崔嵬當時石泉照金像神光夜發如五臺飲泉鑒面得真意坐視萬物皆浮埃欲收暮景返田里遠泝江水窮離堆還朝豈獨羞老病自歎才盡傾空罍諸公渠渠若夏屋吞吐風月清隅隈我如廢井久不食古甃缺落生陰苔數詩往復相感發汲新除舊寒光開遙知二月春江闊雲浪倒卷雲峯摧石中無聲水亦靜云何解轉空山雷欲就諸公評此語要識憂喜何從來願求南宗一勺水往與屈賈湔餘哀 韋應物詩云水性本云靜石中固無聲如何兩相激雷轉空山驚

送楊孟容

我家峨眉陰與子同一邦相望六十里共飲玻瓈江江山不違人遍滿千家窗但苦窗中人寸心不自降子歸治小國洪鐘噎微撞我留侍玉坐弱步欹豐扛後生多高才名與黃童雙不肯入州府故人餘老龐慇勤與問訊愛惜霜眉厖何以待我歸寒醅發春缸

見子由與孔常父唱和詩輒次其韻余昔在館中同舍出入輒相聚飲酒賦詩近歲不復講故終篇及之庶幾諸公稍復其舊亦太平盛事也

君先魯東家門戶照千古文章固應爾須鬣餘似處

雖非蒙倛狀尚有歷國苦誦書口瀾翻布穀雜杜宇十年困犇走櫛沐飽風雨吾道其非耶野處豈兕虎灞陵閑老將柏直口尚乳自君兄弟還鼎立知有補蓬山耆舊散故事誰刪去來迎馮翊傳出餞會稽組吾猶及前輩詩酒盛冊府願君唱此風揚觶斯杜舉

趙令晏崔白大圖幅徑三丈

扶桑大繭如甕盎天女織綃雲漢上往來不遣鳳啣梭誰能鼓臂投三丈人間刀尺不敢裁丹青付與濠梁崔風蒲半折寒鴈起竹間的皪横江梅畫堂粉壁翻雲幕十里江天無處着好臥元龍百尺樓笑看江水拍天流

次韻張昌言給事省宿

馮顛久已歛殘雪戎眼何曾眩落暉朔野按行猶雀躍東臺瞑坐覺烏飛道家有烏飛入兔宮之說漫誇年少容吾在樂天詩云猶有誇張少年處笑呼張丈喚殷兄若鬬樽前舉世稀待向嵩陽求水竹一犂煙雨伴公歸

和三舍人省上三月二十九日作明日駕幸景靈宮

紛紛榮瘁何能久雲雨從來翻覆手悅如一夢墮枕中却見三賢起江右曾子開劉貢父孔經父皆江西人嗟君

中華書局聚

妙質皆瑚璉顧我虛名但箕斗明朝冠蓋蔚相望共扆翠輦朝宣光武皇已老白雲鄉正與羣帝驂龍翔獨留杞梓扶明堂

送錢承制赴廣南路分都監

當年我作表忠碑坐覺江山氣未衰舞鳳尚從天目下收駒時有渥洼姿據床到處堪吹笛橫槊何人解賦詩知是丹霞破佛手先聲應已懾羣夷 廣西僧寺頃有佛動之異錢君碎而投之江中

次韻曾子開從駕二首

街槐綠闇雨初勻瑞霧香風滿後塵清廟幸同觀濟濟豐年喜復接陳陳雍容已覺天庖賜俯伏初嘗貢茗新輦路歸來聞好語共驚堯顙類高辛

入仗魂驚愧草萊一聲清蹕九門開暉暉日傍金輿轉習習風從玉宇來流落生還真一芥周章危立近三槐 學士班近執政 道傍儻有山中舊問我收身早晚回

再和

眼花錯莫鬢霜勻病馬羸驂只自塵奉引拾遺叨侍從思歸少傅羨朱陳衰年壯觀空驚目嶮韻清詩苦鬬新最後數篇君莫厭擣殘椒桂有餘辛

憶觀滄海過東萊日照三山迤邐開挂觀飛樓淩霧起仙幢寶蓋拂天來不聞宮漏催晨箭但覺簷陰轉古槐供奉清班非老處會稽何日乞方回 時方開會稽守

次韻劉貢父省上

密雲今日破郊西疎雨脩脩未作泥要及清閑同笑語行看衰病費扶攜花前白酒傾雲液戶外青驄響月題不用臨風苦揮淚君家自與竹林齊 貢父詩中有不及與其兄原父同時之歎然其兄子仲馮今爲起居舍人

再和

當年曹守我膠西共厭餔糟與汩泥自古赤丸成習俗因公黃犢免提攜生還各有青山興病起猶能小字題莫怪歌吁數相和曾將獄市寄全齊 貢父爲曹州盜賊皆奔秦境蓋嘗有詩云從來晉盜稍奔秦

送顧子敦奉使河朔

我友顧子敦軀膽兩俊偉便便十圍腹不但貯書史容君數百人一笑萬事已十年臥江海了不見慍喜磨刀向豬羊釃酒會鄰里歸來如一夢豐頰愈茂美平生批敕手濃墨寫黃紙會當勒燕然廊廟登劍履翻然向河朔坐念東郡水河來屹不去如尊乃勇耳

次韻子由送家退翁知懷安軍

吾州同年友粲若琴上星當時功名意豈止拾紫青事既喜違願天或不假齡今如圖中鶴俛仰在一庭吾州同年友十三人今存者六人而已故有琴上星圖中鶴之語西南王春早廢沼黏枯萍翩然一麾去想見靈雨零我無謫仙句待詔沉香亭空騎內廐馬天仗隨雲駢竟無絲毫補眷焉誰汝令永愧舊山叟憑君寄丁寧

諸公餞子敦軾以病不往復次前韻

君爲江南英面作河朔偉人間一好漢誰似張長史上書苦留君言拙輒報已置之勿復道出處俱可喜攀輿共六尺食肉飛萬里誰言遠近殊等是朝廷美遙知送別處醉墨爭淋紙我以病杜門商頌空振履後會知何日一懽如覆水善保千金軀前言戲之耳

和張昌言喜雨

二聖憂懃忘寢食百神奔走會風雲禁林夜直鳴江瀨清洛朝回起縠紋夢覺酒醒聞好句帳空簟冷發餘薰秋來定有豐年喜剩作新詩準備君

次韻劉貢父西省種竹

要知西掖承平事記取劉郎種竹初舊德終呼名字外後生誰續笑談餘昔李公擇種竹館中戲語同舍後人指此

竹必三云李文正手植貢父笑曰文正不獨繫筆亦知種竹耶時有筆工李文正成陰障日行當見取筍供庖討巳疎白首林間望天上平安時報故人書李衛公北都童子寺竹寺僧日報平安

偶與客飲孔常父見訪方設席延請忽上馬馳去已而有詩戲用其前韻答之

揚雄他文不皆奇獨稱觀缾居井眉酒客法士兩小兒陳遵張竦曾何知主人有酒君獨辭蟹螯何不左手持豈復見吾橫氣機遣人追君君絕馳盡力去花君自癡醍醐與酒同一巵請君更問文殊師

次韻子由書李伯時所藏韓幹馬

潭潭古屋雲幕垂省中文書如亂絲忽見伯時畫天馬朔風胡沙生落錐天馬西來從西極勢與落日爭分馳龍膺豹股頭八尺奮迅不受人間羈元狩虎脊聊可友開元玉花何足奇伯時有道真吏隱飲啄不羨山梁雌丹青弄筆聊爾耳意在萬里誰知之幹惟畫肉不畫骨而況失實空餘皮煩君巧說腹中事妙語欲遣黃泉知君不見韓生自言無所學廐馬萬匹皆吾師

次韻劉貢父獨直省中

明窗畏日曉先曛高柳鳴蜩午更喧筆老新詩疑有物心空客疾本無根隔牆我亦眠風榻上馬君先瑣月軒共喜早歸三伏近解衣盤礴亦君恩

軾以去歲春夏侍立邇英而秋冬之交子由相繼入侍次韻絕句四首各述所懷

曈曈日腳曉猶清細細槐花暖自零坐閱諸公半廊廟時看黃色起天庭（僕射呂公門下韓公左丞劉公皆自講席大用）

上尊初破早朝寒茗盌仍沾講舌乾陛楯諸郎空雨立故應慚悔不儒冠

兩鶴摧頹病不言年來相繼亦乘軒誤聞九奏聊飛舞可得裴回爲啄吞

微生偶脫風波地晚歲猶存鐵石心定似香山老居士世緣終淺道根深（樂天自江州司馬除忠州刺史旋以主客郎中知制誥遂拜中書舍人軾雖不敢自比然謫居黃州起知文登召爲儀曹遂忝侍從出處老少大略相似庶幾復享此翁晚節閑適之樂焉）

送宋朝散知彭州迎侍二親

東來誰迎使君車知是丈人屋上烏丈人今年二毛初登樓上馬不用扶使君負弩爲前驅蜀人不復談

相如老幼化服一事無有鞭不施安用蒲春波如天漲平湖輕紅照坐香生膚帣韝上壽白玉壺公堂登歌鳳將雛諸孫權笑爭挽須蜀人畫作西湖圖

郭熙畫秋山平遠 潞公爲跋尾

玉堂晝掩春日閑中有郭熙畫春山鳴鳩乳燕初睡起白波青嶂非人間離離短幅開平遠漠漠疎林寄秋晚恰似江南送客時中流回頭望雲巘伊川佚老鬢如霜臥看秋山思洛陽爲君紙尾作行草烟如嵩洛浮秋光我從公遊如一日不覺青山映黃髮爲畫龍門八節灘待向伊川買泉石

次韻張昌言喜雨

千里黃流失故居年來赤地到青徐遙聞爭誦十行語無異親巡六尺輿精貫天人一言足雲興嶽瀆萬靈趨愛君誰似元和老賀雨詩成即諫書

書晁補之所藏與可畫竹三首

與可畫竹時見竹不見人豈獨不見人嗒然遺其身其身與竹化無窮出清新莊周世無有誰知此疑神

若人今已無此竹寧復有那將春蚓筆畫作風中柳君看斷崖上瘦節蛟蛇走何時此霜竿復入江湖手

晁子拙生事舉家聞食粥朝來又絕倒誚墓得霜竹

可憐先生槃朝日照苜蓿吾詩固云爾可使食無肉
吾舊詩云可使食無肉不可居無竹

戲用晁補之韻

昔我嘗陪醉翁醉今君但吟詩老詩清詩咀嚼那得
飲瘦竹瀟洒令人飢試問鳳凰飢食竹何如鴛馬肥
苜蓿知君忍飢空誦詩口頰瀾翻如布穀

書皇親畫扇

十年江海寄浮沈夢遶江南黄葦林誰謂風流貴公
子筆端還有五湖心

書李世南所畫秋景

野木參差落漲痕疎林攲倒出霜根扁舟一棹歸何
處家在江南黄葉村
人間斤斧日創夷誰見龍蛇百尺姿不是溪山曾獨
往何人解作掛猿枝

書鄢陵王主簿所畫折枝二首

論畫以形似見與兒童鄰賦詩必此詩定非知詩人
詩畫本一律天工與清新邊鸞雀寫生趙昌花傳神
何如此兩幅疎澹含精勻誰言一點紅解寄無邊春
瘦竹如幽人幽花如處女低昂枝上雀搖蕩花間雨
雙翎決將起衆葉紛自舉可憐採花蜂清蜜寄兩股

若人富天巧春色入毫楮懸知君能詩寄聲求妙語

昨見韓丞相言王定國今日玉堂獨坐有懷其人

晝臥玉堂上微風舉輕紈銅缾下碧井百尺鳴飛瀾俛仰清夢餘受此一掬寒似予平生友苦語涼肺肝秀眉玉兩頰矯矯如翔鸞置之江淮交清詩洗江湍紅鱗對白酒信美非所安丞相功業成還家酒盃寬人間有此客折簡呼不難相將扣東閣起舞盡餘歡

和張耒高麗松扇

可憐堂堂十八公老死不入明光宮萬牛不來難自獻裁作團團手中扇屈身蒙垢君一洗挂名君家詩集裏猶勝漢宮悲婕妤網蟲不見乘鸞子

故李承之待制六丈挽詞

青青一寸松中有梁棟姿天驥墮地走萬里端可期世無阿房宮可建五丈旗又無穆天子西征燕瑤池材大古難用老死亦其宜丈夫恐不免豈患莫已知公如松與驥少小稱偉奇俯仰自廊廟笑談無羌夷清朝竟不用白首仍憂時顧斬横行將請烹乾沒兒言雖不見省坐折姦雄窺嗟我去公久江湖生白髭歸來耆舊盡零落存者誰比公嵇中散龍性不可羈

疑公李北海慷慨多雄詞淒涼五君詠沉痛八哀詩
邪正久乃明人今屬公思九原不可傳千古有餘怨

次韻孔常父送張天覺河東提刑

送君應典鸘鷞裘憑仗千鍾洗別愁脫帽風流餘長
史君喜草書而不工故以此爲戲埋輪家世本留侯張綱子房
七世孫也綱爲武陽人墓在今彭山君豈其後耶子河駿馬方
爭出麟府馬出子河汊昭義疲兵亦少休唐稱昭義步兵
蓋澤潞弓箭手定向秋山得嘉句故關黃葉滿行輈

送張天覺得山字

西登太行嶺北望清涼山晴空浮五髻晻藹卿□間
餘光入巖石神草出茅菅何人相指似稍稍落人寰
能念墜指兒虬鬚茁氷顏祝君如此草爲民已痌瘝
我亦老且病眼花腰脚頑念當勤致此莫作河東慳

次韻王定國楊州倅

此身江海寄天遊一落紅塵不易收未許相如還蜀
道空教何遜在揚州又驚白酒催黃菊尚喜朱顏映
黑頭火急著書千古事虞卿應未厭窮愁

東坡集卷第十七

詩八十八首

贈李道士并敘

駕部員外郎李君宗固景祐中良吏也守漢州有道士尹可元精練善畫以遺火得罪當死君緩其獄會赦獲免時可元年八十一自誓且死必爲李氏子以報可元既死二十餘年而君子世昌之婦夢可元入其室生子曰得柔小名蜀孫幼而善畫既長讀莊老喜之遂爲道士賜號妙應事母以孝謹聞其寫眞蓋妙絕一時云

世人只數曹將軍誰知虎頭非癡人腰間大羽何足道頰上三毛自有神平生狎侮諸公子戲著幼輿巖石裏故教世世作黄冠布襪青鞋弄雲水千年鼻祖守關門一念還爲李耳孫香火舊緣何日盡丹青餘習至今存五十之年初過二衰顏記我今如此他時要指集賢人知是香山老居士

次韻張舜民自御史出倅虢州留別

玉堂給札氣如雲初喜湘纍復佩銀樊口淒涼已陳迹 昔與張同游武昌樊口來詩中及之 班心突兀見長身 臺吏謂御史立處爲班心 江湖前日眞成夢鄠杜他年恐卜

鄰此去若容陪坐嘯故應客主盡詩人

次韻米黻二王書跋尾二首

三館曝書防蠹毀得見來禽與青李秋虵春蚓久相雜野鶩家雞定誰美玉凾金籥天上來紫衣敕使親臨啓紛綸過眼未易識磊落挂壁空雲委歸來妙意獨追求坐想蓬山二十秋怪君何處得此本上有桓玄寒具油巧偷豪奪古來有一笑誰似癡虎頭君不見長安永寧里王家破垣誰復修

元章作書日千紙平生自苦誰與美畫地爲餅未必似要令癡兒出饞水錦囊玉軸來無趾粲然奪真疑聖智忍飢看書淚如洗至今魯公餘乞米

次韻宋肇惠澄心紙二首

詩老囊空一不留百番曾作百金收（永叔以澄心百幅遺聖俞聖俞有詩）知君也厭雕肝腎分我江南數斛愁

君家家學陋相如宜與諸儒論石渠古紙無多更分我自應給札奏新書

郭熙秋山平遠二首

目盡孤鴻落照邊遥知風雨不同川此間有句無人見送與襄陽孟浩然

木落騷人已怨秋不堪平遠發詩愁要看萬壑爭流

處他日終煩顧虎頭

送歐陽辯監澶州酒

汗血駕鼓車何從致千里紛紛糟麴間欲試賢公子君家江南英濯足滄浪水揭渡舊黃河漲沙埋馬耳由來付造物倚伏何窮已當念楚子文三仕無慍喜

九月十五日邇英講論語終篇賜執政講讀史官燕于東宮又遣中使就賜御書詩各一首臣軾得紫薇花絕句其詞云絲綸閣下文書靜鐘鼓樓中刻漏長獨坐黃昏誰是伴紫薇花對紫薇郎翌日各以表謝又進詩一篇臣軾詩云

繡裳畫袞雲垂地不作成王翦桐戲日高黃繖下西清風動槐龍舞交翠邇英閣前有雙槐樛枝屬地如龍形壁中蠹簡今千年漆書蝌蚪光射天諸儒不復憂吻燥東宮賜酒如流泉酒酣復拜千金賜一紙驚鸞回鳳字蒼顏白髮便生光袖有驪珠三十四臣所賜詩并題目及臣姓名凡三十四字歸來車馬已喧闐爭看銀鉤墨色鮮人間一日傳萬口喜見雲章第一篇上前此未嘗以御書賜羣臣玉堂書掩文書靜鈴索不搖鐘漏永莫言弄筆數行書須信時平由主聖犬羊散盡沙漠空

捷烽夜到甘泉宮似聞指麾築上郡已覺談笑無西戎時熙河新獲鬼章是日涇原復奏夏賊數十萬人皆遁去文思天子師文母終閉玉關辭馬武小臣願對紫薇花試草尺書招贊普謹按唐制翰林學士帶知制誥許綴中書舍人班今臣以知制誥待罪禁林故得以紫薇爲故事

和王晉卿幷敘

駙馬都尉王詵晉卿功臣全彬之後也元豐二年予得罪貶黃岡而晉卿亦坐累遠謫不相聞者七年予既召用晉卿亦還

朝相見

殿門外感歎之餘作詩相屬託物悲慨阨窮而不怨泰而不驕佳其貴公子有志如此故次其韻

先生飲東坡獨舞無所屬當時挹明月對影三人定醉眠草棘間蟲蟻莫予毒醒來送歸鴈一寄千里目悵焉懷公子旅食久不玉欲書加餐字遠託西飛鵠謂言相濡沫未足救溝瀆吾生如寄耳何者爲禍福不如兩相忘昨夢那可逐上書得自便歸老湖山曲躬耕二頃田自種十年木豈知垂老眼却對金蓮燭公子亦生還仍分刺史竹賢愚有定分尊俎守尸祝文章何足云執技等醫卜朝廷方西顧羌虜驕未伏

遙知重陽酒白羽落黃菊羨君真將家浮面氣可掬袁天綱語竇軌君語則赤氣浮面為將勿多殺人何當請長纓一戰河湟復

謝王澤州寄長松兼簡張天覺二首

莫道長松浪得名能教覆額兩眉青便將徑寸同千只知有奇功似伏苓

憑君說與埋輪使速寄長松作解嘲送張天覺詩有埋輪及河東壁之語無復青黏和漆葉枉將鍾乳敵仙茅

次韻劉貢父所和韓康公憶持國二首

夢覺真同鹿覆蕉相君脫屣自參寥顏紅底事髮先白室邇何妨人自遙狂似次公應未怪醉推東閣不須招援毫欲作衣冠表盛事終當繼八蕭唐蕭氏自瑀及遘八宰相

閉戶端居念獨深小軒朱檻憶同臨燎須誰識英公意英公為其姊作粥燎須曰吾與姊皆老矣能幾進粥黃髮聊知子建心子建與楚王彪別詩云王其愛玉體共享黃髮期已託西風傳絕唱且邀明月伴孤斟他年內集應呼我下客先判平醉墮簪

次韻劉貢父叔姪扈駕

玉堂孤坐不勝清長羨枚鄒接長卿只許隔牆聞置

酒時因議事得聯名機雲似我多遺俗廣受如君不治生共託屬車塵土後鈞天一餉夢中榮

次韻韓康公置酒見留

庭下黃花一醉同重來雪鬢已穹窿不應屢費譏安石但使毋多酌次公鍾乳金釵人似玉鶤絃鐵撥坐生風少卿尚有車茵在頗覺寬容勝弱翁

次韻王都尉偶得耳疾

君知六鑿皆爲贅我有一言能決疣病客巧聞牀下蟻癡人强覷棘端猴聰明不在根塵裏藥餌空爲婢僕憂但試周郎看聾否曲音小誤已回頭

送喬仝寄賀君六首并敘

舊聞靖長官賀水部皆唐末五代人得道不死 章聖皇帝東封有謁於道左者其謁云晉水部員外郎賀元再拜而去 上不知也已而閱謁見之大驚物色求之不可得天聖初又使其弟子喻澄者詣 闕進佛道像直數千萬張公安道與澄遊具得其事又有喬仝者少得大風疾幾死賀使學道今年八十益壯盛人無復見賀者而仝數見之元祐三年十二月仝來京師十許日予留之不可曰賀以上元期我於蒙山又曰吾師嘗遊密州識君於常山道上意若喜

君者作是詩以送之且作五絕句以寄賀

君年三十美且都，初得惡疾墮眉須。紅顏白髮驚妻孥，覽鏡自嫌欲棄軀。結茅窮山啖松肪，路逢逃秦博士盧。方瞳照野清而臞，再拜未起煩一呼。覺知此身了非吾，烱然蓮花出泥塗。隨師東遊渡濰郟（濰郟密州二水名）山頭見我兩輪朱。豈知仙人混屠沽，爾來八十胥垂胡。上山如飛瞋人扶，東歸有約不敢渝。新年當參老仙儒，秋風西來下雙鳧。得棗如瓜分我無

生長兵間早脫身，晚爲元祐太平人。不驚渤澥桑田變，來看龜蒙漏澤春。

曾謁東封玉輅塵，幅巾短褐亦逡巡。行宮夜奏空名姓，悵望雲霞縹緲人。

垂老區區豈爲身，微言一發重千鈞。始知不見高皇帝，正是商山四老人。

舊聞父老晉郎官，已作飛騰變化看。聞道東蒙有居處，願供薪水看燒丹。

千古風流賀季真，最憐嗜酒謫仙人。狂吟醉舞知無益，粟飯藜羹問養神。

送家安國教授歸成都

別君二十載，坐失兩鬢青。吾道雖艱難，斯文終典刑。

屢作退飛鷁羞看乾死螢一落戎馬間五見霜葉零
夜談空說劍春夢猶横經新科復舊貫童子方乞靈
須煩凌雲手去作入蜀星蒼苔高朕室古柏文翁庭
初聞編簡香始覺鋒鏑腥岷峨有雛鳳梧竹養脩翎
嗚呼應嶰律飛舞集虞廷吾儕便歸老亦足慰餘齡

和子由除夜元日省宿致齋三首

江淮流落豈關天禁省相望亦偶然等是新年未相
見此身應坐不歸田

白髮蒼顏五十三家人强遣試春衫朝回兩袖天香
滿頭上銀旛笑阿咸

當年踏月走東風坐看春闈鎖醉翁白髮門生幾人
在却將新句調兒童

次韻答張天覺二首

車輕馬穩轡銜堅但有蚊蝱喜撲緣截斷口前君莫
怪人間差樂勝巢仙

馭風騎氣我何勞且要長松作土毛亦如訶佛丹霞
老却向清涼禮白毫

次韻黃魯直畫馬試院中作

少年鞍馬勤遠行臥聞齕草風雨聲見此忽思短策
横十年髀肉磨欲透那更陪君作詩瘦不如芋魁歸

飯豆門前欲嘶御史驄詔恩三日休老翁羨君懷中雙橘紅黃有老母

余與李廌方叔相知久矣領貢舉事而李不得第愧甚作詩送之

與君相從非一日筆勢翩翩疑可識平時謾說古戰場過眼終迷日五色我慚不出君大笑行止皆天子何責青袍白紵五千人知子無怨亦無德買羊沽酒謝玉川爲我醉倒春風前歸家但草凌雲賦我相夫子非癯仙

和王晉卿送梅花次韻

東坡先生未歸時自種來禽與青李五年不踏江頭路夢逐東風泛蘋芷江梅山杏爲誰容獨笑依依臨野水此間風物君未識花浪翻天雪相激明年我復在江湖知君對花三嘆息

和宋肇遊西池次韻

漢皇慈儉不開邊尚教千艘下瀨船貪看艨艟飛鬭艦不知贔屭舞鈞天故山西望三千里往事回思二十年自笑區區足官府不如公子散神仙

書艾宣畫四首

竹鶴

此君何處不相宜況有能言老令威誰識長身古君子猶將緇布緣深衣

黃精鹿

太華西南第幾峯落花流水自重重幽人只採黃精去不見春山鹿養茸

杏花白鷴

天工翦刻爲誰妍袍蘂游蜂自作團把酒惜春都是夢不如閑客此閑看

蓮龜

半脫蓮房露壓欹綠荷深處有游龜只應翡翠蘭苕上獨見玄夫曝日時

僕領貢舉未出錢穆父雪中作詩見及三月二十日同游金明池始見其詩次韻爲答

雪知我出已全消花待君來未敢飄行遍門生時小飲忽逢騎吏有嘉招魚龍絕技來千里斑白遺民數四朝知有黃公酒壚在蒼顏華髮自相遙

次韻子由五月一日同轉對

跪奉新書笏在腰談王正欲伴耕樵晉陽豈爲一門事唐高祖謂溫大推兄弟云我起義晉陽止爲卿一門耳宣政聊

同五月朝（正元中詔曰自今後五月一日御宣政殿與文武百僚相見）憂患半生聯出處歸休上策早招要後生可畏吾衰矣刀筆從來錯料堯

韓康公挽詞三首

故國非喬木興王有世臣嗟予後死者猶及老成人
德業經文武風流表縉紳空餘行樂地處處泣遺民
再世忠清德三朝翼贊勳功成不歸國就訪敢忘君
舊學嚴詩律餘威靖塞氛何當繼韓奕故吏總能文
西第開東閣初筵點後塵笙歌邀白髮燈火樂青春
扶路三更罷回頭一夢新賦詩猶墨溼把卷獨沾巾

柏石圖詩并敘

陳公弼家藏柏石圖其子慥季常傳寶之東坡居士作詩以爲之銘

柏生兩石間天命本如此雖云生之艱與石相終始
韓子俯仰人但愛平地美土膏雜糞壤成壞幾何耳
君看此槎牙豈有可移理蒼龍轉玉骨黑虎抱金柅
畫師亦可人使我毛髮起當年落筆意正欲譏韓子

慶源宣義王丈以累舉得官爲洪雅主簿雅州戶掾遇吏民如家人人安樂之既謝事居眉之青神瑞草橋放懷自得有書來

求紅帶既以遺之且作詩爲戲請黃魯直學士秦少游賢良各爲賦一首爲老人光華

青衫半作霜葉枯遇民如兒吏如奴吏民莫作官長看我是識字耕田夫妻啼兒號刺史怒時有野人來挽須拂衣自注下下考芋魁飯豆吾豈無歸來瑞草橋邊路獨游還佩平生壺慈母巖前自喚渡青衣江上人爭扶今年蠶市數州集中有遺民懷袴襦邑中之黔相指似白鬚紅帶老不癯我欲西歸卜鄰舍隔牆拊掌容歌呼不學山王乘駟馬回頭空指黃公壚

次許沖元韻送成都高士敦鈐轄

移中老監本虛名懶作燕山萬里行余與高君奉使契丹辭免不行坐看飛鴻迎使節歸來駿馬換傾城高才本不緣勳閥餘力還思治蜀兵西望雪山烽火盡不妨樽酒寄平生

次前韻送程六表弟

君家兄弟真連璧門十朱輪家萬石竹使猶分刺史符尚方行賜尚書舄前年持節發倉廩到處賣刀收犢栗歸來閉口不論功卻是渡江誰復惜君才不用如淵松我老得全猶社櫟青衫莫厭百僚底白首上

有千薪積憶昔江湖一釣舟無數雲山供點筆未應便障西風扇只恐先移北山檄憑君寄謝江南叟念我空見長安日浮江泝蜀有成言江水在此吾不食

和王晉卿題李伯時畫馬

督郵有良馬不爲君所奇顧收紙上影駿骨何由歸一朝見縈策蟻封驚肉飛豈惟馬不遇人已半生癡

送錢穆父出守越州絕句二首

簿書常苦百憂集樽酒今應一笑開京兆從教思廣漢會稽聊喜得方回

若耶溪水雲門寺賀監荷花空自開我恨今猶在泥滓勸君莫棹酒船回

戲書李伯時畫御馬好頭赤

山西戰馬飢無肉夜嚼長稭如嚼竹蹏間三丈是徐行不信天山有坑谷豈如廄馬好頭赤立仗歸來臥斜日莫教優孟卜葬地厚衣薪槱入銅歷

送程七表弟知泗州

江湖不在眼塵土坐滿顏繫舟清洛尾初見淮南山淮山相媚好曉鏡開煙鬟持此娛使君一笑簿領閒使君如天馬朝燕莫荆蠻時無王良手空老十二閑聊當出毫末化服狡與頑勿謂無人知古佛臨濤灣

赤子視萬類流萍閱人寰但使可此人餘事真茆菅

送曹輔赴閩漕

曹子本儒俠筆勢翻濤瀾往來戎馬間邊風裂儒冠
詩成橫槊裏楯墨何曾乾一日事遠遊紅塵隔巖灘
平生羊炙口並海搜鹹酸一從荔枝飲豈念苜蓿槃
我亦江海人市朝非所安常恐青霞志坐隨白髮闌
淵明賦歸去談笑便解官今我何爲者索身良獨難
憑君問清淮秋水今幾竿我舟何時發霜露日已寒

次韻王郎子立風雨有感

百年一俯仰寒暑相主客稍增裘褐氣已覺團扇厄
不須計榮辱此喪彼有獲我琴終不敗無攫故無釋
後生不自牧呻吟空挾策揠苗不待長賣菜苦求益
此郎獨靜退門外無行迹但恐陶淵明每爲飢所迫
淒風弄衣結小雪穿門席願君付一笑造物亦戲劇
朝來賦雲夢筆落風雨疾爲君裁春衫高會開桂籍

次韻黃魯直嘲小德小德魯直子其母微故其詩云解著潛夫論不妨無外家

進饌客爭起小兒那可涯莫欺東方星三五自橫斜
名駒已汗血老蚌空泥沙但使伯仁長還與絡秀家

書林次中所得李伯時歸去來陽關二圖

後二首

不見何戡唱渭城舊人空數米嘉榮龍眠獨識慇懃
處畫出陽關意外聲

兩本新圖寶墨香樽前獨唱小秦王爲君翻作歸來
引不學陽關空斷腸

送蹇道士歸廬山

物之有知蓋恃息孰居無事使出入心無天遊室不
空六鑿相攘婦爭席法師逃人入廬山山中無人自
往還往者一空還者失此身正在無還間縣縣不絕
微風裏內外丹成一彈指人間俯仰三千秋騎鶴歸
來與子游

臥病逾月請郡不許復直玉堂十一月一
日鏁院是日苦寒　詔賜官燭法酒書呈
同院

微霰疎疎點玉堂詞頭夜下攬衣忙分光御燭星辰
爛拜賜官壺雨露香醉眼有花書字大老人無睡漏
聲長何時却逐桑榆暖社酒寒燈樂未央

送周朝議守漢州

茶爲西南病岷俗記二李杞與稷也何人折其鋒矯矯
六君子思道與姪正孺張永徽吳醇翁呂元鈞宋文輔也　君家

尤出力流落初坐此此謂嘗收桑榆華髮看劍履胡爲犯風雪歲晚行未已念歸誠得計顧自爲謀耳吾聞江漢間瘡痏有未起莫輕龔遂老君王付尺箠召還當有詔挽袖謝鄰里猶堪作水衡供張園林美

木山并叙

吾先君子嘗蓄木山三峯且爲之記與詩詩人梅二丈聖俞見而賦之今三十年矣而猶子千乘又得五峯益奇因次聖俞韻使并刻之其側

聖俞詩

空山枯楠大蔽牛霹靂夜落魚鳧洲魚鳧水射幾千秋蠹肌爛隨沙蕩流惟存堅骨蛟龍鎪形侔三山中雄酋左右兩峯相挾翼尊奉君長無慢尤蘇夫子見之驚且喜買於谿叟憑貂裘因嗟大不爲梁棟又歎殘不爲薪樵雨侵蘚澀得石瘦宜與夫子歸隱丘

次韻

木生不願回萬牛願終天年仆沙洲時來幸逢河伯秋揪然見怪推不流蓬婆雪嶺巧雕鎪蟄蟲行蟻爲豪酋阿咸大膽忽持去河伯好事不汝尤城中古沼浸坤軸一林瘦竹吾菟裘二頃良田不難買三年檻木行可樵會將白髮對蒼巘魯人不厭東家丘

送千乘千能兩姪還鄉

治生不求富讀書不求官譬如飲不醉陶然有餘歡君看龐德公白首終泥蟠豈無子孫念顧獨遺以安鹿門上冢回牀下拜龍鸞躬耕竟不起耆舊節獨完念汝少多難氷雪落綺紈五子如一人奉養真色難烹雞獨餽母自饗苜蓿槃口腹恐累人寧我食無肝西來四千里敝袍不言寒秀眉似我兄亦復心閑寬忽然捨我去歲晚留餘酸我豈軒冕人青雲意先闌汝歸蒔松菊環以青琅玕榿陰三年成可以挂我冠清江入城郭小圃生微瀾相從結茆舍曝背談金鑾

送周正孺知東川

得郡書生榮還家昔人重而況東西川千騎許上冢里門下車入父老自驚聳端如何武賢不事長卿寵清時養材傑杞梓方培擁未應遺合抱取用及把拱如君尚出麾顧我宜耕壟告歸謝先手求去悔不勇豈云慕廉退實自知衰冗爲君掃棠陰畫像或相踵蜀中太守無不畫像者

題李伯時畫趙景仁琴鶴圖二首

清獻先生無一錢故應琴鶴是家傳誰知默鼓無絃曲時向珠宮舞幻仙

醜石寒松未易親聊將短曲調長人乘軒故自非明眼終日傲傲舞嬰薪

次前韻再送周正孺

東川得望郎坐與西爭重高風傾石室舊學鄙文冢蜀人安使君所至野不聳竹馬迎細侯大錢送劉寵遙知句谿路老穉相扶擁看畫古叢祠百怪朝幽拱牛頭與兜率雲木蔚堆壠醉鄉追舊游筆陣賈餘勇聊將詩酒樂一掃簿書冗西風吹好句珠玉本無踵

劉蛻文冢銘在梓州

書王定國所藏煙江疊嶂圖 王晉卿畫

江上愁心千疊山浮空積翠如雲煙山耶雲耶遠莫知煙空雲散山依然但見兩崖蒼蒼暗絕谷中有百道飛來泉縈林絡石隱復見下赴谷口爲奔川川平山開林麓斷小橋野店依山前行人稍度喬木外漁舟一葉江呑天使君何從得此本點綴毫末分清妍不知人間何處有此境徑欲往買二頃田君不見武昌樊口幽絕處東坡先生留五年春風搖江天漠漠暮雲捲雨山娟娟丹楓翻鴉伴水宿長松落雪驚醉眠桃花流水在人世武陵豈必皆神仙江山清空我塵土雖有去路尋無緣還君此畫三歎息山中故人

應有招我歸來篇

次韻王定國會飲清虛堂

何遜揚州又幾年官梅詩興故依然何人可復聞季孟與子不妨中聖賢卜築君方淮上郡歸心我已劍南川此身正似蠶將老更盡春光一再眠

與龍節侍宴前一日微雪與子由同訪王定國小飲清虛堂定國出數詩皆佳而五言尤奇子由又言昔與孫巨源同過定國感念存沒悲歎久之夜歸稍醒各賦一篇明日朝中以示定國也

天風淅淅飛玉沙詔恩歸沐休早衙遙知清虛堂裏雪正是簷蔔林中花出門自笑無所詣呼酒持勸惟君家踏冰凌競戰疲馬扣門剝啄驚寒鴉羨君五字入詩律欲與六出爭天葩頭風已倩檄手愈背癢恰得仙爪爬銀缾瀉油浮蟻酒紫盌鋪粟盤龍茶幅巾起作鴝鵒舞疊鼓誰摻漁陽撾九衢燈火雜夢寐十年聚散空咨嗟明朝握手殿門外共看銀闕暾晨霞

王晉卿所藏著色山二首

縹渺營丘水墨仙浮空出沒有無間爾來一變風流盡誰見將軍著色山

犖确何人似退之意行無路欲從誰宿雲解駮晨光漏獨見山紅澗碧時

次韻黃魯直效進士作歲寒知松柏詩

龍蟄雖高臥雞鳴不廢時炎冷徒自變茂悅兩相知已負棟梁質肯爲兒女姿那憂霜貿貿未喜日遲遲難與夏蟲語永無秋實悲誰知此植物亦解秉天彝

王晉卿作煙江疊嶂圖僕賦詩十四韻晉卿和之語特奇麗因復次韻不獨紀其詩畫之美亦爲道其出處契闊之故而終之以不忘在莒之戒亦朋友忠愛之義也

山中舉頭望日邊長安不見空雲煙歸來長安望山上時移事改應潸然管絃去盡賓客散惟有馬埒編金泉渥洼故自千里足要飽風雪輕山川屈居華屋啗棗脯十年俯仰龍旂前却因病瘦出奇骨鹽車之厄寧非天風流文采磨不盡水墨自與詩爭妍畫山何必山中人田歌自古非知田鄭虔三絕君有二筆勢挽回三百年欲將巖谷亂窈窕眉峯脩嫮誇連娟人間何有春一夢此身將老蠶三眠山中幽絕不可久要作平地家居仙能令水石長生眼非君好我當誰緣願君終不忘在莒樂時更賦囚山篇 柳子厚有囚

山賦

夜直玉堂攜李之儀端叔詩百餘首讀至夜半書其後

玉堂清冷不成眠伴直難呼孟浩然暫借好詩消永夜每逢佳處輒參禪愁侵硯滴初含凍喜入燈花欲鬬妍寄語君家小兒子他時此句一時編

景仁和賜酒燭詩復次韻謝之 時公方進新樂

笙磬分均上下堂 舊說堂上之樂皆受笙均堂下之樂皆受磬均 游魚舞獸自奔忙朱絃初識孤桐韻 舊樂金石聲高而絲聲微今樂金石與絲聲皆著 玉琯猶聞秬黍香 舊法以尺生律今以黍定律以律生尺 萬事今方啓伯始一斑我亦愧真長此生會見三雍就無復寥寥歎未央

次韻劉貢父春日賜幡勝

寬詔隨春出內朝三軍喜氣挾狐貂鏤銀錯落翻斜月翦綵繽紛舞慶霄臘雪强飛纔到地 前日微雪 曉風偷轉不驚條脫冠徑醉應歸臥便腹從人笑老韶 是日暮方賜酒

再和

與君流落偶還朝朝過眼紛綸七葉貂莫笑華顛飄彩

勝幾人黄壤隔青霄行吟未許窮騷雅坐嘯猶能出教條記取明年江上郡五更春枕夢春韶

葉公秉王仲至見和次韻答之

袗絺方暑亦堪朝靭歲晚淒風憶皁貂共喜鵷鸞歸禁籞心知日月在重霄君如老驥初遭絡我似枯桑不受條强鑷霜須簪彩勝蒼顏得酒尚能韶

再和

衰遲何幸得同朝温勁如君合珥貂誰惜異材蒙徑寸自慚枯枿借凌霄光風泛泛初浮水紅糝離離欲綴條後日一樽何處共奉常端冕作咸韶

次韻王晉卿惠花栽栽所寓張退傳第中一首

坐來念念失前人共向空中寓一塵若問此花誰是主天教閑客管青春

次韻王晉卿上元侍燕端門

月上九門開星河繞露臺君方枕中夢我亦化人來光動仙毬縋香餘步輦回相從穿萬馬衰病若爲陪

王鄭州挽詞克臣

羨君華髮起琳宮右輔初還鼓角雄千里農桑歌子產一時冠蓋慕蕭嵩那知聚散春粮外便有悲歡過

隙中京兆同僚幾人在猶思對案筆生風予爲開封幕與子雖同廳

書王定國所藏王晉卿畫著色山二首

白髮四老人何曾在商顏煩君紙上影照我胷中山
山中亦何有木老土石頑正賴天日光澗谷紛爛斑
我心空無物斯文定何間君看古井水萬象自往還

君歸嶺北初逢雪我亦江南五見春寄語風流王武
子三人俱是識山人

送呂昌明知嘉州

不羨三刀夢蜀都聊將八詠繼東吳臥看古佛凌雲
閣勅賜詩人明月湖得句會應緣竹鶴思歸寧復爲
蓴鱸橫空好在脩眉色頭白猶堪乞左符

次韻黃魯直寄題郭明父府推潁州西齋二首

樹頭啄木常疑客客去而嗔定不然脫轄已應生井
沫解衣聊復起庖煙平生詩酒真相汙此去文書恐
獨賢早晚西湖映華髮小舟翻動水中天

寂寞東京月旦州德星無復綴珠旒莫嗟平輿空神
物尚有西齋接勝流春夢屢尋湖十頃家書新報橘
千頭雪堂亦有思歸曲爲謝平生馬少游輿音預

東坡集卷第十七

東坡集卷第十八

詩一百一十七首

次韻秦少章和錢蒙仲

碧畦黃隴稻如京歲美人和易得情鑑裏移舟天外思地中鳴角古來聲山圍故國城空在潮打西陵意未平二子有如雙白鷺隔江相照雪衣明

次韻錢越州

髯尹超然定逸羣南遊端爲訪雲門謫仙歸侍玉皇案老鶴來乘刺史轓已覺簿書哀老子故知籩豆有司存年來齒頰生荊棘習氣因君又一言

同秦仲二子雨中遊寶山

平明已報百吏散半日來陪二子閑立鵠低昂煙雨裏行人出沒樹林間

去杭十五年復遊西湖用歐陽察判韻

我識南屏金鯽魚重來拊檻散齋餘還從舊社得心印似省前生覓手書葑合平湖久蕪漫人經豐歲尚凋疎誰憐寂寞高常侍老去狂歌憶孟諸

與莫同年雨中飲湖上

到處相逢是偶然夢中相對各華顚還來一醉西湖雨不見跳珠十五年

送子由使契丹

雲海相望寄此身那因遠適更沾巾不詞馹騎凌風雪要使天驕識鳳麟沙漠回看清禁月湖山應夢武林春單于若問君家世莫道中朝第一人

次韻答劉景文左藏

我老詩壇仆鼓旗借君佳句發良時但空賀監杯中物莫示孫郎帳下兒夜燭催詩金爐落秋芳壓帽露華滋故應好語如爬癢有味難名只自知

坐上復借韻送岢嵐軍通判葉朝奉

雲間踏白看纏旗莫忘西湖把酒時夢裏吳山連越嶠樽前羌婦雜胡兒夕烽過後人初醉春鴈來時雪未滋爲問從軍眞樂否書來粗遣故人知

軾始於文登海上得白石數升如芡實可作枕聞梅丈嗜石故以遺其子子明學士子明有詩次其韻

海隅荒怪有誰珍零落珊瑚泣季倫法供坐令微物重（軾舊有怪石供）色難歸致孝心純只疑薏苡來交阯未信蠙珠出泗濱願子聚爲江夏枕不勞麾扇自寧親

次韻錢越州見寄

莫將牛弩射羊羣臥治何妨書掩門稍喜使君無疾病時因送客見車轓搔頭白髮秋無數閉眼丹田夜自存欲息波瀾須引去吾儕豈獨坐多言

文登蓬萊閣下石壁千丈爲海浪所戰時有碎裂淘灑歲久皆圓熟可愛土人謂此彈子渦也取數百枚以養石昌蒲且作詩遺垂慈堂老人

蓬萊海上峯玉立色不改孤根捍滔天雲骨有破碎陽侯殺廉角陰火發光采纍纍彈丸間瑣細或珠琲閻浮一漚耳眞妄果安在我持此石歸袖中有東海垂慈老人眼俯仰了大塊置之盆盎中日與山海對明年菖蒲根連絡不可解儻有蟠桃生旦莫猶可待

次韻毛滂法曹感雨詩

江南佳公子遺我錦繡端攬之溫如春公子焉得寒興雨自有時膚寸便濛靄斂藏以自潤牛斗何足干空庭月與影强結三友歡我豈不足歟要此清團團所歡在一醉常恐樽中乾拾酒尚可樂明珠如彈丸但恐千仞雀忽忽發虛彈迨子閑暇時種子田中丹一朝涉世故空腹容欺謾我頃在東坡秋菊爲夕餐永愧坡間人布褐爲我完雪堂初覆瓦上簟無下莞

時時亦設客每醉筒輒殫一笑便傾倒五年得輕安
公子豈我徒衣鉢傳一簞定非郊與島筆勢江河寬
悲吟古寺中穿帷雪漫漫他年記此味芋火對懶殘

送鄧宗古還鄉

廣漢有姜子孝弟行里閭赤眉雖豺虎弛兵過其墟
至今空清泉無復雙鯉魚南鄭有李郃得妙甘公書
夜坐指流星驚倒兩使車抱關不肯仕布褐蒙璠璵
西南固多士君得二子餘凜凜忠文公搜士及樵漁
澗谿有幽討蘋芷真嘉蔬歲晚終不食心惻當何如

參寥上人初得智果院會者十六人分韻
賦詩輒得心字

瀧水返舊壑飛雲思故岑念君忘家客亦有懷歸心
三間得幽寂數步藏清深攢金盧橘塢散火楊梅林
茶笋盡禪味松杉真法音雲崖有淺井玉醴常半尋
遂名參寥泉可濯幽人襟相攜橫嶺上未覺衰年侵
一眼吞江湖萬象涵古今願君更小築歲晚解我簪

哭王子立次兒子迨韻三首

彭城初識子照眼白而長異夢成先兆子爲密州子立未嘗相識忽告同舍生曰吾夢爲密州婿何也已而果以子由之子
妻之清言得未嘗豈惟知禮意遂欲補詩亡子立能詩

而有禮學咄咄眞相逼諸生敢鴈行非無伯鸞志獨有子雲悲恨子非天合猶能使我思兒曹莫淒惻老眼欲枯萎會哭皆豪傑誰爲感舊詩予五與黃魯直張文潛晁無咎秦少游陳無己皆友善龍困嘗魚服羊僨或虎蒙忽忽成鬼錄憒憒到天公偶落藩牆上同遊羿彀中回看十年事黃葉卷秋風

異鵲并敘

熙寧中柯侯仲常通守漳州以救飢得民有二鵲棲其廳事訖侯之去鵲亦送之漳人異焉爲賦此詩

昔我先君子仁孝行於家家有五畝園么鳳集桐花是時烏與鵲巢鷇可俯拏憶我與諸兒飼食觀羣呀異人驚瑞異野老笑而嗟云此方乳哺甚畏鳶與蛇手足之所及二物不敢加主人若可信衆鳥不我遐故知中孚化可及魚與豭柯侯古循吏悃愊眞無華臨漳所全活數等江干沙仁心格異族兩鵲棲其衙但恨不能言相對空楂楂善惡以類應古語良非夸君看彼酷吏所至號鬼車

次韻詹適宣德小飲巽亭

君方夢謫仙來詩記李白郎官湖我亦弔文園江上同三點天涯又一樽濤雷殷白晝梅雪耿黃昏歸去多情

兩應隨御史軒詹爲御史主簿

東川清絲寄魯冀州戲贈

鵝溪清絲清如冰上有千歲交枝藤藤生谷底飽風雪歲晚忽作龍蛇升嗟我雖爲老侍從骨寒只受布與繒牀頭錦衾未還客坐覺芒刺在背膺豈如髯卿晚乃貴福祿正似川方增醉中倒着紫綺裘下有半臂出縹綾封題不敢妄裁翦刀尺自有佳人能遙知千騎出清曉積雪未放游塵與白須紅帶柳絲下老弱空巷人相登但放奇紋出領袖吾髯雖老無人憎

怡然以垂雲新茶見餉報以大龍團仍戲作小詩

妙供來香積珍烹具太官揀芽分雀舌賜茗出龍團曉日雲庵暖春風浴殿寒聊將試道眼莫作兩般看

次韻王忠玉遊虎丘絕句三首

當年太白此相浮老守娛賓得二丘郡人有閭丘公太守王規父嘗云不謁虎丘即謁閭丘規父忠玉伯父也白髮重來故人盡空餘叢桂小山幽

青蓋紅旗映玉山新詩小草落玄泉風流使者人爭看知有真娘立道邊虎丘中路有真娘墓

舞衣歌扇轉頭空只有青山杳靄中莫共吳王鬬百

草使君未敢借驚鴻

寄蔡子華

故人送我東來時手栽荔子待君歸荔子已丹吾髮白猶作江南未歸客江南春盡水如天腸斷西湖春水船想見青衣江畔路白魚紫筍不論錢霜鬚三老如霜檜舊交零落今誰輩莫從唐舉問封侯但遣麻姑更爬背

和錢四寄其弟龢

再見濤頭涌玉輪煩君久駐浙江春年來總作維摩病堪笑東西二老人

臥病彌月聞垂雲花開順闍梨以詩見招次韻答之

道人心似水不礙照花妍燕坐春强半清陰月屢遷平生無起滅一念有陳鮮嫋嫋風枝舉離離日萼蔫病吟終少味老醉不成顛何必遨頭出湖中有散仙

故周茂叔先生濂谿 谿在廬山下

世俗眩名實至人疑有無怒移水中蟹愛及屋上烏坐令此溪水名與先生俱先生本全德廉退乃一隅因拋彭澤米偶似西山夫遂即世所知以爲溪之呼先生豈我輩造物乃其徒應同柳州柳聊使愚溪愚

次韻子由使契丹至涿州見寄四首

老人癡鈍已逃寒子復辭行理亦難要到盧龍看古塞投文易水弔燕丹余昔年辭免使北

胡羊代馬得安眠窮髪之南共一天又見子卿持漢節遙知遺老泣山前

氈毳年來亦甚都時時鴂舌問三蘇予與子由入京時北使已問所在後余館伴北使屢誦三蘇文那知老病渾無用欲問君王乞鏡湖

始憶庚寅降屈原旋看蠟鳳戲僧虔隨翁萬里心如鐵此子何勞爲買田時猶子遲侍行

雪後便欲與同僚尋春一病彌月雜花都盡獨牡丹在耳劉景文左藏和順闍梨詩見贈次韻答之

殘花怨久病剩雨泣餘妍不見雙旌出空令九陌還開園市井皆入知君苦寂寞妙語嚼芳鮮淺紫從爭發浮紅任早蔫天葩尚青蕚國色待華顛載酒邀詩將臞儒不是仙

次韻劉景文周次元寒食同遊西湖

絮飛春減不成年老境同乘下瀨船藍尾忽驚新火後樂天寒食詩云三盃藍尾酒一楪膠牙餳遨頭要及浣花前

成都太守自正月二日出游至四月十九日浣花乃止山西老將詩無敵洛下書生語更姸共向北山尋二士畫橈鼉鼓聒清眠

連日與王忠玉張全翁游西湖訪北山清順道潛二詩僧登垂雲亭飲參寥泉最後過唐州陳使君夜飲忠玉有詩次韻答之

北山非自高千仞付我足西湖亦何有萬象生我目雲深人在塢風靜響應谷與君皆無心信步行看竹竹間逢詩鳴眼色奪湖淥百篇成俯仰二老相追逐故應千頃池養此一雙鵠山高路已斷亭小膝屢促夜尋三尺井渴飲半甌玉明朝鬧絲管寒食雜歌哭使君坐無聊狂客來不速載酒有鴟夷扣門非啄木浮蛆灩金盌翠羽出華屋須臾便陳迹覺夢那可續及君未渡江過我勤秉燭一笑換人爵百年終鬼錄

新茶送簽判程朝奉以餽其母有詩相謝次韻答之

縫衣付與溧陽尉捨肉懷歸潁谷封聞道平反供一笑會須難老待千鍾火前試焙分新胯雪裏頭綱輟賜龍從此升堂是兄弟一甌林下記相逢

次韻送張山人歸彭城

羨君飄蕩一虛舟來作錢塘十日遊水洗禪心都眼淨山供詩筆總眉愁雪中乘興眞聊爾春盡思歸却罷休何日五湖從范蠡種魚萬尾橘千頭

次韻林子中王彥祖唱酬

早知身寄一漚中晚節尤驚落木風近聞莘老公擇皆逝故有此句昨夢已論三世事歲寒猶喜五人同軾與子中彥祖子敦完夫同試舉人景德寺今皆健雨餘北固山圍座春盡西湖水映空差勝四明狂監在更將老眼犯塵紅

壽星院寒碧軒

清風肅肅搖窗扉窗前修竹一尺圍紛紛蒼雪落夏簟冉冉綠霧霑人衣日高山蟬抱葉響人靜翠羽穿林飛道人絕粒對寒碧爲問鶴骨何緣肥

書劉景文所藏王子敬帖絕句

家雞野鶩同登俎春蚓秋蛇總入奩君家兩行十二字氣壓鄴侯三萬籤

書劉景文所藏宗少文一筆畫

宛轉回紋錦縈盈連理花何須郭忠恕匹素畫纒車

直覺院有洛花花時不暇往四月十八日與劉景文同往賞枇杷

綠暗初迎夏紅殘不及春魏花非老伴盧橘是鄉人

井落依山盡巖崖發與新歲寒君記取松雪看蒼鱗

又和劉景文韻

牡丹松檜一時栽付與春風自在開試問壁間題字客幾人不爲看花來

西湖壽星院此君軒

臥聽謖謖碎龍鱗俯看蒼蒼立玉身一舸鴟夷江海去尚餘君子六千人

仲天貺王元直自眉山來見余錢塘留半歲既行作絕句五首送之

仲君豈弟多學王子清修寡言病後空驚鶴瘦時來或作鵬騫

海角煩君遠訪江源與我同來剩作數詩相送莫教萬里空回

三人一日同行二子與秦少章同寓高齋復同舟北行留下高齋月明遙想扁舟京口尚餘孤枕潮聲

更欲留君久住念君去國彌年空使犀顱玉頰長懷髯舅淒然

爲予遠致慇懃瑞草橋邊老人紅帶雅宜華髮白醪光泛新春老人王慶源也

贈善相程傑

心傳異學不謀身自要清時閱搢紳火色上騰雖有數急流勇退豈無人書中苦覓元非訣醉裏微言却近真我似樂天君記取華顛賞遍洛陽春

次韻林子中蒜山亭見寄

奇逸多聞老敬通何人慷慨解憐翁十年簿領催衰白一笑江山發醉紅聞道賦詩臨北固未應舉扇向西風叩頭莫嘆無家客歸掃岷峨一畝宮

再和并答楊次公

毗盧海上妙高峯二老遙知說此翁聊復艤舟尋紫翠不妨持節散陳紅高懷却有雲門興好句真傳雪竇風唱我三人無譜曲馮夷亦合舞幽宮

次韻劉景文送錢蒙仲三首

誰識天閑老驥不爭日暮長途送盡青雲九子歸去扁舟五湖

寄語竹林社友同書桂籍天倫王郎獨爲鬼錄世間無此玉人

五字古原春草千金漢殿長門經緯尚餘三策典刑留與諸孫

菩提寺南漪堂杜鵑花

南漪杜鵑天下無披香殿上紅氍毹鶴林兵火真一

夢不歸閬苑歸西湖

題楊次公春蘭

春蘭如美人不採羞自獻時聞風露香蓬艾深不見丹青寫真色欲補離騷傳對之如靈均冠佩不敢燕

題楊次公蕙

蕙本蘭之族依然臭味同曾為水仙佩相識楚詞中幻色雖非實真香亦竟空云何起微馥鼻觀已先通

次韻曹輔寄壑源試焙新芽

仙山靈雨溼行雲洗遍香肌粉未勻明月來投玉川子清風吹破武林春要知玉雪心腸好不是膏油首面新戲作小詩君一笑從來佳茗似佳人

次韻袁公濟謝芎椒詩

燥吻時時著酒濡要令臥疾致文殊河魚潰腹空號楚汗水流骹始信吳吳真君服椒法云半年腳心汗如水自笑方求三歲艾不如長作獨眠夫羨君清瘦真仙骨更助飄飄鶴背軀

次韻和楊次公惠徑山龍井水龍井水洗病眼有效

漏盡雞號厭夜行年來小器溢缾罌棄官縱未歸東海罷郡猶堪作水衡幻色將空眼先暗勝游無礙腳

殊輕空煩遠致龍淵水寧復臨池似伯英

次韻劉景文登介亭

澤國梅雨餘衰年困烝溽高堂磨新塼頗覺利腰足松根百尺井雨綆飛淨淥流觴聚兒童一笑爲捧腹清風信可馭剛氣在巖麓始知共此世物外無三伏長歌入雲去不待絃管逐西湖真西子煙樹點眉目濤江少醞藉高浪翻雪屋俛仰捬四海百世飛鳥速遠追錢氏餘近弔祖侯躅吾生如寄耳寸晷輕尺玉誰似劉將軍逸韻謝邊幅千言一揮手五車不再讀春巖彩雞舞月峽哀猿哭朝先啼鴂起莫與寒蛩續我老廢吟哦賴君時擊觸從今事遠覽發軔此幽谷清游得三昧至樂謝五欲莫作狂道士氣壓劉師服

袁公濟和劉景文登介亭詩復次韻答之

昏昏墮醉夢奈此六月溽君詩如清風吹我朝睡足登臨得佳句江白照湖淥袖手獨不言默藁已在腹是時風雨過藹藹雲歸麓疎星帶微月金火爭見伏惜哉此清景變滅不可逐歸來讀君詩耿耿猶在目却思少年日聲價爭場屋文如翻水成賦作乂手速秋風起鴻鴈我亦繼華躅那知君蹭蹬獨泣荊山玉相見南新道青衫垂破幅早知事大繆恨不十年讀

莫嫌馮唐老終勝賈誼哭今年復爲僚舊好許重續升沈何足道等是蠻與觸共爲湖山主出入窮澗谷衆馳君不爭人棄我所欲何時神武門相約挂冠服

介亭餞楊傑次公

籃輿西出登山門嘉與我友尋仙村丹青明滅風篁嶺環珮空響桃花源 郡人謂介亭山下爲桃源路 前朝欲上已蠟屐黑雲白雨如傾盆今晨積霧卷千里豈畏觸熱生病根在家頭陀無爲子久與青山爲弟昆孤峯盡處亦何有西湖鏡天江抹坤臨高麾手謝好住清風萬壑傳其言風回響答君聽取我亦到處隨君軒

次京師韻送表弟程懿叔赴夔州運判

與子甥舅氏摧頹各蒼顏並爲東諸侯長此佳江山寒松無時花安得插髻鬟惟將老不死一笑榮枯間我甚似樂天但無素與蠻挂冠及未耄當獲一紀閑子亦拙進取才高命堅頑譬如萬斛舟行此九折灣仲氏新得道一漚目塵寰 君之兄德孺自言近於佛法有得 歲晚家鄉路莫遣生榛菅

葉教授和溽字韻詩復次韻爲戲記龍井之游

先生魯諸儒飲食清不涴空腸出秀句吟嚼五味足華堂鬧絲管眸子漲春淥先生疾走避面冷毒在腹歸來煮瓠葉弟子歌旱麓聲淫及靈臺中有麀鹿伏功名一走兔何用千人逐故應容我輩清座時閉目高亭石排衙木杪挂飛屋我來無時節客亦不待速似聞雪鬚叟西嶺訪遺躅朝陽入潭洞金碧涵水玉泉扉夜不扃雲袂本無幅慈皇付寶偈神侶得幽讀訥庵有老人宴坐天魔哭時來獻纓絡法供燈相續吾儕詩酒汙欲往無乃觸齋廚費晨炊車騎滿山谷願聞第一義鉢飯非所欲便投切雲冠子幼好奇服

次韻林子中見寄

飄零洛社數遺民詩酒當年困惡賓元亮本無適俗韻孝章要是有名人蒜山小隱雖爲客江水西來亦帶岷卷却西湖千頃葑笑看魚尾更莘莘

安州老人食蜜歌贈僧仲殊

安州老人心似鐵老人心肝小兒舌不食五穀惟食蜜笑指蜜蜂作檀越蜜中有詩人不知千花百草爭含姿老人咀嚼時一吐還引世間癡小兒小兒得詩如得蜜蜜中有藥治平百病正當狂走捉風時一笑看詩百憂失東坡先生取人廉幾人相歡幾人嫌恰

似飲茶甘苦雜不如食蜜中邊甜佛云吾言譬如食蜜中邊皆甜因君寄與雙龍餠鏡空一照雙龍影三吳六月水如湯老人心似雙龍井

次韻錢穆父紫薇花二首

虛白堂前合抱花秋風落日照橫斜閱人此地知多少物化無涯生有涯虛白堂前紫薇兩株俗云樂天所種

折得芳蕤兩眼花題詩相報字傾斜簾中尚有絲綸句坐覺天光照海涯樂天詩云絲綸閣下文書靜鐘鼓樓中刻漏長獨坐黃昏誰是伴紫薇花對紫薇郎上嘗書此詩以賜軾

送張嘉州

少年不願萬戸侯亦不願識韓荊州頗願身爲漢嘉守載酒時作凌雲遊虛名無用今白首夢中却到龍泓口浮雲軒冕何足言惟有江山難入手峨眉山月半輪秋影入平羌江水流謫仙此語誰解道請君見月時登樓笑談萬事真何有一時付與東巖酒佛峽人家白酒舊有名歸來還受一大錢好意莫違黃髮叟

次韻蘇伯固主簿重九

雲間朱袖拂雲和知是長松挂女蘿髻重不嫌黃菊滿手香新喜綠橙搓墨翻衫袖吾方醉紙落雲煙子患多只有黃雞與白髮玲瓏應識使君歌

送李陶通直赴清溪

忠文文正二大老司馬温公范蜀公君之師友蘇李廣平三舍人蘇子容宋次道與先公才元熙寧中封還李定詞頭天下謂之三舍人喜見通家賢子弟自言得邑少風塵從來勢利關心薄此去溪山琢句新肯向西湖留數月錢塘初識小麒麟

次韻楊公濟奉議梅花十首

梅梢春色弄微和作意南枝翦刻多月黑林間逢縞袂霸陵醉尉誤誰何

相逢月下是瑤臺藉草清樽連夜開明日酒醒應滿地空令飢鶴啄莓苔

綠髮尋春湖畔回萬松嶺上一枝開而今縱老霜根在得見劉郎又獨來

月地雲堦漫一樽玉奴終不負東昏臨春結綺荒荊棘誰信幽香是返魂

日出氷湖散水花野梅官柳漸攲斜西郊欲就詩人飲黃四娘東子美家

君知早落坐先開莫著新詩句句催嶺北霜枝最多思忍寒留待使君來

氷盤未薦含酸子雪嶺先看耐凍枝應笑春風木芍

藥豐肌弱骨要人醫

寒雀喧喧凍不飛遶林空哢未開枝多情好與風流伴不到雙雙燕語時

蛟綃翦碎玉簪輕檀暈粧成雪月明肯伴老人春一醉懸知欲落更多情

縞裙練帨玉川家肝膽清新冷不邪穠李爭春猶辦此更教踏雪看梅花

贈劉景文

荷盡已無擎雨蓋菊殘猶有傲霜枝一年好處君須記最是橙黃橘綠時

謝關景仁送紅梅栽二首

年年芳信負紅梅江畔垂垂又欲開珍重多情關令尹直和根撥送春來

爲君栽向南堂下記取他年著子時酸釅不堪調衆口使君風味好攢眉

辯才老師退居龍井不復出入軾往見之常出至風篁嶺左右驚曰遠公復過虎溪矣辯才笑曰杜子美不云乎與子成二老來往亦風流因作亭嶺上名之曰過溪亦曰二老謹次辯才韻賦詩一首

日月轉雙轂古今同一丘惟此鶴骨老凜然不知秋
去住兩無礙人大爭挽留去如龍出山雷雨卷潭湫
來如珠還浦魚鼈爭駢頭此生暫寄寓常恐名實浮
我比陶令愧師爲遠公優送我還過溪溪水當逆流
聊使此山人永記二老遊大千在掌握寧有離別憂

送程之邵簽判赴闕

夜光不自獻天驥良難知從來一狐腋或出五羖皮
賢哉江東守收此幕中奇無華豈易識旣得不自隨
留君望此府助我憐其衰二年促膝語一日長掉辭
林深伏猛在岸改潛珍移去此當安從失君徒自悲
念君瑚璉質當今臺閣宜去矣會有合豈常懷其私

寄題梅宣義園亭

仙人子眞後還隱吳市門不惜十年力治此五畝園
初期橘爲奴漸見桐有孫淸池壓丘虎異石來湖黿
敲門無貴賤遂性各琴尊我本放浪人家寄西南坤
敝廬雖尚在小圃誰當樊羨君欲歸去奈此未報恩
愛子幸僚友久要疑弟昆明年過君西飲我空缾盆

熙寧中軾通守此郡除夜直都廳囚繫皆
滿日莫不得返舍因題一詩于壁今二十
年矣衰病之餘復忝郡寄再經除夜庭事

蕭然三圃皆空蓋同僚之力非拙朽所致

因和前篇呈公濟子侔二通守

前詩

除日當早歸官事乃見留執筆對之泣哀此繫中囚小人營餱糧墮網不知羞我亦戀薄祿因循失歸休不須論賢愚均是爲食謀誰能暫縱遣閔默愧前修

今和

山川不改舊歲月逝肯留百年一俯仰五勝更平王因同僚比岑范德業前人羞坐令老鈍守嚅諾獲少休却思二十年出處非人謀齒髮付天公缺壞不可修

遊寶雲寺得唐彥猷爲杭州日送客舟中手書一絕句云山雨霏微不滿空畫舩來往疾輕鴻誰知獨臥朱簾裏一榻無塵四面風明日送彥猷之子坰赴鄂州舟中遇微雨感歎前事因和其韻作兩首送之且歸其書唐氏

二妙凋零筆法空忽驚雲海戲羣鴻清詩不敢私囊篋人道黃門有父風黃門衛桓也

出處榮枯一笑空十年社燕與秋鴻誰知白首長河路還臥當時送客風

送江公著知吉州

三吳行盡千山水猶道桐廬更清美豈惟濁世隱狂奴時平亦出佳公子初冠惠文讀城旦晩入奉常陪劍履方將華省起彈冠忽憶釣臺歸洗耳未應良木棄大匠要使名駒試千里奉親官舍當有擇得郡江南差可喜白粲連檣一萬艘紅粧執樂三千指簿書期會得餘閑亦念人生行樂耳二耳義不同故得重用

聞錢道士與越守穆父飲酒送二壺

龍根爲脯玉爲漿下界寒醅亦漫嘗一紙鵝經逸少醉他年鵬賦謫仙狂金丹自足留衰鬢苦淚何須點別腸吳越舊邦遺澤在定應符竹付諸郎

次韻劉景文路分上元

華燈閟艱歲冷月挂空府三吳重時節九陌自歌舞云從月幾望遂至一百五嘉辰可屈指樂事相繼武今宵掃雲陣極目淨天宇嬉遊各忘歸闐咽頃未覩飛毬互明滅激水相吞吐老去反兒童歸來尚鐃鼓新年消暗雪舊歲添絲縷何時九江城相對兩漁父予舊欲卜居廬山景文近買宅江州

再和楊公濟梅花十絕

一枝風物便清和看盡千林未覺多結習已空從著

袂不須天女問云何

天教桃李作輿臺故遣寒梅第一開憑仗幽人收艾納國香和雨入青苔

白髮思家萬里回小軒臨水爲花開故應剩作詩千首知是多情得得來

人去殘英滿酒樽不堪細雨溼黃昏夜寒那得穿花蝶知是風流楚客魂

春入西湖到處花裙腰芳□抱山斜盈盈解佩臨煙浦脈脈當壚傍酒家

莫向霜晨怨未開白頭朝夕自相催斬新一朵含風露恰似西廂待月來

洗盡鉛華見雪肌要將眞色鬭生枝檀心已作龍涎吐玉頰何勞獺髓醫

湖面初驚片片飛尊前吹折最繁枝何人會得春風意怕見梅黃雨細時

長恨漫天柳絮輕只將飛舞占清明寒梅似與春相避未解無私造物情

北客南來豈是家醉看參月半橫斜他年欲識吳姬面秉燭三更對此花

與葉淳老侯敦夫張秉道同相視新河秉

道有詩次韻二首

君不見元帥府前羅萬戟濤頭未順千弩射至今鳳皇山下路長借一箭開兩翼我鑿西湖還舊觀一眼已盡西南碧又將回奪浮山險千艘夜下無南北坐陳三策本人謀惟留一諾待我畫老病思歸真暫寓功名如幻終何得從來自笑畫蛇足此事何殊食雞肋憐君嗜好更迂闊得我新詩喜折屐江湖粗了我徑歸餘事後來當潤色一庵閑臥洞霄宮井有丹沙水長赤

荊溪父老愁三害下斬長蛟本無賴平生倔强韓退之文字猶爲鰐魚戒石門之役萬金耳首鼠不爲吾已臨江湖開塞古有數兩鵲飛來告成壞勸農使者非常人一言已破黎民駭上饒使君更超逸坐睨浮山如累塊鬚髯張乃我結襪生詩酒淋漓出狂怪我作水衡生作丞他日歸朝同此拜

椶筍并敘

椶筍狀如魚剖之得魚子味如苦筍而加甘芳蜀人以饌佛僧甚貴之而南方不知也筍生膚毛中蓋花之方孕者正二月間可剝取過此苦澀不可食矣取之無害於木而宜於飲食法當蒸熟所施略與筍同

蜜煑酥浸可致千里外今以餉殊長老

贈君木魚三百尾中有鵝黃子魚子夜叉剖癭欲分甘韓龍藏頭敢言美願隨蔬果得自用勿使山林空老死問君何事食木魚烹不能鳴固其理

次韻曹子方龍山眞覺院瑞香花

幽香結淺紫來自孤雲岑骨香不自知色淺意殊深移栽青蓮宇遂冠薝蔔林紛爲楚臣佩散落天女襟君持風霜節耳冷歌笑音一逢蘭蕙質稍回鐵石心置酒要妍暖養花須晏陰及此陰晴間恐致慳霄霖綵雲知易散鶗鴂憂先吟明朝便陳迹試著丹青臨

次韻曹子方運判雪中同遊西湖

詞源灩灩波頭展清唱一聲巖谷滿未容雪積句先高豈獨湖開心自遠雲山已作歌眉淺山下碧流清似眼尊前侑酒只新詩何異書魚餐蠹簡

次韻仲殊雪中遊西湖二首

夜半幽夢覺稍聞竹葦聲起續凍折絃爲鼓一再行曲終天自明玉樓已崢嶸有懷二三子落筆先飛霙共爲竹林會身與孤鴻輕秀語出寒餓身窮詩乃亨禪老復何爲笑指孤煙生我獨念粲者誰與予目成

寶雲樓閣鬧千門林靜初無一鳥喧閉戶莫教風掃

地卷簾疑有月臨軒水光瀲灩猶浮碧山色空濛已斂昏乞得湯休奇絶句始知鹽絮是陳言

次韻參寥同前

朝來處處白氈鋪樓閣山川盡一如總是爛銀并白玉不知奇貨有誰居

送小本禪師赴法雲

寓形天宇間出處會有役澹然都無營百年何由畢山林等憂患軒冕亦戲劇我未即歸休師寧便安逸王城滿豪傑議論分黑白聖諦第一義對面誰不識師來亦何事孤月挂空碧是身如浮雲安可限南北出岫本無心既雨歸亦得珠泉有舊約何年挂缾錫

書渾令公燕魚朝恩圖

咸寧英氣似汾陽夜飲軍容出紅粧不須纏頭萬匹錦知卿未辨作呂强

東坡集卷第十八

東坡集卷第十九

詩三首

詞十三首

賦七首

服胡麻賦一首

赤壁賦一首

後赤壁賦一首

東坡集卷第十九

詩三首

息壤詩一首并敘

淮南子曰鯀堙洪水盜帝之息壤帝使祝融殺之于羽淵今荆州南門外有狀若屋宇陷入地中而猶見其脊者旁有石記云不可犯畚鍤所及輒復如故又頗以致雷雨歲大旱屢發有應予感之乃爲作詩其詞曰

帝息此壤以藩幽臺有神司之隨取而培帝勑下民無敢或開惟帝不言以雷以雨惟民知之幸帝之怒帝茫不知誰敢以告帝怒不常下土是震使民前知是役于民無是墳者誰取誰干惟其的之是以射之

新渠詩一首并敘

庚子正月予過唐州太守趙侯始復三陂疏召渠招懷遠人散耕于唐予方爲旅人不得親執壺漿簞食以與侯勸逆四方之來者獨爲新渠詩五章以告于道路致侯之意其詞曰

新渠之水其來舒舒溢流于野至于通衢渠成如神民始不知問誰爲之邦君趙侯新渠之田在渠左右渠來奕奕如赴如湊如雲斯積如屋斯溜嗟唐之人

始識秔稌新渠之民自淮及潭挈其婦姑或走而顛王命趙侯宥我新民無與王事以訖七年侯謂新民爾既來止其歸爾邑告爾鄰里良田千萬爾擇爾取爾耕爾食遂爲爾有築室于唐孔碩且堅生爲唐民飽粥與饘死葬于唐祭有雞豚天子有命我惟爾安

顔樂亭詩一首并敘

顔子之故居所謂陋巷者有井存焉而不在顔氏久矣膠西太守孔君宗翰始得其地浚治其井作亭於其上命之曰顔樂昔夫子以簞食瓢飲賢顔子而韓子乃以爲哲人之細事何哉蘇子曰古之觀人也必於其小焉觀之其大者容有僞焉人能碎千金之璧不能無失聲於破釜能搏猛虎不能無變色於蜂蠆孰知簞食瓢飲之爲哲人之大事乎乃作顔樂亭詩以遺孔君正韓子之説且以自警云

天生烝民爲之鼻口美者可嚼芬者可嗅美必有惡芬必有臭我無天遊六鑿交鬬鶩而不反跬步商受偉哉先師安此微陋孟賁股慄虎豹却走眇然其身中亦何有我求至樂千載無偶執瓢從之忽焉在後

詞十三首

太白詞五首并敘

岐下頻年大旱禱於太白山輒應故作迎送神詞一篇五章

雷闐闐山晝晦風振野神將駕載雲罕從玉料旱既甚蹶往救道阻修兮

旌旗翻疑有無日慘變神在塗飛赤篆許閶闔走陰傳行羽檄萬靈集兮

風爲幄雲爲蓋滿堂爛神既至紛醉飽錫以雨百川溢施溝渠歌且舞兮

騎裔裔車班班鼓簫悲神欲還轟振凱隱林谷執妖厲歸獻馘千里肅兮

神之來悵何晚山重複路幽遠神之去飄莫追德未報民之思永萬祀兮

上清辭一首以宮名名篇

君胡爲乎山之幽顧宮殿兮久淹留又曷爲一朝去此而不顧兮悲此空山之人也來不可得而知兮去固不可得而訊也君之來兮天門空從千騎兮駕飛龍隸辰星兮役太歲儼晝降兮雷隆隆朝發兮帝庭夕弭節兮山宮憒有妖兮虐下土精爲星兮氣爲虹愛流血之滂沛兮又嗜瘧癘與螟蟲嘯盲風而涕淫雨兮時又吐旱火之爞融銜帝命以下討兮建千仞

之脩鋒乘飛霆而追逸景兮歘埽滅而無蹤忽崩
播其來會兮走海嶽之神公龍車獸鬼不知其數兮
旗纛晻靄而冥蒙衝俯傴以旅進兮鏘劍佩之相礱
司殺生之必信兮知上帝之不汝容既約束以反職
兮退戰慄而愈恭澤充塞於四海兮獨澹然其無功
君之去兮天門開款閶闔兮朝玉臺羣仙迎兮塞雲
漢儼前導兮紛後陪歷玉階兮帝迎勞君良苦兮馬
虺頹閔人世兮迫隘陳下土兮帝所哀返瓊宮之嵯
峨兮役萬靈之喧豗默清靜以無爲兮時節狩於斗
魁詰通明而獻黜陟兮軼蕩蕩其無回忽表裏之煥
霍兮光下燭於九陔時遊目以下覽兮五嶽爲豆四
溟爲盃俯故宮之千柱兮若毫端之集埃來非以爲
樂兮去非以爲悲謂神君之旣返兮曾顏咫尺之不
違陛祕殿以內悖兮魂凜凜而上馳忽寤寐以有得
兮敢沐浴而獻辭是邪非邪臣不可得而知也

歸來引一首 送王子立歸筠州

歸去來兮世不汝求胡不歸洶北望之橫流兮渺西
顧之塵霏紛野馬之決驟兮幸余首之未羈出彭城
而南騖兮眷丘壠而增欷亂淸淮而俯鑒兮驚昔容
之是非念東坡之遺老兮輕千里而款余扉共雪堂

之清夜兮攬明月之餘輝曾雞黍之未熟兮歎空室之蛜蝛我挽袖而莫留兮僕夫在門歌式微歸去來兮路渺渺其何極將稅駕於何許兮北江之南南江之北於此有人兮儼峨峨其豐碩孰居約而爾肥兮非糠覈其何食久抱一而不試兮愈温温而自克吾居世之荒涼兮視昏昏而聽默默非之子莫振吾過兮久不見恐自賊吾欲往而道無由兮子何畏而不即將以彼爲玉人兮以子爲之璞也

黃泥坂詞一首

出臨臯而東騖兮並藂詞而北轉走雪堂之坂陁兮歷黃泥之長坂大江洶以左繚兮渺雲濤之舒卷草木層累而右附兮蔚柯丘之葱蒨余旦往而夕還兮步徙倚而盤桓雖信美不可居兮苟娛余於一眄余幼好此奇服兮襲前人之詭幻老更變而自哂兮悟驚俗之來患釋寶璐而被繒絮兮雜市人而無辨路悠悠其莫往來兮守一席而窮年時游步而遠覽兮路窮盡而旋反朝嬉黃泥之白雲兮莫宿雪堂之青煙喜魚鳥之莫余驚兮幸樵蘇之我嫚初被酒以行歌兮忽放杖而醉偃草爲茵而塊爲枕兮穆華堂之清晏紛墜露之溼衣兮升素月之團團感父老之呼

覺兮恐牛羊之子踐於是蹶然而起起而歌曰月明兮星稀迎余往兮餞余歸歲既晏兮草木腓歸來歸來兮黃泥不可以久嬉

清溪詞一首

大江南兮九華西泛秋浦兮亂清溪水渺渺兮山無蹊路重複兮居者迷爛青紅兮粲高低松十里兮稻千畦山無人兮雲朝躋藹濛濛兮渰淒淒嘯林谷兮號水泥走鼪鼯兮下鳧鷺忽孤壘兮隱重堤杳冥茫兮聞犬雞鬱萬瓦兮鳥翼齊浮軒楹兮飛栱栭鴈南歸兮寒蜩嘶弄秋水兮挹玻瓈朝市合兮雜耄齯挾簞瓢兮佩鋤犂鳥獸散兮相扶攜隱驚雷兮騖長霓望翠微兮古招提挂木杪兮翔雲梯若有人兮悵幽栖石爲門兮雲爲閨塊虛堂兮法喜妻呼猿狙兮子鹿麛我欲往兮奉杖藜獨長嘯兮謝阮嵇

李仲蒙哀詞一首

河南李君仲蒙以司封郎直史館爲記室岐王府熙寧二年七月丙戌終於京師家貧喪不時舉其僚相與賻之既斂而歸十月丙申葬於緱氏柏峌山西其孤顓使來告軾曰嗚呼吾先友人也哭之其可無辭昔吾先君始仕於太常君以博士朝夕往來相好先

君於人少所與獨稱君爲長者君爲人敦朴愷悌學博而通長於毛氏詩司馬氏史善與人交雖見犯不報嘗有與君爲姻者無故決去聞者爲之不平君恬不以爲意先君以是稱其難始舉進士甲科爲亳潤邠三郡職官後爲應天府錄曹勤力趨事長吏有不喜者欲以事困之而不能既爲博士議禮據正不屈晩入岐府以經術輔導篤實不阿其言多驗於後君諱育其先河內人自高祖徙於緱氏沒時年五十辭曰中心樂易氣淑均兮內外純一言可信兮無怨無惡善友人兮學詩達禮敏而文兮翺翔王藩仕弗振兮宜壽黃耇隕中身兮兩不一獲歸怨神兮我懷先君涕酸辛兮顧嗟衆人誕失眞兮矯矯舉舉自貴珍兮欺世幻俗內弗安兮久而不堪厭則遁兮惑者氷解明者哂兮嗟卒不悟惟彼賢兮渾朴簡易棄弗申兮往者不還我思君兮

錢君倚哀詞一首

大江之南兮震澤之北吾行四方而無歸兮逝將此焉止息豈其土之不足食兮將其人之難偶非有食無人之爲病兮吾何適而不可獨裴回而不去兮眷此邦之多君子有美一人兮曠然而清頎然而瘦亮

直多聞兮古之益友帶規矩而蹈繩墨兮佩芝蘭而服明月載而之世世之人兮世捍堅而不答雖不答其何喪兮超方揚而自得吾將觀子之進退以自卜兮相行止以效清濁子奄忽而不返兮世混混吾焉則升空堂而挹遺像兮弔凝塵於几席苟律我者之信亡兮吾居此其何益行徬徨而無徒兮悼捨此而奚嚮豈存者之舉無其人兮遼遼如晨星之相望吾比年而三哭首堂堂皆國之英苟處世之特交兮幾如是而吾不亡臨大江而長嘆兮吾不濟其有命

傷春詞一首并敘

去歲十二月虞部郎呂君文甫喪其妻安氏二月以書遺余曰安氏甚美而有賢行念之不忘思有以爲不朽之託者願求一言以弔之余悲其意乃爲作傷春詞云

佳人與歲皆逝兮歲既復而不返付新春於居者兮獨安適而愈遠晝昏昏其如醉兮夜耿耿而不眠居几几不自覺兮紛過前之物變雪霜盡而鳥鳴兮陂塘滋其流暖步荒園而訪遺迹兮蓊百草之生滿風泛泛而微度兮日遲遲而愈妍眇飛絮之無窮兮爛夭桃之欲然燕嘵嘵而稚嬌兮鳩觳觳其老怨蝶羣

飛而相值兮蜂抱蘂而更平讙善萬物之得時兮痛伊人之罹此冤衆族出而侶游兮獨向壁而永歎淚熒熒而棲睫兮花搖目而增眩晝出門而不敢歸兮畏空室之漫漫忽入門而欲語兮嗟猶意其今存役魂魄於宵夢兮追髣髴而無緣訪臨邛之道士兮從稠桑之老人縱可得而復見兮恐荒忽而非真求余文以寫哀兮余亦愴恨而不能言夫既其身之不顧兮尚安用於斯文

蘇世美哀詞

有美一人長而髯兮廞敧歷落進趨禮兮達於從政敏而廉兮如求與由藝果兼兮魁然丈夫色悍嚴兮奮須抵几走羣纖兮聞名見像已癘痁兮敬事友生小心謙兮誨養貧弱語和甜兮剛柔適中畏愛僉兮孤直無依衆枉嫌兮何辜於神壽復殲兮死無甔石突不黔兮孰爲故人孰視怗兮我竄于黃歲將淹兮于後八年夢復覘兮曰吾子鈞甘虀鹽兮冬月負薪衣不縑兮覺而長吁涕流沾兮永言告鈞守窮潛兮苦心危腸自磨礲兮天不吾欺有遠淹兮豈若人子老閭閻兮生歡死忘我言砭兮

賦七首

灩澦堆賦一首并敘

世以瞿唐峽口灩澦堆爲天下之至險凡覆舟者皆歸咎於此石以余觀之蓋有功於斯人者夫蜀江會百水而至於夔瀰漫浩汗橫放於大野而峽之小大曾不及其十一苟先無以齟齬於其間則江之遠來奔騰迅快盡銳於瞿唐之口則其嶮悍可畏當不啻於今耳因爲之賦以待好事者試觀而思之

天下之至信者唯水而已江河之大與海之深而可以意揣唯其不自爲形而因物以賦形是故千變萬化而有必然之理掀騰勃怒萬夫不敢前兮宛然聽命惟聖人之所使予泊舟乎瞿唐之口而觀乎灩澦之崔嵬然後知其所以開峽而不去者固有以也蜀江遠來兮浩漫漫之平沙行千里而未嘗齟齬兮其意驕逞而不可摧忽峽口之逼窄兮納萬頃於一盃方其未知有峽也而戰乎灩澦之下喧豗震掉盡力以與石鬬勃乎若萬騎之西來忽孤城之當道鉤援臨衝畢至於其下兮城堅而不可取矢盡劍折兮迤邐循城而東去於是滔滔汨汨相與入峽安行而不敢怒嗟夫物固有以安而生變兮亦有以用危而求安得吾說而推之兮亦足以知物理之固然

屈原廟賦一首

浮扁舟以適楚兮過屈原之遺宮覽江上之重山兮曰惟子之故鄉伊昔放逐兮渡江濤而南遷去家千里兮生無所歸而死無以爲墳悲夫人固有一死兮處死之爲難徘徊江上欲去而未決兮俯千仞之驚湍賦懷沙以自傷兮嗟子獨何以爲心忽終章之慘烈兮逝將去此而沉吟吾豈不能高舉而遠遊兮又豈不能退默而深居獨嗷嗷其怨慕兮恐君臣之愈疎生既不能力爭而强諫兮死猶冀其感發而改行苟宗國之顚覆兮吾亦獨何愛於久生託江神以告寃兮馮夷教之以上訴歷九關而見帝兮帝亦悲傷而不能救懷瑾佩蘭而無所歸兮獨惸惸乎中浦峽山高兮崔嵬故居廢兮行人哀子孫散兮安在況復見兮高臺自子之逝今千載兮世愈狹而難存賢者畏譏而改度兮隨俗變化斲方以爲圓黽勉於亂世而不能去兮又或爲之臣佐變丹青於玉瑩兮彼乃謂子爲非智惟高節之不可以企及兮宜夫人之不吾與違國去俗死而不顧兮豈不足以免於後世嗚呼君子之道豈必全兮全身遠害亦或然兮嗟子區區獨爲其難兮雖不適中要以爲賢兮夫我何悲子

所安兮

昆陽城賦

淡平野之靄靄忽孤城之如塊風吹沙以蒼莽悵樓櫓之安在横門豁以四達故道宛其未改彼野人之何知方傴僂而畦菜嗟夫昆陽之戰屠百萬於斯須曠千古而一快想尋邑之來陣兀若驅雲而擁海猛士扶輪以蒙茸虎豹雜沓而横潰罄天下於一戰謂此舉之不再方其乞降而未獲固已變色而驚悔忽千騎之獨出犯初鋒於未艾始憑軾而大笑旋棄鼓而投械紛紛籍籍死於溝壑者不知其何人或金章而玉佩彼狂童之僭竊蓋已旋踵而將敗豈豪傑之能得盡市井之無賴貢符獻瑞一朝而成羣兮紛就死之何怪獨悲傷於嚴生懷長才而自浼豈不知其必喪獨徘徊其安待過故城而一弔增志士之永慨

後杞菊賦一首并敘

天隨生自言常食杞菊及夏五月枝葉老硬氣味苦澁猶食不已因作賦以自廣始余嘗疑之以爲士不遇窮約可也至於飢餓嚼齧草木則過矣而余仕宦十有九年家日益貧衣食之奉殆不如昔者及移守膠西意且一飽而齋廚索然不堪其憂日與通守劉

君廷式循古城廢圃求杞菊食之捫腹而笑然後知天隨之言可信不繆作後杞菊賦以自嘲且解之云

吁嗟先生誰使汝坐堂上稱太守前賓客之造請後掾屬之趨走朝衙達午夕坐過酉曾盃酒之不設攬草木以誑口對案顰蹙舉箸噎嘔昔陰將軍設麥飯與葱葉井丹推去而不饗怪先生之眷眷豈故山之無有先生听然而笑曰人生一世如屈伸肘何者爲貧何者爲富何者爲美何者爲陋或糠覈而瓠肥或粱肉而墨瘦何侯方丈庾郎三九較豐約於夢寐卒同歸於一朽吾方以杞爲粮以菊爲糗春食苗夏食葉秋食花實而冬食根庶幾乎西河南陽之壽

服胡麻賦一首幷敘

始余嘗服伏苓久之良有益也夢道士謂余伏苓燥當雜胡麻食之夢中問道士何者爲胡麻道士言脂麻是也既而讀本草云胡麻一名狗蝨一名方莖黑者爲巨勝其油正可作食則胡麻之爲脂麻信矣又云性與伏苓相宜於是始異斯夢方將以其說食之而子由賦伏苓以示余乃作服胡麻賦以答之世間人聞服脂麻以致神仙必大笑求胡麻而不可得則妄指山苗野草之實以當之此古所謂道在邇而求

諸遠者歟其詞曰
我夢羽人頎而長兮惠而告我藥之良兮喬松千尺老不僵兮流膏入土龜蛇藏兮得而食之壽莫量兮於此有草衆所嘗兮狀如狗蝨其莖方兮夜炊晝曝久乃藏兮伏苓爲君此其相兮我興發書若合符兮乃瀹乃烝甘且腴兮補塡骨髓流髮膚兮是身如雲我何居兮長生不死道之餘兮神藥如蓬生爾廬兮世人不信空自劬兮搜抉異物出怪迂兮槁死空山固其所兮至陽赫赫發自坤兮至陰肅肅躋於乾兮寂然反照珠在淵兮沃之不滅又不燔兮長虹流電光燭天兮嗟此區區何與於其間兮譬之膏油火之所傳而已耶

赤壁賦一首

壬戌之秋七月既望蘇子與客泛舟遊於赤壁之下清風徐來水波不興舉酒屬客誦明月之詩歌窈窕之章少焉月出於東方之上徘徊於斗牛之閒白露橫江水光接天縱一葦之所如凌萬頃之茫然浩浩乎如馮虛御風而不知其所止飄飄乎如遺世獨立羽化而登仙於是飲酒樂甚扣舷而歌之歌曰桂棹兮蘭槳擊空明兮泝流光渺渺兮予懷望美人兮天

一方客有吹洞簫者倚歌而和之其聲嗚嗚然如怨如慕如泣如訴餘音嫋嫋不絕如縷舞幽壑之潛蛟泣孤舟之嫠婦蘇子愀然正襟危坐而問客曰何爲其然也客曰月明星稀烏鵲南飛此非曹孟德之詩乎西望夏口東望武昌山川相繆鬱乎蒼蒼此非孟德之困於周郎者乎方其破荊州下江陵順流而東也舳艫千里旌旗蔽空釃酒臨江横槊賦詩固一世之雄也而今安在哉況吾與子漁樵於江渚之上侶魚鰕而友麋鹿駕一葉之扁舟舉匏尊以相屬寄蜉蝣於天地眇滄海之一粟哀吾生之須臾羨長江之無窮挾飛仙以遨遊抱明月而長終知不可乎驟得託遺響於悲風蘇子曰客亦知夫水與月乎道者如斯而未嘗往也盈虛者如彼而卒莫消長也蓋將自其變者而觀之則天地曾不能以一瞬自其不變者而觀之則物與我皆無盡也而又何羨乎且夫天地之間物各有主苟非吾之所有雖一毫而莫取惟江上之清風與山間之明月耳得之而爲聲目遇之而成色取之無禁用之不竭是造物者之無盡藏也而吾與子之所共食客喜而笑洗盞更酌肴核既盡杯盤狼籍相與枕藉乎舟中不知東方之既白

後赤壁賦一首

是歲十月之望步自雪堂將歸于臨皐二客從予過黃泥之坂霜露既降木葉盡脫人影在地仰見明月顧而樂之行歌相答已而歎曰有客無酒有酒無肴月白風清如此良夜何客曰今者薄暮舉網得魚巨口細鱗狀似松江之鱸顧安所得酒乎歸而謀諸婦婦曰我有斗酒藏之久矣以待子不時之須於是攜酒與魚復遊於赤壁之下江流有聲斷岸千尺山高月小水落石出曾日月之幾何而江山不可復識矣予乃攝衣而上履巉巖披蒙茸踞虎豹登虬龍攀栖鶻之危巢俯馮夷之幽宮蓋二客不能從焉劃然長嘯草木震動山鳴谷應風起水涌予亦悄然而悲肅然而恐凜乎其不可留也反而登舟放乎中流聽其所止而休焉時夜將半四顧寂寥適有孤鶴橫江東來翅如車輪玄裳縞衣戛然長鳴掠予舟而西也須臾客去予亦就睡夢二道士羽衣翩僊過臨皐之下揖予而言曰赤壁之遊樂乎問其姓名俛而不答嗚呼噫嘻我知之矣疇昔之夜飛鳴而過我者非子也耶道士顧笑予亦驚悟開戶視之不見其處

東坡集卷第十九

東坡集卷第二十

興國寺浴室院六祖畫贊一首

韓幹畫馬贊一首　　師子屏風贊一首

石菖蒲贊一首

東坡集卷第二十

銘二十首

却鼠刀銘一首

野人有刀不愛遺余長不滿尺劍鋏之餘文如連環上下相繆錯之則見或漫如無昔所從得戒以自隨畜之無害暴鼠是除有穴于垣侵堂及室跳床撼幕終夕窣窣叱訶不去啖齧棗栗掀盃舐缶去不遺粒不擇道路仰行躡壁家爲兩門窘則旁出輕趫捷猾忽不可執吾刀入門是去無跡又有甚者聚爲怪妖晝出羣鬭相視睢盱舞于端門與王雜居貓見不噬又乳于家狃於永氏謂世皆然亟磨吾刀槃水致前炊未及熟肅然無蹤物豈有是以爲不誠試之彌旬爲凜以驚夫貓鷙禽晝巡夜伺拳腰弭耳目不及顧鬚搖于穴走赴如霧碎首屠腸終不能去是獨何爲宛然尺刀匣而不用無有爪牙彼孰爲畏相率以逃嗚呼嗟夫吾苟有之不言而諭是亦何勞

硯銘九首

玉堂硯銘一首

文同與可將赴陵州孫洙巨源以玉堂大硯贈之與可屬蘇軾子瞻爲之銘曰坡陁瀰漫天闊海淺巨源

之硯淋漓蕩潏神沒鬼出輿可之筆燼南山之松爲煤無餘涸陵陽之水維以濡之陵陽在高山上至難得水

鼎硯銘一首

鼎無耳槃有趾鑑幽無見几不倚睗蟲隕羿喪厥喙羽淵之化帝祝尾不周僨裂東南圮黝然而深維水委誰乎爲此昔未始戲名其臀加幻詭

王平甫硯銘

玉德金聲而寓於斯中和所熏不水而滋正直所冰不寒而澌平甫之硯而軾銘之

鄧公硯銘并敘

王鞏魏國文正公之孫也得其外祖張鄧公之硯求銘於軾銘曰

鄧公之硯魏公之孫允也其物展也其人思我魏公文而厚思我鄧公德而壽三復吾銘以究令名

端硯銘

千夫挽綆百夫運斤篝火下縋以出斯珍一噓而泫歲久愈新誰其似之我懷斯人

孔毅甫龍尾硯銘

澀不留筆滑不拒墨爪膚而穀理金聲而玉德厚而堅足以閱人於古今朴而重不能隨人以南北

鳳咮硯銘

帝規武夷作茶囿山爲孤鳳翔且嗅下集芝田琢瓊玖玉乳金沙發靈寶殘璋斷璧澤而黝治爲書硯美無有至珍驚世初莫售黑眉黃眼爭妍陋蘇子一見名鳳咮坐令龍尾羞牛後

米黻石鍾山硯銘

有盜不御探奇發瑰攘于彭蠡斲鍾取追有米楚狂惟盜之隱因山作研其詞如雲

黼硯銘

龍尾黼硯章聖皇帝所嘗御也乾興升遐以賜外戚劉氏而永年以遺其舅王齊愈臣軾得之以遺臣宗孟且銘之曰黟歙之珍匪斯石也黼形而縠理金聲而玉色也雲烝露湛祥符之澤也二臣更寶之見者必作也

金星洞銘一首

寶山南麓鳳左翅驚雷劃石逋蚪起凝陰噓堅出怪瑋是生神草肖蒼虺離離赤志挾脊尾飛流丹石決癰痏金星非實特取似施及山石亦見謂凡名相因皆此比

文與可琴銘一首

攫之幽然如水赴谷釋之蕭然如葉脫木按之噫然應指而長言者似君置之枵然遺形而不言者似僕

山堂銘一首并敘

熙寧九年夏六月大雨野人來告故東武城中溝瀆圮壞出亂石無數取而儲之因守居之北墉爲山五成列植松柏桃李其上且開新堂北向以遊心寓意焉其銘曰

誰哀斯堅土伯所儲潦流發之神以畀予因廡爲堂踐城爲山有喬蒼蒼俯仰百年

遠遊庵銘一首并敘

吳復古子野吾不知其何人也徒見其出入人間若有求者而不見其所求不喜不憂不剛不柔不惰不脩吾不知其何人也昔司馬相如有言列仙之儒居山澤間形容甚臞乃取屈原遠遊作大人賦其言宏妙不遺而放今子野行於四方十餘年矣而歸於南海之上必將俯仰百世奄忽萬里有得於屈原之遠遊者故以名其庵而銘之曰

悲哉世俗之迫隘也願從子而遠遊子歸不來而吾不往使罔象乎相求問道於屈原借車於相如忽焉不自知歷九疑而過崇丘宛兮相逢乎南海之上踞

龜殼而食蛤梨者必子也庶幾爲我一笑而少留乎

徐州蓮華漏銘 一首并敘

故龍圖閣直學士禮部侍郎燕公肅以創物之智聞於天下作蓮華漏世服其精凡公所臨必爲之今州郡往往而在雖有巧者莫敢損益而徐州獨用瞽人衞朴所造廢法而任意有壺而無箭自以無目而廢天下之視使守者伺其滿則決之而更注人莫不笑之國子博士傅君裼公之外曾孫得其法爲詳其通守是邦也實始改作而請銘於軾銘曰

人之所信者手足耳目也目識多寡手知重輕然人未有以手量而目計者必付之於度量與權衡豈不自信而信物蓋以爲無意無我然後得萬物之情故天地之寒暑日月之晦明昆侖旁薄於三十八萬七千里之外而不能逃於三尺之箭五斗之缾雖疾雷霾風雨雪晝晦而遲速有度不加虧贏使凡爲吏者如缾之受水不過其量如水之浮箭不失其平如箭之升降也視時之上下降不爲辱升不爲榮則民將靡然心服而寄我以死生矣

三槐堂銘 一首并敘

天可必乎賢者不必貴仁者不必壽天不可必乎仁

者必有後二者將安取衷哉吾聞之申包胥曰人衆者勝天天定亦能勝人世之論天者皆不待其定而求之故以天爲茫茫善者以怠惡者以肆盜蹠之壽孔顏之厄此皆天之未定者也松柏生於山林其始也困於蓬蒿厄於牛羊而其終也貫四時閲千歲而不改者其天定也善惡之報至於子孫而其定也久矣吾以所見所聞所傳聞考之而其可必也審矣國之將興必有世德之臣厚施而不食其報然後其子孫能與守文太平之主共天下之福故兵部侍郎晉國王公顯於漢周之際歷事 太祖 太宗文武忠孝天下望以爲相而公卒以直道不容於時蓋嘗手植三槐於庭曰吾子孫必有爲三公者已而其子魏國文正公相 真宗皇帝於景德祥符之間朝廷清明天下無事之時享其福祿榮名者十有八年今夫寓物於人明日而取之有得有否而晉公脩德於身責報於天取必於數十年之後如持左契交手相付吾是以知天之果可必也吾不及見魏公而見其子懿敏公以直諫事仁宗皇帝出入侍從將帥三十餘年位不滿其德天將復興王氏也歟何其子孫之多賢也世有以晉公比李栖筠者其雄才直氣眞不相

上下而栖鈞之子吉甫其孫德裕功名富貴略與王氏等而忠信仁厚不及魏公父子由此觀之王氏之福蓋未艾也懿敏公之子鞏與吾遊好德而文以世其家吾是以錄之銘曰

嗚呼休哉魏公之業與槐俱萌封植之勤必世乃成既相 真宗四方砥平歸視其家槐陰滿庭吾儕小人朝不及夕相時射利皇卹厥德庶幾僥倖不種而獲不有君子其何能國王城之東晉公所廬鬱鬱三槐惟德之符嗚呼休哉

菩薩泉銘一首并敘

陶侃爲廣州刺史有漁人每夕見神光海上以白侃侃使迹之得金像視其款識阿育王所鑄文殊師利像也初送武昌寒溪寺及侃遷荊州欲以像行人力不能動益以牛車三十乘乃能至船船復沒遂以還寺其後惠遠法師迎像歸廬山了無艱礙山中世以二僧守之會昌中詔毀天下寺二僧藏像錦繡谷比釋教復興求像不可得而谷中至今有光景往往發見如峨眉五臺所見蓋遠師文集載處士張文逸之文及山中父老所傳如此今寒溪少西數百步別爲西山寺有泉出於嶔寶間色白而甘號菩薩泉人莫

知其本末建昌李常謂余豈昔像之所在乎且屬余
爲銘銘曰
像在廬阜宵光屬天旦朝視之寥寥空山誰謂寒溪
尚有斯泉盍往鑒之文殊了然

石鼎銘一首并敘

張安道以遺子由子由以爲軾生日之餽銘曰
石在洛書蓋隸從革矢砮醫砭皆金之職有堅而忍
爲釜爲鬲居焚不炎允有三德

六一泉銘一首并敘

歐陽文忠公將老自謂六一居士予昔通守錢塘見
公於汝陰而南公曰西湖僧惠勤甚文而長於詩吾
昔爲山中樂三章以贈之子閒於民事求人於湖山
間而不可得則往從勤乎予到官三日訪勤於孤山
之下抵掌而論人物曰公天人也人見其暫寓人間
而不知其乘雲馭風歷五嶽而跨滄海也此邦之人
以公不一來爲恨公麾斥八極何所不至雖江山之
勝莫適爲主而奇麗秀絕之氣常爲能文者用故吾
以謂西湖蓋公几案間一物耳勤語雖幻怪而理有
實然者明年公薨予哭於勤舍又十八年予爲錢塘
守則勤亦化去久矣訪其舊居則弟子二仲在焉畫

公與勤之像事之如生舍下舊無泉予未至數月泉出講堂之後孤山之趾汪然溢流甚白而甘卽其地鑿巖架石爲室二仲謂予師聞公來出泉以相勞苦公可無言乎乃取勤舊語推本其意名之曰六一泉且銘之曰

泉之出也去公數千里後公之沒十有八年而名之曰六一不幾於誕乎曰君子之澤豈獨五世而已蓋得其人則可至於百傳嘗試與子登孤山而望吳越歌山中之樂而飲此水則公之遺風餘烈亦或見於斯泉也

大覺鼎銘

樂全先生遺我鼎甗我復以餉大覺老禪在昔宋魯取之以兵書曰郜鼎以器從名樂全東坡予之以義書曰大覺之鼎以名從器挹山之泉烹以其薪爲苦爲甘咨爾學人

頌一首

仁宗皇帝御書頌一首并敘

天禧中仁宗皇帝在東宮故太傅鄧國張文懿公諱士遜爲太子諭德帝親書十二字以賜之曰寅亮天地弼余一人又曰日新其德公之曾孫假承務郎臣

欽臣以屬翰林學士臣蘇軾爲之頌二篇其一曰天地不言付之人君明其德刑物自秋春人君無心屬之輔弼信其賞罰身爲衡石惟天惟君與相爲三孰能俛仰其德不慚於皇 仁宗恭己無爲以天爲心以民爲師其相鄧公履信思順天下頌之以退爲進壽考百年以沒元身嗚呼休哉寅亮天地弼余一人其二曰聖人如天時殺時生君子如水因物賦形天不違仁水不失平惟一故新惟新故一一故不流新故無斁伊尹暨湯咸有一德周雖舊邦其命維新孰知此言若出一人小臣稽首敬頌遺墨嗚呼休哉日新其德

贊十七首

孔北海贊一首并敘

文舉以英偉冠世之資師表海內意所予奪天下從之此人中龍也而曹操陰賊嶮很特鬼蜮之雄者耳其勢決不兩立非公誅操則操害公此理之常而前史乃謂公負其高氣志在靖難而才疎意廣訖無成功此蓋當時奴婢小人論公之語公之無成天也使天未欲亡漢公誅操如殺狐兔何足道哉世之稱人豪者才氣各有高庳然皆以臨難不懼談笑就死爲

雄操以病亡子孫滿前而咿嚶涕泣留連妾婦分香賣履區處衣物平生姦僞死見真性世以成敗論人物故操得在英雄之列而公見謂才疏意廣豈不悲哉操平生畏劉備而備以公知天下有已爲喜天若胙漢公使備備誅操無難也予讀公所作揚四公贊歎曰方操害公復有魯國一男子慨然爭之公庶幾不死乃作孔北海贊曰

晉有羯奴盜賊之靡欺孤如操又羯所恥我書春秋與齊豹齒文舉在天雖亡不死我宗若人尚友千祀視公如龍視操如鬼

王元之畫像贊一首并敘

傳曰不有君子其能國乎予嘗三復斯言未嘗不流涕太息也如漢汲黯蕭望之李固吳張昭唐魏鄭公狄仁傑皆以身徇義招之不來麾之不去正色而立于朝則豺狼狐狸自相吞噬故能消禍於未形救危於將亡使皆如公孫丞相張禹胡廣雖累百千緩急豈可望哉故翰林王公元之以雄文直道獨立當世足以追配此六君子者方是時　朝廷清明無大姦慝然公猶不容於中耿然如秋霜夏日不可狎玩至於三黜以死有如不幸而處於衆邪之間安危之際

則公之所爲必將驚世絶俗使斗筲穿窬之流心破
膽裂豈特如此而已乎始余過蘇州虎丘寺見公之
畫像想其遺風餘烈願爲執鞭而不可得其後爲徐
州而公之曾孫汾爲兗州以公墓碑示余乃追爲之
贊以附其家傳云

維昔聖賢患莫己知公遇　太宗允也其時　帝欲
用公公不少貶三黜窮山之死靡憾咸平以來獨爲
名臣一時之屈萬世之信紛紛鄙夫亦拜公像何以
占之有泚其顙公能泚之不能已之茫茫九原愛莫
起之

王仲儀真贊一首并敘

孟子曰所謂故國者非謂有喬木之謂也有世臣之
謂也又曰爲政不難不得罪於巨室巨室之所慕一
國慕之一國之所慕天下慕之夫所謂世臣者豈特
世祿之人而巨室者豈特後富之家也哉蓋功烈已
著於時德望已信於人譬之喬木封殖愛養自拱把
以至於合抱者非一日之故也平居無事商功利課
殿最誠不如新進之士至於緩急之際決大策安大
衆呼之則來揮之則散者惟世臣巨室爲能余嘉祐
中始識懿敏王公於成都其後從事於岐而公自許

州移鎮平涼方是時虜大舉犯邊轉運使攝帥事與副總管議不合軍無紀律邊人大恐聲搖三輔及聞公來吏士踴躍傳呼旗幟精明鼓角讙亮虜即日解去公至燕勞將佐而已余然後知老臣宿將其功用蓋如此使新進之士當之雖有韓白之勇良平之奇豈能坐勝默成如此之捷乎熙寧四年秋余將往錢塘見公於私第佚老堂飲酒至莫論及當世事曰吾老矣恐不復見子厚自愛無忘吾言既去二年而公薨又六年乃作公之真贊以遺其子鞏詞曰

堂堂魏公配命召祖顯允懿敏維周之虎魏公在朝百度維正懿敏在外有聞無聲高明廣大宜公宜相如木百圍宜宮宜堂天既厚之又貴富之如山如河維安有之彼窶人子既陋且寒終勞永憂莫知其賢曷不觀此佩玉劍履晉公之孫魏公之子

王定國真贊一首

温然而澤者道人之腴也凜然而清者詩人之癯也雍容委蛇者貴介之公子而短小精悍者游俠之徒也人何足以知之此皆其膚也若人者泰不驕困不撓而老不枯也

秦少游真贊一首

以君爲將仕也其服野其行方以君爲將隱也其言文其神昌置而不求君不卽卽而求之君不藏以爲將仕將隱者皆不知君者也蓋將挈所有而乘所遇以游於世而卒反於其鄉者乎

參寥子眞贊一首

東坡居士曰維參寥子身寒而道富辯於文而訥於口外尫柔而中健武與人無競而好刺譏朋友之過枯形灰心而喜爲感時玩物不能忘情之語此予所謂參寥子有不可曉者五也

徐大正眞贊一首

賢哉徐子溫文而毅儒不亂法俠不犯忌求之古人尚論其世登唐滅漢三國之士我非北海安識子義願觀伯符擘戟爲戲

文與可畫墨竹屛風贊一首

與可之文其德之糟粕與可之詩其文之毫末詩不能盡溢而爲書變而爲畫皆詩之餘其詩與文好者益寡有好其德如好其畫者乎悲夫

戒壇院文與可畫墨竹贊一首

風梢雨籜上傲冰雹霜根雪節下貫金鐵誰爲此君與可姓文惟其有之是以好之

石室先生畫竹贊一首并敘

與可文翁之後也蜀人猶以石室名其家而與可自謂笑笑先生蓋可謂與道皆逝不留於物者也顧嘗好畫竹客有贊之者曰

先生閒居獨笑不已問安所笑笑我非爾物之相物我爾一也先生又笑笑所笑者笑笑之餘以竹發妙竹亦得風夭然而笑

文與可飛白贊一首

嗚呼哀哉與可豈其多好好奇也歟抑其不試故藝也始予見其詩與文又得見其行草篆隸也以爲止此矣既沒一年而復見其飛白美哉多乎其盡萬物之態也霏霏乎其若輕雲之蔽月飜飜乎其若長風之卷旆也猗猗乎其若遊絲之縈柳絮褭褭乎其若流水之舞荇帶也離離乎其遠而相屬縮縮乎其近而不隘也其工至於如此而余乃今知之則余之知與可者固無幾而其所不知者蓋不可勝計也嗚呼哀哉

郭忠恕畫贊一首并敘

右張夢得所藏郭忠恕畫山水屋木一幅忠恕字恕先以字行洛陽人少善屬文及史書小學通九經七

歲舉童子漢湘陰公辟從事與記室董裔爭事謝去周祖召爲周易博士國初與監察御史符昭文爭忿朝堂貶乾州司戶秩滿遂不仕放曠岐雍陝洛間逢人無貴賤口稱猫遇佳山水輒留旬日或絕粒不食盛夏暴日中無汗大寒鑿氷而浴尤善畫妙於山水屋木有求者必怒而去意欲畫即自爲之郭從義鎮岐下延止山亭設絹素粉墨於坐經數月忽乘醉就圖之一角作遠山數峯而已郭氏亦寶之岐有富人子喜畫日給淳酒待之甚厚久乃以情言且致匹素恕先爲畫小童持線車放風鳶引線數丈滿之富家子大怒遂絕時與役夫小民入市肆飲食曰吾所與游皆子類也太宗聞其名召赴闕館于內侍省押班竇神與舍恕先長髯而美忽盡去之神與驚問其故曰聊以效颦神與大怒除國子監主簿出館于太學益縱酒肆言時政頗有謗讟語聞決杖配流登州至齊州臨淸謂部送吏曰我逝矣因掊地爲穴度可容面俯窺焉而卒藁葬道左後數月故人欲改葬但衣衾存焉蓋尸解也贊曰

長松攙天蒼壁插水憑欄飛觀縹緲誰子空蒙寂歷煙雨滅沒恕先在焉呼之或出

黃庭經贊一首幷敘

予既書黃庭內景以贈葆光道師而龍眠居士復爲作經相其前而畫予二人像其後筆勢雋妙遂爲希世之寶嗟歎不足故復贊之曰

太上虛皇出靈篇黃庭真人舞胎仙髯耆兩卿相後前丱妙俠侍清且妍十有二神服銳堅巍巍堂堂人中天問我何修果此緣是心朝空夕了然恐非其人世莫傳殿以二士蒼鶻騫南隨道師歷山淵山人迎笑喜我還問誰遣化老龍眠

興國寺浴室院六祖畫贊一首幷敘

予嘉祐初舉進士館於興國浴室老僧德香之院浴室之南有古屋東西壁畫六祖像其東刻木爲樓閣堂宇以障之不見其全而西壁三師皆神宇靖深中空外夷意非知是道者不能爲此書其上曰蜀僧令宗筆予初不聞宗名而家有僞蜀待詔丘文播筆畫相似殆不可辨曰宗豈師播者耶已而問諸蜀父老曰文播漢州人弟曰文曉而令宗其異父弟或曰其表弟也皆善書山水人物竹石其品在黃筌句龍爽之間而文播之子仁慶尤長於花實羽毛蜀人趙昌所師者予去三十一年而中書舍人彭君器資亦館

于是予往見之則院中人無復識予者獨主僧惠汶蓋當時堂上侍者然亦老矣導予觀令宗畫則三祖依然尚在蔭翳閉予與器資相顧太息汶曰嘻去是也何有乃徙置所謂樓閣堂宇者北向而出之六師相視如言如笑如以法相授都人聞之觀者日衆汶乃作欄楯以護之而器資請予爲贊之曰

少林傫壁不以爲礙彌天同輦不以爲泰稽首六師昔晦今明不去不來何損何增俯仰屈信三十一年我雖日化其孰能遷之

韓幹畫馬贊一首

韓幹之馬四其一在陸驤首奮鬣若有所望頓足而長鳴其一欲涉水高首下擇所由濟蹁躚而未成其二在水前者反顧若以鼻語後者不應欲飲而留行以爲廐馬也則前無羈絡後無箠策以爲野馬也則隅目聳耳豐臆細尾皆中度程蕭然如賢大夫貴公子相與解帶脫帽臨水而濯纓遂欲高舉遠引友麋鹿而終天年則不可得矣蓋優哉游哉聊以卒歲而無營

師子屏風贊一首并敘

潤州甘露寺有唐李衞公所留陸探微畫師子板余

自錢唐移守膠西過而觀焉使工人摹之置蓋公堂中且贊之曰

圓其目仰其鼻奮鬛吐舌威見齒舞其足前其耳左顧右躑喜見尾雖猛而和蓋其戲嚴嚴高堂護燕几啼呼顛沛走百鬼嗟乎妙哉古陸子

石菖蒲贊一首并敘

本草菖蒲味辛溫無毒開心補五藏通九竅明耳目久服輕身不忘延年益心智高志不老注云生石磧上穊節者良生下溼地大根者乃是昌陽不可服韓退之進學解云訾醫師以昌陽引年欲進其豨苓不知退之即以昌陽爲昌蒲耶抑謂其似是而非不可以引年也凡草木之生石上者必須微土以附其根如石韋石斛之類雖不待土然去其本處輒槁死惟石昌蒲并石取之濯去泥土漬以清水置盆中可數十年不枯雖不甚茂而節葉堅瘦根須連絡蒼然於几案間久而益可喜也其輕身延年之功既非昌陽之所能及至於忍寒苦安澹泊與清泉白石爲伍不待泥土而生者亦豈昌陽之所能髣髴哉余游慈湖山中得數本以石盆養之置舟中間以文石石英璀璨芬郁意甚愛焉顧恐陸行不能致也乃以遺九江

道士胡洞微使善視之余復過此將問其安否贊曰清且泚惟石與水託於一器養非其地瘠而不死夫孰知其理不如此何以輔五藏而堅髮齒

東坡集卷第二十

東坡集卷第二十一

論八首

東坡集卷第二十一

論八首

省試刑賞忠厚之至論一首

論曰堯舜禹湯文武成康之際何其愛民之深憂民之切而待天下之以君子長者之道也有一善從而賞之又從而詠歌嗟嘆之所以樂其始而勉其終有一不善從而罰之又從而哀矜懲創之所以棄其舊而開其新故其吁俞之聲歡休慘戚見於虞夏商周之書成康既沒穆王立而周道始衰然猶命其臣呂侯而告之以祥刑其言憂而不傷威而不怒慈愛而能斷惻然有哀憐無辜之心故孔子猶有取焉傳曰賞疑從與所以廣恩也罰疑從去所以慎刑也當堯之時皋陶爲士將殺人皋陶曰殺之三堯曰宥之三故天下畏皋陶執法之堅而樂堯用刑之寬四岳曰鯀可用堯曰不可鯀方命圮族既而曰試之何堯之不聽皋陶之殺人而從四岳之用鯀也然則聖人之意蓋亦可見矣書曰罪疑惟輕功疑惟重與其殺不辜寧失不經嗚呼盡之矣可以賞可以無賞賞之過乎仁可以罰可以無罰罰之過乎義過乎仁不失爲君子過乎義則流而入於忍人故仁可過也義不可

過也古者賞不以爵祿刑不以刀鋸賞以爵祿是賞之道行於爵祿之所加而不行於爵祿之所不加也刑以刀鋸是刑之威施於刀鋸之所及而不施於刀鋸之所不及也先王知天下之善不勝賞而爵祿不足以勸也知天下之惡不勝刑而刀鋸不足以裁也是故疑則舉而歸之於仁以君子長者之道待天下使天下相率而歸於君子長者之道故曰忠厚之至也詩曰君子如祉亂庶遄已君子如怒亂庶遄沮夫君子之已亂豈有異術哉時其喜怒而無失乎仁而已矣春秋之義立法貴嚴而責人貴寬因其褒貶之義以制賞罰亦忠厚之至也謹論

御試重巽申命論一首

論曰昔聖人之始畫卦也皆有以配乎物者也巽之配於風者以其發而有所動也配於木者以其仁且順也夫發而有所動者不仁則不可以久不順則不可以行故發而仁動而順而巽之道備矣聖人以爲不重則不可以變故因而重之使之動而能變變而不窮故曰重巽以申命言天子之號令如此而後可也天地之化育有可以指而言者有不可以求而得之者今夫日皆知其所以爲煖雨皆知其所以爲潤

雷霆皆知其所以爲震雪霜皆知其所以爲殺至於風悠然布於天地之間來不知其所自去不知其所入噓而炎吹而冷大而鼓乎大山喬嶽之上細而入乎竅空蔀屋之下發達萬物而天下不以爲德摧敗草木而天下不以爲怒故曰天地之化育有不可求而得者此聖人之所法以令天下之術也聖人在上天下之民各得其職士者皆曰吾學而仕農者皆曰吾耕而食工者皆曰吾作而用賈者皆曰吾負而販不知聖人之制命令以鼓舞通變其道而使之安乎此也聖人之在上也天下可由而不可知可言而不可議蓋得乎巽之道也易者聖人之動而卦者動之時也蠱之象曰先甲三日後甲三日而巽之九五亦曰先庚三日後庚三日而說者謂甲庚皆所以申命而先後者愼之至也聖人憫斯民之愚而不忍使之遽陷於罪戾也故先三日而令之後三日而申之不從而後誅蓋其用心之愼也以至神之化令天下使天下不測其端以至詳之法曉天下使天下明知其所避天下不測其端而明知其所避故靡然相率而不敢議也上令而下不議下從而上不誅順之至也故重巽之道上下順也謹論

學士院試孔子從先進論一首

論曰君子之欲有爲於天下莫重乎其始進也始進以正猶且以不正繼之況以不正進者乎古之人有欲以其君王者也有欲以其君霸者也有欲强其國者也是三者其志不同故其術有淺深而其成功有巨細雖其終身之所爲不可逆知而其大節必見於其始進之日何者其中素定也未有進以强國而能霸者也未有進以霸而能王者也伊尹之耕於有莘之野也其心固曰使吾君爲堯舜之君而吾民爲堯舜之民也以伊尹爲以滋味說湯者此戰國之策士以己度伊尹也君子疾之管仲見桓公於纍囚之中其所言者固欲合諸侯攘戎狄也管仲度桓公足以霸度其身足以爲霸者之佐是故上無後說下無卑論古之人其自知明也如此商鞅之見孝公也三說而後合甚矣鞅之懷詐挾術以欺其君也彼豈不自知其不足以帝且王哉顧其刑名慘刻之學恐孝公之不能從是故設爲高論以衒之君既不能是矣則舉其國惟吾之所欲爲不然豈其負帝王之略而每見輒變以徇人乎商鞅之不終於秦也是其進之不正也聖人則不然其志愈大故其道愈高其道愈高

故其合愈難聖人視天下之不治如赤子之在水火也其欲得君以行道可謂急矣然未嘗以難合之故而少貶焉者知其始於少貶而其漸必至陵遲而大壞也故曰先進於禮樂野人也後進於禮樂君子也如用之則吾從先進孔子之世其諸侯卿大夫視先王之禮樂猶方圓氷炭之不相入也進而先之以禮樂其不合必矣是人也以道言之則聖人以世言之則野人也若夫君子之急於有功者則不然其未合也先之以世俗之所好而其既合也則繼以先王之禮樂其心則然然其進不正未有能繼以正者也故孔子不從而孟子亦曰枉尺直尋者以利言也如以利則枉尋直尺而利亦可爲與君子之得其君也既度其君又度其身君能之而我不能不敢進也我能之而君不能不可爲也不敢進而進是易其君不可爲而爲是輕其身是二人者皆有罪焉故君子之始進也曰君苟用我矣我且爲是君曰能之則安受而不辭君曰不能天下其獨無人乎至於人君亦然將用是人也則告之以己所欲爲要其能否而責成焉其曰姑用之而試觀之者皆過也後之君子其進也無所不至惟恐其不合也曰我將權以濟道既而道

卒不行焉則曰吾君不足以盡我也始不正其身終以謗其君是人也自以爲君子而孟子之所謂賊其君者也謹論

學士院試春秋定天下之邪正論一首

論曰爲穀梁者曰成天下之事業定天下之邪正莫善於春秋請因其說而極言之夫春秋者禮之見於事業者也孔子論三代之盛必歸於禮之大成而其衰必本於禮之漸廢君臣父子上下莫不由禮而定其位至以爲有禮則生無禮則死故孔子自少至老未嘗一日不學禮而不治其他以之出入周旋亂臣強君莫能加焉知天下莫之能用也退而治其紀綱條目以遺後世之君子則又以爲不得親見於行事有其具而無其施設措置之方於是因魯史記爲春秋一斷於禮凡春秋之所褒者禮之所與也其所貶者禮之所否也記曰禮者所以別嫌明疑定猶豫也而春秋一取斷焉故凡天下之邪正君子之所疑而不能決者皆至於春秋而定非定於春秋定於禮也故太史公曰春秋者禮義之大宗也爲人君父而不知春秋者前有讒而不見後有賊而不知爲人臣子而不知春秋者守經事而不知其宜遭變事而不知

其權夫禮義之失至於君不君臣不臣父不父子不子其意皆以善爲之而不知其義是以被之空言而不敢辭夫邪正之不同也不啻若黑白使天下凡爲君子者皆如顏淵凡爲小人者皆如桀跖雖微春秋天下其孰疑之天下之所疑者邪正之間也其情則邪而其迹若正者有之矣其情以爲正而不知其義以陷於邪者有之矣此春秋之所以丁寧反覆於其間也宋襄公疑於仁者也晉荀息疑於忠者也襄公不脩德而疲弊其民以求諸侯此其心豈湯武之心哉而獨至於戰則曰不禽二毛不鼓不成列非有仁者之素而欲一旦竊取其名以欺後世苟春秋不爲正之則世之爲仁者相率而爲僞也故其書曰冬十一月乙巳朔宋公及楚人戰于泓宋師敗績春秋之書戰未有若此其詳也君子以爲其敗固宜而無有隱諱不忍之辭焉荀息之事君也君存不能正其違沒又成其邪志而死焉荀息而爲忠則凡忠於盜賊死於私暱者皆忠也而可乎故其書曰及其大夫荀息不然則荀息孔父之徒也而可名哉謹論

後正統論三首至和二年作

總論一

正統者何邪名邪實邪正統之説曰正者所以正天下之不正也統者所以合天下之不一也不幸有天子之實而無其位有天子之名而無其德是二人者立於天下天下何正何一而正統之論決矣正統之爲言猶曰有天下云爾人之得此名而又有此實也夫何議天下固有無其實而得其名者聖人於此不得已焉而不以實傷名而名卒不能傷實故名輕而實重不以實傷名故天下不爭名輕而實重故天下趨於實天下有不肖而曰吾賢者矣未有賤而曰吾貴者也天下之爭自賢不肖始聖人憂焉不敢以亂貴賤故天下知賢之不能奪貴天下之貴者聖人莫不貴之恃有賢不肖存焉輕以與人貴而重以與人賢天下然後知貴之不如賢知賢之不能奪貴故不爭知貴之不如賢故趨於實使天下不爭而趨於實是亦足矣正統者名之所在焉而已名之所在而不能有益乎其人而後名輕名輕而後實重吾欲重天下之實於是乎始輕正統聽其自得者十曰堯舜夏商周秦漢晉隋唐予其可得者六以存教曰魏梁後唐晉漢周使夫堯舜三代之所以爲賢於後世之君者皆不在乎正統故後世之君不以其道而得者亦

無以爲堯舜三代之比於是乎實重

辨論二

正統之論起於歐陽子而霸統之說起於章子二子之論吾與歐陽子故不得不與章子辨以全歐陽子歐陽子之說全而吾之說又因以明章子之說曰進秦梁失而未善也進魏非也是章子未知夫名實之所在也夫所謂正統者猶曰有天下云爾名耳正統者果名也又焉實之知視天下之所同君而加之又焉知其他章子以爲魏不能一天下不當與之統夫魏雖不能一天下而天下亦無有如魏之强者吳雖存非兩立之勢奈何不與之統章子之不絶五代也亦徒以爲天下無有與之敵者而已今也絶魏魏安得無辭哉正統者惡夫天下之無君而作也故天下雖不合於一而未至乎兩立者則君子不忍絶之於無君且夫德同而力均不臣焉可也今以天下不幸而不合於一德既無以相過而弱者又不肯臣乎强於是焉而不與之統亦見其重天下之不幸而助夫不臣者也章子曰鄉人且恥與盜者偶聖人豈得與簒君同名哉吾將曰是鄉人與是爲盜者民則皆民也士則皆士也大夫則皆大夫也則亦與之皆坐乎

苟其勢不得不與之皆坐則鄉人何恥邪聖人得天下簒君亦得天下顧其勢不得不與之同名聖人何恥邪吾將以聖人恥夫簒君而簒君又焉能恥聖人哉章子曰君子大居正而以不正人居之是正不正之相去未能相遠也且章子之所謂正者何也以一身之正爲正邪以天下有君爲正邪一身之正是天下之私正也天下有君是天下之公正也吾無取乎私正也天下無君簒君出而制天下湯武既沒吾安所取正哉故簒君者亦當時之正而已章子曰祖與孫雖百歲而子五十則子不得爲壽漢與晉雖得天下而魏不能一則魏不得爲有統吾將曰其兄四十而死則其弟五十爲壽弟爲壽乎其兄魏爲有統乎當時而已章子比之婦謂舅姑爲姑吾將曰舅則以爲妻而婦獨奈何不以爲姑乎以妾爲妻者舅之過也婦謂之姑蓋非婦罪也舉天下而受之魏晉是亦漢魏之過而已矣與之統者獨何罪乎雖然歐陽子之論猶有異乎吾說者歐陽子之所與者吾之所與也歐陽子之所以與之非吾所以與之也歐陽子重與之而吾輕與之且其言曰秦漢而下正統屢絕而得之者少以其得之者少故其爲名甚尊而重也

嗚呼吾不喜夫少也幸而得之者少故有以尊重其名不幸而皆得歐陽子其敢有所不與邪且其重之則其施於簒君也誠若過然故章子有以啓其說夫以文王而終身不得以魏晉梁而得之果其爲重也則文王將有愧於魏晉梁焉必也使夫正統者不得爲聖人之盛節則得之爲無益得之爲無益故雖舉而加之簒君而不爲過使夫文王之所不得而魏晉梁之所得者皆吾之所輕者也然後魏晉梁無以愧文王而文王亦無所愧於魏晉梁焉

辯論三

始終得其正天下合於一是二者必以其道得之邪亦或不以其道得之邪病乎或者之不以其道得之也於是乎舉而歸之名歐陽子曰皆正統是以名言者也章子曰正統又曰霸統是以實言者也歐陽子以名言而純乎名章子以實言而不盡乎實章子之意以霸統重其實而不知實之輕自霸統始使天下之名皆不得過乎實者固章子意也天下之名果不過乎實也則吾以章子爲過乎聖人聖人不得已則不能以實傷名而章子則能之且吾豈不知居得其正之爲正（如魏受之於漢晉受之於魏）不如至公大義之

為正也哉蓋亦有不得已焉耳如章子之說吾將求其備堯舜以德三代以德與功漢唐以功秦隋後唐晉漢周以力晉梁以弒不言魏者因章子之說而與之辨以實言之則德與功不如德功不如德與功力不如功弒不如力是堯舜而下得統者凡更四不如而後至於晉梁焉而章子以為天下之實盡於其正統霸統之間矣歐陽子純乎名故不知實之所止章子雜乎實故雖晉梁弒君之罪天下所不容之惡而其實反不過乎霸彼其初得正統之虛名而不測其實罪之所至也章子則告之曰爾霸者也夫以弒君得天下而不失為霸則章子之說固便乎篡者也夫章子豈曰弒君者其實止乎霸也哉蓋已舉其實而著之名雖欲復加之辠而不可得也夫王者沒而霸者有功於天下吾以為在漢唐為宜必不得已而秦隋後唐晉漢周得之吾猶有憾焉奈何其舉而加之弒君之人乎嗚呼吾不惜乎名而惜乎實也霸之於王也猶兄之於父也聞天下之父嘗有曰堯者而曰必堯而後父少不若堯而降為兄則瞽鯀懼至僕妾焉天下將有降父而至於僕妾者無怪也從章子之說者其弊固至乎此也故曰莫若純乎名純乎名故晉梁之

得天下其名曰正統而其弒君之實惟天下後世之所加而吾不爲之齊量焉於是乎晉梁之惡不勝誅於天下實於此反不重乎章子曰堯舜曰帝三代曰王夏曰氏商周曰人古之人輕重其君有是也以爲其霸統之說夫執聖人之一端以藉其口夫何說而不可吾亦將曰孔子刪書而虞夏商周皆曰書湯武王伯禽秦穆公皆曰誓以爲吾皆曰正統之說其誰曰不可聖人之於實也不傷其名而後從之帝亦天子也王亦天子也氏亦人也人亦氏也夫何名之傷若章子之所謂霸統者傷乎名而喪乎實者也

思治論一首嘉祐八年作

方今天下何病哉其始不立其卒不成惟其不成是以厭之而愈不立也凡人之情一舉而無功則疑再則倦三則去之矣今世之士所以相顧而莫肯爲者非其無有忠義慷慨之志也又非其才術謀慮不若人也患在苦其難成而不復立不知其所以不成者罪在於不立也今立而成矣今世有三患而終莫能去其所從起者則五六十年矣自宮室禱祠之役興錢幣茶鹽之法壞加之以師旅而天下常患無財五六十年之間下之所以游談聚議而上之所以變政

易令以求豐財者不可勝數矣而財終不可豐自澶淵之役北虜雖求和而終不得其要領其後重之以西羌之變而邊陲不寧二國益驕以戰則不勝以守則不固而天下常患無兵五六十年之間下之所以游談聚議而上之所以變政易令以求强兵者不可勝數矣而兵終不可强自選舉之格嚴而吏拘於法不志於功名考功課吏之法壞而賢者無所勸不肖者無所懼而天下常患無吏五六十年之間下之所以游談聚議而上之所以變政易令以求擇吏者不可勝數矣而吏終不可擇財之不可豐兵之不可强吏之不可擇是豈真不可邪故曰其始不立其卒不成惟其不成是以厭之而愈不立也夫所貴於立者以其規摹先定也古之君子先定其規摹而後從事故其應也有候而其成也有形衆人以爲是汗漫不可知而君子以爲理之必然如炊之無不熟種之無不生也是故其用力省而成功速昔者子太叔問政於子產子產曰政如農功日夜以思之思其始而圖其終朝夕而行之行無越思如農之有畔子產以爲不思而行與凡行而出於思之外者如農之無畔也其始雖勤而終必棄之今夫富人之營宮室也必先

料其資財之豐約以制宮室之大小既內決於心然後擇工之良者而用一人焉必告之曰吾將爲屋若干度用材幾何役夫幾人幾日而成土石材葦吾於何取之其工之良者必告之曰某所有石某所有木用材役夫若干某日而成主人率以聽焉及期而成既成而不失富則規摹之先定也今治天下則不然百官有司不知上之所欲爲也而人各有心好大者欲王好權者欲霸而偷者欲休息文吏之所至則治刑獄而聚斂之臣則以貨財爲急民不知其所適從也及其發一政則曰姑試行之而已其濟與否固未可知也前之政未見其利害而後之政復發矣凡今之所謂新政者聽其始之議論豈不甚美而可樂哉然而布出於天下而卒不知其所終何則其規摹不先定也用捨系於好惡而廢興決於衆寡故萬全之利以小不便而廢者有之矣百世之患以小利而不顧者有之矣所用之人無常責而所發之政無成效此猶適千里不賫糧而假匄於塗人治病不知其所當用之藥而百藥皆試以僥倖於一物之中欲三患之去不可得也昔者太公治齊周公治魯至於數十世之後子孫之强弱風俗之好惡皆可得而逆知之

何者其所施專一則其勢固有以使之也管仲相桓公自始爲政而至於霸其所施設皆有方法及其成功皆知其所以然至今可覆也咎犯之在晉范蠡之在越文公句踐嘗欲用其民而二臣皆以爲未可及其以爲可用也則破楚滅吳如寄諸其鄰而取之此無他見之明而策之熟也夫今之世亦與明者熟策之而已士爭言曰如是而財可豐如是而兵可强如是而吏可擇吾從其可行者而規摹之發之以勇守之以專達之以强日夜以求合於其所規摹之內而無務出於其所規摹之外其人專其政一然而不成者未之有也財之不豐兵之不强吏之不擇此三者存亡之所從出而天下之大事也夫以天下之大事而有一人焉獨擅而兼言之則其所以治此三者之術其得失固未可知也雖不可知而此三者決不可不治者可知也是故不可以無術其術非難知而難聽非難聽而難行非難行而難收孔子曰好謀而成使好謀而不成不如無謀蓋世有好劍者聚天下之良金鑄之三年而成以爲吾劍天下莫敵也劍成而很戾缺折不可用何者是知鑄而不知收也今世之舉事者雖其甚小而欲成之者常不過數人欲壞之

者常不可勝數可成之功常難形若不可成之狀常先見上之人方且眩瞀而不自信又何暇及於收哉古之人有犯其至難而圖其至遠者彼獨何術也且非特聖人而已商君之變秦法也擾萬人之怒排舉國之說勢如此其逆也蘇秦之爲從也合天下之異以爲同聯六姓之疏以爲親計如此其迂也淮陰侯請於高帝求三萬人願以北舉燕趙東擊齊南絕楚之糧道而西會於滎陽耿弇亦言於世祖欲先定漁陽取涿郡還收富平而東下齊世祖以爲落落難合此皆越人之都邑而謀人國功如此其疏也然而四子者行之若易然出於其口成於其手以爲既已許吾君則親挈而還之今吾以自有之天下而行吾所得爲之事其事又非有所拂逆於天下之意也非有所待於人而後具也如有財而自用之有子而自教之耳然而政出於天下有出而無成者五六十年於此矣是何也意者知出而不知收斂非不知收意者汗漫而無所收斂故爲之說曰先定其規摹而後從事先定者可以謀人不先定者自謀常不給而況於謀人乎且今之世俗則有所可患者士大夫所以信服於朝廷者不篤而皆好議論以務非其上使人眩

於是非而不知其所從從之則事舉無可爲者不從則其所行者常多故而易敗夫所以多故而易敗者人各持其私意以賊之議論勝於下而幸其無功者衆也富人之謀利也常獲世以爲福非也彼富人者信於人素深而服於人素厚所爲而莫或害之所欲而莫或非之事未成而衆已先成之矣夫事之行也有勢其成也有氣富人者乘其勢而襲其氣也欲事之易成則先治其所以信服天下者天下之士不可以力勝力不可勝則莫若從衆從衆者非從衆多之口而從其所不言而同然者是真從衆也衆多之口非果衆也特聞於吾耳而接於吾前未有非其私說者也於吾爲衆於天下爲寡彼衆之所不言而同然者衆多之口舉不樂也以衆多之口所不樂而棄衆之所不言而同然則樂者寡而不樂者衆矣古之人常以從衆得天下之心而世之君子常以從衆失之不知夫古之人其所從者非從其口而從其所同然也何以明之世之所謂逆衆斂怨而不可行者莫若減任子然不顧而行之者五六年矣而天下未嘗有一言何則彼其口之所不樂而心之所同然也從其所同然而行之若猶有言者則可以勿卹矣故爲之

說曰發之以勇守之以專達之以強苟知此三者非獨爲吾國而已雖北取契丹可也

東坡集卷第二十一

東坡集卷第二十二

策問十七首

策問十七首

私試策問七首

問人主莫不欲安存而惡危亡然而其國常至於不可救者何也所憂者非其所以亂與其所以亂與亡者常出於其所不憂也請借漢以言之昔者高帝之世天下既平矣當時之所憂者韓彭英盧而已此四王者皆不能終高帝之世相繼仆滅而不復續及至呂氏之禍則猶異姓也呂氏既已滅矣而吳楚之憂幾至於亡國方韓彭呂氏之禍惟恐同姓之不蕃熾昌大也然至其爲變則又過於異姓遠矣文景之世以爲諸侯分裂破弱則漢可以百世而無憂至於武帝諸侯之難少衰而匈奴之患方熾則又以爲天下之憂止於此矣及昭宣元成之世諸侯王既已無足憂者而匈奴又破滅臣事於漢然其所以卒至於中絕而不救則其所不慮之王氏也世祖既立上懲韓彭之難中鑒七國之變而下悼王氏之禍於是盡侯諸將而不任以事裁減同姓之封而黜三公之權以爲前世之弊盡去矣及其衰也宦官之權盛而黨錮之難起士大夫相與搤腕而遊談者以爲天子

一日誅宦官而解黨錮則天下猶可以無事於是外召諸將而內脅其君宦官既誅無遺類而董卓曹操之徒亦因以亡漢漢之所憂者凡六變而其亂與亡輒出於其所不憂而終不可備由此觀之治亂存亡之勢其皆有以取之歟抑將不可推如江河之徙移其勢自有以相激而不自知歟其亦可以理推力救而莫之爲也今將使事至而應之患至而爲之謀則天下之患不可以勝防而政化不可以勝變矣則亦將朝文而莫質忽寬而驟猛歟意者亦有可以長守而不變雖有小患而不足卹者歟願因論漢而極言其所以然

問昔三代之際公卿有生而爲之者士有至老而不遷者官有常人而人有常心故爲周之公卿者非周召毛原則王之子弟也發於畎畝起於匹夫而至於公相則蓋亦有幾人而已士之勤苦終身於學講肄道藝而脩其廉隅以邀鄉里之名者不過以望鄉大夫賢能之書其選舉而上不過以爲一命之士其傑異者至於大夫極矣夫周之世諸侯爲政之卿皆其世臣之子孫則夫布衣之士其進蓋亦有所止也當是之時士皆安其習而樂其分不倦於小官而絜爲

之故其民事脩而世世務舉及其後世不然使天下旅進而更爲之雖布衣之賢得以驟進於朝廷而士始有無厭之心矣官事之不脩民事之不緝非其不能不屑爲之也先王之用人欲其人人自喜終老而不倦是以能盡其才今以凡人之才而又加之以既倦之意其爲弊可勝言乎今夫州縣之吏有故而不得改官者盤桓於州縣而不能去久者不過以爲職官令錄仕而達者自縣宰爲郡之通守自郡之通守以至郡守爲郡守而無他才能則盤桓於太守而不得去由此觀之是職官令錄與郡守四者爲國家棄材之委而仕不達者之所盤桓而無聊也夫以太守之重職官令錄之近於民而用棄材焉使不達者盤桓於其職此豈先王所以使人不倦之意歟嗟夫蓋亦有不得已也居今之勢何以使天下之士各安其分而無輕於小官何以使此四者流徙不倦而無不自聊賴之意其悉書于篇

問古者師出受成於學兵固學者之所宜知也今關中之事又諸君之所親履而目見者昔者六國之世秦盡有今關中之地地不加廣也而東備齊南備楚近則備韓魏遠則備燕趙有敵國之憂而無中原之

助然而當是時也攘却西戎至千餘里今也天下爲一獨以關中之地西備羌戎三方無敵國之憂而又內引百郡以爲助惴惴焉自固之不暇以百倍之勢而無昔人分毫之功此不可不論也古之爲兵者戍其地則用其地之民戰其野則食其野之粟守其國則乘其國之馬是以外被兵而內不知此所以百戰而不殆也今則不然戍邊用東北之人糴糧用內郡之錢騎戰用西羌之馬是以一郡用兵而百郡騷然此又不可不論也昔者衛爲狄所滅齊桓公以車三十乘封文公於楚丘及其末年至三百乘故其詩曰匪直也人秉心塞淵騋牝三千以爲資之四夷則衛之所近者莫若狄當是時也狄與衛爲仇讎其勢必不以馬與衛然則衛獨以何術而能致馬如此之多邪今欲使被兵之郡自用其民自食其粟自乘其馬而不得其術故願聞其詳

問三代之祭禮其存者幾希矣其全固不可以一日而復然今天下郡縣通祀社稷孔子風伯雨師與凡山川古聖賢之廟此其禮尤急而不可闕者也武王伐商師渡盟津有宗廟有將舟將舟社主在焉則是社稷有主也古者師行載遷廟之主無遷廟則以幣

玉爲廟不可一日虛主也一日虛主猶不可若無主而爲廟可乎是凡廟皆當有主也今郡縣所祭未嘗有主而皆有土木之像夫像安出哉古者祭莫不有尸詩有靈星之尸則祭無所不用尸也祭而不用尸者是始死之奠也不然則是祭殤也今也舉不用尸則如勿祭而已矣儒者治禮至其變尤謹嚴而詳今之變主爲像與祭而無尸者果誰始也古者坐於席故籩豆之長短簠簋之高下適與人均今土木之像既已巍然於上而列器皿於地使鬼神不享則不可知若其享之則是俯伏匍匐而就也鬼神不能諄諄與人接也故使尸嘏立之今也無尸而受胙於虛位不亦鄙野可笑矣夫今欲使廟皆有主祭皆有尸不知何道而可願從諸君講求其遺制合於古而便於今者

問易之爲書要以不可爲必然可指之論也其始有畫而無文後世聖人始爲之詞蓋亦微見其端而其或爲仁或爲義或小或大則付之後世學者之分然世益久遠則學者或入於邪說故凡孔子之所爲贊易者特以防閑其邪說使之縱橫旁午要不失正而非以爲必然可指之論也是故其用意廣而其詞約

竊嘗深觀之孔子蓋有因爻詞而申言之若無所損益於其詞之義者甚衆比之初六有孚比之無咎有孚盈缶終來有它吉象曰比之初六有它吉也小畜之初九復自道何其咎吉象曰復自道其義吉也損之六四損其疾使遄有喜象曰損其疾亦可喜也大有之上九自天祐之吉無不利象曰大有上吉自天祐也夫既已言之矣而孔子又申言之使無所損益於其詞之義則孔子固多言也乃孔子則有不勝言者故願與諸君論之

問古之爲爵賞所以待有功也以爲有功而後爵天下必有遺善是故有無功而爵者六德六行以興賢人是也古之爲刑罰所以待有罪也以爲有罪而後罰則天下必有遺惡是故有無罪而罰者行僞而堅言僞而辯學非而博順非而澤以疑衆殺是也夫人之難知自堯舜病之惟幸其有功故有以爲賞之之名惟因其有罪故有以爲罰之之狀而天下不爭今使無功之人名之以某德而爵之無罪之人狀之以某惡而誅之則天下不知其所從而上亦將眊亂而喪其所守然則古之人將何以處此歟方今法令明具政若畫一然猶有冒昧以僥倖巧詆以出入者又

況無功而賞無罪而罰歟古之人將必有以處此也
問聖人之言各有方也苟爲不達執其一方而輒以
爲常則天下之惑者不可以勝原矣昔者孔子以爲
喪欲速貧死欲速朽而有子以爲非君子之言乃孔
子則有所由發也善乎有子之知孔子也語曰禘自
既灌而往者吾不欲觀之易曰觀盥而不薦語曰吾
豈匏瓜也哉安能繫而不食易曰以杞匏瓜有隕自
天是二者其言則同而其所以言者可得爲同歟王
弼之於易可以爲深矣然因其言之適同遂以爲訓
使學者不得不惑亦不可不辨

問古之作者苟非聖人皆有所偏徇其偏則已流廢
其長則已苛二者皆非所謂善學也君子以其身之
正知人之不正以人之不正知其身之有所未正也
既以正人又反以正己此所以寡過而成名也昔者
韓子論荀揚之疵而韓子之疵有甚於荀揚荀卿譏
六子之蔽而荀卿之蔽不下於六子班固之論子長
也以爲是非謬於聖人而范曄之論班固也以爲目
見毫毛而不見睫自今而觀之不知范氏之書其果
逃於目睫之論也歟其末也而莫或正之故願聞數
子之得失非務以相高而求勝蓋亦樂夫儒者之以

道相正也

永興軍秋試舉人策問一首

問昔漢受天下於秦因秦之制而不害爲漢唐受天下於隋因隋之制而不害爲唐漢之與秦唐之與隋其治亂安危至相遠也然而卒無所改易又況於積安久治其道固不事變也世之君子以爲善人爲邦百年可以勝殘去殺病其說之不效急於有功而歸咎於法制是以頻年遣使冠蓋相望於道以求民之所患苦罷去茶禁歸之於民不以刑獄委任武吏至於考功取士皆有所損益行之數年卒未見其成而紛紜之議爭以爲不便嗟乎此特其小者耳事之可變將復有大於此者今欲盡易天下之驕卒以爲府兵盡驅天下之異教以爲齊民盡罷天下之惰吏以爲考課盡率天下之游士以爲農桑其爲拂世厲俗非特如今之所行也行其小者且不能辦則其大者又安敢議然則是終不可變歟將變之不得其術歟將已得其術而紛紜之議不足卹歟無乃其道可變而不在其迹歟所謂勝殘去殺者其卒無效歟願條其說

國學秋試策問二首

問所貴乎學士大夫者以其通古今而考成敗也昔之人嘗有以是成者我必襲之嘗有以是敗者我必反之如是其可乎昔之爲人君者患不能勤然而或勤以治亦或以亂文王之日昃漢宣之厲精始皇之程書隋文之傳餐其爲勤一也昔之爲人君者患不能斷然而或斷以興亦或以衰晉武之平吳憲宗之征蔡符堅之南伐宋文之北侵其爲斷一也昔之爲人君者患不信其臣然而或信以安亦或以危秦穆之於孟明漢昭之於霍光燕噲之於子之德宗之於盧杞其爲信一也此三者皆人君之所難有志之士所常咨嗟慕望曠世而不獲者也然考此數君者治亂興衰安危之效相反如此豈可不求其故歟夫貪慕其成功而爲之與懲其敗而不爲此二者皆過也學者將何取焉按其已然之迹而詆之也易推其未然之理而辨之也難是以未及見其成功則文王之勤無以異於始皇而方其未敗也符堅之斷與晉武何辨請舉此數君者得失之源所以相反之故將詳觀焉

問古者以民之多寡爲國之貧富故管仲以陰謀傾魯梁之民而商鞅亦招三晉之人以幷諸侯當周之

盛時其民物之數登於王府者蓋拜而受之自漢以來丁口之蕃息與倉廩府庫之盛莫如隋其貢賦輸籍之法必有可觀者然學者以其得天下不以道又不過再世而亡是以鄙之而無傳焉孔子曰不以人廢言而況可以廢一代之良法乎文帝之初有戶三百六十餘萬平陳所得又五十萬至大業之始不及二十年而增至八百九十餘萬者何也方是時布帛之積至於無所容資儲之在天下者至不可勝數及其敗亡塗地而洛口諸倉猶足以致百萬之衆其法豈可少哉國家承平百年戶口之衆有過於隋然以今之法觀之特便於徭役而已國之貧富何與焉非徒無益於富又且以多爲患生之者寡食之者衆是以公私褟然而百弊並生夫立法創制將以遠迹三代而曾隋氏之不及此豈可不論其故哉

試館職策題三首

問傳曰秦失之强周失之弱昔周公治魯親親而尊尊至其後世有寖微之憂太公治齊舉賢而上功而其末流亦有爭奪之禍夫親親而尊尊舉賢而上功三代之所共也而齊魯行之皆不免於衰亂其故何哉國家承平百年六聖相授爲治不同同歸于仁今

朝廷欲師　仁祖之忠厚而患百官有司不舉其職或至於媮欲法　神考之勵精而恐監司守令不識其意流入於刻夫使忠厚而不媮勵精而不刻亦必有道矣昔漢文寬仁長者至於朝廷之間恥言人過而不聞其有怠廢不舉之病宣帝綜核名實至於文理之士咸精其能而不聞其有督責過甚之失何脩何營可以及此願深明所以然之故而條具所當行之事悉箸于篇以備採擇

問古之君子見禮而知俗聞樂而知政於以論興亡之先後考古以詔今蓋學士大夫之職而人主與羣臣之所欲聞也請借漢而論之西漢十二世而有道之君六雖成哀失德禍不及民宜其立國之勢彊固不拔而王莽以斗筲穿窬之才談笑而取之東漢自安順以降日趨於衰亂而桓靈之虐甚於三季其勢宜易動而董呂二袁皆以絕人之姿欲取而不敢曹操功蓋天下其才百倍王莽盡其智力終身莫能得夫治亂相絕而安危之效相反如此願考其政察其俗悉陳其所以然者

問國家及閑暇無事時闢三館以儲士既命丞弼之臣各舉其所知又詔有司發策而訪焉非獨以觀子

大夫之能抑欲聞天下之要務決當今之滯論也官冗之弊久矣而近歲尤甚文武之吏待次於都下者幾數千人坐視而不救歟則下有食貧失職之歎裁損入流減削任子以救之歟則上有傷恩失士之憂河朔之民不安其居久矣一遇水旱則扶老攜幼轉徙而南下令而禁之歟則民違死而趨生令必不行聽其南而不禁歟則河朔漸空而流民聚於南方有足憂者河自近歲屢決而西聽其西而不塞歟則汎濫千里農民失業塞而歸之故道歟則水未必聽或至於齧壞都邑此三者皆安危之所係利害相持而未決者也子大夫講之熟矣願聞其說

省試策問三首

問孟子曰君仁莫不仁君義莫不義君正莫不正一正君而國定君子之至於斯也亦可謂用力省而成功博矣　陛下嗣位于今四年未言而民信之無爲而天助之雖羣臣有司不足以識知盛德之所在然竊意其萬一殆專以仁孝禮義好生納諫治天下也子大夫生於此時而又以德行道藝賓興于廷將必有意於孟子之言正君而國定願聞所謂一言而興邦修身而天下服者夫堯舜尚矣學者無所復議自

漢以來道德純備未有如文帝者也今考其行事而可疑者三上林令吏之不才而虎圈嗇夫才之過人者也才者見而不錄不才者置而不問則事之不廢壞者有幾然則兵偃刑措何從而致之南越不臣寵以使者吳王不朝賜以几杖此與唐之陵夷藩鎮自立以邀旄鉞者何異不幾於姑息苟簡之政歟傳曰三王臣主俱賢五霸不及其臣文帝不見賈生自以爲過之既見不如也文帝豈霸者歟帝自以爲不如而魏文帝乃以爲過之此又何也抑過之爲賢歟將自謂不如爲賢歟漢文之所以爲文殆以是三者而可疑如此故願與子大夫論之以待上問而發焉

問易曰神而明之存乎其人詩曰無競惟人四方其訓之文武之功未有不以得人而成者也仲尼旅人也而門人可使南面重耳亡公子也而從者足以相國漢之得人盛於武宣皆拔之芻牧之中而表之公卿之上世主不以爲疑士大夫不以爲嫌者風俗厚而論議正也宋蔡廓爲吏部尚書黃散以下皆得自用而廓以爲薄已今自宰相不得專選舉一命以上皆付之定法此何道也昔常袞當國雖盡公守法而賢愚同滯天下譏之及崔貽孫相不及一年除吏八

百多其親舊號稱得人故建中之政幾同正觀夫使宰相守法如常衰則不免於賢愚同滯之譏用人如貽孫則必有威福下移之謗欲望得人於微陋之中而成功於繩墨之外豈不難哉子大夫學優而求用者也當何施於今而免於斯二者願極言之

問歷觀前世天下初定民始休息下既厭亂而思靜上亦虛心而無作是以公私富溢刑罰清省及其久安無變則夸者喜名智者貪功生事以爲樂無病而自灸則天下騷然財屈力殫而民始病矣自漢以來鮮不由此漢初置郡不過六十而文景之化幾致刑措及唐中葉列三百州爲千四百縣而政益荒是時宿兵八十餘萬民去爲商賈度爲佛老雜入科役率常十五天下常以勞苦之人三奉坐待衣食之人七流弊之極至元和中乃命役平仲韋貫之許孟容李絳一切斵減凡省冗官八百員吏千四百員民以少紓而上下相安無刻核之怨今朝廷無事百有餘年雖六聖相授求治如不及而吏惰民勞蓋不勝弊今者驕兵冗官之費宗室貴戚之奉邊鄙將吏之給蓋十倍於往日矣安視而不卹歟則有民窮無告之憂以義而裁之歟則有拂逆人情之患夫元和之世彼

四子者何獨能之子大夫雖未仕其詳有所不知而救此之道當講其要願悉著于篇

省試宗室策問一首

問昔周之盛時其卿士皆周召毛原畢王之伯叔父則其子弟也至兩漢閒平歆向世不乏人而唐之宗室最近而易考武略如道宗孝恭文章如白與賀者不可以一二數而以宰相進者有九人焉嗚呼何其盛也建隆以來不以吏事責宗子雖有文武異才終身不試　先帝獨見遠覽恩義並用增修教養之法肇開選舉之路蓋十有餘年矣罷朝請而走郡縣釋膏粱而治簿書者固不爲少然名字暴著可以追配古人者蓋未之見焉意者謙畏慎默而不自獻歟將教養選舉之法有所缺而未明歟其悉著于篇以俟採擇

東坡文集卷第二十二

東坡集卷第二十三

雜文二十二首

書唐氏六家書後一首

書篆髓後一首

書吳道子畫後一首

書朱象先畫後一首

明正一首送于伋失官東歸

世俗之患患在悲樂不以其正非不以其正其所取以爲正者非也請借子以明其正子之失官有爲子悲如子之自悲者乎有如子之父兄妻子之爲子悲者乎子之所以悲者惑於得也父兄妻子之所以悲者惑於愛也惟不與去於己者則不惑亦不悲夫惑則悲不惑則不悲人宜以惑者爲正歟抑將以不惑者爲正歟以不惑者爲正則不悲者正也然子亦有所樂者曰吾之所以爲吾者豈以是哉雖失是其所以爲吾者猶存則吾猶可樂焉已而不樂又從而悲之則亦不忍夫天下之凡愛我者之悲而不釋夫天下之凡惡我者之喜也夫愛我而悲惡我而喜是知我之粗也樂其所以爲吾者存是自知之深也人不以自知之深爲正而以知我之粗者爲正是得爲正也歟故吾願爲子言其正子將終身樂而不悲詩云優哉游哉聊以卒歲

雜說一首送張琥

曷嘗觀於富人之稼乎其田美而多其食足而有餘其田美而多則可以更休而地力得完其食足而有餘則種之常不後時而斂之常及其熟故富人之稼常美少秕而多實久藏而不腐今吾十口之家而共百畝之田寸寸而取之日夜以望之鋤耰銍艾相尋於其上者如魚鱗而地力竭矣種之常不及時而斂之常不待其熟此豈能復有美稼哉古之人其才非有以大過今之人也其平居所以自養而不敢輕用以待其成者閔閔焉如嬰兒之望長也弱者養之以至於剛虛者養之以至於充三十而後仕五十而後爵信於久屈之中而用於至足之後流於既溢之餘而發於持滿之末此古之人所以大過人而今之君子所以不及也吾少也有志於學不幸而早得與吾子同年吾子之得亦不可謂不早也吾今雖欲自以爲不足而衆且妄推之矣嗚呼吾子其去此而務學也哉博觀而約取厚積而薄發吾告子止於此矣子歸過京師而問焉有曰轍子由者吾弟也其亦以是語之

日喻一首

生而眇者不識日問之有目者或告之曰日之狀如銅槃扣槃而得其聲他日聞鍾以爲日也或告之曰日之光如燭捫燭而得其形他日揣籥以爲日也日之與鍾籥亦遠矣而眇者不知其異以其未嘗見而求之人也道之難見也甚於日而人之未達也無以異於眇達者告之雖有巧譬善導亦無以過於槃與燭也自槃而之鍾自燭而之籥轉而相之豈有既乎故世之言道者或卽其所見而名之或莫之見而意之皆求道之過也然則道卒不可求歟蘇子曰道可致而不可求何謂致孫武曰善戰者致人不致於人孔子曰百工居肆以成其事君子學以致其道莫之求而自至斯以爲致也歟南方多沒人日與水居也七歲而能涉十歲而能浮十五而能沒矣夫沒者豈苟然哉必將有得於水之道者日與水居則十五而得其道生不識水則雖壯見舟而畏之故北方之勇者問於沒人而求其所以沒以其言試之河未有不溺者也故凡不學而務求道皆北方之學沒者也昔者以聲律取士士雜學而不志於道今者以經術取士士求道而不務學渤海吳君彥律有志於學者也方求舉於禮部作日喻以告之

問養生一首

余問養生於吳子得二言焉曰和曰安何謂和曰子不見天地之爲寒暑乎寒暑之極至於折膠流金而物不以爲病其變者微也寒暑之變晝與日俱逝夜與月並馳俯仰之間屢變而人不知者微之至和之極也使此二極者相尋而狎至則人之死久矣何謂安曰吾嘗自牢山浮海達於淮遇大風焉舟中之人如附於桔槔而與之上下如蹈車輪而行反逆眩亂不可止而吾飲食起居如他日吾非有異術也惟莫與之爭而聽其所爲故凡病我者舉非物也食中有蛆人之見者必嘔也其不見而食者未嘗嘔也請察其所從生論八珍者必嚥言糞穢者必唾二者未嘗與我接也唾與嚥何從生哉果生於物乎果生於我乎知其生於我也則雖與之接而不變安之至也安則物之感我者輕和則我之應物者順外輕內順而生理備矣吳子古之靜者也其觀於物也審矣是以私識其言而時省觀焉

怪石供一首

禹貢青州有鉛松怪石解者曰怪石石似玉者今齊安江上往往得美石與玉無辨多紅黃白色其文如

人指上螺精明可愛雖巧者以意繪畫有不能及豈古所謂怪石者耶凡物之醜好生於相形吾未知其果安在也使世間石皆若此則今之凡石覆爲怪矣海外有形語之國口不能言而相喻以形其以形語也捷於口使吾爲之不已難乎故夫天機之動忽焉而成而人眞以爲巧也雖然自禹以來怪之矣齊安小兒浴於江時有得之者戲以餅餌易之既久得二百九十有八枚大者兼寸小者如棗栗菱芡其一如虎豹首有口鼻眼處以爲羣石之長又得古銅盆一枚以盛石挹水注之粲然而廬山歸宗佛印禪師適有使至遂以爲供禪師嘗以道眼觀一切世間混淪空洞了無一物雖夜光尺璧與瓦礫等而況此石雖然願受此供灌以墨池水强爲一笑使自今以往山僧野人欲供禪師而力不能辦衣服飲食臥具者皆得以淨水注石爲供蓋自蘇子瞻始時元豐五年五月黃州東坡雪堂書

後怪石供一首

蘇子既以怪石供佛印佛印以其言刻諸石蘇子聞而笑曰是安所從來哉予以餅易諸小兒者也以可食易無用予既足笑矣彼又從而刻之今以餅供佛

印佛印必不刻也石與餅何異參寥子曰然供者幻也受者亦幻也刻其言者亦幻也夫幻何適而不可舉手而示蘇子曰拱此而揖人人莫不喜戟此而詈人人莫不怒同是手也而喜怒異世未有非之者也子誠知拱戟之皆幻則喜雖存而根亡刻與不刻無不可者蘇子大笑曰子欲之耶乃亦以供之凡二百五十幷二石槃云

書劉庭式事一首

予昔爲密州殿中丞劉庭式爲通判庭式齊人也而子由爲齊州掌書記得其鄉閭之言以告予曰庭式通禮學究未及第時議娶其鄉人之女旣約而未納幣也庭式及第其女以疾兩目皆盲女家躬耕貧甚不敢復言或勸納其幼女庭式笑曰吾心已許之矣雖盲豈負吾初心哉卒娶盲女與之偕老盲女死於密庭式喪之逾年而哀不衰不肯復娶予偶問之哀生於愛愛生於色子娶盲女與之偕老義也愛從何生哀從何出乎庭式曰吾知喪吾妻而已有目亦吾妻也無目亦吾妻也吾若緣色而生愛緣愛而生哀色衰愛弛吾哀亦忘則凡揚袂倚市目挑而心招者皆可以爲妻也耶予深感其言曰子功名富貴人也

或笑予言之過予曰不然昔羊叔子娶夏侯霸女霸叛入蜀親友皆告絕而叔子獨安其室恩禮有加焉君子是以知叔子之貴也其後卒爲晉元臣今庭式亦庶幾焉若不貴必且得道時坐客皆憮然不信也昨日有人自廬山來云庭式今在山中監太平觀面目奕奕有紫光步上下峻坂往復六十里如飛絕粒不食已數年矣此豈無得而然哉聞之喜甚自以吾言之不妄也乃書以寄密人趙杲卿杲卿與庭式善且皆嘗聞余言者庭式字得之今爲朝請郎杲卿字明叔鄉貢進士亦有行義元豐六年七月十五日東坡居士書

書狄武襄事一首

狄武襄公者本農家子年十六時其兄素與里人失其姓名號鐵羅漢者鬭於水濱至溺救之保伍方縛素公適餉田見之曰殺羅漢者我也人皆釋素而縛公公曰我不逃死然待我救羅漢庶幾復活若決死者縛我未晚也衆從之公默祝曰我若貴羅漢當蘇乃舉其尸出水數斗而活其後人無知者公薨其子諮詠護喪歸葬西河父老爲言此元祐元年十二月五日與詠同館北客夜話及之眉山蘇軾記

書孟德傳後一首

子由書孟德事見寄余既聞而異之以爲虎畏不懼已者其理似可信然世未有見虎而不懼者則斯言之有無終無所試之然曩余聞忠萬雲安多虎有婦人晝日置二小兒沙上而浣衣於水者虎自山上馳來婦人蒼皇沉水避之二小兒戲沙上自若虎熟視久之至以首觝觸庶幾其一懼而兒癡竟不知怪虎亦卒去意虎之食人必先被之以威而不懼之人威無所從施歟世言虎不食醉人必坐守之以俟其醒非俟其醒俟其懼也有人夜自外歸見有物蹲其門以爲猪狗類也以杖擊之卽逸去至山下月明處則虎也是人非有以勝虎而氣已蓋之矣使人之不懼皆如嬰兒醉人與其未及知之時則虎畏之無足怪者故書其末以信子由之說

書六一居士傳後一首

蘇子曰居士可謂有道者也或曰居士非有道者也有道者無所挾而安居士之於五物捐世俗之所爭而拾其所棄者也烏得爲有道乎蘇子曰不然挾五物而後安者惑也釋五物而後安者又惑也且物未始能累人也軒裳圭組且不能爲累而況此五物乎

物之所以能累人者以吾有之也吾與物俱不得已而受形於天地之間其孰能有之而或者以爲己有得之則喜喪之則悲今居士自謂六一是其身均與五物爲一也不知其有物耶物有之也居士與物均爲不能有其孰能置得喪於其間故曰居士可謂有道者也雖然自一觀五居士猶可見也與五爲六居士不可見也居士殆將隱矣

書瑯琊篆後一首

秦始皇帝二十六年初幷天下二十八年親巡東方海上登瑯琊臺觀出日樂之忘歸徙黔首三萬家臺下刻石頌秦德焉二世元年復刻詔書其旁今頌詩亡矣其從臣姓名僅有存者而二世詔書具在自始皇帝二十八年歲在壬午至今熙寧九年丙辰凡千二百九十五年而蜀人蘇軾來守高密得舊紙本於民間比今所見猶爲完好知其存者磨滅無日矣而廬江文勛適以事至密勛好古善篆得李斯用筆意乃摹諸石置之超然臺上夫秦雖無道然所立有絕人者文字之工世世亦莫及皆不可廢後有君子得以覽觀焉正月七日甲子記

書鮮于子駿楚詞後一首

鮮于子駿作楚詞九誦以示軾軾讀之茫然而思嘒然而歎曰嗟乎此聲之不作也久矣雖欲作之而聽者誰乎譬之於樂變亂之極而至於今凡世俗之所用皆夷聲夷器也求所謂鄭衞者且不可得而況於雅音乎學者方欲陳六代之物弦匏三百五篇黎然如戛釜竈撞甕盎未有不坐睡竊笑者也好之而欲學者無其師知之而欲傳者無其徒可不悲哉今子駿獨行吟坐思寤寐於千載之上追古屈原宋玉反其人於冥寞續微學之將墜可謂至矣而覽者不知甚貴蓋亦無足怪者彼必嘗從事於此而後知其難且工其不學者以爲苟然而已元豐元年四月九日趙郡蘇軾書

書遊湯泉詩後一首

余之所聞湯泉七其五則今三子之所遊與秦君之賦所謂匡廬汝水尉氏驪山其二則余之所見鳳翔之駱谷與渝州之陳氏山居也皆棄於窮山之中山僧野人之所浴麋鹿猿猱之所飲惟驪山當往來之衝華堂玉甃獨爲勝絶然坐明皇之累爲楊李祿山所汚使口舌之士援筆唾罵以爲亡國之餘辱莫大焉今惠濟之泉獨爲三子者詠歎如此豈非所寄僻

遠不爲當塗者所恩而後得爲高人逸士與世異趣者之所樂乎或曰明皇之累楊李祿山之汙泉豈知惡之然則幽遠僻陋之歎亦非泉之所病也泉固無知於榮辱特以人意推之可以爲抱器適用而不擇所處者之戒

書歐陽公黄牛廟詩後一首

右歐陽文忠公爲峽州夷陵令日所作黄牛廟詩也軾嘗聞之於公予昔以西京留守推官爲館閣較勘時同年丁寶臣元珍適來京師夢與予同舟泝江入一廟中拜謁堂下予班元珍下元珍固辭予不可方拜時神像爲起鞠躬堂下且使人邀予上耳語久之元珍私念神亦如世俗待館閣乃爾異禮耶既出門見一馬隻耳覺而語予固莫識也不數日元珍除峽州判官已而余亦貶夷陵令日與元珍處不復記前夢矣一日與元珍泝峽謁黄牛廟入門悵然皆夢中所見予爲縣令固班元珍下而門外鐫石爲馬缺一耳相視大驚乃留詩廟中有石馬繫祠門之句蓋私識其事也元豐五年軾謫居黄州宜都令朱君嗣先見過因語峽中山水偶及之朱君請書其事與詩當刻石於廟使人知進退出處皆非人力如石馬一耳

何與公事而亦前定況其大者公既爲神所禮而猶謂之淫祀以見其直氣不阿如此感其言有味故爲錄之正月二日眉山蘇軾書

書蒲永昇畫後一首

古今畫水多作平遠細皺其善者不過能爲波頭起伏使人至以手捫之謂有窪隆以爲至妙矣然其品格特與印板水紙爭工拙於毫釐間耳唐廣明中處士孫位始出新意畫奔湍巨浪與山石曲折隨物賦形盡水之變號稱神逸其後蜀人黄筌孫知微皆得其筆法始知微欲於大慈寺壽寧院壁作湖灘水石四堵營度經歲終不肯下筆一日倉皇入寺索筆墨甚急奮袂如風須臾而成作輸瀉跳蹙之勢洶洶欲崩屋也知微既死筆法中絶五十餘年近歲成都人蒲永昇嗜酒放浪性與畫會始作活水得二孫本意自黄居寀兄弟李懷衮之流皆不及也王公富人或以勢力使之永昇輒嘻笑捨去遇其欲畫不擇貴賤頃刻而成嘗與余臨壽寧院水作二十四幅每夏日掛之高堂素壁卽陰風襲人毛髮爲立永昇今老矣畫亦難得而世之識眞者亦少如往時董羽近日常州戚氏畫水世或傳寶之如董戚之流可謂死水未

可與永昇同年而語也元豐三年十二月十八日夜黃州臨皐亭西齋戲書

書樂毅論後一首

魏氏春秋云夏侯玄著樂毅張良及本無肉刑論辭旨通遠傳於世然以余觀之燕師之伐齊猶未及桓文之舉也而以爲幾湯武豈不過甚矣乎初玄好老莊道德之言與何晏等皆有盛名然卒陷曹爽黨中玄亦不免李豐之禍晏目玄以易之所謂深者而玄目晏以神及其遇禍深與神皆安在乎羣兒妄作名字自相刻畫類皆如此可以發千載之一笑

書韓魏公黃州詩後一首

黃州山水清遠土風厚善其民寡求而不爭其士靜而文朴而不陋雖閭巷小民知尊愛賢者曰吾州雖遠小然王元之韓魏公嘗辱居焉以誇於四方之人元之自黃遷蘄州沒于蘄然世之稱元之者必曰黃州而黃人亦曰吾元之也魏公去黃四十餘年而思之不忘至以爲詩夫賢人君子天之所以遺斯民天下之所共有而黃人獨私以爲寵豈其尊德樂道獨異於他邦也歟抑二公與此州之人有宿昔之契不可知也元之爲郡守有德於民民懷之不忘也固宜

魏公以家艱從其兄居耳氏何自知之詩云有匪君子如金如錫如圭如璧金錫圭璧之所在瓦石草木被其光澤矣何必施於用奉議郎孫賁公素黃人也而客於公公知之深蓋所謂教授書記者也而軾亦公之門人謫居於黃五年治東坡築雪堂蓋將老焉則亦黃人也於是相與募公之詩而刻之石以爲黃人無窮之思而吾二人者亦庶幾託此以不忘乎元豐七年十月二十六日汝州團練副使蘇軾記

書李伯時山莊圖後一首

或曰龍眠居士作山莊圖使後來入山者信足而行自得道路如見所夢如悟前世見山中泉石草木不問而知其名遇山中漁樵隱逸不名而識其人此豈强記不忘者乎曰非也畫日者常疑餅非忘日也醉中不以鼻飲夢中不以趾捉天機之所合不强而自記也居士之在山也不留於一物故其神與萬物交其智與百工通雖然有道有藝有道而不藝則物雖形於心不形於手吾嘗見居士作華嚴相皆以意造而與佛合佛菩薩言之居士畫之若出一人況自畫其所見者乎

書唐氏六家書後一首

永禪師書骨氣深穩體兼衆妙精能之至反造疎淡如觀陶彭澤詩初若散緩不收反覆不已乃識其奇趣今法帖中有云不具釋智永白者誤收在逸少部中然亦非禪師書也云謹此代申此乃唐末五代流俗之語耳而書亦不工歐陽率更書妍緊拔羣尤工於小楷高麗遣使購其書高祖歎曰彼觀其書以爲魁梧奇偉人也此非知書者凡書象其爲人率更貌寒寢敏悟絶人今觀其書勁嶮刻厲正稱其貌耳褚河南書清遠蕭散微雜隸體古之論書者兼論其平生苟非其人雖工不貴也河南固忠臣但有譖殺劉洎一事使人怏怏然余嘗攷其實恐劉洎末年褊忿實有伊霍之語非譖也若不然馬周明其無此語太宗獨誅洎而不問周何哉此殆天后朝許李所誣而史官不能辨也張長史草書頹然天放略有點畫處而意態自足號稱神逸今世稱善草書者或不能真行此大妄也真生行行生草真如立行如行草如走未有未能行立而能走者也今長安猶有長史真書郎官石柱記作字簡遠如晉宋間人顏魯公書雄秀獨出一變古法如杜子美詩格力天縱奄有漢魏晉宋以來風流後之作者殆難復措手柳少師書本出

於顏而能自出新意一字百金非虛語也其言心正則筆正者非獨諷諫理固然也世之小人書字雖工而其神情終有睢盱側媚之態不知人情隨想而見如韓子所謂竊斧者乎抑眞爾也然至使人見其書而猶憎之則其人可知矣余謫居黃州唐林夫自湖口以書遺余云吾家有此六人書子爲我略評之而書其後林夫之書過我遠矣而反求於予何哉此又未可曉也元豐四年五月十一日眉山蘇軾書

書篆髓後一首

滎陽鄭惇方字希道作篆髓六卷字義一篇凡古今字說班楊賈許二李二徐之學其精者皆在間有未盡傳以新意然皆有所考本不用意斷曲說其疑者蓋闕焉凡學術之邪正視其爲人鄭君信厚君子也其言宜可信余嘗論學者之有說文如醫之有本草雖草木金石各有本性而醫者用之所配不同則寒溫補瀉之效隨用各別而自漢以來學者多以一字考經字同義異皆欲一之彫刻采繪必成其說是以六經不勝異說而學者疑焉孔子曰夫聞也者色取仁而行違居之不疑則聞爲小人而詩曰允矣君子展也大成之子于征有聞無聲則聞爲君子又曰君

子周而不比則比爲惡而易曰地上有水比以建萬國親諸侯則比爲善有子曰知和而和不以禮節之亦不可行也則所謂和者同而已矣而孔子曰君子和而不同若此者多矣喪欲速貧死欲速朽比以八字成文然猶不可一曰言各有當也而況欲以一字一之耶余愛鄭君之學簡而通故私附其後

書吳道子畫後

知者創物能者述焉非一人而成也君子之於學百工之於技自三代歷漢至唐而備矣故詩至於杜子美文至於韓退之書至於顏魯公畫至於吳道子而古今之變天下之能事畢矣道子畫人物如以燈取影逆來順往旁見側出橫斜平直各相乘除得自然之數不差毫末出新意於法度之中寄妙理於豪放之外所謂游刃餘地運斤成風蓋古今一人而已余於他畫或不能必其主名至於道子望而知其真僞也然世罕有真者如史全叔所藏平生蓋一二見而已元豐八年十一月七日書

書朱象先畫後一首

松陵人朱君象先能文而不求舉善畫而不求售曰文以達吾心畫以適吾意而已昔閻立本始以文學

進身卒蒙畫師之恥或者以是爲君病余以謂不然謝安石欲使王子敬書太極殿榜以韋仲將事諷之子敬曰仲將魏之大臣理必不爾若然者有以知魏德之不長也使立本如子敬之高其誰敢以畫師使之阮千里善彈琴無貴賤長幼皆爲彈神氣冲和不知向人所在內兄潘岳使彈終日達夜無忤色識者知其不可榮辱也使立本如千里之達其誰能以畫師辱之今朱君無求於世雖王公貴人其何道使之遇其解衣盤礴雖余亦得攫攫其旁也元祐五年九月十八日東坡居士書

東坡集卷第二十三

東坡集卷第二十四

敘十五首

字說三首

張厚之忠甫字說一首

敘十五首

南行前集敘一首

夫昔之爲文者非能爲之爲工乃不能不爲之爲工也山川之有雲草木之有華實充滿勃鬱而見於外夫雖欲無有其可得耶自少聞家君之論文以爲古之聖人有所不能自已而作者故軾與弟轍爲文至多而未嘗敢有作文之意己亥之歲侍行適楚舟中無事博奕飲酒非所以爲閨門之歡山川之秀美風俗之朴陋賢人君子之遺跡與凡耳目之所接者雜然有觸於中而發於詠歎蓋家君之作與弟轍之文皆在凡一百篇謂之南行集將以識一時之事爲他日之所尋繹且以爲得於談笑之間而非勉強所爲之文也時十二月八日江陵驛書

送章子平詩敘一首

觀進士登科錄自天聖初訖于嘉祐之末凡四千五百一十有七人其貴且賢以名聞於世者蓋不可勝數數其上之三人凡三十有九而不至於公卿者五人而已可謂盛矣詩曰誕后稷之穡有相之道我仁祖之於士也亦然較之以聲律取之以糊名而異人

出焉是何術哉目之所閱手之所歷口之所及其人未有不碩大光明秀傑者也此豈人力乎天相之也天之相人君莫大於以人遺之其在位之三十五年進士蓋十舉矣而得吾子平以爲首子平以文章之美經術之富政事之敏守之以正行之以謙此功名富貴之所迫逐而不赦者也雖微舉首其孰能加之然且困躓而不信十年於此矣意者任重道遠必老而後大成歟不然我仁祖之明而天相之遺之人以任其事而豈徒然哉熙寧三年冬子平自右司諫直集賢院出牧鄭州士大夫知其將用也十月丁未會于觀音之佛舍相與賦詩以餞之余於子平爲同年友衆以爲宜爲此文也故不得辭

牡丹記敘一首

熙寧五年三月二十三日余從太守沈公觀花於吉祥寺僧守璘之圃圃中花千本其品以百數酒酣樂作州人大集金槃綵籃以獻于坐者五十有三人飲酒樂甚素不飲者皆醉自輿臺皁隸皆插花以從觀者數萬人明日公出所集牡丹記十卷以示客凡牡丹之見於傳記與栽植接養剝治之方古今詠歌詩賦下至怪奇小說皆在余既觀花之極盛與州人共

遊之樂又得觀此書之精究博備以爲三者皆可紀而公又求余文以冠于篇蓋此花見重於世三百餘年窮妖極麗以擅天下之觀美而近歲尤復變態百出務爲新奇以追逐時好者不可勝紀此草木之智巧便佞者也今公自耆老重德而余又方惷迂闊舉世莫與爲比則其於此書無乃皆非其人乎然鹿門子常怪宋廣平之爲人意其鐵心石腸而爲梅花賦則清便豔發得南朝徐庾體今以余觀之凡託於椎陋以眩世者又豈足信哉余雖非其人强爲公紀之公家書二萬卷博覽强記遇事成書非獨牡丹也

送杭州進士詩敘一首

右登彼公堂四章章四句太守陳公之詞也蘇子曰士之求仕也志於得也仕而不志於得者僞也苟志於得而不以其道視時上下而變其學曰吾期得而已矣則凡可以得者無不爲也而可乎昔者齊景公田招虞人以旌不至孔子善之曰招虞人以皮冠夫旌與皮冠於義未有損益也然且不可而況使之棄其所學而學非其道歟熙寧五年錢塘之士貢於禮部者九人十月乙酉燕于中和堂公作是詩以勉之曰流而不返者水也不以時遷者松柏也言水而及

松柏於其動者欲其難進也萬世不移者山也時飛時止者鴻鴈也言山而及鴻鴈於其靜者欲其及時也公之於士也可謂周矣詩曰無言不讎無德不報二三子何以報公乎

邵茂誠詩集敘一首

貴賤壽夭天也賢者必貴仁者必壽人之所欲也人之所欲適與天相值實難譬如匠慶之山而得成虡豈可常也哉因其適相值而責之以常然此人之所以多怨而不通也至於文人其窮也固宜勞心以耗神盛氣以忤物未老而衰病無惡而得罪鮮不以文者天人之相值既難而人又自賊如此雖欲不用得乎茂誠諱迎姓邵氏與余同年登進士第十有五年而見之於吳與孫莘老之座上出其詩數百篇余讀之彌月不厭其文清和妙麗如晉宋間人而詩尤可愛咀嚼有味雜以江左唐人之風其爲人篤學强記恭儉孝友而貫穿法律敏於吏事其狀若不勝衣語言氣息僅屬余固哀其任衆難以瘁其身且疑其將病也踰年而茂誠卒又明年余過高郵則其喪在焉入哭之敗幃瓦燈塵埃蕭然爲之出涕太息夫原憲之貧顏回之短命楊雄之無子馮衍之不遇皇甫士

安之篤疾彼遇其一而人哀之至今而茂誠兼之豈非命也哉余是以錄其文哀而不怨亦茂誠之意也

錢塘勤上人詩集敘一首

昔翟公罷廷尉賓客無一人至者其後復用賓客欲往翟公大書其門曰一死一生乃知交情一貧一富乃知交態一貴一賤交情乃見世以爲口實然余嘗薄其爲人以爲客則陋矣而公之所以待客者獨不爲小哉故太子少師歐陽公好士爲天下第一士有一言中於道不遠千里而求之甚於士之求公以故盡致天下豪俊自庸衆人以顯於世者固多矣然士之負公者亦時有蓋嘗慨然太息以人之難知爲好士者之戒意公之於士自是少倦而其退老於潁水之上余往見之則猶論士之賢者唯恐其不聞於世也至於負己者則曰是罪在我非其過翟公之客負之於死生貴賤之間而公之士叛公於瞬息俄頃之際翟公罪客而公罪己與士益厚賢於古人遠矣公不喜佛老其徒有治詩書學仁義之說者必引而進之佛者惠勤從公遊三十餘年公常稱之爲聰明才智有學問者尤長於詩公薨於汝陰余哭之於其室其後見之語及於公未嘗不涕泣也勤固無求於世

而公又非有德於勤者其所以涕泣不忘豈爲利也哉余然後益知勤之賢使其得列於士大夫之間而從事於功名其不負公也審矣熙寧七年余自錢塘將赴高密勤出其詩若干篇求余文以傳於世余以爲詩非待文而傳者也若其爲人之大略則非斯文莫之傳也

晁君成詩集引

達賢者有後張湯是也張湯宜無後者也無其實而竊其名者無後楊雄是也楊雄宜有後者也達賢者有後吾是以知蔽賢者之無後也無其實而竊其名者無後吾是以知有其實而辭其名者之有後也賢者民之所以生也而蔽之是絕民也名者古今之達尊也重於富貴而竊之是欺天也絕民欺天其無後不亦宜乎故曰達賢者與有其實而辭其名者皆有後吾常誦之云爾乃者官於杭杭之新城令晁君君成諱端友者君子人也吾與之游三年知其爲君子而不知其能文與詩而君亦未嘗有一語及此者其後君既歿於京師其子補之出君之詩三百六十篇讀之而驚曰嗟夫詩之指雖微然其美惡高下猶有可以言傳而指見者至於人之賢不肖其深遠茫昧

難知蓋甚於詩今吾尚不能知君之能詩則其所謂知君之爲君子者果能盡知之乎君以進士得官所至民安樂之惟恐其去然未嘗以一言求於人凡從仕二十有三年而後改官以沒由此觀之非獨吾不知舉世莫之知也君之詩清厚靜深如其爲人而每篇輒出新意奇語宜爲人所共愛其勢非君深自覆匿人必知之而其子補之於文無所不能博辯俊偉絕人遠甚將必顯於世吾是以益知有其實而辭其名者之必有後也昔李郃爲漢中候吏和帝遣二使者微服入蜀館於郃郃以星知之後三年使者爲漢中守而郃猶爲候吏人莫知之者其博學隱德之報在其子固詩曰豈弟君子神所勞矣

鳧繹先生詩集敘一首

孔子曰吾猶及史之闕文也有馬者借人乘之今亡矣夫史之不闕文與馬之不借人也豈有損益於世也哉然且識之以爲世之君子長者日以遠矣後生不復見其流風遺俗是以日趨於智巧便佞而莫之止是二者雖不足以損益而君子長者之澤在焉則孔子識之而况其足以損益於世者乎昔吾先君適京師與鄉士大夫遊歸以語軾曰自今以往文章其

日工而道將散矣士慕遠而忽近貴華而賤實吾已見其兆矣以魯人鳧繹先生之詩文十餘篇示軾曰小子識之後數十年天下無復爲斯文者也先生之詩文皆有爲而作精悍確苦言必中當世之過鑿鑿乎如五穀必可以療飢斷斷乎如藥石必可以伐病其遊談以爲高枝詞以爲觀美者先生無一言焉其後二十餘年先君既沒而其言存士之爲文者莫不超然出於形器之表微言高論既已鄙陋漢唐而其反復論難正言不諱如先生之文者世莫之貴矣軾是以悲於孔子之言而懷先君之遺訓益求先生之文而得之於其子復乃錄而藏之先生諱太初字醇之姓顏氏先師兗公之四十七世孫云

徐州鹿鳴燕賦詩敘一首

余聞之德行興賢太高而不可考射御選士已卑而不足行永惟三代以來莫如吾宋之盛始於鄉舉率用韋平之一經終於廷策庶幾晁董之三道眷此房心之野實惟孝秀之淵元豐元年三郡之士皆舉於徐九月辛丑晦會于黃樓脩舊事也庭實旅百貢先前列之龜工歌拜三義取食野之鹿是日也天高氣清水落石出仰觀四山之晻曖俯聽二洪之怒號眷

焉顧之有足樂者於是講廢禮放鄭聲部刺史勸駕鄉先生在位羣賢畢集逸民來會以謂古者於旅也語而君子會友以文爰賦筆札以侑樽俎載色載笑有同於泮水一觴一詠無愧於山陰眞禮義之遺風而太平之盛節也大夫庶士不鄙謂余屬爲斯文以舉是禮余於嘉祐之末以進士入官偶儷之文疇昔所上楊雄雖悔於少作鍾儀敢廢於南音貽諸故人必不我誚也

王定國詩集敘一首

太史公論詩以爲國風好色而不淫小雅怨誹而不亂以余觀之是特識變風變雅耳烏覩詩之正乎昔先王之澤衰然後變風發乎情雖衰而未竭是以猶止於禮義以爲賢於無所止者而已若夫發於情止於忠孝者其詩豈可同日而語哉古今詩人衆矣而杜子美爲首豈非以其流落飢寒終身不用而一飯未嘗忘君也歟今定國以余故得罪貶海上三年一子死貶所一子死于家定國亦病幾死余意其怨我甚不敢以書相聞而定國歸至江西以其嶺外所作詩數百首寄余皆清平豐融藹然有治世之音其言與志得道行者無異幽憂憤歎之作蓋亦有之矣特

恐死嶺外而天子之恩不及報以忝其父祖耳孔子曰不怨天不尤人定國且不我怨而肯怨天乎余然後廢卷而歎自恨其人之淺也又念昔者定國過余於彭城留十日往返作詩幾百餘篇余苦其多畏其敏而服其工也一日定國與顏復長道游泗水登桓山吹笛飲酒乘月而歸余亦置酒黃樓上以待之曰李太白死世無此樂三百年矣今余老不復作詩又以病止酒閉門不出門外數步即大江經月不至江上眊眊焉眞一老農夫也而定國詩益工飲酒不衰所至窮山水之勝不以厄窮衰老改其度今而後余之所畏服於定國者不獨其詩也

聖散子敘一首

昔嘗覽千金方三建散云風冷痰飲癥癖瘠瘧無所不治而孫思邈特爲著論以謂此方用藥節度不近人情至於救急其驗特異乃知神物效靈不拘常制至理開惑智不能知今僥所蓄聖散子殆此類耶自古論病惟傷寒最爲危急其表裏虛實日數證候應汗應下之類差之毫釐輒至不救而用聖散子者一切不問凡陰陽二毒男女相易狀至危急者連飲數劑即汗出氣通飲食稍進神宇完復更不用諸藥連

服取差其餘輕者心額微汗正爾無恙藥性微熱而陽毒發狂之類服之卽覺清涼此殆不可以常理詰也若時疫流行平旦於大釜中煮之不問老少良賤各服一大盞卽時氣不入其門平居無疾能空腹一服則飲食倍常百疾不生眞濟世之具衞家之寶也其方不知所從出得之於眉山人巢君穀穀多學好方祕惜此方不傳其子余苦求得之謫居黃州比年時疫合此藥散之所活不可勝數巢初授余約不傳人指江水爲盟余竊隘之乃以傳蘄水人龐君安時安時以善醫聞於世又善著書欲以傳後故以授之亦使巢君之名與此方同不朽也

田表聖奏議敘一首

故諫議大夫贈司徒田公表聖奏議十篇嗚呼田公古之遺直也其盡言不諱蓋自敵以下受之有不能堪者而況於人主乎吾是以知二宗之聖也自太平興國以來至于咸平可謂天下大治千載一時矣而田公之言常若有不測之憂近在朝夕者何哉古之君子必憂治世而危明主明主有絕人之資而治世無可畏之防夫有絕人之資必輕其臣無可畏之防必易其民此君子之所甚懼也方漢文時刑措不用

兵革不試而賈誼之言曰天下有可長太息者有可流涕者有可痛哭者後世不以是少漢文亦不以是甚賈誼由此觀之君子之遇治世而事明主法當如是也誼雖不遇而其所言略已施行不幸早世功烈不著於時然誼嘗建言使諸侯王子孫各以次受分地文帝未及用歷孝景至武帝而主父偃舉行之漢室以安今公之言十未用五六也安知來世不有若偃者舉而行之歟願廣其書於世必有與公合者此亦忠臣孝子之志也

樂全先生文集敍一首

孔北海志大而論高功烈不見于世然英偉豪傑之氣自爲一時所宗其論盛孝章郗鴻豫書慨然有烈丈夫之風諸葛孔明不以文章自名而開物成務之姿綜練名實之意自見於言語至出師表簡而盡直而不肆大哉言乎與伊訓說命相表裏非秦漢以來以事君爲悅者所能至也常恨二人之文不見其全今吾樂全先生張公安道其庶幾乎嗚呼士不以天下之重自任久矣言語非不工也政事文學非不敏且博也然至於臨大事鮮不忘其故失其守者其器小也公爲布衣則頎然已有公輔之望自少出仕至

老而歸未嘗以言徇物以色假人雖對人主必同而後言毀譽不動得喪若一眞孔子所謂大臣以道事君者世遠道散雖志士仁人或少貶以求用公獨以邁往之氣行正大之言曰用之則行舍之則藏上不求合於人主故雖貴而不用用而不盡下不求合於士大夫故悅公者寡不悅者衆然至言天下偉人則必以公爲首公盡性知命體乎自然而行乎不得已非勤以文字名世者也然自慶曆以來訖元豐四十餘年所與人主論天下事見于章疏者多矣或用或不用而皆本於禮義合於人情是非有考於前而成敗有驗於後及其他詩文皆清遠雄麗讀者可以想見其爲人信乎其有似於孔北海諸葛孔明也軾年二十以諸生見公成都公一見待以國士今三十餘年所以開發成就之者至矣而軾終無所效尺寸於公者獨求其文集手校而家藏之且論其大略以待後世之君子昔曾魯公嘗爲軾言公在人主前論大事他人終日反覆不能盡者公必數言而決粲然成文皆可書而誦也言雖不盡用然慶曆以來名臣爲人主所敬莫如公者公今年八十一杜門却掃終日危坐將與造物者游於無何有之鄉言且不可得聞

而況其文乎凡爲文若干卷若干首

范文正公文集敍一首

慶曆三年軾始總角入鄉校士有自京師來者以魯人石守道所作慶曆聖德詩示鄉先生軾從旁竊觀則能誦習其詞問先生以所頌十一人者何人也先生曰童子何用知之軾曰此天人也耶則不敢知若亦人耳何爲其不可先生奇軾言盡以告之且曰韓范富歐陽此四人者人傑也時雖未盡了則已私識之矣嘉祐二年始舉進士至京師則范公歿既葬而墓碑出讀之至流涕曰吾得其爲人蓋十有五年而不一見其面豈非命也歟是歲登第始見知于歐陽公因公以識韓富皆以國士待軾曰恨子不識范文正公其後三年過許始識公之仲子今丞相堯夫又六年始見其叔彝叟京師又十一年遂與其季德孺同僚于徐皆一見如舊且以公遺藁見屬爲敍又十三年乃克爲之嗚呼公之功德蓋不待文而顯其文亦不待敍而傳然不敢詞者自以八歲知敬愛公今四十七年矣彼三傑者皆得從之遊而公獨不識以爲平生之恨若獲挂名其文字中以自托於門下士之末豈非疇昔之願也哉古之君子如伊尹太公管

仲樂毅之流其王霸之略皆定於畎畝中非仕而後學者也淮陰侯見高帝於漢中論劉項短長畫取三秦如指諸掌及佐帝定天下漢中之言無一不酬者諸葛孔明臥草廬中與先主策曹操孫權規取劉璋因蜀之資以爭天下終身不易其言此豈口傳耳受嘗試爲之而僥倖其或成者哉公在天聖中居太夫人憂則已有憂天下致太平之意故爲萬言書以遺宰相天下傳誦至用爲將擢爲執政考其平生所爲無出此書者今其集二十卷爲詩賦二百六十八爲文一百六十五其於仁義禮樂忠信孝弟蓋如飢渴之於飲食欲須臾忘而不可得如火之熱如水之溼蓋其天性有不得不然者雖弄翰戲語率然而作必歸於此故天下信其誠爭師尊之孔子曰有德者必有言非有言也德之發於口者也又曰我戰則克祭則受福非能戰也德之見於怒者也元祐四年四月二十一日

居士集敘一首

夫言有大而非夸達者信之衆人疑焉孔子曰天之將喪斯文也後死者不得與於斯文也孟子曰禹抑洪水孔子作春秋而予距楊墨蓋以是配禹也文章

之得喪何與於天而禹之功與天地並孔子孟子以空言配之不已夸乎自春秋作而亂臣賊子懼孟子之言行而楊墨之道廢天下以爲是固然而不知其功孟子既沒有申商韓非之學違道而趣利殘民以厚主其說至陋也而士以是罔其上上之人僥倖一切之功靡然從之而世無大人先生如孔子孟子者推其本末權其禍福之輕重以救其惑故其學遂行秦以是喪天下陵夷至於勝廣劉項之禍死者十八九天下蕭然洪水之患蓋不至此也方秦之未得志也使復有一孟子則申韓爲空言作於其心害於其事作於其事害於其政者必不至若是烈也使楊墨得志於天下其禍豈減於申韓哉由此言之雖以孟子配禹可也太史公曰蓋公言黃老賈誼晁錯明申韓錯不足道也而誼亦爲之余以是知邪說之移人雖豪傑之士有不免者況衆人乎自漢以來道術不出於孔氏而亂天下者多矣晉以老莊亡梁以佛亡莫或正之五百餘年而後得韓愈學者以愈配孟子蓋庶幾焉愈之後三百有餘年而後得歐陽子其學推韓愈孟子以達於孔氏著禮樂仁義之實以合於大道其言簡而明信而通引物連類折之於至理以

服人心故天下翕然師尊之自歐陽子之存世之不說者譁而攻之能折困其身而不能屈其言士無賢不肖不謀而同曰歐陽子今之韓愈也宋興七十餘年民不知兵富而教之至天聖景祐極矣而斯文終有愧於古士亦因陋守舊論卑而氣弱自歐陽子出天下爭自濯磨以通經學古爲高以救時行道爲賢以犯顏納說爲忠長育成就至嘉祐末號稱多士歐陽子之功爲多嗚呼此豈人力也哉非天其孰能使之歐陽子沒十有餘年士始爲新學以佛老之似亂周孔之真識者憂之賴天子明聖詔修取士法風厲學者專治孔氏黜異端然後風俗一變考論師友淵源所自復知誦習歐陽子之書予得其詩文七百六十六篇於其子棐乃次而論之曰歐陽子論大道似韓愈論事似陸贄記事似司馬遷詩賦似李白此非余言也天下之言也歐陽子諱脩字永叔既老自謂六一居士云

字說三首

文與可字說一首

鄉人皆好之何如曰未可也鄉人皆惡之何如曰未可也不如鄉人之善者好之其不善者惡之善者好

之不善者惡之足以爲君子乎曰未也孔子爲問者言也以爲賢於所問者而已君子之居鄉也善者以勸不善者以恥夫何惡之有君子不惡人亦不惡於人子夏之於人也可者與之其不可者拒之子張曰君子尊賢而容衆嘉善而矜不能我之大賢歟於人何所不容我之不賢歟人將拒我如之何其拒人也子張之意豈不曰與其可者而不可者自遠乎使不可者而果遠也則其爲拒也甚矣而子張何惡於拒也曰惡其有意於拒也夫苟有意於拒則天下相率而去之吾誰與居然則孔子之於孺悲也非拒歟曰孔子以不屑教誨者也非拒也夫苟無意於拒則可者與之雖孔子子張皆然吾友文君名同字與可或曰爲子夏者歟曰非也取其與不取其拒爲子張者也與可之爲人也守道而忘勢行義而忘利脩德而忘名與爲不義雖祿之千乘不顧也雖然未嘗有惡於人人亦莫之惡也故曰與可爲子張者也

楊薦字說一首

楊君以其所名薦請字於余余字之尊已而告之曰古之君子佩玉而服韍戴冕而垂旒一獻之禮賓主百拜俯僂而後食夫所爲飲食者爲飽也所爲衣服

者爲暖也若直曰飽暖而已則夫古之君子其無乃爲紛紛而無益迂闊而過當邪蓋君子小人之分生於足與不足之間若是足以已矣而必爲之節文故其所以養其身者甚周而其所以自居者甚高而可畏凜乎其若處女之在閨也兢兢乎其若懷千金之璧而行也夫是以不仁者不敢至於其牆不義者不敢過其門惟其所爲者止於足以已矣之間則人亦狎之而輕加之以不義由此觀之凡世之所謂紛紛而無益迂闊而過當者皆君子之所以自尊也易曰藉用白茅無咎孔子曰苟錯諸地而可矣藉之用茅何咎之有地非不足錯也而必茅之爲藉是君子之過以自尊也予欲楊君之過以自尊故因其名薦而取諸易以爲之字楊君有俊才聰明果敢有過於人而余獨憂其所以自愛重者不至而已矣

張厚之忠甫字說一首

張厚之忠甫樂全先生子也美才而好學信道而篤志先生名之曰恕而其客蘇軾子瞻和仲推先生之意字之曰厚之又曰忠甫且告之曰事有近而用遠言有約而義博者渴必飲飢必食食必五穀飲必水此夫婦之愚所共知而聖人之智所不能易也一言

而可以終身行之者恕也仁者得之而後仁知者得之而後智施於君臣父子夫婦朋友之間無所適而不可是飢渴飲食之道也故曾子曰夫子之道忠恕而已矣而孔子亦曰如有周公之才之美使驕且吝其餘不足觀也已夫驕且吝豈非不恕而已乎人而能恕也雖孔子可庶幾人而不能恕雖周公不足觀也先生之所以遺子者至矣吾不能加豪末於此矣然而曾子謂之忠恕詩人謂之忠厚以吾觀之忠與恕與厚是三言者聖人之所謂一道也或謂之穀或謂之米或謂之飯此豈二物也哉然謂穀米謂米飯則不可故吾願子貫三言而弃偏之將有爲也將有言也必反而求之曰吾未恕乎未厚乎未忠乎自反而恕矣厚矣忠矣然後從之此孔子曾子詩人之意也先生之意也

東坡集卷第二十四

東坡集卷第二十五

表狀三十三首

密州謝上表一首

臣軾言昨奉勑差知密州軍州事已於今月三日到任上訖草芥賤微敢干洪造乾坤廣大曲遂私誠受命撫躬已自知於不稱入境問俗又復過於所期臣軾中謝伏念臣家世至寒性資甚下學雖篤志本先朝進士篆刻之文論不適時皆老生常談陳腐之說分於聖世處以散材一自離去闕庭屢更歲籥塵埃筆硯漸忘舊學之淵源奔走簿書粗識小人之情僞欲自試於民社庶有助於涓涘以爲公朝不廢私願攜孥上國預憂桂玉之不克請郡東方實欲弟昆之相近自惟何幸動獲所求雖父兄所以處臣其僥倖不過如此雖云踈外有此遭逢此蓋伏遇皇帝陛下躬上聖之資建太平之業以爲人無賢愚皆

有可用故雖如臣等輩猶未盡捐臣敢不仰認至恩益堅素守推廣中和之政撫綏疲瘵之民要使民之安臣則爲臣之報國臣無任瞻天荷聖激切屏營之至

徐州謝上表一首

臣軾言分符高密已竊名邦改命東徐復塵督府荷恩深厚撫己兢慚臣軾中謝伏念臣奮身農畝託迹書林信道直前曾無坎井之避立朝寡助誰爲先後之容向者屢獻瞽言仰塵聖鑒豈有意於爲異蓋篤信其所聞顧慚迂闊之言雖多而無益惟有朴忠之素既久而猶堅遠不忘君未忍改其常度言之無罪實深恃於至仁知臣者謂臣愛君不知臣者謂臣多事空懷此意誰復見明伏惟 皇帝陛下日月照臨乾坤覆燾察孤危之易毀諒拙直之無他安全陋軀畀付善地民淳訟簡殊無施設之方食足身閑仰愧生成之賜顧力報之無所懷孤忠而自憐

徐州謝獎諭表一首

臣軾言伏奉今月四日 敕以臣去歲脩城捍水粗免疎虞特賜獎諭者奔走服勤人臣之常事褒稱勞勉學者之至榮自惟何人乃辱斯語臣軾誠惶誠恐

頓首頓首伏念臣學無師法才與世疎經術旣已不深吏事又其所短累忝優寄卒無異稱寛如定遠之言平平無取拙比道州之政下下宜然乃者河決澶淵毒流淮泗百堵皆作蓋僚吏之劬勞三板不沈本朝廷之威德而臣下掠衆美上貪天功獨竊璽書之榮以爲私室之寶此蓋伏遇　皇帝陛下天覆四海子養萬民哀無辜之遭罹特遣使以存問旣蠲免其賦調又飲食其饑寒所以錄臣之微勞蓋將責臣之來效臣敢不躬親畚築益修今歲之防安集流亡盡復平時之業庶殫朽鈍少補絲毫臣無任

徐州賀河平表一首

臣軾言竊聞黃河決口已遂閉塞者聖謨獨運天眷莫違庶邦子來民罔告病萬杵雷動役不逾時遂消東北莫大之憂然後麥禾可得而食人無後患喜若再生臣軾中謝伏以大河爲災歷世所病禹治兗州之野十有三載乃同漢築宣防之宮二十餘年而定未有收狂瀾於旣潰復故道於將堙俛仰而成神速若此恭惟皇帝陛下至仁博施神智無方達四聰以來衆言廣大孝以安宗廟水當潤下河不溢流屬歲久之無虞故患生於所忽方其決也本吏失其防而

非天意及其復也蓋天助有德而非人功振古所無溥天同慶維豐沛之大澤實汴泗之所鍾伊昔橫流凜孤城之若塊迨茲平定蔚秋稼以如雲害既廣則利多憂獨深而喜倍雖官守有限不獲趨外庭以稱觴而民意所同亦能抒下情而作頌臣無任

湖州謝上表一首

臣軾言蒙恩就移前件差遣已於今月二十日到任上訖者風俗阜安在東南號爲無事山水清遠本朝廷所以優賢顧惟何人亦與茲選臣軾中謝伏念臣性資頑鄙名迹堙微議論闊疎文學淺陋凡人必有一得而臣獨無寸長荷先帝之誤恩擢寘三館蒙陛下之過聽付以兩州非不欲痛自激昂少酬恩造而才分所局有過無功法令具存雖勤何補罪固多矣臣猶知之夫何越次之名邦更許借資而顯受顧惟無狀豈不知恩此蓋伏遇　皇帝陛下天覆羣生海涵萬族用人不求其備嘉善而矜不能知其愚不適時難以追陪新進察其老不生事或能牧養小民而臣頃在錢塘樂其風土魚鳥之性既自得於江湖吳越之人亦安臣之教令敢不奉法勤職息訟平刑上以廣朝廷之仁下以慰父老之望臣無任

到黃州謝表一首

臣軾言去歲十二月二十九日準　勑責授臣檢校尚書水部員外郎充黃州團練副使本州安置不得簽書公事臣已於今月一日到本州訖者狂愚冒犯固有常刑仁聖矜憐特從輕典赦其必死許以自新祇服訓辭惟知感涕中謝伏念臣早緣科第誤忝搢紳親逢睿哲之興遂有功名之意亦嘗召對便殿考其所學之言試守三州觀其所行之實而臣用意過當日趨於迷賦命衰窮天奪其魄叛違義理辜負恩私茫如醉夢之中不知言語之出雖至仁屢赦而衆議不容案罪責情固宜伏斧鑕於兩觀推恩屈法猶當禦魑魅於三危豈謂尚玷散員更叨善地投畀麏鼯之野保全樗櫟之生臣雖至愚豈不知幸此蓋伏遇　皇帝陛下德刑並用善惡兼容欲使法行而知恩是用小懲而大戒天地能覆載之而不能容之於度外父母能生育之而不能出之於死中伏惟此恩何以爲報惟當蔬食沒齒杜門思愆深悟積年之非永爲多士之戒貪戀聖世不敢殺身庶幾餘生未爲棄物若獲盡力鞭箠之下必將捐軀矢石之間指天誓心有死無易臣無任

謝失覺察妖賊放罪表一首

臣軾言去年十二月十五日準淮南轉運司牒奉
聖旨差官取勘臣前任知徐州日不覺察百姓李鐸
郭進等謀反事臣尋具析在任日曾選差沂州百姓
程棐令緝捕凶逆賊人致棐告獲前件妖賊因依乞
勘會施行至今年七月二日復準轉運司牒坐準尚
書刑部牒奉聖旨蘇軾送尚書刑部更不取勘盜發
所臨守臣固當重責罪疑則赦聖主所以廣恩自驚
廢逐之餘猶在愍憐之數臣軾誠惶誠恐頓首頓首
伏念臣早蒙殊遇擢領大邦上不能以道化民達忠
孝於所部下不能以刑齊物消姦宄於未萌致使妄
庸敢圖僭逆原其不職夫豈勝誅況茲溝瀆之中重
遇雷霆之譴無官可削撫己知危至於捕斬羣盜之
功乃是隣近一夫之力靖言其始偶出於臣雖爲國
督奸常懷此志而因人成事豈足言勞勉自列於涓
埃庶少寬於斧鉞豈謂蕩然之澤許以勿推收驚魄
於散亡假餘生之晷刻退思所自爲幸何多此蓋伏
遇　皇帝陛下舞虞舜之干示人不殺祝成湯之網
與物求生其間用刑本不得已稍有可赦無不從寬
務在考實而原情何嘗記過而忘善益悟向時之所

坐皆是微臣之自貽慼愧終身論報無地布衣蔬食或未死於飢寒石心木腸誓不忘於忠義臣無任

謝量移汝州表一首

臣軾言伏奉正月二十五日誥命特授臣汝州團練副使本州安置不得簽書公事者稍從內遷示不終棄罪已甘於萬死恩實出於再生祗服訓詞惟知感涕臣軾誠惶誠恐頓首頓首伏念臣向者名過其實食浮於人兄弟並竊於賢科衣冠或以爲盛事旋從冊府出領郡符既無片善可紀於絲毫而以重罪當膏於斧鉞雖蒙恩貸有愧平生隻影自憐命寄江湖之上驚魂未定夢游縲紲之中憔悴非人章狂失志妻孥之所竊笑親友至於絕交疾病連年人皆相傳爲已死飢寒併日臣亦自厭其餘生豈謂草芥之賤微尚煩朝廷之記錄開其悔悟許以甄收此蓋伏遇

皇帝陛下湯德日新堯仁天覆建原廟以安祖考正六宮而修典刑百廢具興多士爰集彈冠結綬共欣千載之逢掩面向隅不忍一夫之泣故推涓滴以及焦枯顧惟效死之無門殺身何益更欲呼天而自列尚口乃窮徒有此心期於異日臣無任

乞常州居住表一首

臣軾言臣聞聖人之行法也如雷霆之震草木威怒雖甚而歸於欲其生人主之罪人也如父母之譴子孫鞭撻雖嚴而不忍致之死臣漂流棄物枯槁餘生泣血書詞呼天請命願回日月之照一明葵藿之心此言朝聞夕死無憾臣軾誠惶誠恐頓首頓首臣昔者嘗對便殿親聞德音似蒙聖知不在人後而狂狷妄發上負恩私旣有司皆以爲可誅雖明主不得而獨赦一從吏議坐廢五年積憂薰心驚齒髮之先變抱恨刻骨傷皮肉之僅存近者蒙恩量移汝州伏讀訓詞有人材實難弗忍終棄之語豈獨知免於縲紲亦將有望於桑榆但未死亡終見天日豈敢復以遲暮爲歎更生僥覬之心但以祿廩久空衣食不繼累重道遠不免舟行自離黃州風濤驚恐舉家重病一子喪亡今雖已至泗州而貲用罄竭去汝尚遠難於陸行無屋可居無田可食二十餘口不知所歸飢寒之憂近在朝夕與其強顏忍恥干求於衆人不若歸命投誠控告於君父臣有薄田在常州宜興縣粗給饘粥欲望聖慈許於常州居住又恐罪戾至重未可聽從便安輒敘微勞庶蒙恩貸臣先任徐州日以河水浸城幾至淪陷臣日夜守捍偶獲安全曾蒙朝廷

降勑獎諭又嘗選用沂州百姓程棐令購捕凶黨致獲謀反妖賊李鐸郭進等一十七人亦蒙　聖恩保明放罪皆臣子之常分無涓埃之可言冒昧自陳出於窮迫庶幾因緣僥倖功過相除稍出羈囚得從所便重念臣受性剛褊賦命奇窮既獲罪於天又無助於下怨仇交積罪惡横生羣言或起於愛憎孤忠遂陷於疑似中雖無愧不敢自明向非人主獨賜保全則臣之微生豈有今日伏惟　皇帝陛下聖神天縱文武生知得天下之英才已全三樂躋斯民於仁壽不棄一夫勃然中興可謂盡善而臣抱百年之永嘆悼一飽之無時貧病交攻死生莫保雖烏鳶鴈飛集何足計於朝廷而犬馬蓋帷猶有求於　陛下敢祈仁聖少賜矜憐臣見一面前去至南京以來聽候朝旨干冒天威臣無任

到常州謝表二首

臣軾言先蒙恩授汝州團練副使本州安置尋上表乞於常州居住奉　聖旨依所乞臣已於今月二十二日到常州訖者積釁難磨未經洗滌至仁易感許即便安祇荷寵靈惟知感涕中謝伏念臣所犯罪戾本合誅夷向非　先帝之至明豈有餘生於今日銜

恩未報有志不從已分沒身寄殘骸於魑魅敢期擇地收暮景於桑榆此蓋伏遇 皇帝陛下仁孝生知聰明天縱寅奉上帝之眷命述修累聖之成謀念此萱蒯之微庶幾簪履之舊俾安田畝稍出縲囚飽食無思但日陶於新化杜門自省當益念於往愆臣無任

又

臣軾言先蒙恩授汝州團練副使本州安置尋上表乞於常州居住奉 聖旨依所乞臣已於今月二十二日到常州訖者罪大人微自甘永棄食貧口衆未免求安忽奉俞音出於獨斷仰銜恩施不覺涕零中謝伏念臣猥以凡才早塵仕籍生逢有作之聖獨抱不移之愚廢棄六年已忘形於田野泝沿萬里偶脫命於江潭豈謂此生得從所便此蓋伏遇 太皇太后陛下厚德載物至仁代天春生秋成本無心於草木風行雷動自有信於蟲魚致此幽頑亦叨恩宥耕田鑿井得漸齒於平民碎首刳肝尚未知其死所臣無任

登州謝上表二首

臣軾言伏奉告命授臣朝奉郎知登州軍州事臣已

於今月十五日到任上訖者登雖小郡地號極邊自驚縲絏之餘忽有民社之寄拜恩不次隕涕何言中謝臣聞臣不密則失身而臣無周身之智人不可以無學而臣有不學之愚積此兩愆本當萬死坐受六年之謫甘如五鼎之珍擊鼓登聞止求自便買田陽羨誓畢此生豈期枯朽之中有此遭逢之異收召魂魄復爲平人洗濯瑕玼盡還舊物此蓋伏遇　皇帝陛下內行曾閔之孝外發禹湯之仁日將旦而四海明天方春而萬物作於其黨而觀過謂臣或出於愛君就所短而求長知臣稍習於治郡致茲異寵驟及非才恭惟　先帝全臣於衆怒必死之中　陛下起臣於散官永棄之地沒身難報碎首爲期臣無任

又

臣軾言伏奉告命授臣朝奉郎知登州軍州事臣已於今月十五日到任上訖者寵命過優訓詞尤厚非臣愚惷所克承當臣軾誠惶誠懼頓首頓首臣所領州下臨漲海人淳事簡地瘠民貧入境問農首見父老戴白扶杖爭來馬前皆云枯朽之餘死亡無日雖在田野亦有識知恭聞　聖母至明而慈　嗣皇至仁而孝每下號令人皆涕流願忍垂死之年以待惟

新之政言雖甚拙意則可知見朝廷擢臣於久廢之中謂臣愚必有以少塞其責或能推廣　上意惠康小民而臣天資鈍頑學問寡淺心已耗於多難才不周其一身將何以上答聖知下慰民願伏惟　太皇太后陛下以任姒之位行堯舜之仁勤邦儉家永爲百王之令典時使薄斂故得萬國之歡心豈煩爝火之微更助日月之照但知奉法不敢求名臣無任

辭免起居舍人第一狀一首

右軾準閤門告報已降告命除臣依前官守起居舍人者臣受材淺薄臨事迂疎起於罪廢之中未有絲毫之效驟陞清職必致煩言願回虛授之恩庶免素飱之愧所有告身臣不敢祗受

辭免起居舍人第二狀一首

右臣近奏乞辭免起居舍人恩命准尚書省劄子奉聖旨不許辭免者天威在顏不違咫尺父命於子惟所東西況茲久廢之餘敢有不回之意伏念臣受性褊狷賦命奇窮既早竊於賢科復濫登於冊府多取天下之公器又處衆人之所爭若此而全從古未有今者出於九死之地始有再生之心危迹粗安驚魂未返若驟膺非分之寵恐別生意外之憂縱無人

災必有鬼責伏望聖慈廓天地包函之量推父母愛憐之心知其實出於至誠止欲自處於無過追還新命更選異材使之識分以安身孰與包羞而冒寵再伸微懇伏俟重誅所有告身臣不敢祗受

辭免中書舍人狀一首

右臣准閣門告報已降告命除臣試中書舍人者伏念臣頃自貶所起知登州到州五日而召以省郎到省半月而擢爲右史欲自勉强少酬恩私而才無他長職有常守出入禁闥三月有餘考論事功一毫無取今又冒榮直授躐衆驟遷非次之陞既難以處不試而用尤非所安願回異恩免速官謗所有告身臣不敢祗受

謝中書舍人表二首

臣軾言伏奉制命授臣試中書舍人仍改賜章服者右史記言已塵高選西垣視草復玷近班皆儒者之至榮豈平生之所望臣軾誠惑誠懼頓首頓首竊以詞命之職古今所難非獨取之於文蓋將試之以事至於機務亦或與聞雖四戶擅權非當時之公議而五花判事亦前代之美談及夫三字之除乃是一切之政但謂內朝之法從安知宰相之屬官既任止於

訓詞故權移於胥史恬不知怪習爲故常　先皇帝
道冠百王法垂萬世建六官而修故事闢三省以待
異人典章一新名實皆正遂申明於四禁俾分領於
六曹遠則追直閣之司近則通檢正之任雖未聞政
而聞事蓋須有德而有言如臣之愚無一而可草創
潤色既非鄭國之材除書德音又乏唐人之譽忽當
此選莫測其由此蓋伏遇　皇帝陛下將聖與仁能
哲而惠雖在三年不言之際已有十日並照之光而
臣日侍邇英親聞訪道仰天威之甚近知聖鑒之難
逃謂臣嘗受先朝之知實無左右之助棄瑕往昔責效
將來臣敢不益勵素心無忘舊學上體周公煩悉之
誥助成漢家深厚之文苟無曠官其敢言報臣無任

又

臣軾言伏奉制命授臣試中書舍人仍改賜章服者
聖神獨斷出成命於省中衰病增光溢虛名於朝右
訓詞之重士論所榮臣軾誠惶誠懼頓首頓首臣聞
有言逆心此古人所以顛沛積毀消骨非聖主莫能
保全臣本受知於裕陵亦嘗見待以國士嘉其好直
許以能文雖竄謫流離之餘決無可用而哀憐收拾
之意終不少衰抱弓劍以長號分簪履之永棄豈期

晚遇又過初心矧外制之深嚴極西垣之清要在唐之盛以馬周岑文本爲得人近世所傳有楊億歐陽脩之故事不試而用于今幾人遂超同列之先遠繼前脩之末夫何頑鈍有此遭逢此蓋伏遇　太皇太后陛下憂國忘家愛民如子憂深故任其事者重愛極故爲之慮也長敷求哲人以遺嗣聖所以兼收而並用庶幾有得於其間臣敢不盡其所能期於無愧始終自誓故常以道而事君夷嶮不同則必見危而授命臣無任

辭免翰林學士第一狀一首

右臣准閤門告報已降告命除臣翰林學士知制誥者臣竊謂自從西掖直遷內制雖祖宗故事而近歲以來少有此比非高材重德雅望不在此選臣自量三者皆不迨人驟當殊擢實不自安伏望聖慈察臣至誠非苟辭避追還異恩以厭公論謹錄奏聞

辭免翰林學士第二狀一首

右臣近者奏乞詞免翰林學士知制誥恩命伏蒙降詔不允者天地之恩義無所謝父母之訓理不可違而臣至愚尚守所見再傾微懇不避重誅非獨以學問荒唐文詞鄙淺已試無效如前所陳實以勞舊尚

多必有積薪之誚兄弟並進豈無連茹之嫌誠不自安非敢矯飾伏望聖慈亮其悃愊特許追還庶免人言俾得自效所有告命臣不敢祇受謹錄奏聞

謝宣召入院狀二首

右臣今月日西頭供奉官充待詔董士隆至臣所居奉宣　聖旨召臣入院充學士者詔語春溫再命而僂使華天降一節以趨在故事以嘗聞豈平生之敢望省循非稱愧汗交深竊以視草之官自唐爲盛雖職親事祕號爲北門學士之榮而祿薄地寒至有京兆掾曹之請豈如聖代一振儒風非徒好爵之縻兼享大烹之養玉堂賜篆仰淳化之彌文寶帶重金佩元豐之新渥既厚其禮愈難其人而臣以空疎冗散之材衰病流離之後生還萬里坐閱三遷不緣左右之容躐處賢豪之上此蓋伏遇　皇帝陛下生資文武天祚聖神雖亮陰不言尚隱高宗之德而訪落求助已啓成王之心首擇輔臣次求法從知人材之難得采虛名而用臣敢不益勵初心力圖後效才不逮古雖慚內相之名志常在民庶免私人之誚臣無任

又

右臣今月日西頭供奉官充待詔董士隆至臣所居

奉宣　聖旨召臣入院充學士者里巷傳呼親臨詔
使私庭望拜恭被德音人言稽古之榮臣有素飱之
愧懇詞雖至成命莫回伏以朝論所高禁林爲重非
徒翰墨之選乃是將相之儲禮絶同僚歎裴李於座
上功成異域得頗牧於禁中宜有異人來膺此選而
臣顓愚自信狂直不回先帝憐其孤忠欲召而未果
陛下出於獨斷決用而無疑曾未周歲而閱三官
試以百爲而無一可保全已幸擢用何名此蓋伏遇
太皇太后陛下德協天人心存社稷受聖子之託
天下抱神孫而朝諸侯巍巍其有成功不見治迹斷
斷而無他技專用老成推其類以及臣顧何能而在
此忠義之報死生不移臣無任

謝翰林學士表二首

臣軾言蒙恩除臣翰林學士知制誥者名微不稱寵
至若驚伏念臣經術空踈吏能短淺少年自守無用
於作新去國生還適逢於求舊初何云補遽辱甄收
此蓋伏遇　皇帝陛下文武生知聰明天縱法乾坤
之廣運體日月之照微過採虛名使陳薄技敢不激
昂晚節砥礪初心雖洪造之難酬盡微生而後已臣
無任

又

臣軾言蒙恩除臣翰林學士知制誥者寵光逾分榮愧交中伏念臣本以疎愚起於遐陋學雖篤志皆場屋之空文言不適時豈朝廷之通論老於憂患望絶搢紳此蓋伏遇　太皇太后陛下總覽政綱灼知治體恢復祖宗之舊兼收文武之資過錄愚忠以敦薄俗敢不臨寵而懼職思其憂非敢有意於功名庶幾少逃於罪悔臣無任

謝對衣金帶馬表二首

臣軾言伏蒙聖慈以臣入院特賜衣一對金腰帶一條金鍍銀鞍轡馬一匹被三品之服章君子所以昭令德分六閑之騑駿朝廷所以旌有功顧惟何人亦與茲寵拜恩俯僂流汗交幷臣軾中謝伏念臣人微地寒性迂才短襲布韋而自薦偶忝搢紳駕款段以言歸終安畎畝豈謂便蕃之錫萃於衰病之軀此蓋伏遇　皇帝陛下總覽衆工財成大化至誠樂與有緇衣之好賢俊民用章無白駒於空谷不違寒陋亦被光華攬佩以思遂識斷金之義舉鞭自誓敢忘希驥之心臣無任

又

臣軾言伏蒙聖慈以臣入院特賜衣一對金腰帶一條金鍍銀鞍轡馬一匹命服出笥榮動搢紳左驂在廷光生徒馭德不稱物愧無所容臣軾中謝伏念臣衰朽無功惷愚不學已分鵜梁之刺敢逃負乘之譏再惟此恩何自而至此蓋伏遇 太皇太后陛下至神廣運盛德兼容躬周公之勤勞而逸於委任寶老氏之慈儉而後於禮賢致此光榮下及微陋慨然攬轡敢有意於澄清束以立朝尚可言於賓客臣無任

笏記二首

禁林之選多士所榮非獨文章之工俾專翰墨當屬典刑之老以重朝廷如臣空疎豈宜塵冒此蓋伏遇
皇帝陛下剛健純粹緝熙光明曲搜已棄之材將建無窮之業顧慚淺陋將何補於盛明惟有朴忠誓不回於生死臣無任

又

西掖代言已愧一時之高選北門視草又忝諸生之極榮豈伊衰朽之餘有此遭逢之異此蓋伏遇 太
皇太后陛下坤元利正天造無私靡求備於一人將曲成於萬物文章小技繼有效於涓埃草木微生終難酬於雨露臣無任

辭免侍讀狀一首

右臣今月二十六日準閤門告報蒙恩除臣兼侍讀者入侍邇英其選至重非獨分摘章句實以仰備顧問臣學術淺陋恐非其人況臣待罪禁林初無吏責又加廩賜之厚益負尸素之憂伏望聖慈察其誠心追回新命以授能者謹錄奏聞伏候勅旨

謝除侍讀表二首

臣軾言今月一日蒙恩除臣兼侍讀者學術本疏老復加於蹇訥官聯愈近職專在於討論退省其愚莫知所措中謝伏以天威咫尺顧末技以何施聖敬日躋豈羣臣之可望非張禹寬中之篤學無量懷素之懿文則何以奉天子五學之游求王人多聞之益如臣愚暗何與選掄此蓋伏遇　皇帝陛下卓然生知附以好學方高宗恭默之後正宣帝勵精之初衆論並陳悉洞照其情僞陳編一覽已周知於廢興察臣衰病而無求庶可親近而寡過故茲拔用驟及疲駑臣敢不溫故知新粗辨有司之職見危致命更輸異日之忠臣無任

又

臣軾言今月一日蒙恩除臣兼侍讀者北門視草已

叨儒者之極榮西學上賢復玷侍臣之高選省循非稱愧汗交懷 中謝 竊惟講讀之臣止以言語爲職考功課吏無殿最之可書陳善閉邪有膏澤之潛潤豈臣愚陋亦所克堪此蓋伏遇 太皇太后陛下憂思深長德業久大受 先帝投艱之託爲神孫經遠之謀故選左右前後之人罔非吉士使知興亡治亂之效莫若多聞謂臣雖無大過人之才知臣粗有不欺君之實故使朝夕與於討論奉永日之清閑未知所報畢微生於盡瘁終致此心臣無任

謝賜 御書詩表一首

臣軾言今月十五日賜宴東宮伏蒙聖恩差中使就賜臣 御書詩一首者玉斝上尊霈若雲天之澤寶章宸翰煥乎奎壁之文喜溢心顏光生懷袖臣軾誠感誠懼頓首頓首伏念臣猥緣末技獲玷清流早歲數奇已老江湖之上餘生何幸得依日月之光入侍燕間與聞講學卒桓榮之業因人而成登劉洎之床則臣豈敢夫何珍賜亦及微軀此蓋伏遇 皇帝陛下道本生知才惟天縱文不數於游夏書已逼於鍾王心慕手追陋文皇之由學筆縱字大笑宋武之未工知臣遭遇之難欲以顯榮其老鏤之金石庶傳玩

於人人付與子孫俾輸忠於世世臣無任

謝三伏早出院表一首

臣軾言君逸臣勞固上下之分金伏火見亦消長之常乃緣異恩而許夙退中謝伏念臣等誤緣末技待罪禁林戴星而朝雖粗輸其勤拙窮日之力卒無補於絲毫遽蒙假借之私得遂委蛇之樂此蓋伏遇

太皇太后陛下嚴於恭己恕以馭臣事既省於清心日自長於化國朝而不夕前追靜治之風伏當早歸下遂疎愚之性臣無任

東坡集卷第二十五

東坡集卷第二十六

表十六首笏記附

啓十一首

表十六首

謝除龍圖閣學士表二首

臣軾言伏蒙聖恩以臣累章請郡特除臣龍圖閣學士知杭州者中禁寶儲上應奎壁之象先朝謨訓遠同河洛之符隸職其間省躬非據臣軾誠惶誠恐頓首頓首伏念臣學非有得愚至不移雖叨過實之名卒無適用之器少時妄意蓋嘗有志於事功晚歲積憂但欲歸安於田畝屬聖神之履運荷識拔之非常猶冀桑榆之牧遽迫犬馬之疾力求閑散庶免顛擠豈謂 皇帝陛下聖度包荒天慈委照察其才有所短不欲強置之禁嚴知其進不由人故特保全其終始遂加此職以賁其行臣敢不仰緣末光益勵素守往何之而不可中無愧之為安但未死亡必期報塞臣無任感天荷聖激切屏營之至

又

臣軾言伏蒙聖恩以臣累章請郡特除臣龍圖閣學士知杭州者北扉清密久愧素飧內閣深嚴復膺殊寵以榮為懼有靦在顏臣軾誠惶誠恐頓首頓首伏念臣賦命數奇與人多忤遭遇 仁祖忝竊賢科繼蒙 英廟之深知尤荷裕陵之見器而流離若此窮薄可知晚親日月之光常恐缾罍之溢故求閑散以

避災迹豈謂　太皇太后陛下天高聽卑坤厚載物愛惜臣下固無異於子孫委任官師本不分於中外致茲衰病不失清華然臣辭寵而益榮求閑而得劇雖云稍遠於爭地尚恐終非其久安敢不磨鈍自脩履氷知戒庶全孤節少答殊私臣無任感天荷聖激切屏營之至

謝賜對衣金帶馬表二首

臣軾言伏蒙聖慈特賜衣一對金腰帶一條金鍍銀鞍轡一副馬一匹者出笥之珍已華朽質解驂之賜益耀衆觀顧惟何人亦被茲寵臣軾誠惶誠恐頓首頓首伏念臣少而拙訥老益疏愚山野之姿非文繡之所及疲駑之質雖鞭策以何加方期冗散之安更忝便蕃之賜此蓋伏遇　皇帝陛下緝熙儒術罔羅人材不愛車服寵數之章使爲吏民瞻望之美據鞍有愧東祖知榮敢不奉以牧民永思去害之指施之大邑庶無學製之傷臣無任感天望聖激切屏營之至

又

臣軾言伏蒙聖恩特賜衣一對金腰帶一條金鍍銀鞍轡一副馬一匹者命服斯皇詩詠周宣之德康侯

用錫易稱王母之仁惠澤所加臣工知勸臣軾誠惶誠恐頓首頓首伏念臣資材朽鈍學術空疎矧茲衰病之餘豈復光華之羨荷寵章之蕃庶人以爲榮顧形影之支離臣惟自愧此蓋伏遇　太皇太后陛下知人堯哲偏物舜仁時遣拾遺補過之臣出爲承流宣化之任子衣安吉不待請而得之我馬虺隤蓋知勞而賜者敢不勉思忠盡務報恩勤永惟廄庫之珍莫非民力無忘獄市之寄以副上心臣無任

笏記二首

臣軾言隸職宸居承流閫寄自知衰朽有玷寵光此蓋伏遇　皇帝陛下總攬羣材靡遺片善曲收頑鈍迭處清華徒傾艸木之心莫報乾坤之施臣無任

又

旣塵美職復玷名藩榮寵過情省循知愧此蓋伏遇　太皇太后陛下仁均動植明燭幽微特示寵章以旌眷遇恩勤莫報生死難忘臣無任

杭州謝上表二首

臣軾言伏奉制書除臣龍圖閣學士知杭州臣已於今月三日到任上訖者始衰而病豈非滿溢之災乞越得杭又過平生之望臣軾誠惶誠恐頓首頓首伏

念臣起自廢黜驟登禁嚴畢命驅馳未償萬一懷安退縮豈所當然蓋散材不任於斧斤而病馬空糜於芻粟故求外補以盡餘年豈期避寵而益榮求閑而得劇此蓋伏遇　皇帝陛下剛健中正緝熙光明無爲蓋虞舜之仁篤學有仲尼之智而臣猥以末技日奉講帷凜然威光近在咫尺惟古人責難之意每不自量方　陛下好問之初遽以疾去推之理數可謂奇窮荷眷遇之不移竊恩榮而愈重雖雨露之施初不擇地而犬馬之報期於殺身臣無任

又

臣軾言伏奉制書除臣龍圖閣學士知杭州臣已於今月三日到任上訖者入奉禁嚴出膺方面皆人臣之殊選在儒者以尤榮臣軾誠惶誠恐頓首頓首伏念臣受寵逾涯積憂成疾既思退就於安養又欲少逃於滿盈仰荷至仁曲從微願江山故國所至如歸父老遺民與臣相問知朝廷輟近侍爲太守蓋聖主視天下如一家鞭扑未施爭訟幾絕臣之厚幸豈易名言此蓋伏遇　太皇太后陛下天地之仁賢愚兼取日月之照邪正自分每包函其惷迂欲保全其終始兄弟孤立嘗親奉於德音死生不移更誓堅於晚

節臣無任

杭州謝放罪表二首

臣軾言臣近以法外刺配本州百姓顏章顏益二人上章符罪奉　聖旨特放罪者職在承宣當遵三尺之約束事關利害輒從一切之便宜曲荷天慈不從吏議臣軾誠惶誠恐頓首頓首伏念臣早緣剛拙屢致憂虞用之朝廷則逆耳之奏形於言施之郡縣則疾惡之心見于政雖知難每以爲戒而臨事不能自回苟非日月之明肝膽必照則臣豈惟獲罪於今日久已見傾於衆言恭惟　皇帝陛下睿哲生知清明旁達委任羣下退託於不能愛養成材惟恐其有過知臣欲去一方之積弊須除二猾以示民特屈憲章以全器使臣敢不省循過咎祇服簡書眷此善良自不犯於漢法時有貸捨用益廣於堯仁臣無任

又

亂羣之誅不請而決蓋恩威之無素致姦猾之敢行方佚譴訶豈期寬宥臣軾誠惶誠恐頓首頓首伏以法吏網密蓋出於近年守臣權輕無甚於今日觀祖宗信任之意以州郡責成於人豈有不擇師帥之良但知繩墨之馭若平居僅能守法則緩急何以使

民顧臣不才難以議此恭惟　太皇太后陛下寬仁從衆信順得天推一身之至公納萬方於無罪而臣始終被遇中外蒙恩謂事有專而合宜情無他而可恕故加貸捨以示寵綏朝廷之明粗以臣爲可信吏民自服當不令而率從臣無任

賀明堂赦書表二首

臣軾言宗祀告成脩累朝之盛典端門肆眚答萬宇之歡心凡有識知舉增抃躍臣軾誠懽誠喜頓首頓首竊謂　祖宗恩信之所被譬如天地寒暑之不差將推作解之仁必在當郊之歲恭惟　皇帝陛下憲章　六聖左右三靈上帝眷而風雨時壬人去而蠻夷服講明大禮對越昊天懷柔百神嚮用五福大河脩復奏軌道於東流藩邸顧懷錫鴻名於西府臣備員法從待罪守臣想聞路寢之鼓鐘曾叨奉引嘉與海隅之草木同被恩私臣無任

又

臣軾言嚴配禮成民心知孝好生德洽天下歸仁凡蒙一洗之恩舉有惟新之喜臣軾誠懽誠忭頓首頓首伏以功存廟社而詞其禮德及草木而諱其名此聖人之所難幸微生之親見恭惟　太皇太后陛下

勳高任姒道配唐虞顧惟致治於和平孰不歸心於
保佑合宮均福畢脩累聖之文會慶告成不居先后
之位臣職叨禁從身遠闕庭旣欣渙汗之私溥霑動
植更喜謙光之美獨冠古今臣無任

謝賜曆日詔書表二首

臣軾言伏蒙聖恩特賜臣詔書并元祐五年曆日一
卷者論道調元雖大臣之職授時賦政亦郡守之常
而臣供奉內朝使指一道居則代言而頒令出則勸
民以務農沐此恩榮敢忘奉順臣軾中謝恭惟皇
帝陛下文明憲古睿哲先天歷象教民本堯舜之智
水旱罪己蓋禹湯之仁固將推廣其誠心豈特奉行
於故事爰因歲首已宣布於王言孰謂民愚咸識知
於帝力臣無任

又

臣軾言伏蒙聖恩特賜臣詔書并元祐五年曆日一
卷者竊惟稽古之君必以授時爲急底日不失日官
旣有常先時不及時罰在無赦申以丁寧之詔致其
惻怛之誠習見頒行止謂有司之故事考其情實則
本聖人之用心臣軾中謝恭惟太皇太后陛下元
功在天盛德冠古順帝之則雖並用於恩威與物爲

春蓋同歸於仁厚而臣入奉講學出牧農民恭布詔書悉傳閭里庶德音之昭格致嗣歲之豐穰臣無任

賀興龍節表一首

臣軾言天佑民而作君惟德是輔帝王商而立子有開必先納富壽於方來實兆基於茲日臣軾中賀恭惟皇帝陛下文思天縱聖敬日躋以若稽古之心上遵王路行不忍人之政下酌民言神聽靖共天壽平格臣久塵法從出領郡符奉萬年之觴雖阻陪於下列接千歲之統猶及見於昇平草木之情日月所照臣無任

賀坤成節表一首

臣軾言仁惟天助壽不假於禱祈澤在民心言自成於雅頌恭臨誕月仰祝聖期雖凡庶之何知亦臣子之常分中謝恭惟太皇太后陛下儲神天地託國祖宗元勳本自於無心神智實生於至靜同守大器于茲六年放億萬之羽毛未若消兵以全赤子飯無數之緇褐豈如散廩以活飢民臣躬領郡符目覩茲事載瞻象闕阻奉瑤觴嘉與海隅之人同罄華封之祝臣無任

啓十一首

謝秋賦試官啓一首

伏以聖人設文章之教本以御民君子在野田之間亦學爲政故知禮樂者可與言化通春秋者長於治人蓋三代之所常行於六經可以備見事爲之制曲爲之防使學者皆能明其心則天下可以運諸掌降及近世析爲二塗凡王政皆出於刑書故儒術不通於吏事惟其所以治民者固不本於學而其所以爲學者亦無施於民遊庠校者忘朝廷讀法律者指詩賦場屋後進挾聲技以相夸王公大人顧雕蟲而自笑舊學無用古風遂忘終始之意曾不相沿貴賤之間亦因遂闊下之士有學古之志而無學古之功上之人有用儒之名而無用儒之實顧茲媮弊常竊憫嗟苟非當世之大賢孰拯先王之墜典伏惟某官才出問世志存生民曩在布衣能通天下之務旋居要職又爲儒者之宗明習政事而皆有本原守持經術而不爲迂闊世之系望上所深知輟自朝聯付之文柄命題甚易而不肖者無所兼容用法至寬而犯令者未嘗苟免觀其發問於策足以盡人之材欲聞先聖之心考其詩義深悲古學之廢訊以歷書條任子之便宜訪成均之故事不泥於古不牽於今非有苟

碎難知之文將觀磊落不羈之士使天下知文章誠可以制治知聲律不足以入官失之者固因而自新得之者不至於捐舊平昔所歎於今遂志軾才無他長學以自守爲文病拙不能當世俗之心奏籍有名大懼辱賢人之舉翻然如男之羽翼追逸翮以並遊沛然如假之舟航臨長川而獲濟偶緣大庇粗遂一名方將區區於簿書米鹽之間碌碌於塵埃箠楚之地雖識恩之所自顧力報之末由感懼之懷不知所措

謝南省主文啟五首

歐陽內翰

右軾啟竊以天下之事難於改爲自昔五代之餘文教衰落風俗靡靡日以塗地 聖上慨然太息思有以澄其源疏其流明詔天下曉諭厥旨於是招來雄俊魁偉敦厚朴直之士罷去浮巧輕媚叢錯采繡之文將以追兩漢之餘而漸復三代之故士大夫不深明天子之心用意過當求深者或至於迂務奇者怪僻而不可讀餘風未殄新弊復作大者鏤之金石以傳久遠小者轉相摹寫號稱古文紛紛肆行莫之或禁蓋唐之古文自韓愈始其後學韓而不至者爲皇

甫湜學皇甫湜而不至者爲孫樵自樵以降無足觀矣伏惟內翰執事天之所付以收拾先王之遺文天下之所待以覺悟學者恭承王命親執文柄意其必得天下之奇士以塞明詔軾也遠方之鄙人家居碌碌無所稱道及來京師久不知名將治行西歸不意執事擢在第二惟其素所蓄積無以慰士大夫之心是以羣嘲而聚罵者動滿千百亦惟恃有執事之知與衆君子之議論故恬然不以動其心猶幸 御試不爲有司之所排使得搢笏跪起謝恩于門下聞之古人士無賢愚惟其所遇蓋樂毅去燕不復一戰而范蠡去越亦終不能有所爲軾願長在下風與賓客之末使其區區之心長有所發夫豈惟軾之幸亦執事將有取一二焉不宣謹啓

王內翰

右軾啓竊以取士之道古難其全欲求倜儻超拔之才則懼其放蕩而或至於無度欲求規矩尺寸之士則病其齷齪而不能有所爲進士之科昔稱浮剽本朝更制漸復古風博觀策論以開天下豪俊之塗精取詩賦以折天下英雄之氣使齷齪者望而不敢進放蕩者退而有所裁此聖人所以罔羅天下之逸民

追復先王之舊迹元臣大老皆出此塗伏惟內翰執事天材俊麗神氣橫溢奇文高論大或出於繩檢比聲協句小亦合於方圓蓋天下望爲權衡故　明主委之黜陟軾之不肖與在下風顧惟山野之見聞安識朝廷之忌諱軾亦恃有執事以爲小節之何拘執事亦將收天下之遺才觀其大綱之所在驟置殊等實聞四方使知大國之選材非顧當時之所悅眇然陋器雖不能勝多士之喧言卓爾大賢自足以破萬人之浮議方將奔走厥職厲精乃心苟庶幾無朝夕之愆以辱知己亦萬一有毛髮之效少答至仁感懼之懷不知所措

梅龍圖

右軾啓軾聞古之君子欲知是人也則觀之以言言之不足以盡也則使之賦詩以觀其志春秋之世士大夫皆用此以卜其人之休咎死生之間而其應若影響符節之密夫以終身之事而決于一詩豈其誠發於中而不能以自蔽邪傳曰登高能賦可以爲大夫矣古之所以取人者何其簡且約也後之世風俗薄惡漸不可信孔子曰今吾於人也聽其言而觀其行知詩賦之不足以決其終身也故試之論以觀其

所以是非於古之人試之策以觀其所以措置於今之世而詩賦者或以窮其所不能策論者或以掩其所不知差之毫毛輒以擯落後之所以取人者何其詳且難也夫惟簡且約故天下之士皆敦朴而忠厚詳且難故天下之士虛浮而矯激伏惟龍圖執事骨鯁大臣朝之元老憂䘏天下慨然有復古之心親較多士存其大體詩賦將以觀其志而非以窮其所不能策論將以觀其才而非以掩其所不知使士大夫皆得寬然以盡其心而無有一日之間蒼皇擾亂偶得偶失之歎故君子以爲近古軾長於草野不學時文詞語甚朴無所藻飾意者執事欲抑浮剽之文故寧取此以矯其弊人之幸遇乃有如此感荷悚息不知所裁

韓舍人

右軾啓軾聞古者至治之世天子推恩以收天下之望有司執法以繩天下之媮蓋不推恩則無所兼容不執法則有所僥倖有司推恩而求名則侵君之權天子執法而責實則失民之望爲君者常病於察爲臣者又失之寬古之明天子信其臣而不惑於多言故有司執法而無所忌古之良有司憂其君而不䘏

於私計故天下歸怨而不敢辭況欲選材而置官是將教民而圖任唯所利國豈容樹恩今聖上推不忍之心使賢愚皆遂其所欲而大臣用至明之法使工拙不至於相淆嚮者哀憐老儒故爲特奏之令憫惻連坐又開別試之塗此天下所以詠歌至仁鼓舞盛德君臣之體夫豈同條伏惟舍人執事爲時求材憂國忘己所圖甚遠將深計於安危自信至明曾不牽於毀譽變苟且依違之俗去浮僞囂譁之文罷黜俗儒動以千計講通經術得者九人顧茲小才偶在殊選惟天子推恩如此之厚惟大臣執法如此之堅將天下實被其休功豈一夫獨遂其私願感荷激切不能自勝

范舍人

右軾啓聞之古人民無常性雖土地風氣之所稟而其好惡則存乎其上之人文章之風惟漢爲盛而貴顯暴著者蜀人爲多蓋相如唱其前而王褒繼其後峩冠曳佩大車駟馬徜徉乎鄉閭之中而蜀人始有好文之意絃歌之聲與鄒魯比然而二子者不聞其能有所薦達豈其身之富貴而遂忘其徒耶嘗聞之老人自孟氏入朝民始息肩救死扶傷不暇故數十

年間學校衰息天聖中伯父解褐西歸鄉人歎嗟觀者塞塗其後執事與諸公相繼登於朝以文章功業聞於天下於是釋耒耜而執筆硯者十室而九比之西劉又以遠過且蜀之郡數十軾不敢遠引其他蓋通義蜀之小州而眉山又其一縣去歲舉于禮部者凡四五十人而執事與梅公親執權衡而較之得者十有三人焉則其他可知矣夫君子之用心於天下固無所私愛而於其父母之邦苟有得之者其與之喜樂豈如行道之人漠然而已哉執事與梅公之於蜀人其始風動誘掖使聞先王之道其終度量裁置使觀 天子之光與相如王褒又甚遠矣軾也在十三人之中謹因閽吏進拜于庭以謝萬一又以賀執事之鄉人得者之多也

謝制科啓一首

右軾啓今月某日蒙恩授前件官者臨軒策士方搜絕異之材隨問獻言誤占久虛之等忽從佐縣擢與評刑內自顧於無堪凜不知其所措恭惟至治之要惟有取人之難用法者畏有司之不公故捨其平生而論其一日通變者恐人才之未盡故詳於採聽而略於臨時茲二者之相形顧兩全而未有一之於考

試而掩之於倉卒所以爲無私也然而才行之迹無由而深知委之於察舉而要之於久長所以爲無失也然而請屬之風或因而滋長此隋唐進士之所以爲有弊魏晉中正之所以爲多姦惟是賢良茂異之科兼用考試察舉之法每中年輒下明詔使兩制各舉所聞在家者能孝而恭在官者能廉而愼臨之以患難而能不變邀之以寵利而能不回既已得其行己之大方然後責其當世之要用學博者又須守約而後取文麗者或以用寡而見尤特於萬人之中求其百全之美凡與中書之召命已爲天下之選人而又有不可測知之論以觀其默識之能無所不問之策以效其博通之實至於此而不去則其人之可知然猶使御史得以求其疵諫官得以考其素一陷清議輒爲廢人是以始由察舉而無請謁公行之私終用考試而無倉卒不審之患蓋其取人也如此之密則夫不肖者安得而容軾才不逮人少而自信治經獨傳於家學爲文不願於世知特以飢寒之憂出求斗升之祿不謂諸公之過聽使與羣豪而並遊始不自量欲行其志遂竊俊良之舉不知氣力之微論事迂闊而不能動人讀書疎略而無以應敵取之甚愧

珍倣宋版印

得而益慚此蓋伏遇某官德爲世之望人位爲時之顯處聲稱所被四方莫不奔趨議論一加多士以爲進退致兹庸末亦與甄收然而志卑處高德薄寵厚歷觀前輩由此爲致君之資敢以微軀自今爲許國之始過此以往未知所裁

賀楊龍圖啓一首

右軾啓伏審新改直職擢司諫垣傳聞邇遐竦動觀聽咸謂國家之鉅福乃用諫諍之真才必能深言以補大化方今朝廷之上號爲無諱而太平之美終不能全臺諫之列歲不乏人而衆弊之原猶或未去豈聽之者徒能容而不能用言之者但爲名而不爲功歷觀古人之效忠皆因當世而用智不務過直期於必行右尹子革因墳典而道祁招之詩左師觸龍語饘粥而及長安之質徒盡拳拳之意不求赫赫之名此仁人及物之休功忠臣愛君之至分伏自頃歲所更幾人席未暖而輒遷踵相躡而繼去一身之譏固足以免矣而積歲之病當使誰去之恐習慣以爲常遂因循而不振雖在僻陋顧常隱憂以爲必得朴忠憂國之人而又加以辯智得君之術言苟獲用國其庶幾伏惟諫院龍圖才雄於世而常若不勝節過於

人而未嘗自異素練邊事深知兵驕頃持銓衡實識官冗必將舉大體而不論小事務實效而不爲虛名軾最蒙深知愧無少補方傾耳以聽願續書諫苑之篇若有待而言或能著爭臣之論阻以在外無由至門踊躍之懷實倍倫等

鳳翔到任謝執政啓一首

右軾啓違去軒屏忽已改歲向風瞻戀何翅飢渴前月十四日到任翌日尋已交割訖軾本凡材謬承選取忽從州縣便與賓佐捫躬自省豈不媿幸伏自到任已來日夜厲精雖無過人庶幾寡過伏惟昭文相公素所獎庇曲加搜揚旣蒙最深之知遂有自重之意所任簽署一局兼掌五曹文書內有衙司最爲要事編木栰竹東下河渭飛芻輓粟西赴邊陲大河有每歲之防敗務有不蠲之課破蕩民業忽如春冰于今雖有優輕酬獎之名其實不及所費百分之一救之無術坐以自慚惟有署置之必均姑使服勞而無怨過此以往未知所裁

賀吳副樞啓一首

頃聞休命擢領上都曾安坐之未皇已懽聲之布出卽欲裁問少通勤拳以爲不久當有非常之聞是以

未敢輕爲率爾之賀逮茲未幾果已如言釋府事之喧繫總兵權於禁密傳聞四遠歡喜一詞伏惟某官機略足以應無方而有朴忠沉厚之量文華足以表當世而有簡素質直之風置之於都會則其爲效也速而所及者廉委之於樞機則其成功也遲而所被者廣深惟賢者之處世皆以得時爲至難幸而得之或已老矣今以明公之至盛正如大川之方增天下方將以未獲之事盡付於明明公宜愛此不貲之軀以畢其能事區區之意言不能勝

答許狀元啓一首

右軾啓伏以賢俊之士固將有以挾持富貴之來豈能爲之損益昔者在貧賤之辱所有無以異於今一朝居豪傑之先而人然後知其貴伏惟狀元簽判廷評以粹美之質負傑異之才自遠方而遊上都以一日而蓋天下士既望風而知不敵人皆斂衽而謂當然苟非素與交遊之流安敢輕爲賀問之禮不期謙抑過錄庸虛忽承牋牘之臨皆自聽聞之誤禮非所稱媿靡自任先皇帝未明求衣久已格於至治洮盥憑几尚不忘於選賢庸登哲民以遺後聖雖喜車旌之召旋興弓劍之悲臣子之心遠邇若一即日承己

拜命討將就塗念展謁之何時徒向風而永望謹奉
啓陳謝不宣

東坡集卷第二十六

東坡集卷第二十七

啓三十首

試言無取錫命逥優進貽朋友之譏退有簡書之畏靦顏就列撫己若驚國家取士之門至多而制舉號爲首冠育才之地非一而冊府處其最高觀其所以待之蓋亦可謂至矣知寶玉璵璠難得而易毀故篋櫝以養其全知楩楠豫章積歲而後成故封殖以待其長施等天地恩均父師恭惟　先帝臨御以來四十一載所擢賢良方正之士十有五人其志莫不欲舉明主於三代之隆其言莫不欲措天下於泰山之

固大則欲興禮樂以範來世小則欲操數術以馭四夷然而進有後先名有隱顯命有窮達時有重輕或已踐廟堂之崇或已登侍從之列或反流落於遠郡或尚滯留於小官或死生之乖暌已爲陳迹或擯斥於罪戾僅夷平民雖曰功名富貴所由之塗亦爲毀譽得喪必爭之地名重則於實難副論高則與世常疎故雖絶異之資猶有不任之懼軾之內顧豈不自知性任己以直前學師心而無法自始操筆知不適時會宗伯之選掄疾時文之靡弊擢居異等以風四方不知滿溢之憂復玷良能之舉負賢者所難之任爭四海欲得之求其爲惷愚可爲危慄是以一參賓幕輒蹈危機已嘗名挂於深文不自意全於今日而況大明繼照百度惟新理財訓兵有鞭笞戎狄之志信賞必罰有追述祖宗之風凡用人歷試其能苟敗事必誅無赦此太平可待之日豈不省兼容之時而乃度越賢豪曲收微賤縱不能力辭而就下亦當知非分以自慚此蓋伏遇某官志在斯民仁爲己任欲辦大事務兼寸尺之長將求多聞故引涓埃之助致此忝冒有踰等倫欲報無緣將何望於頑鄙遇寵知懼庶不至於惰媮

賀韓丞相啓一首

右軾啓伏審誕膺策命首冠輔臣四方聳觀萬口同慶天下幸甚天下幸甚自古在昔治少亂多夫天將欲措世於大安必有異人之間出使民莫不回心而向道類非俗吏之所能方陋漢唐將追堯舜洪惟上聖之后眷求一德之臣謂莫如公遂授以政付八音於師曠孰敢爭能捐六轡於王良坐將致遠引領以望惟日爲年恭以昭文相公全德難名巨才不器亹亹申伯之望堂堂漢相之風出入三朝險夷一節蕞爾種羌之叛命慨然當宁以請行威聲所加膻穢自屏淮蔡既定而裴度相徐方不回而召虎歸縱復遺種龍荒遊魂沙海譬之癬疥豈足爬搔必將訓兵擇帥而授之規摹積穀堅城而磨以歲月破斧之惡四國實願周公之亟還折箠以鞭赤眉無煩鄧禹之久外天下是望豈惟一人卽日邊徼苦寒台候何似伏冀爲國善調寢興謹奉啓起居

答曾學士啓一首

伏審祗奉詔恩榮升冊府允厭朝論增輝士林伏惟慶慰恭以聖神在御政化惟新顧籲俊之無方豈拔賢而待次賤如莘野猶爲席上之珍遠若傅巖盡入

彀中之選而況圭璋之質近生閥閱之家固宜首膺寤寐之求於以助成肅雍之化府判學士天資粹美儒術講明向屈處於下僚蓋避嫌而自晦屬文子之請老察少翁之最賢撫念老成聿求義訓豈獨褒崇之盛典固將樂育於美材自顧庸虛獲聯齋舍忽捧書詞之辱益知謙德之光喜愧于心蹴踖無措

賀歐陽少師致仕啟一首

伏審抗章得謝釋位言還天眷雖隆莫奪已行之志士流太息共高難繼之風凡在庇庥共增慶慰伏以懷安天下之公患去就君子之所難世靡不知人更相笑而道不勝欲私於爲身君臣之恩係縻之於前妻子之計推荐之於後至於山林之士猶有降志於垂老而況廟堂之舊欲使辭福於當年有其言而無其心有其心而無其決愚智共蔽古今一塗是以用捨行藏仲尼獨許於顏子存亡進退周易不及於賢人自非智足以周知仁足以自愛道足以忘物之得喪志足以一氣之盛衰則孰能見幾禍福之先脫屣塵垢之外常恐茲世不見其人伏惟致政觀文少師全德難名巨材不器事業三朝之望文章百世之師功存社稷而人不知躬履艱難而節乃見縱使耄期

篤老猶當就見質疑而乃力辭於未及之年退託以不能而止大勇若怯大智如愚至貴無軒冕而榮至仁不導引而壽較其所得孰與昔多軾受知最深聞道有自雖外爲天下惜老成之去而私喜明哲得保身之全伏暑向闌台候何似伏冀爲時自重少慰輿情

賀韓丞相再入啓一首

伏覩詔書登庸舊德傳聞四海懽喜一辭竊以君臣之間古今異道任法而不任人則責輕而憂淺庸人之所安任人而不任法則責重而憂深賢者之所樂凡吾君所以推心忘己一切不問而聽其所爲蓋其後必將責報收功三年有成而底於至治自非量足以容物智足以知人强足以濟艱難勇足以斷取捨則何以首膺民望力報主知恭惟史館相公忠誠在天德望冠世如乾之中正挺然而純粹精如坤之六二隤然而直方大更練三朝之用捨出入四方之險夷疲民系心有識引領必將發其藴蓄以次施行始緩獄以裕民終措刑而隆禮軾登門最舊荷顧亦深喜抃之懷實倍倫等

密州到任謝執政啓一首

蒙恩授前件差遣已於今月三日赴上訖帶山負海號爲持節之邦多病無功久在散材之目授非所稱愧靡自任矧茲願治之辰方以求賢爲急宜得敏銳兼人之器以副厲精更化之懷如軾者天與愚忠家傳朴學議論止於汗俗交遊謂之陳人出佐郡條荐更歲籥雖僅脫網羅之患然卒無毫髮之稱豈伊寵榮偶及衰鈍此蓋伏遇某官股肱元聖師表萬邦欲隆太平極治之風故開兼收並採之路重使一夫之不獲特捐支郡以見收荷恩至深論報何所謹當鐫磨朽鈍箠策疲駑雖無望於功名庶少逃於罪戾過此以往未知所裁

答楊屯田啓二首

伏承枉顧寵示長書禮數過隆既匪安庸之稱文詞深厚足爲衰拙之光反復究觀愧汗交集伏惟通判屯田學深經術名重薦紳頃者劍外屈臨百里之間已是部中受賜一人之數豈伊幸會復此逢迎聽其言信仁人之博哉居是邦蓋大夫之賢者欲報瓊瑤之貺適苦簿書之煩言之不文永以爲好

又

向者不遺特蒙枉顧愧無琴瑟旨酒以樂我嘉賓但

喜直亮多聞真古之益友謂將繼此而得見豈意闕然而有行伏讀誨音惟知感歎伏惟通判屯田才猷通敏學術深純非獨東州杞梓之珍將爲清廟璠璵之寶暫趍臨邊服行履要津而軾早以空疎加之衰病不緣曠官而罷去則當引分以歸耕自茲恐遂有出處之疎故臨紙不能無悵惘之意惟祈自重少副下情

謝監司薦舉啓一首

猥以庸虛過蒙知遇既免尤譴復加薦論自省孤危加之衰病生而賦朴野之性愚不識禍福之機但知任己以直前不復周防而慮後動觸時忌言爲身災擠而去之則爲有功引而進之亦或招悔自非不以利祿爲意而以仁厚爲心顧茲鈍頑誰肯收錄伏惟某官時望至重主知已深方將長育於羣材專務掩覆於小過憐其謀身之甚拙進絕望而退無歸知其爲政之雖迂歲有餘而日不足特矯世俗惜之齒牙軾敢不祇畏簡書益自脩飭豈云報德苟不辱知過此以還未知所措

徐州謝兩府啓一首

移守河中已愧超陞之異改臨泗上仍叨藩鎮之雄

既見吏民周覽風俗地形襟要當東南水陸之衝民食艱難正春夏旱蝗之際宜得一時之循吏以安千里之疲氓如軾者才不逮人學非適用早塵策府自知拙直之難安屢乞守符意謂苟安之善計然自往來三郡首尾七年足蹈危機僅脫風波之險心存吏役都忘學術之源既未決於歸耕敢復求於善地伏遇某官權衡萬物高下一心頑獷悍堅實費陶鎔之力散材疎惡徒施封殖之恩謹當箠策疲駑鐫磨朽鈍上酬天造次答己知

賀呂副樞啓一首

伏審近膺告命入總樞機中外聳觀朝廷增重伏惟慶慰竊以古之爲國權在用人德厚者輔其才而名益隆望重者無所爲而人自服是以淮南叛國先止謀於長孺汾陽元老尚改觀於公權樽俎可以折衝藜藿爲之不採哀此風流之莫繼久矣寂寥而無聞天亦厭於凡材上復思於舊德恭惟樞密侍郎性資仁義世濟忠嘉豈惟清節以鎮浮固已直言而中病出領數郡若將終身小人謂之失時君子意其復用迨茲顯拜夫豈偶然然而荷三朝兩世之恩當春秋賢者之責推之不去凜乎其難進伯玉而退子瑕人

皆望於門下烹桑羊而斬樊噲公無愧於古人莫若盡行疇昔之言庶幾大尉天下之望軾登門最舊稱慶無緣踊躍之懷實倍倫等

賀趙大資致仕啓一首

伏審抗章得謝奉冊言還搢紳聳觀閭里相慶竊謂富貴不爲至樂功名非有甚難樂莫樂於還故鄉難莫難於全大節歷數當今之卿相或寓他邦究觀自古之忠賢少有完傳錦衣而夜行者多矣狐裘而羔袖者有之至若百行渾圓五福純備當世所羨非公而誰恭惟致政大資少保道心精微德望宏遠無施不可尤高臺諫之風所臨有聲最宜吳蜀之政才不究於大用命乃係於生民與時偕行不可則止見故人而一笑綽有餘歡念平生之百爲一無可恨方將深入不二獨遊無何默追粲可之風坐致喬松之壽軾荷知有素貪祿忘歸慕鸞鵠之高翔眷樊籠而永歎傾頌之素敷寫莫窮

答陳齋郎啓一首

伏審祇膺寵命榮踐亨塗拜慶庭闈溢歡聲於觀者馳書士友掞華藻之爛然顧此衰羸實難當捧伏惟齋郎天資深茂學術淹通經行兩純窮達一操久困

有司之尺度退從老圃於丘園陋彼素飧是聞也非達也凜然遺直惟有之則似之假道一官權輿千里幅巾藜杖願爲二老之風流甲第高門坐看諸郎之富貴欣頌之至筆舌難周

賀文太尉啓一首

伏審孚號揚庭臨軒遣使出節少府授鉞齋壇夷夏聳觀兵民交慶蓋功業盛大則極名器而後稱惟德度宏遠故舉富貴而若無蔚爲三世之宗臣豈獨一時之盛事恭惟留守太尉丈丈道本天合德爲人師信及三川之豚魚威加兩河之草木身任休戚言爲重輕始若留侯弱冠而遇高祖晚同尚父黃髮而亮武王既奉冊書益新民聽方將威懷北虜係頸長纓約束河公軌流故道然後入調伊傅之鼎歸躡松喬之游輿論所期斯言可必軾謫官有限趨侍無緣踴躍之心宣寫難盡

登州謝兩府啓一首

右軾啓蒙恩授前件官已於今月十五日到任上訖者迂愚之守沒齒不移廢逐之餘歸田已幸豈謂承宣之寄忽爲枯朽之榮眷此東州下臨北徼俗近齊魯之厚迹皆秦漢之陳賓出日於麗譙山川炳煥傳

夕烽於海嶠鼓角清閑顧靜樂之難名笑妄庸之竊據此蓋伏遇某官股肱元聖師保萬民才全而德不形任重而道愈遠謂使功不如使過而觀過足以知仁特借齒牙曲成羽翼軾敢不服勤簿領祗畏簡書策蹇磨鈍少答非常之遇息黥補劓漸收無用之身過此以還未知所措

謝中書舍人啓一首

右軾啓蒙恩授前件官者起於貶所未及期年擢置周行遽參法從省躬無有被寵若驚竊惟人材進退之間實爲風俗隆替之漸必欲致治在於積賢雖一薛居州齊言不能移楚而用范武子晉盜可使奔秦崔琰進而廉儉成風楊綰用而淫侈改度誠國是之先定雖民散而可收拔茅茹者以彙而征附馬棧者必先其直用舍既見好惡自明人知所趨勢有必至今朝廷方講當世之務力追前代之隆雖改定法令足以便事而未足以安民寬弛賦役足以安民而未足以成俗是以登進耆老搜求隽良將使士知向方民亦有恥如軾者山林下士軒冕棄材少而學文本聲律雕蟲之技出而從仕有狂狷嬰鱗之愚溝中不願於青黃爨下無心於宮徵誤蒙收拾已出優恩荐

履禁嚴殊非素望此蓋伏遇某官德配前哲望隆本
朝名重圭璋上助廟堂之用言爲著蔡下同卿士之
謀餘論所加虛名增重知丹心之尚在憐白首之無
歸特借寵光以寬衰病任隆才下恩重報輕直道而
行恐非所以安愚不肖之分充位而已又不足以解
卿大夫之憂蚤夜以思進退惟谷恐懼戰越不知所
裁

謝翰林學士啓一首

叨奉寵恩擢居禁近任逾器表憂與愧并內自顧於
衰遲宜退安於冗散豈期晚節伏與英遊此蓋伏遇
某官德配先民望隆多士至誠樂與共推人物之評
雅量兼容曲借齒牙之末致茲朽鈍亦踐高華方修
問之未皇遽移書之見及其爲感佩難盡敷陳

答試館職人啓一首

伏承射策玉堂方觀筆陣校文天祿逐秀儒林黨友
增華搢紳共慶國家求賢之道必於閑暇無事之時
賢者報國之功乃在緩急有爲之際養之無素則一
旦欲用而何由待以非常則臨事欲辭而不可故納
之於英俊相從之地觀之以世俗不見之書非獨使
之業廣而材成抑將待其資深而望重某官學優而

仕行浮於名詞令從容議論慷慨追還正始文章爲之一新傳寫都城紙墨幾於驟貴得士之喜非我敢私軾衰病侵尋文思荒落職在翰苑當發策而莫辭識匪通儒懼品藻之不稱過煩臨貺寵以書詞永爲巾笥之珍愧乏瓊瑤之報

答李寶文啓一首

伏審祗奉異恩遠臨全蜀奎文寶訓方入直於禁嚴井絡提封旋出分於憂顧風猷所暨謠頌率同恭惟知府寶文望重搢紳材宜廊廟譬之金石蓋闇然而日彰浩若江河固窮之而益遠西南之俗信服已深民物子來氣復岷峨之舊舟車雲集惠通秦楚之商曾未下車已聞報政軾倦游滋久寤寐懷歸空詠甘棠之思莫展維桑之敬悵焉永望言不寫心

答王欽臣啓一首

伏審祗奉明綸特膺異選以高才望冊府以令德正僕臣側聞除書大慰輿論伏惟太僕學士文鳴早歲學配前人豫章雖老於中林瑚璉終升於清廟萬事不理問伯始而可知三箧雖亡得安世而何患清塗方踐遠業難量愧修慶之未皇辱移書之見及感佩之至但切下懷

答彭舍人啓一首

伏審顯膺宸命進直掖垣除目播騰輿情欣屬國家董正百官之治聿追三代之隆用事考言因名責實然而憲臺省闥無預於文詞儒館學宮不關於政理惟此六押之任要須二者之長非該通經術則不足以代王言非曉達吏方則不足以分省事是爲文士之極任豈止時人之美談果有眞才來膺妙選伏惟某官道師古始識造精微學窮游夏之淵源文列傳班之伯仲自期甚厚所得實多射策決科嘗魁天下之士犯顏逆指有古名臣之風學從言動之司亟掌絲綸之美璠璵美質豈獨一時宗廟之華杞梓異材固爲後日棟梁之用軾備員法從竊庇餘光聊陳輿誦之言少答函封之辱其爲欣佩莫究頌言

謝賈朝奉啓一首

右軾啓自蜀徂京幾四千里擕孥去國蓋二十年側聞松楸已中梁柱過而下馬空瞻董相之陵酹以隻鷄誰副橋公之約宦游歲晚坐念涕流未報不貲之恩敢懷盍歸之意常恐樵牧不禁行有雍門之悲雨露既濡空引太行之望豈謂通判某官政先慈孝義篤友朋首隆學校之師儒次訪里閭之耆舊自嗟來

暮不聞拔薤之規尚意神交特致生芻之奠父老感歎桑梓光華深衣練冠莫克垂洟於墓道昔襦今袴尚能鼓舞於民謠仰佩之深力占難盡

賀范端明啓一首

右軾啓恭承明詔追錄舊勳名陞祕殿之嚴實遂安車之養仍惟餘澤以及後昆聞命以還有識相慶竊謂死生之事聖賢有不能了父子之際古今以爲難言方其犯雷霆於一時豈意收功名於今日惟天知我絕口不言偉事發之相重非人謀之所及恭惟致政端明學士至誠格物隱德在人瑯亮四世如畢公壽考百年如衞武獨立不懼舍之則藏惟有青蒲之言尚在金縢之匱白日一照浮雲自開坐使遺民復覩盛事子孫歸沐下萬石之里門君相乞言授三老之几杖更延眉壽永作元龜軾無任歡喜頌詠激切之至

答范端明啓一首

伏審參稽古樂追述新書琢石鑄金成之有數立鈞出度施及無窮搢紳雲集於奉常端冕天臨於便座偉茲壯觀自我元臣竊以樂之盛衰寄於人之存否秦漢以下鄭衞肆行雖喜三雍之成旋遘五胡之亂

平陳之後粗獲雅音天寶之中遂雜胡部道喪久矣孰能起之獨求三代之遺聲允屬四朝之舊德恭惟致政端明丈丈耄期稱道直亮多聞進不謀安昔既以身而徇義退猶憂國今推所學以及人豈惟盡力於考音至復傾家而制器蓋事關於治忽必幽贊於神明得商頌十二篇於周大師雖賢者之事也獲古磬十六枚於犍爲郡豈偶然而已哉軾本非知音之人空荷移書之辱究觀累日喜愧兼懷徒誦詠於再三豈發明於萬一

杭州謝執政啓一首

右軾啓小器易盈宜處不爭之地大恩難報終爲有愧之人到郡浹旬汗顏數四湖山如舊魚鳥亦怪其衰殘爭訟稍稀吏民習知其遲鈍雖尚嬰於寵劇庶漸卽於安閑顧此惷愚亦蒙徽倖此蓋伏遇某官輔世以德事君以仁嘉善而矜不能與人不求其備故令狂直得保始終指步武於夷途收桑榆之暮景軾敢不欽承令德推本上心致拙催科自占陽城之考姦容獄市敢師齊相之言庶寡悔尤少償知遇

答杭州交代啓一首

右軾啓罷直禁中本緣衰病分符浙右更竊寵榮旣

壽少壯之舊游復繼老成之前躅養痾臥治之所蒙成坐嘯之餘顧此鈍頑實爲忝昧伏惟知府待制宏才緯俗雅望鎮浮神馳方切於望塵心照已先於傾蓋借之餘潤成此虛名滕大夫之才豈堪治劇楚令尹之政或許告新望見有期瞻依愈切

答莫提刑啓一首

右軾啓得請江湖雖適平生之願剸煩獄市豈堪老病之餘賴茲德大而有容愍其心勞而愈拙故於始至借以一言此蓋伏遇提刑某官威肅列城德懷雅俗雖在按臨之屬部不忘宿昔之交情豈獨敦忠厚之風抑以增衰朽之重其爲感怍未易名言

答王明州啓一首

伏審奉詔牧民涓辰莅事教條清簡曾無頤指之勞吏下肅承皆有心服之敬風聲所暨鄰境爲先伏惟知府龍圖迪哲而文剛中莫屈大辯若訥恥爲利口之言小智自私誰識仁人之勇道不容於羣枉身乃獲於退安回觀爭奪之塗日有榮枯之變坐嘯之樂勿以語人强食自頤猶當爲國

謝生日詩啓一首

蓬矢之祥雖世俗之所尚蓼莪之感迨衰老而不忘

珍倣宋版印

豈謂某官意重瓊瑤文成黼黻推仁心而錫類出妙語以噓枯攝提正於孟陬已光初度月宿直於南斗更借虛名永惟難報之珍但結無窮之好

賀林待制啓一首

伏審圖舊聖時陞華法從僉言諧允有識歎咨萬木歲寒配喬松於巨柏衆星夜艾凜明月與長庚斧藻昌朝領袖後進傳聞四遠歡喜一詞恭惟某官名重弱齡望高晚節文章爾雅蓋西漢之餘風悃愊無華亦東京之循吏凡閱四朝而後用獨爲三館之老臣箸書已成特未寫之琬琰立功何晚會當收之桑榆軾交舊最深慰喜良甚尺書爲賀鄙志莫宣

東坡集卷第二十七

東坡集卷第二十八

上梅直講書一首

某官執事某每讀詩至鴟鴞讀書至君奭常竊悲周公之不遇及觀史見孔子厄於陳蔡之間而絃歌之聲不絕顏淵仲由之徒相與問答夫子曰匪兕匪虎率彼曠野吾道非邪吾何為於此顏淵曰夫子之道至大故天下莫能容雖然不容何病不容然後見君子夫子油然而笑曰回使爾多財吾為爾宰夫天下

雖不能容而其徒自足以相樂如此乃今知周公之富貴有不如夫子之貧賤夫以召公之賢以管蔡之親而不知其心則周公誰與樂其富貴而夫子之所與共貧賤者皆天下之賢才則亦足與樂乎此矣軾七八歲時始知讀書聞今天下有歐陽公者其爲人如古孟軻韓愈之徒而又有梅公者從之遊而與之上下其議論其後益壯始能讀其文詞想見其爲人意其飄然脫去世俗之樂而自樂其樂也方學爲對偶聲律之文求斗升之祿自度無以進見於諸公之間來京師逾年未嘗窺其門今年春天下之士羣至于禮部執事與歐陽公實親試之誠不自意獲在第二既而聞之人執事愛其文以爲有孟軻之風而歐陽公亦以其能不爲世俗之文也而取焉是以在此非左右爲之先容非親舊爲之請屬而嚮之十餘年間聞其名而不得見者一朝爲知己退而思之人不可以苟富貴亦不可以徒貧賤有大賢焉而爲其徒則亦足恃矣苟其僥一時之幸從車騎數十人使閭巷小民聚觀而贊嘆之亦何以易此樂也傳曰不怨天不尤人蓋優哉游哉可以卒歲執事名滿天下而位不過五品其容色溫然而不怒其文章寬厚敦朴

而無怨言此必有所樂乎斯道也軾願與聞焉

上韓太尉書一首

軾生二十有二年矣自七八歲知讀書及壯大不能曉習時事獨好觀前世盛衰之迹與其一時風俗之變自三代以來頗能論著以爲西漢之衰其大臣守尋常不務大略東漢之末士大夫多奇節而不循正道元成之間天下無事公卿將相安其祿位顧其子孫各欲樹私恩買田宅爲不可動之計抵回畏避以苟歲月而皆依放儒術六經之言而取其近似者以爲口實孔子曰惡居下流而訕上惡訐以爲直而劉歆谷永之徒又相與彌縫其闕而緣飾之故其衰也靡然如蛟龍釋其風雲之勞而安於豢畜之樂終以不悟使其肩披股裂登於匹夫之俎豈不悲哉其後桓靈之君懲往昔之弊而欲樹人主之威權故頗用嚴刑以督責臣下忠臣義士不容於朝廷故羣起於草野相與力爲險怪驚世之行使天下豪俊奔走於其門得爲之執鞭而其自喜不啻若卿相之榮於是天下之士囂囂然皆有無用之虛名而不適於實效故其士也如人之病狂不知堂宇宮室之爲安而號呼奔走以自顚仆昔者太公治齊舉賢而尚功周公曰

後世必有篡弑之臣周公治魯親親而尊尊太公曰後世浸微矣漢之事迹誠大類此豈其當時公卿士大夫之行與其風俗之剛柔各有以致之邪古之君子剛毅正直而守之以寬忠恕仁厚而發之以義故其在朝廷則士大夫皆自洗濯磨淬戮力於王事而不敢爲非常可怪之行此三代王政之所由興也曾子曰上失其道民散久矣天下之人幸而有不爲阿附苟容之事者則務爲倜儻矯異求如東漢之君子惟恐不及可悲也已軾自幼時聞富公與太尉皆號爲寬厚長者然終不可犯以非義及來京師而二公同時在兩府愚不能知其心竊於道塗望其容貌寬然如有容見惡不怒見善不喜豈古所謂大臣者歟夫循循者固不能有所爲而翹翹者又非聖人之中道是以願見太尉得聞一言足矣太尉與大人最厚而又嘗辱問其姓名此尤不可以不見今已後矣不宣軾再拜

上富丞相書一首

軾聞之進說於人者必其人之有間而可入則其說易行戰國之人貪天下之士因其貪而說之危國之人懼天下之士因其懼而說之是故其說易行古之

人一說而合至有立談之間而取公相者未嘗不始於戰國危國何則有間而可入也居今之世而欲進說於明公之前不得其間而求入焉則亦可謂天下之至愚無知者矣地方萬里而制於一姓極天下之尊而盡天下之富不可以有加矣而明公爲之宰四夷不作兵革不試是明公無貪於得而無懼於失也方西戎之熾也狄人乘間以跨吾北中國之大不畏而畏明公之一詞是明公之勇冠於天下也明公居於山東而傾河朔之流人父棄其子夫棄其妻而自歸於明公者百餘萬明公人人而食之日日而撫之此百萬人者出於溝壑之中而免於烏鳶豺狼之患生得以養其父母而祭其祖考死得以使其子孫葬埋祭祀不失其故常是明公之仁及於百世也勇冠於天下而仁及於百世士之生於世如此亦足矣今也處於至足之勢則是明公無復有所羨慕於天下之功名也五帝三代之事百家之書莫不盡讀禮樂刑政之大小兵農財賦之盛衰四海之內地里之遠近山川之險易物土之所宜莫不盡知當世之賢人君子與夫姦僞險詐之徒莫不盡究至於曲學小數茫昧儱侗而不可知者皆獵其華而咀其英汎其流

而涉其源雖自謂當世之辯不能傲之以其所不知則是明公無復有所畏憚於天下之博學也名爲天下之賢人而貴爲天子之宰無貪於得而無懼於失無羨於功名而無畏於博學是其果無間而可入也天下之士果不可以進說也軾也聞之楚左史倚相曰昔衞武公年九十有五猶日箴儆於國曰自卿以下至於官師苟在朝者無謂我老耄而舍我朝夕以交戒我猶以爲未也而作詩以自戒其詩曰抑抑威儀惟德之隅夫衞武公惟居於至足而日以爲不足故其沒也諡之曰睿聖武公嗟夫明公豈以其至足而無間以拒天下之士則士之進說者亦何必其間之入哉不然軾將誦其所聞而明公試觀之夫天下之小人所爲奔走輻湊於大人之門而爲之用者何也大人得其全小人得其偏大人得其全故能兼受而獨制小人得其偏是以聚而求合於大人之門古之聖人惟其聚天下之偏而各收其用以爲非偏則莫肯聚也是故不以其全而責其偏夫惟全者之不可以多有也故天下之偏者惟全之求今以其全而責其偏夫彼若能全將亦爲我而已矣又何求焉昔者夫子廉絜而不爲異衆之行勇敢而不爲過物之

操孝而不徇其親忠而不犯其君凡此者是夫子之全也原憲廉而至於貧公良孺勇而至於鬬曾子孝而徇其親子路忠而犯其君凡此者是數子之偏也夫子居其全而收天下之偏是以若此巍巍也若夫明公其亦可謂天下之全矣廉而天下不以爲介直而天下不以爲訐剛健而不爲强敦厚而不爲弱此明公之所得之於天而天下之所不可望於明公者也明公居其全天下效其偏其誰曰不可異時士大夫皆喜爲卓越之行而世亦貴狡悍之才自明公執政而朝廷之間習爲中道而務循於規矩士之矯飾力行爲異者衆必共笑之夫卓越之行非至行也而有取於世狡悍之才非眞才也而有用於天下此古之全人所以坐而收其功也今天下卓越之行狡悍之才舉不敢至於明公之門懼以其不純而獲罪於門下軾之不肖竊以爲天下之未大治兵之未振財之未豐天下之有望於明公而未獲者其或由此也歟昔范公收天下之士不考其素苟可用者莫不咸在雖其狂獧無行之徒亦自效於下風而范公亦躬爲詭特之操以震之夫范公之取人者是也其自爲者非也伏惟明公以天下之全而自居去其短而襲

其長以收功於無窮軾也西南之匹夫求斗升之祿而至於京師翰林歐陽公不知其不肖使與於制舉之末而發其猖狂之論是以輒進說於左右以爲明公必能容之所進策論五十篇貧不能盡寫而致其半觀其大略幸甚

上曾丞相書一首

軾聞之將有求於人而其說不誠則難以望其有合矣世之奇特之士其處也莫不爲異衆之行而其出也莫不爲怪詭之詞比物引類以搖撼當世理不可化則欲以勢劫之將以術售其身古之君子有韓子者其爲說曰王公大人不可以無貧賤之士居其下風而推其後大其聲名而久其傳雖其貴賤之闕絕而其相須之急不啻若左右手嗚呼果其用是說也則夫世之君子所爲老死而不遇者無足怪矣今夫扣之者急則應之者疑其詞夸則其實必有所不副今吾以爲王公大人不可以一日而無吾也彼將退而考其實則亦無乃未至於此耶昔者漢高未嘗喜儒而不失爲明君衞霍未嘗薦士而不失爲賢公卿吾將以吾之說而彼將以彼之說彼是相拒而不得其歡心故貴賤之間終不可以合而道終不可以行

何者其扣之急而其詞夸也鬻千金之璧者不之於肆而願觀者塞其門觀之歎息而主人無言焉非不能言知言之無加也今也不幸而坐於五達之衢又呶呶焉自以爲希世之珍過者不顧執其裾而强觀之則其所鬻者可知矣王公大人其無意於天下後世者亦安以求爲也苟其不然則士之過於其前而有動於其目者彼將褰裳疾行而摟取之故凡皇皇汲汲者舉非吾事也昔者嘗聞明公之風矣以大臣之子孫而取天下之高第才足以過人而自視缺然常若不足安於小官而樂於恬淡方其在太學之中衣繒飯糗若將終身至於德發而不可掩名高而不可抑貴爲天子之少宰而其自視不加於其舊之錙銖其度量宏達至於如此此其尤不可以夸詞而急扣者也軾不佞自爲學至今十有五年以爲凡學之難者難於無私無私之難者難於通萬物之理故不通乎萬物之理雖欲無私不可得也已好則好之己惡則惡之以是自信則惑也是故幽居默處而觀萬物之變盡其自然之理而斷之於中其所不然者雖古之所謂賢人之說亦有所不取雖以此自信而亦以此自知其不悅於世也故其言語文章未嘗輒至

於公相之門今也　天子舉直諫之士而兩制過聽謬以其名聞竊以爲與於此者皆有求於吾君吾相者也故亦有獻其文凡十篇而書爲之先惟所裁擇幸甚

應制舉上兩制書一首

軾聞古者有貴賤之際有聖賢之分二者相勝而不可以相參其勢然也治其貴賤之際則不知聖賢之爲高行其聖賢之分則不知貴賤之爲差昔者子思孟軻之徒不見諸侯而耕於野比閭小吏一呼於其門則攝衣而從之至於齊魯千乘之君操幣執摯因門人以願交於下風則閉門而不納此非苟以爲異而已將以明乎聖賢之分而不參於貴賤之際故其攝衣而從之也君子不以爲畏而其閉門而拒之也君子不以爲傲何則其分定也士之賢不肖固有之矣子思孟軻不可以人人而求之然而貴賤之際聖賢之分二者要以不可不知也世衰道喪不能深明於斯二者而錯行之施之不得其處故其道兩亡今夫軾朝生於草茅塵土之中而夕與於州縣之小吏其官爵勢力不足較於世亦明矣而諸公之貴至與人主揖讓周旋而無間大車駟馬至於門者逡巡而

不敢入軾也非有公事而輒至於庭求以賓客之禮見於下執事固已獲罪於貴賤之際矣雖然當世之君子不以其愚陋而使與於制舉之末朝廷之上不以其疏賤而使奏其猖狂之論軾亦自忘其不肖而以爲是兩漢之主所孜孜而求之親降色辭而問之政者也其才雖不足以庶幾於聖賢之間而學其道治其言則所守者其分也是故踽踽然而來仰不知明公之尊而俯不知其身之賤不由紹介不待辭讓而直言當世之故無所委曲者以爲貴賤之際非所以施於此也軾聞治事不若治人治人不若治法治法不若治時時者國之所以存亡天下之所最重也周之衰也時人莫不苟媮而不立周雖欲其立而不可得也故周亡秦之衰也時人莫不貪利而不仁秦雖欲其仁而不可得也故秦亡西漢之衰也時人莫不柔懦而謹畏故君臣相蒙而至於危東漢之衰也時人莫不矯激而奮厲故賢不肖不相容以至於亂夫時者豈其所自爲邪王公大人實爲之軾將論其時之病而以爲其權在諸公諸公之所好天下莫不好諸公之所惡天下莫不惡故軾敢以今之所患二者告於下執事其一曰用法太密而不求情其二曰

好名太高而不適實此二者時之大患也何謂用法太密而不求情昔者天下未平而法不立則人行其私意仁者遂其仁勇者致其勇君子小人莫不以其意從事而不困於繩墨之間故易以有功而亦易以亂及其治也天下莫不趨於法不敢用其私意而惟法之知故雖賢者所爲要以如法而止不敢於法律之外有所措意夫人勝法則法爲虛器法勝人則人爲備位人與法並行而不相勝則天下安今自一命以上至於宰相皆以奉法循令爲稱其職拱手而任法曰吾豈得自由哉法既大行故人爲備位其成也其敗也其治也其亂也天下皆曰非我也法也法之弊豈不亦甚矣哉昔者漢高之時留侯爲太子少傅位於叔孫之後而周昌亦自御史大夫爲諸侯相天下有緩急則功臣左遷而不怨此亦知其君臣之權不以法而相持也今天下所以任法者何也任法生於自疑自疑生於多私惟天下之無私則能於法律之外有以效其智何則其自信明也夫唐永泰之間姦臣執政政以賄成德宗發憤而用常衮衮一切用法四方奏請莫有獲者然天下否塞賢愚不分君子不以爲能也崔祐甫爲相不至期年而除吏八百多

其親舊或者以爲譏誚甫曰不然非親與舊則安得而知之顧其所用如何爾君子以爲善用法今天下泛泛焉莫有深思遠慮者皆任法之過也何謂好名太高而不適實昔者聖人之爲天下使人各致其能以相濟也不一則不專不專則不能自堯舜之時而伯夷后夔稷契之倫皆不過名一藝辦一職以盡其能至於子孫世守其業而不遷夔不敢自與於知禮而契不敢自任於播種至於三代之際亦各輔其才而安其習以不相犯躐凡書傳所載者自非聖人皆止於名一藝辦一職故其藝未嘗不精而其職未嘗不舉後世之所希望而不可及者由此故也下而至於漢其君子各務其所長以相左右故史之所記武宣之際自公孫魏邴以下皆不過以一能稱於當世夫人各有才才各有小大大者安其大而無忽於小小者樂其小而無慕於大是以各適其用而不喪其所長及至後世上失其道而天下之士皆有侈心恥以一藝自名而欲盡天下之能事是故喪其所長而至於無用今之士大夫其實病此也仕者莫不談王道述禮樂皆欲復三代追堯舜終於不可行而世務因以不舉學者莫不論天人推性命終於不可究而

世教因以不明自許太高而措意太廣太高則無用太廣則無功是故賢人君子布於天下而事不立聽其言則後大而可樂責其效則汗漫而無當此皆好名之過深惟古之聖賢建功立業興利捍患至於百工小民之事皆有可觀不若今世之因循鹵莽其故出於此二者歟伏惟明公才略之宏偉度量之寬厚學術之廣博聲名之煒燁冠於一時而振於百世百世之所望而正者意有所向則天下奔走而趨之則其慇時憂世之心或有取於斯言也軾將有深於此者而未敢言焉不宣軾再拜

上劉侍讀書一首

軾聞天下之所少者非才也才滿於天下而事不立天下之所少者非才也氣也何謂氣曰是不可名者也若有鬼神焉而陰相之今夫事之利害計之得失天下之能者舉知之而不能辨能辨其小而不能辨其大則氣有所不足也夫氣之所加則已大而物小於是乎受其至大而不爲之驚納其至繁而不爲之亂任其至難而不爲之憂享其至樂而不爲之蕩是氣也受之於天得之於不可知之間傑然有以蓋天下之人而出萬物之上非有君長之位殺奪施與之

權而天下環嚮而歸之此必有所得者矣多才而敗者世之所謂不幸者也若無能焉而每以成者世之所謂天幸者也夫幸與不幸君子之論不施於成敗之間而施於窮達之際故凡所以成者其氣也其所以敗者其才也氣不能守其才則焉往而不敗世之所以多敗者皆知求其才而不知論其氣也若夫明公其亦有所得矣軾非敢以虛辭而曲說誠有所見焉耳夫天下有分得其分則安非其分而以一毫取於人則羣起而爭之天下有無窮之利自一命以上至於公相其利可愛其塗甚夷設爲科條而待天下之擇取然天下之人翹足跂首而羣望之逡巡而不敢進者何也其分有所止也天下有無功而遷一級者則衆指之矣遷者不容於下遷之者不容於上而況其甚者乎明公起於徒步之中執五寸之翰書方尺之簡而列於士大夫之上横翔捷出冠壓百吏而爲之表猶以爲未也而加之師友之職付之全秦之地地方千里則古之方伯連帥所不能有也東障崤澠北跨河渭南倚巴蜀西控戎夏則古之秦昭王商君白起之徒所以殫身殘民百戰而有之者也奮臂而取兩制不十餘年而天下不以爲速非有汗馬之

勞米鹽之能以擅富貴之美而天下不以爲無功抗顏高議自以無前而天下不以爲無讓此其氣固有以大服於天下矣天下無大事也天下而有大事非其氣之過人者則誰實辦之軾遠方之鄙人遊於京師聞明公之風幸其未至於公相而猶可以誦其才氣之盛美而庶幾於知言惜其將遂西去而不得從也故請問於門下以願望見其風采不宣軾再拜

上韓魏公論場務書一首

軾再拜獻書昭文相公執事軾得從官於西嘗以爲當今制置西事其大者未便非痛整齊之其勢不足以久安未可以隨敝而拄隨壞而補也然而其事宏闊浩汗非可以倉卒輕言者今之所論特欲救一時之急解朝夕之患耳往者寶元以前秦人之富強可知也中戶不可以畝計而計以頃上戶不可以頃計而計以賦耕於野者不願爲公侯藏於民家者多於府庫也然而一經元昊之變冰消火燎十不存三四今之所謂富民者嚮之僕隸也今之所謂蓄聚者嚮之殘棄也然而不知昊賊之遺種其將永世而臣伏邪其亦有時而不臣也以向之民力堅完百倍而不能支以今之傷殘之餘而能辦者軾所不識也夫平

安無事之時不務多方優裕其民使其氣力渾厚足以勝任縣官權時一切之政而欲一旦納之於患難軾恐外憂未去而內憂乘之也鳳翔京兆此兩郡者陝西之囊橐也今使有變則緣邊被兵之郡知戰守而已戰而無食則北守而無財則散使戰不北守不散其權固在此兩郡也軾官於鳳翔見民之所最畏者莫若衙前之役自其家之甕盎釜甑以上計之長役及十千鄉戶及二十千皆占役一分所謂一分者名爲糜錢十千可辦而其實皆十五六千至二十千而多者至不可勝計也科役之法雖始於上戶然至於不足則遞取其次最下至於家貲及二百千者於法皆可科自近歲以來凡所科者鮮有能大過二百千者也夫爲王民自甕盎釜甑以上計之而不能滿二百千則何以爲民今也及二百千則不免焉民之窮困亦可知矣然而縣官之事歲以二千四百分爲計所謂優輕而可以償其勞者不能六百分而捕獲強惡者願入焉擿發贓弊者願入焉是二千四百分者衙前之所獨任而六百分者未能純被於衙前也民之窮困又可知矣今之最便惟重難日損優輕日增則民尚可以生此軾之所爲區區議以官權與民

也其詳固已具於府之所錄以聞者從軾之說而盡以予民失錢之以貫計者軾嘗粗較之歲不過二萬失之於酒課而償之於稅緡是二萬者未得爲全失也就使爲全失二萬均多補少要以共足此一轉運使之所辦也如使民日益困窮而無告異日無以待倉卒意外之患則雖復歲得千萬無益於敗此賢將帥之所畏也軾以爲陛下新御宇內方求所以爲千萬年之計者必不肯以一轉運使之所能辦而易賢將帥之所畏況於相公才略冠世不牽於俗人之論乃者變易茶法至今以爲不便者十人而九相公尚不顧行之益堅今此事至小一言可決去歲赦書使官自買木關中之民始知有生意嚮非相公果斷而力行必且下三司三司固不許幸而許必且下本路本路下諸郡或以爲可或以爲不可然後監司類聚其說而參酌之比復於朝廷固已期歲矣其行不行又未可知也如此而民何望乎方今山陵事起日費千金軾乃於此時議以官榷與民其爲迂闊取笑可知矣然竊以爲古人之所以大過人者惟能於擾攘急迫之中行寬大閑暇久長之政此天下所以不測而大服也朝廷自數十年以來取之無術用之無度

是以民日困官日貧一旦有大故則政出一切不復有所擇此從來不革之過今日之所宜深懲而永慮也山陵之功不過歲終一切之政當訖事而罷明年之春則陛下逾年即位改元之歲必將首行王道以風天下及今使郡吏議之減定其數當復以聞則言之今其時矣伏惟相公留意千萬幸甚

上蔡省主論放欠書一首

軾於門下蹤迹絕疎然私自揆度亦似見知於明公者尋常無因緣固不敢造次致書今既有所欲言而又默默拘於流俗人之議以爲迹疎不當干說則是謂明公亦如凡人拘於疎密之分者竊以爲不然故輒有所言不顧惟少留聽軾於府中實掌理欠自今歲麥熟以來日與小民結爲嫌恨鞭笞鏁繫與縣官日得千百錢固不敢憚也彼寔侵盜欺官而不以時償雖日撻無愧然其間有甚足悲者或管押竹木風水之所漂或主持粮斛歲久之所壞或布帛惡弱估剝以爲虧官或糟滓潰爛紐計以爲實欠或未輸之贓責於當時主典之吏或敗折之課均於保任干繫之家官吏上下舉知其非辜而哀其不幸迫於條憲勢不得釋朝廷亦深知其無告也是以每赦必及焉

凡今之所追呼鞭撻日夜不得休息者皆更數赦遠者六七赦矣問其所以不得釋之狀則皆曰吾無錢以與三司之曹吏以爲不信而考諸舊籍則有事同而先釋者矣曰此有錢者也嗟夫天下之人以爲言出而莫敢逆者莫若天子之詔書也今詔書且已許之而三司之曹吏獨不許是猶可忍邪伏惟明公在上必不容此輩故敢以告凡四十六條二百二十五人錢七萬四百五十九千粟米三千八百三十斛其餘炭鐵器用材木冗雜之物甚衆皆經監司選吏詳定灼然可放者軾已具列聞於本府府當以奏奏且下三司議者皆曰必不報雖報必無決然了絕之命軾以爲不然往年韓中丞詳定放欠以爲赦書所放必待其家業蕩盡以至於干繫保人亦無孑遺可償者又當計赦後月日以爲放數如此則所及甚少不稱天子一切寬貸之意自今苟無所隱欺者一切除免不同其他以此知今之所奏者皆可放無疑也伏惟明公獨斷而力行之使此二百二十五家皆得歸安其藜糗養其老幼日晏而起吏不至門以歌詠明公之德亦使赦書不爲空言而無信者干冒威重退增恐悚

答安師孟書一首

辱書爲貺過厚吾子自以美才積學取榮名於當時所宜得者平生之師友朝夕相與講學者也如軾何與焉然吾子之於軾其得失休戚軾所宜知何者其勢足以相及也鄉也聞七子者之失恨然如軾之有失也既乃聞吾子之得則亦如軾之有得也今吾子書來以爲自爲喜者少而爲軾喜者多甚矣吾子之見愛也然彼七子者豈以一失爲戚哉彼將退治其所有益廣而新之則吾猶有望焉若吾子既得不驕而日知其所不足則軾之所得又將有大者也

與曾子固書一首

軾叩頭泣血言軾負罪至大苟生朝夕不自屏竄輒通書問於朋友故舊之門者伏念軾逮事祖父祖父之沒軾年十二矣固能記憶其爲人又嘗見先君欲求人爲撰墓碣雖不指言所屬然私揣其意欲得子固之文也京師人事擾擾而先君亦不自料止於此嗚呼軾尚忍言之今年四月軾既護喪還家未葬偶與弟轍閱家中舊書見先君子自疏錄祖父事迹數紙似欲爲行狀未成者知其意未嘗不在於此也因自思念恐亦一旦卒然則先君之意永已不遂謹即

其遺書粗加整齊爲行狀以授同年兄鄧君文約以告於下執事伏惟哀憐而幸諾之豈惟罪逆遺孤之幸抑先君有知實寵綏之軾不任[illegible]祈懇切之至

上韓魏公乞葬董傳書一首

軾再拜近得秦中故人書報進士董傳三月中病死軾往歲官岐下始識傳至今七八年知之熟矣其爲人不通曉世事然酷嗜讀書其文字蕭然有出塵之姿至詩與楚詞則求之於世可與傳比者不過數人此固不待軾言公自知之然傳嘗望公不爲力致一官軾私心以爲公非有所愛也知傳所稟付至薄不任官耳今年正月軾過岐下而傳居喪二曲使人問訊其家而傳徑至長安見軾於傳舍道其飢寒窮苦之狀以爲幾死者數矣賴公而存又且薦我於朝吾平生無妻近有彭駕部者聞公薦我許嫁我其妹若免喪得一官又且有妻不虛作一世人皆公之賜軾既爲傳喜且私憂之此二事生人之常理而在傳則爲非常之福恐不能就今傳果死悲夫書生之窮薄至於如此其極耶夫傳之才器固不通於世用然譬之象犀珠玉雖無補於飢寒要不可使在塗泥中此公所以終薦傳也今父子暴骨僧寺中孀母弱弟自

謀口腹不暇決不能葬軾與之故舊在京師者數人相與出錢賻其家而氣力微薄不能有所濟甚可憫笑公若猶憐之不敢望其他度可以葬傳者足矣陳繹學士當往涇州而宋迪度支在岐下公若有以賜之軾且斂衆人之賻幷以予陳而致之宋使葬之有餘以予其家傳平生所爲文當使人就其家取之若獲當獻諸公干冒左右無任戰越

東坡集卷第二十八

西元二〇二二年一月一日重製一版

東坡七集 冊一（宋蘇軾撰）

平裝四冊基本定價叁仟陸佰元正
（郵運匯費另加）

發行人 張敏君
發行處 中華書局
臺北市內湖區舊宗路二段一八一巷八號五樓（5FL., No. 8, Lane 181, JIOU-TZUNG Rd., Sec 2, NEI HU, TAIPEI, 11494, TAIWAN）
客服電話：886-8797-8396
公司傳真：886-8797-8909
匯款帳戶：華南商業銀行西湖分行 179100026931
印刷：維中科技有限公司
海瑞印刷品有限公司

No. N3061-1

國家圖書館出版品預行編目(CIP)資料

東坡七集/(宋)蘇軾撰. -- 重製一版. -- 臺北市 : 中華書
局, 2022.01
冊 ; 公分
ISBN 978-986-5512-78-1(全套 : 平裝)

845.16 110021472